Ayşe Kulin

别了，伊斯坦布尔

〔土耳其〕艾雪·库林 著

陶宁 译

Veda

Esir

Şehirde

Bir

Konak

外语教学与研究出版社
北京

京权图字：01-2017-7332

Copyright © 2008 Ayse Kulin
Published in agreement with Istanbul Santral Sesli Kitaplar Ltd., through The Grayhawk Agency.

图书在版编目（CIP）数据

别了，伊斯坦布尔／（土）艾雪·库林著；陶宁译. —— 北京：外语教学与研究出版社，2018.1
　ISBN 978-7-5135-9842-2

Ⅰ. ①别… Ⅱ. ①艾… ②陶… Ⅲ. ①长篇小说－土耳其－现代 Ⅳ. ①I374.45

中国版本图书馆 CIP 数据核字 (2018) 第 027548 号

出 版 人　徐建忠
出版统筹　张　颖
责任编辑　陈　宇
责任校对　何碧云
装帧设计　李思安
出版发行　外语教学与研究出版社
社　　址　北京市西三环北路 19 号（100089）
网　　址　http://www.fltrp.com
印　　刷　紫恒印装有限公司
开　　本　889×1194　1/32
印　　张　11.5
版　　次　2018 年 4 月第 1 版 2018 年 4 月第 1 次印刷
书　　号　ISBN 978-7-5135-9842-2
定　　价　49.00 元

购书咨询：（010）88819926　电子邮箱：club@fltrp.com
外研书店：https://waiyants.tmall.com
凡印刷、装订质量问题，请联系我社印制部
联系电话：（010）61207896　电子邮箱：zhijian@fltrp.com
凡侵权、盗版书籍线索，请联系我社法律事务部
举报电话：（010）88817519　电子邮箱：banquan@fltrp.com
法律顾问：立方律师事务所　刘旭东律师
　　　　　中咨律师事务所　殷　斌律师
物料号：298420001

纪念我的曾外祖父，艾哈迈德·雷萨特·耶迪克，

和我亲爱的母亲希苕尔，

她在我写这本书的时候离开了。

在此感谢我的挚友穆拉特·巴尔达克彻。经他允许，艾哈迈德·雷萨特·耶迪克在流亡期间写给他家人的信件才得以翻译成现代土耳其语。感谢他让我在其私人档案馆里一睹前内务部长艾哈迈德·雷西特先生以及塔拉特帕夏的妻子哈依利耶夫人的回忆录。最后，感谢他为我提供了其私人图书馆里的各类书籍和文件。

目录

占领下的伊斯坦布尔大宅

过了季的雪失去了它原有的华美。经过了一个漫长、艰苦的冬天，在本该春暖花开的时候下的一场雪，没有把伊斯坦布尔幻化成幽幽闪光的珍珠母色的城市，倒是像什么人在泥泞的街道和漆面剥落的木头房子上面，胡乱撒了一大把蛋糕上的糖霜。在倍亚济区，一位脸膛通红、双手冻僵的车夫赶着一辆两匹马拉的车，在通向海边的第二条大道的尽头拉紧了缰绳。马车在彻底停下之前又滑行了几米。艾哈迈德·雷萨特不忍让钉了蹄铁的马蹄在溜滑的冰面上继续前行，决定剩下的路自己步行回家。他下了车，付了车费，小心翼翼地踏着散落的积雪沿街走去。很快就要到晨礼[1]的时间了。雷萨特先生感到筋疲力尽，他刚开完一个匆匆结束的会，与会者都累得无法思考，也张不开嘴。此时，他家的大宅就在右手边。他特地在路中央停顿了一下，默默祈祷他的太太还在熟睡。他心里明白，若是被问起为什么那个会一直开到了深夜，此刻的自己是完全经不住拷问的。

他刚把手伸向院子的大门，门就突然大开了。"早晨好，老爷。"胡斯努喊道。

---

1. 穆斯林通常每天祈祷五次，分别为晨礼、晌礼、晡礼、昏礼和宵礼，依次在拂晓至日出前、正午刚过、午后至日落前、日落至天黑前，以及天黑至翌日拂晓前举行。（译者注）

"这个时候你在大门这儿干吗呢，胡斯努？我不是跟大家说过了，谁也别为我熬夜等门吗？"

"我本来也要起来祷告了，正好从窗口看见您走过来。您看起来很累啊，老爷。"

"确实很累，咱们都多少天没正经睡觉了。愿主保佑我们大家。"

"愿真主保佑。"

艾哈迈德·雷萨特给了他的仆人一个安慰的眼神。胡斯努目光忧虑，还挡着主人的路。

"没什么坏消息，胡斯努，只是日常的工作，搞得这么晚。赶紧去祷告吧，快去。"

胡斯努三步并作两步跑去给主人开前门，一脚把门槛上的消毒粉踏得四散飞扬，呛了艾哈迈德·雷萨特一鼻子。他皱了皱眉，在门边的凳子上坐下来，脱了鞋，把非斯帽放在柜橱上，把大衣递给胡斯努，穿着袜子进了男人屋[1]。他一头趴在窗前的长条沙发上，指望能睡上几个小时。他头疼欲裂，用手掌捂着额头，试图把过去二十四小时里发生的事情和各种讨论都从脑子里清出去，像马赫尔劝他的那样努力放松下来，深呼吸，清空思绪。他深吸了一口气，慢慢呼出……再吸一口……再呼出……看来他朋友的建议奏效了。他打了个哈欠，伸了个懒腰，翻了个身，把之前扔到地上的靠垫捡起来枕在脑袋下面。刚要进入甜美的梦乡，他就猛地被姑妈那粗哑的烟熏嗓给惊醒。

"什么人会在外面待到这么晚才回家，雷萨特先生？家里还有病人！"

他一边坐起来一边整理好思绪，嘟囔道："姑姑，我们待那么晚也不是去寻开心的。"

---

1. 男人屋（selamlık）：传统土耳其大宅里专供男人使用的房间。

"那到底是什么要紧的大事把你弄到凌晨才回来?"

"我亲爱的姑姑啊,您应该是了解时局的,怎么还这么问?"

"国家大事是该白天管的,孩子,晚上是祈祷和睡觉的时间。当年你爷爷的职位不比你低,人家天一黑还不是也回自己的床上睡觉去,我的大长官!"

"他们那时多幸运啊,国家又没被占领,姑姑。"

"总说这个!占领占领的!已经发生的就发生了。跟过去的和死去的较什么劲!但是你的外甥,他还活着。少操心点国事,多操心操心我外孙的身体,行吗?昨天他又咳了一夜,我看马上就要吐血了。他应该直接上医院,今天就去!"

"他不是缓过来了吗?您是不是有点夸张啊?"

"你不信我的话啊,雷萨特?他一夜一夜地咳,可你根本不在家,怎么会知道!多少天了我想找你都见不着你的人影儿。卡迈尔的止咳糖浆快没了,家里的煤也不多了,房子都没法好好生个火取暖!"

"我去看看佩拉区的药店里有没有糖浆吧。至于煤,姑姑,连皇宫里剩的都不多了。咱们只能烧木头了。"

"木头也没处去弄啊。必须给卡迈尔的屋子烧暖和了。"

"让园丁把花园边上的树砍了呗。"艾哈迈德·雷萨特从座位上站起来,拍了拍姑姑的背。

"我去看看卡迈尔。"他说。

"光看他没用!带他去医院。"

"您知道那不行。"

"怎么就不行了?"

"因为他当场就会被捕。卡迈尔的照片已经被张贴出来好几个月了,他马上就会被人认出来。"

"你是说我外孙是叛徒？你们谁去那白色地狱挨冻了？又有谁扛起枪保家卫国了？他是叛徒，你们都是英雄，对不对？"

"我不是什么英雄，可我也没被警察追捕。"

"给他下逮捕令的政府不是已经倒台了吗？现今的政府有下旨令的权力吗，值得怕成这样？"

"姑姑，政府上台下台，但苏丹[1]在君主的位子上可是坐得牢牢的。"

"我只知道卡迈尔需要马上看病。"

"您看，您没经我同意，背着我把他带回家里。为了您，我也就睁一只眼闭一只眼了，这样他不至于流落街头。可是现在我不能再拖累全家人了。他得的要是肺结核，医院也没什么好办法，也就是常规性地照料一下，开点药。因为您在，卡迈尔在家里已经被照顾得很好了，有梅佩尔日夜守在他床边，我们也会尽力给他搞些药来。这件事不要再提了，我求您了，姑姑！"

"雷萨特，你这个混账东西！"

姑妈骂着奔出了房间，冲向楼梯。艾哈迈德·雷萨特一屁股坐在沙发上，一筹莫展地捧着又开始隐隐作痛的头。

艾哈迈德·雷萨特的确已经深陷巨大的麻烦之中。他无法让身为通缉犯的外甥去医院，唯一一位能找来给他看病的医生是家里的密友马赫尔。一旦艾哈迈德·雷萨特包庇卡迈尔的事情曝露，他立马就会被流放，不管他如何解释，也不管他在政府里就职多少年，多么位高权重。他还被夹在年老昏聩的姑妈和他的太太中间，太太生怕卡迈尔的肺病会传染给他

---

1. 苏丹（Sultan），某些伊斯兰国家的最高统治者的称号，旧时译为"素檀""速檀"等。（译者注）

们的孩子。两个女人在必须送卡迈尔去医院这一点上意见一致，尽管是出于完全不同的动机。卡迈尔待在家里，病情毫无好转的迹象。在萨勒卡默什[1]的惨痛遭遇摧毁了他，身体搞坏了，精神也大受损伤。作为一名政治犯，卡迈尔先是站在统一进步委员会[2]的一方，但这个党在 1908 年的革命中被推上台后，他又开始反对他们，导致他在该党的支持者和反对者那里都不得好。这混小子是个真正的自由主义者，与统一进步委员会分歧巨大，但有了之前的经历，人们会永远把他跟这个党派联系在一起。事实上，一种令人不安的说法已传到艾哈迈德·雷萨特的耳朵里：他的一些同事已经开始把卡迈尔称作"雷萨特的那个叛徒外甥"。

外甥被人如此鄙视，也许是罪有应得，但舅舅不该受牵连。卡迈尔自打上中学的第一天起就麻烦上身，与青年土耳其党人和共济会等各类党派、团体的鼓动者纠缠不清。他还跟反对派的作家们走得很近，甚至亲自写文章，用真名实姓发表在被皇室视为异见刊物的杂志上。

统一进步委员会上台执政之初，卡迈尔曾热血沸腾，但不久就跟他们成了不共戴天的仇人。以至于他宁可自愿去遥远的萨勒卡默什跟俄国人作战，以便能躲那些人远远的——当然同时也是为了保卫祖国。

可是卡迈尔和他成千上万的战友们一样，浑然不知在那里等待他们的是一座人间地狱。伊斯坦布尔的士兵们上战场时，海达帕夏火车站举行了隆重的送别仪式——人们向士兵们挥手帕，为他们奏乐，为他们祈祷，还用供物和宰牲口来为他们祈福。

---

1. 萨勒卡默什 (Sarıkamış)，在卡尔斯省附近。第一次世界大战期间，俄国和奥斯曼帝国曾在此交战。

2. 统一进步委员会 (CUP)，其成员常被称为青年土耳其党人。1908 年土耳其革命后成为执政党，1918 年解散，解散后很多党员受到军事审判并被监禁。

然而，这高涨的热情非常短暂。先是乘火车前往安纳托利亚最远端，经历了漫长的车程；从那里再往前线则是在冰天雪地里靠牛车完成的。士兵们终于到达兵营以后，迎接他们的地狱不是火红的灼热烈焰，而是白色的冰雪，是能把四肢和脸颊冻掉皮、把露出来的皮肤冻出疮的刺骨的严寒。

没有多少人能活着熬过萨勒卡默什的这一劫。卡迈尔的亲人已经做好了随时收到他死讯的思想准备，结果得到的消息是他只是被捕了，便松了一口气。九个月后，他们在院子的大门口发现了奄奄一息、瘫作一团的他。他们把他送进医院治疗数月，之后又在家里精心调养了一年，总算慢慢地让他受损的身体恢复了健康。但是无论他们怎么做，都无法治愈他的精神创伤。

艾哈迈德·雷萨特一直不赞同外甥的鲁莽行为，但因为他在萨勒卡默什受了罪，也就尽量地原谅他，不去多想。既然安拉给他留了一条命，让他与家人团聚，或许苏丹也会宽容这位已经确定有悔过之心的年轻人。卡迈尔受过良好的教育，通晓多门语言，见过世面，又擅长写作，肯定能有用武之地，当个翻译什么的？通过自己的名誉和在皇宫的人脉，艾哈迈德·雷萨特为外甥谋到了一份工作，来帮他走出困境。可是天啊，又是白忙一场！

卡迈尔看来并没有从磨难中长进：这回，他又跟民族主义者混在一起。就在舅舅为他直接向大维齐尔[1]求情的当口，这无可救药的外甥又在《瓦基特报》和《阿克萨姆报》上发表了抨击政府的文章，而且再一次署了实名。最后闹得皇室对这个大逆不道的年轻人发布了逮捕令。

---

1. 大维齐尔（grand vizier），历史上某些伊斯兰国家对宫廷大臣或宰相的称谓。"维齐尔"为阿拉伯语音译，意为"帮助者""支持者""辅佐者"。（译者注）

雷萨特先生当即宣布自己与外甥的行为毫无关联，而且马上把他从家里赶了出去。

当雷萨特发现姑妈萨拉丽夫人把她病情复发的外孙又偷偷接回家、藏在仆人住的阁楼里时，他很是生气。更让他不能容忍的是，他自己的太太也跟着他们一起瞒着他。他能想象得出，姑妈是怎样连哄带吓，买通家里的其他人保持同谋者的沉默的，可是他妻子贝海丝通常可不是那么好欺负的。当妻子鼻涕一把泪一把地向他解释的时候，他拿不准她是真的出于她自己所宣称的同情动机，还是被一枚无比值钱的钻石胸针捕获了，那可是苏丹的一位养母——如果他没记错的话，是那位切尔克斯族[1]养母——多年前送给他姑姑的。他再清楚不过的是，姑妈善于贿赂，与太太贪恋珠宝的程度有得一拼。不过，良心使他无法把正在养病的外甥扔到大街上，他只得允许外甥在恢复健康以前待在家里，但活动范围必须限制在仆人的住处。

艾哈迈德·雷萨特最近跟家人有些疏远，已经好几个星期没见到女儿们了，也没跟妻子说上话。他都是在大家入睡以后才回家，又在大家起床前摸黑起来去上班的。跟家里的琐碎日常和糟心事如此游离，这让他感觉自己像是住在外地一般。

艾哈迈德·雷萨特深深叹了口气。家里这些烦恼跟国家正在面临的考验比起来，微不足道。苦难深重的奥斯曼帝国就没救了吗？

伊斯坦布尔城已经被占领两年了。英国高级专员萨姆塞特·亚

---

1. 切尔克斯族（Circassian），高加索民族的一支，使用西北高加索语言。其发祥地大概位于高加索西北部地区，处于敌对帝国之间，地势险要。19世纪俄国征服高加索期间，很多切尔克斯族人流离失所，迁往他地。（译者注）

瑟·高夫-凯尔托普将军代表英国签署了《穆德洛斯停战协定》[1]，并答应与他同级别的奥斯曼帝国海军大臣拉乌夫先生，他们不会向伊斯坦布尔派驻外军。但他没有信守这个诺言。协约国已经开始执行解体奥斯曼帝国的秘密计划了。

入侵者以五十五艘军舰组成的舰队作为后盾，在博斯普鲁斯海峡起航。这仅仅发生在统一进步委员会的三个领袖——恩维尔、塔拉特和杰马尔（那三个被不幸地戏称作"圣父、圣子和圣灵"的帕夏[2]）——下台逃亡的九天之后。

军队迅速登陆，占领了伊斯坦布尔的大街小巷。

奥斯曼帝国中的希腊后裔高举希腊国旗，吵吵嚷嚷地欢迎入侵的军舰到港。更糟糕的是，在黑暗的二月里，伊斯坦布尔的落魄市民不得不眼看着法国将军作为征服者，骑着高头大白马，神气活现地在佩拉大道[3]上招摇过市，还得忍痛去听少数逢迎者发出的喧闹的欢呼声。

奥斯曼帝国开始为它过去年代里的过失付出代价。伊斯坦布尔的少数基督徒与侵略军合作，似乎是在强力施行推迟了几个世纪的复仇。穆斯林遭到各种名义的刁难，偶发的反抗行动被镇压，抵抗领袖在警察局和军队总部被严刑拷打。伊斯坦布尔的穆斯林居民们生活在惊恐、疲惫和焦虑之中。更糟的是，关于塞内加尔士兵行为如何粗鲁的可怕传闻满天飞，很快就演变成少数异教徒肆意侮辱穆斯林、撕扯妇女面纱等等的夸张说法。

1.1918 年 10 月 30 日，奥斯曼帝国与英国签订了《穆德洛斯停战协定》，向协约国投降，此后协约国各国相继派军占领了奥斯曼帝国各地。（译者注）

2. 帕夏（Pasha），是奥斯曼帝国高级文武官员的称号，现一般作为敬语，表示对社会地位较高的人的尊重。（译者注）

3. 佩拉大道（Grand Rue de Pera），在佩拉区，今为贝伊奥卢区（Beyoğlu）。

虽然多数传闻可能都是谣言，但其中含有令人难以容忍的真相。很多人家被军方强行安排招待军人住宿。自高自大的英国人不仅羞辱并粗暴地对待普通民众，而且对政府官员、议员、部长等高官的态度也是一样无礼。占领期间相继供职大维齐尔的三位帕夏——阿里·勒扎、萨利赫·胡卢西和陶菲克——皆因暗中抵抗赦免令里罗列的条款，而被英方逐一施加压力，被迫下台。老百姓甚至开始面临来自同胞的骚扰。就在十五天前，雷萨特家的一个远亲迪露芭夫人来他们家作客。在有轨电车上，一位非穆斯林女士戳着她的肩膀骂道："你坐的时间够长了，该我们了。"这位可怜的亲戚就这么被从座位上给赶了下来，眼泪夺眶而出，车一停就飞奔跳下了车，一路步行到倍亚济区。

还是有一些人不惧侵略者的挑衅和镇压，决意抵抗。欧洲方面收到正式通知，有人在安卡拉成立了一个敌对的临时政府。

虽然伊斯坦布尔政府宣判了穆斯塔法·凯末尔[1]死刑，由苏丹亲自签署，可是没人真敢跑到安卡拉去逮捕这位土耳其民族运动领袖，这位自封的新安卡拉议会主席。事实上，据说内阁里某些成员还暗自希望他会成功。

艾哈迈德·雷萨特心想，抵抗固然是正确的，但没有武器和军队，一切都是徒劳之举。有些冒险家想象着他们不仅能解放伊斯坦布尔，还能解放全土耳其——就凭他们那些在一千零一个前线苦战了八年、忍饥挨饿、衣衫褴褛的士兵，从一开始就注定要失败！

---

1. 全称穆斯塔法·凯末尔·阿塔土克（Mustafa Kemal Atatürk, 1881—1938），土耳其的国父，被赐予 Atatürk（阿塔土克）一姓，意即"土耳其之父"。土耳其军事家、政治家、改革家、作家，土耳其共和国第一任总统。（译者注）

艾哈迈德·雷萨特在外衣口袋里翻了半天，没有翻到烟盒，不由得咒骂了一句。虽然房间里没有别人，他还是羞愧得红了脸。那些无法控制的事件把他变成了一个焦躁的人。是的，他是变了。以前他从不爱骂人，现在随口就能蹦出脏话；烟也抽得更凶了；回到家后如果感觉四肢沉重——近日来几乎天天如此——他还会在上床前给自己来一杯茴香酒。满口浓烈茴香味儿的酒气自然是又给他太太提供了更多唠叨的借口。他对自己这些新恶习也感到很不快，可这是艰难时期，得有钢铁般的神经才能熬过这令人沮丧又超负荷的日子。事实上，近期财政部都发不出官员的工资来了，就是真有钢铁般的神经也难以抗得住这样的压力。奥斯曼帝国已债台高筑。艾哈迈德·雷萨特发现自己每天都不得不面对债主的追讨。所有的迹象都表明，去年巨大的财政赤字会在今年翻倍，对世界大战中预计损失的补偿也将使这数字升得更高。

艾哈迈德·雷萨特再次从沙发上起身，伸展一下四肢，开始在小屋子里来回踱步。如果他此时上楼进卧室，可能会吵醒妻子。女儿们肯定也在睡梦中。木头楼梯一踩就发出可怕的嘎吱声，楼上的人要下楼去厨房、浴室或铺有瓷砖的门厅过道，肯定会把觉轻的人惊醒。这又是他太太没完没了了抱怨的内容之一。"萨拉丽夫人肯定又支棱着耳朵听呢，看看咱们是不是又去浴室了。"她会这样嘟囔。可要把那虫蛀了的木楼梯修好，给咯吱作响的门折页上油，谈何容易！

他本可以踮着脚轻轻爬上二楼，但是一想到可能会碰上碎嘴的姑妈，就打消了念头，想想还是在楼下男人屋里小憩一会儿更稳妥。他得休息好了，才能面对可怜兮兮的卡迈尔。这孩子是他从小带大的，看着他被病痛折磨得一天天消瘦，他于心不忍。特别是这些天，每当看到卡迈尔那惨白的面容，他感觉都快要崩溃了，也几乎原谅了这位后生的所有过失。

艾哈迈德·雷萨特在沙发上坐定，向窗外的前院望去。光滑的玉兰树叶上还挂着雪花，整棵树在窗前缩成一团，像个服丧的新娘。更远处的苹果树之前被三月的阳光愚弄，早早地开了些花，又在近期的寒流中枯萎了。艾哈迈德·雷萨特苦笑了一下。"愚蠢的苹果树，就跟我们一样，见到点阳光就瞎高兴，结果还不是高兴得太早了，只能大失所望！"

在"血腥苏丹"阿卜杜勒－哈米德二世[1]被废黜后，大家不是都曾同样热情洋溢地期待解放，又都在不久后捶胸顿足地开始痛悔？未知的魔鬼总归还是更可怕！

统一进步委员会领袖被放逐后留下的政治真空，现在被善于利用宗教情绪的自由统一党填满。不过，人们很快对他们也会厌倦。艾哈迈德·雷萨特能预计到，曾经为苏丹撑腰、但又斥苏丹为亲英派的自由统一党正在人民眼中日益贬值。

近期颁发了赦免令之后，很多在统一进步委员会执政期间被流放的政治犯纷纷回来了，志在复仇的反对力量越发壮大。这本来就让事态够复杂了，常驻伊斯坦布尔的希腊和亚美尼亚神职人员还极力协助入侵者，力图让他们的控制范围从伊斯坦布尔扩大到整个土耳其。这个目的只能在混乱中达到，因此他们不遗余力地煽动希腊、亚美尼亚和穆斯林社区的民众。希腊人变得尤其难以管理，自行其是，以至于当副市长

---

1. 阿卜杜勒－哈米德二世（Abdülhamid II，1842—1918），奥斯曼帝国的苏丹（1876 年—1909 年在位）。在其统治时期，恢复专制制度，建立恐怖统治，推行泛伊斯兰主义，迫害少数民族，被称为"血腥苏丹"（the Red Sultan）。1909 年 4 月被废黜下台。（译者注）

杰米尔帕夏企图检查位于卡拉柯伊的一家烤肉店时，希腊裔店主竟然举个大棍子把他打了出来。

艾哈迈德·雷萨特想起这不愉快的事件时，一阵剧痛从后脑传向前额。他慢慢从左向右转动脖子，试图缓解疼痛。即便对极有忍耐力和坚强意志的人来说，这类事情也变得越来越难以承受。自伊斯坦布尔被占领后，土耳其人一直是坚忍的典范，对同胞和邻居的过分行为睁一只眼闭一只眼，努力维持着之前的各种关系。艾哈迈德·雷萨特就留用了他的亚美尼亚园丁阿莱特，还有每半个月上门帮他们缝缝补补的希腊裔年轻裁缝卡蒂娜。他在财政部的属下里有信奉犹太教的公务员，他们也像什么都不曾改变一样继续供职。内阁里信奉基督教的部长们和议会里信奉基督教的代表们也是一样。虽然有些希腊人和亚美尼亚人主张反叛，大多数人还是没有什么可疑的。令人欣慰的是，犹太人继续支持奥斯曼帝国。希腊报刊公然表达反土耳其立场的时候，犹太媒体和社区继续表现出对土耳其人的权利的尊重，尽管希腊最高议会不遗余力地试图将犹太人拉入他们新近成立的希腊-亚美尼亚联盟。

在这无望地奔向未知前途的冲刺中，艾哈迈德·雷萨特既是一位参与者，也是一位观察者。他束手无策。男儿有泪不轻弹，可雷萨特先生突然控制不住左眼皮的跳动，眼睛不由自主地湿润了。

2

贝海丝、梅佩尔和萨拉丽夫人

梅佩尔抱着满满一大盆纱布轻手轻脚下楼的时候，碰见了正要去卫生间的贝海丝夫人。

贝海丝身着一件伊斯坦布尔新娘结婚第一天早晨穿的那种长袍。粉色的袍子已经褪了色，领口玫瑰色的蕾丝滚边已经脱线，在她生了两个孩子后变得臃肿的胸前，扣子绷得紧紧的。

几个月前，这件长袍还跟她的婚纱一起好好地收藏着。后来贝海丝把它从箱子里拎了出来，又晾又洗又熨地折腾了一番。倒不是她这位政府官员的夫人做不起新衣服。她又开始穿这件袍子，是因为它让她想起丈夫宠爱自己的日子，那些几乎每小时他都会拥吻、轻抚她的美好时光。她把它套头穿上的瞬间，感觉自己恢复了年轻的身体，仿佛回到了幸福的过去。那时她瀑布般的长发披散过腰，丈夫的眼里只有她一个人。她怀念那些日子，那时雷萨特先生早早就下班了，早晨上班前也总是拖着不情愿的脚步离家，整个周末都在妻子怀里依偎着度过。那时他对她的专一挚爱让家里所有女人都眼红，特别是萨拉丽夫人。可过去的五六年里，一切以令人眩晕的速度改变着，不论是家里还是国家。现在如果她晚上弹起乌德琴，唱起伊斯坦布尔歌曲，丈夫不会再像从前那样惊叹、着迷地倾听了。他也没时间陪女儿们了。现如今他每天回家时都拉着个脸。对唯一敢质问他的姑妈，他也三言两语简要对答。特意为他现做的晚饭，他也基本顾不上碰，往往只是强吞下一碗汤就直接上床，躺下后也是噩梦连连，翻来覆去到天明。

根据贝海丝的记忆，她丈夫的抑郁状态起自卡迈尔奔赴萨勒卡默什战场的时候。雷萨特先生本来是个沉着冷静的人，通常绝不会为军队的部署、战争的艰苦之类的事情烦恼。1914 年 9 月恩维尔帕夏的政府向英、法、俄宣战的时候，他都平静如常。奥斯曼的子孙们一直身处战乱之中，见惯了战争带来的物资匮乏和流血牺牲，再来一场又能怎样？这本是她丈夫对最近的战事和前线传来的一系列坏消息的认命态度。可是，当卡迈尔投身于一场注定失败的事业又遭逮捕时，雷萨特先生崩溃了。就是从那一刻起，一个时时脸色难看的丈夫和一个不停哭哭啼啼的姑妈，使贝海丝的家庭生活变得难以忍受。

终于有一天，前线传来盼望已久的捷报：土耳其在恰纳卡莱（加利波利）战役[1]中击败了英法联军，取得了决定性的胜利。举国沉浸在欢庆的气氛中，邻里们互送庆祝的甜点和酥皮馅饼。很多人一早就串门访友，彼此道贺，就跟过开斋节[2]一样。不过这欢乐十分短暂。贝海丝的高昂情绪在雷萨特先生说了几句扫兴的话时又泄了气。他说："为了报加

---

1. 恰纳卡莱（Çanakkale）战役，即加利波利（Gallipoli）战役，是第一次世界大战中发生在土耳其加利波利半岛的一场战役。（译者注）
2. 开斋节（bayram），伊斯兰教三大宗教节日之一。伊斯兰教有其本身的历法，伊斯兰历第九个月称为"莱麦丹"，就是教徒守斋的月份。开斋节在"莱麦丹"之后，为闪瓦鲁月（十月）的头三天。在此期间，人们举行正式宴请，拜访亲友，互相祝贺，馈赠礼品，着新衣，游坟悼念亲友。（译者注）

利波利战败之仇，英法秘密达成协议，要把十二群岛[1]拱手送给意大利。他们怎么能不跟我们协商就这样做？"雷萨特沮丧的长脸又回来了。

贝海丝揶揄她丈夫道："保佑你，雷萨特先生。波斯尼亚和黑塞哥维那都没了，巴尔干也没了，可您还在为失去几个爱琴海小岛而叹气。"

人们对生活中愉快的事情习以为常，对苦难也一样会慢慢习惯。既然战争在命运的安排下成为日常生活的一部分，人们也就逐渐适应了，即使在自己的领土被占领的情况下。在这过程当中，他们也就只能祈求安拉，让他们所剩无几的一切能保住，他们的麻烦能解决，他们的痛苦能治愈。

跟很多女人一样，贝海丝主要关心的是自个儿的小家庭的安危。受上天眷顾，她出身显贵。事实上，他们现在住的大宅就是她父亲在她生大女儿丽曼那年送给他们的。

贝海丝的母亲生她的时候难产去世了，父亲伊布拉海姆先生一直很娇惯这个独生闺女。他本可以把金发碧眼的美丽女儿嫁给拜帕匝里的任何一位大土豪，但是他选择了一位伊斯坦布尔绅士，一个世代为皇家服务的切尔克斯族上流家庭的后代。他的女婿追随先辈的脚步，在皇家学校受教育，之后为国家效劳。他绝不会像许多奥斯曼帝国官员那样贪得无厌地接受贿赂，他简朴的生活方式证明了这一点，也说明了他正直的人品。人品是伊布拉海姆先生择婿的重要标准。艾哈迈德·雷萨特跟他一样宅心仁厚，也是一位真正的穆斯林。一个不能被收买的人也一定会

---

1. 十二群岛，即多德卡尼斯群岛（Dodecanese archipelago），与奥斯曼帝国之间保持了几个世纪的半独立自主状态，于 1912 年独立，但旋即被意大利占领。

拒绝其他诱惑。他定会珍惜贝海丝，不会娶第二个老婆。由于伊布拉海姆先生对女婿的品德颇为欣赏，他给女儿提供了远远超出她需要的物质上的帮助。为了不伤害女婿的自尊，他不得不采取秘密手段，私下给孙女们送礼，或者从拜帕匝里送来大量的物资填满她女儿的储藏室。

贝海丝深深叹了口气。有时她会禁不住想，如果她没有嫁到伊斯坦布尔来，做一个成天忧心国事的政府官员的妻子，也许她会留在拜帕匝里过上皇后般的日子，那也挺好。现在，他们婚姻初期她所爱的那个男人不见了，代之以一个新的雷萨特：一个时刻为他外甥的不幸心痛，自敌军占领以来变得日益焦躁，也与她越来越疏远的男人。

萨拉丽夫人把卡迈尔藏在阁楼的举动使事情变得更糟了。雷萨特先生一直不能原谅贝海丝默许了卡迈尔的秘密进住。可是她又能怎么办？把生病的亲人扔到大街上去不成？最近，卡迈尔的病情恶化，她又开始后悔之前与姑妈的合谋。可是太晚了。唉，蠢女人！这事不仅导致她与丈夫间产生隔阂，还把世界上最可怕的疾病带到家里来了。她怎么保护自己的孩子不被传染？她吩咐每天用酒精擦拭所有台面，时时监督梅佩尔洗手，还费力地坚持让卡迈尔独用一套餐具。萨拉丽夫人是出了名的挑剔，她坚决反对最后一条，原因是怕像对待麻风病人一样对待她外孙，这会让他伤心。现在她，贝海丝，宅子的女主人，只能坚守在自家厨房里，确保孩子们不碰被污染过的餐具，除此之外她别无选择。

贝海丝烦透了，烦透了在被占领下的城市里生活，还要应付自己家里的混乱局面。她丈夫早出晚归的状态已经持续好几个月了。更糟的是，他难得待在家的几个晚上，还都花在了跟卡迈尔激烈地争论政治问题上。男人间的这种默契实在是奇怪！一谈到国事，他宁可跟那气人的外甥海聊，也不跟他忠诚的妻子说上半句。她那么努力地练习法语，熟读每份见到的报刊，想要博得他的欢心，却都是枉然。她好不容易能在开设第二前线的问题上斗胆发表个有依据的看法，提出应该在巴尔干半岛的创伤痊愈之后再予以考虑，就被萨拉丽夫人斥责了一番："男人家的事，你跟着瞎掺和什么？还谈上战争了。"雷萨特先生跟他太太没什么可说的，倒是能与卡迈尔志趣相投。

带着年轻人的狂热，卡迈尔对舅舅的观点和立场一概反对。倒霉的恩维尔帕夏对俄宣战的时候，卡迈尔不顾舅舅的阻止和萨拉丽夫人的歇斯底里，扛枪上了前线。真是个典型的"疯狂的切尔克斯人"！卡迈尔不听老人言的代价，是被截掉了两个脚趾头，烂了肺，伤了肾，挫败了精气神。贝海丝认为卡迈尔脑子不正常了，萨拉丽夫人对此说法十分不悦。不过，其实这描述倒是很符合卡迈尔的实际情况，他常常四肢抽搐，半夜哭叫，在烧得很暖和的屋子里禁不住瑟瑟发抖，或是瘫坐在火盆前，看着即将熄灭的余烬发呆。

尽管如此，萨拉丽夫人不许任何人说她外孙半句不好。像很多曾经在皇宫待过的人一样，她本人也有那么点神志不清。贝海丝不能确定萨拉丽夫人的不正常是因为皇宫的背景，还是她的切尔克斯血统。比如她有洁癖，老是反复洗手，把手都洗肿了。还有她不许任何人进她的房间，动她的东西。雷萨特很敬重这位把他从小带大的姑妈。自从她儿子战死、女儿难产而死以后，她就带着外孙搬到他家里来了，一住进来就让家里其他人的日子十分难过。家人出于对雷萨特先生的敬畏，都对他姑妈很恭顺，但是贝海丝怎么也没法儿对着这位相当于她婆婆的老太太叫出一声"妈"或"姑妈"。在心肠软的时候，贝海丝最多也就偶尔尊称她为"老夫人"。对这位难以相处的女人，她通常还是直呼其名，叫她"萨拉丽夫人"。只是为了丈夫，她才尽量容忍着老太太的喜怒无常。所幸的是，两个女人最近找到了一个共同的目标：送卡迈尔去医院。

梅佩尔被贝海丝堵在半路上问话。失眠的贝海丝两眼无神，因为不知道丈夫是不是已经回家了，声音也显出不悦。

"卡迈尔一直咳嗽到天亮，"她烦躁地说，"你给他的糖浆一点用也没有。他还发烧吗？"

"整夜都烧得像着火了一样。我一直在用湿毛巾给他敷额头、擦胳膊，温度总算降下来一些。现在他睡熟了。"

"我的天啊，快去把那些布好好煮一煮，丫头。还有把他的餐具和衣服彻底清洗一下。别忘了之后洗三遍手……家里有小孩，老天保佑可别让她们出点什么事！无论我怎么做，先生就是不明白，这样下去是不行的。病人就该待在医院里头。"

"我全都会好好消毒的，别担心，夫人。"梅佩尔安慰她道。

贝海丝夫人一关上卫生间的门，梅佩尔就如释重负地长出了一口气，快步跑下楼来。她一边把要洗的东西用开水和肥皂渣泡上，一边自言自语地嘟囔道："什么'病人就该待在医院里头'！这么一大家子人，怎么就照顾不了一个病人！"

她把洗衣盆放回到火上去煮，接着给病人倒了一杯牛奶加蜂蜜，小心翼翼地放到一个银托盘上。她刚要端上楼去，家里的老夫人一阵风似的冲了进来。

"我可怜的小狮子一直咳到晨礼的时候。他咳嗽，我流泪。你给他后背拔火罐了没有？"

"拔了，夫人。但没有用。他烧得很厉害。"

"有没有咳出血来？"

"没有。"

"你发誓真没有？"

"我发誓他真没有。只是干咳。"

"社区大夫根本没用，应该带他上医院。我跟雷萨特说了，可他就是不听。"

"医院不会好好照顾他的，他会着凉的。老爷知道怎样做最好。"

"他知道什么！他是在生卡迈尔的气，气他自作主张，所以才这样对待他。咱们必须带卡迈尔去医院。"

"医院能做的也就跟咱们一样，给他吃药……"

"你话太多了，梅佩尔！当初我为什么在你家姐妹几个中挑了你？还不是因为你得体、听话，能给我家孙女儿当个好榜样。如果我只是要个仆人的话，找个希腊或亚美尼亚女孩不就得了，她肯定还认字……"

"我也能读书写字。"

"那还不是因为你跟着丽曼一起上课来着，为此我还多付了辅导费呢。"

"真主保佑您。"梅佩尔嘴上说着，心里却在抗议："那你也不是出于什么好心，还不是为了让我能给你念妇女杂志，更要紧的是能给你读卡迈尔写的东西。"

"幸好我的努力没有白费，"萨拉丽夫人道，"你比丽曼还先学会了认字。你是个聪明女孩，梅佩尔，但是你话太多。哪天你出嫁了，要是跟丈夫顶嘴，肯定会被遣送回家。"

"我不要什么丈夫，夫人。"

"嘘，在长辈面前可别这么说。想法存在心里，只听不说。现在你告诉我，今天的晨礼做了吗？"

"还没找到时间呢。我先让少爷把牛奶喝了，再去祈祷。"

"很好。千万别误了祷告，那样安拉才能对我们有求必应。"

梅佩尔像小蛇一样优美地扭动着纤细的身体跑掉了，她急不可待地想从萨拉丽夫人身边逃开。如果她真的相信晨礼能让安拉还卡迈尔健康，她就会待在祈祷垫上不起来了。可这是一件无望的事。受损伤的不仅是他的肺，还有他的心灵。从萨勒卡默什回来后，差不多过了一年，他才能在夜里入眠。可是好不容易睡着了，他又会突然在尖叫、颤抖中醒来，不管冬夏，都会如此。随着时间的推移，他的噩梦渐渐减少，也不浑身发抖了。他开始出门，有时会去报社看看。当雷萨特先生提出，作为一个单身汉，他应该搬出去住时，他甚至自己在外面找到了住处。眼看着卡迈尔的身体快要完全复原了，那个魔咒一般的疾病又把他撂倒，导致他不得不又搬回家里来。"瞎折腾！"梅佩尔对自己咕哝了一句，马上又为自己不仁慈的言辞感到羞愧，赶紧闭上了嘴。医生说过，卡迈尔的病是由肺部虚弱引起的，需要一段时间的疗养。但还是得有最坏的思想准备。梅佩尔自打那时起就一直专门照顾他，毫无怨言，不知疲倦。

梅佩尔飞快地上了楼，生怕又碰上家里什么人。病人应该趁热把牛奶喝了才好。一进房间，病人整夜发烧、出汗、痛苦不堪产生的臭气扑面而来。她把托盘放到茶几上，走到病榻前。卡迈尔还在熟睡中，他纤细的脖子靠在白白的枕头上，像一根黄黄的苇草。他的头发粘在脸上，那双使他看起来年长十岁的悲伤的眼睛，此刻紧闭着。他睡梦中不时发出叹息和咕哝声，整个人看上去像一个骨瘦如柴的小男孩。梅佩尔的心颤抖了，她舍不得叫醒他。她把牛奶放到阴凉的窗台上，正要离开，雷萨特先生就进来了。梅佩尔马上恭敬地退到一旁，给他让路。

"他一夜没睡，是这样吗？"雷萨特先生问道，目光从梅佩尔披肩下露出的睡袍上移开。

"他发烧来着，先生。"

"做噩梦了吗？"

"没有，他不再做噩梦了，感谢真主。医生给的止咳糖浆挺管用的。他最近还都挺好……不过……"

"不过什么？"

"他上周在男人屋里见了位客人。您知道，那屋子很冷。我生了个大火盆送过去了，可还是不够把里面的湿气赶出来。他可能是在那里着凉了。"

"客人是谁？怎么没人告诉过我？"

梅佩尔后悔自己不小心说漏了嘴，于是低下了头。"我不知道，先生。"

"梅佩尔，听着，我不在家时，什么人也不能让进来。"

"可是他们进的是男人屋，不是这里……"

"男人屋也不让进去，谁都不许进。"

"管家说是卡迈尔先生在部队的朋友……少爷自己在家待烦了，而且他姥姥也同意了。"

"除了丽曼的法语和历史老师，谁也不许进这个家门，自称是王子也没用，听明白没有？"

"是，先生。"

"现在赶紧回屋换衣服去，都大早晨的了。"

梅佩尔膝盖哆嗦着退出了房间，因为让人看见了自己穿着睡袍而深感难堪。出了房门，她飞也似的跑回自己的屋子。

管家古尔菲丹在厨房准备早餐，像往常一样弄得锅碗瓢盆乒乓乱响。每次梅佩尔弄出一点什么响动，哪怕是勺子碰到茶杯的声音，她都会遭到好一顿训斥。可是萨拉丽夫人不容许任何人批评这位由她从高加索带来的管家。梅佩尔本人也是切尔克斯人，但她是在伊斯坦布尔出生的。就为了这个，在萨拉丽夫人眼里，尽管她是他们家的远亲，但永远别想升到管家的位置。萨拉丽夫人把家里上上下下里里外外都安排了土生土长的切尔克斯人。她不用基督教的仆人，除了园丁阿莱特，他也就是夏天每周来两次，冬天每个月来一两次。还有帮贝海丝熨衣服、做针线活儿的卡蒂娜也是，但萨拉丽夫人根本不理她。在梅佩尔不到十二岁被送到这大宅子里干活儿的时候，就有人提醒过她："皇宫类型"的人都有些怪异，他们吹毛求疵，过分注重细节，极难伺候。梅佩尔自己很快就认识到，这些都是实情。老太太没完了地发牢骚，这也常常激怒贝海丝。梅佩尔不止一次听到贝海丝这样哀号："她要真是我婆婆，我也就忍了。可她又不是我丈夫的亲妈！"

梅佩尔进了自己的房间，把祈祷用的地毯铺好。之后，她往胳膊上搭了条毛巾，去一层的浴室做祷告前的清洗。

艾哈迈德·雷萨特坐在卡迈尔的床脚，用手背摸了摸他外甥的脖子和额头。卡迈尔的烧退了。他的额头和上唇挂满了汗珠。

三十年前，艾哈迈德·雷萨特第一次触摸卡迈尔粉嘟嘟的脸蛋时，他用指尖轻轻地抚弄，生怕把熟睡的孩子碰醒。卡迈尔的生母在把他带到这个世界以后，还没按习俗坐完产后四十天的"月子"，她就去了另一个世界。这是奥斯曼帝国的土耳其人常有的命运：女人死于产子时失血过多或感染，男人死在战场，成了孤儿的新生儿被托付给亲戚收养。卡迈尔的父亲还没有见到自己刚出生的孩子，就在希腊与土耳其的战争中成了烈士。雷萨特本人也是一个这样的孤儿。当他接下抚养外甥的责任时，自己也不过是个小青年。他视卡迈尔为己出，请萨拉丽夫人帮忙照顾，又安排伊斯坦布尔最有名的老师来教他功课。他尽全力养育卡迈尔，却完全没能对他带来思想上的影响。

舅舅的手搭在他额头上的时候，卡迈尔的眼睛抖动着睁开了。

"舅舅。"他轻轻叫了一声。

"你感觉怎么样，卡迈尔？听说你一夜没睡。"

"我发烧来着。只是模模糊糊记得梅佩尔用湿毛巾给我降温的事儿。"

"我给你请个大夫来吧？"

"我不要。我已经好了，舅舅。"

雷萨特先生伸手去够窗台上的蜂蜜牛奶。"喝上一两口，润润肺。"

"等会儿吧，舅舅。不用担心，梅佩尔肯定会让我喝下去的。"

"那可怜的姑娘护理你真是尽心，你姥姥把她培养得不错。"

"呃，我让她受不了的时候她就找个替身来管管。"卡迈尔说，还虚弱地笑出了声。

"你这阵子让我也怪受不了的，孩子。我说卡迈尔，看看你现在这个状况，为什么当初不听我们的呢？"

"我的状况跟祖国面临的危机比起来微不足道。我现在还时常做噩梦，梦见可恨的德斯佩雷将军，像古罗马军团得胜的指挥官一样，骑着高头大马前往法国使馆。还是一匹白马，那叫一个傲慢无礼！居然还模仿征服者穆罕默德[1]进驻君士坦丁堡的样子！好像是在说，你们骑着白马拿下了这座城市，现在我骑着白马再把它夺回去……"

"嘘，不说了，想想高兴的事儿吧，不然又要做噩梦了。"

---

1. 征服者穆罕默德（Mehmed the Conqueror），即穆罕默德二世（1432—1481）。21岁时指挥奥斯曼土耳其大军攻陷君士坦丁堡，灭拜占庭帝国，骑高头白马入城，并以该城为首都，改名为伊斯坦布尔。（译者注）

"与其活着目睹那可怕的一天，还不如战死在萨勒卡默什。"

艾哈迈德·雷萨特感到一阵恼怒。

"你该庆幸自己还活着。"他克制了一下，说出这么一句告诫的话。

"他们说马拉什那边已经开始武装抵抗法国人了，是真的吗？"

"是，我们接到报告了。"

"那可太好了，舅舅！"

"保佑你，卡迈尔！停战协定签署以后，有些帕夏还是拒绝交出武器，麦加的指挥官还坚持抗战了两个月。可这有什么意义？完全没有！正相反，咱们抵抗得越多，他们镇压得越厉害。"

"这回可能会不一样。安纳托利亚已经开始组织起来了。如果抵抗力量在大后方建立起来的话，伊斯坦布尔也会积极行动起来的。"

"那样的话，我担心英国人将对我们采取什么手段。"

"难道您也开始像苏丹一样考虑问题了吗？真令人失望！"

"你要明白，卡迈尔，现任苏丹并不比之前的大多数苏丹差，就是命不好而已。这场不幸的侵略战争刚好赶在他在位时发生。苏丹在尽全力保护这个延续了六百多年的王朝。"

"那我们呢？他也在保护他的子民吗？"

"那个王朝代表我们大家，我的孩子。如果它灭亡了，我们也跟着完蛋。"

"假设它真的灭亡了，您打算做什么？我想听听您的想法。"

"我是个人民公仆，只是一个听命做事的财政官员，连议会成员都不是，我的想法有什么意义吗？"

"对我来说有意义。"

"卡迈尔，你知道我的想法。咱们已经打了好几年的仗：俄国、巴尔干、特里波利……还有很多很多。至于世界大战，它毁了我们。没人想发动又一场战争。咱们已弹尽粮绝，武器装备都被抢走了。在这种条件下，我自然是支持苏丹。我跟他一样相信，必须通过外交手段来解决占领问题。"

"即使您知道苏丹是错的，您也会支持他，是不是？"

"我们的家族世代为皇室服务，也受惠于皇室。别指望我会背叛我的君主。我得警告你，你就跟我的亲儿子一样，你也不许背叛他，否则就太有失体统了。"

卡迈尔不吭声了。他太虚弱了，没力气再争辩，但他希望舅舅能留下来多跟他聊一会儿，给他带来更多外面的消息。自打他被限制行动以来，这些日子围着他转的都是女人，他开始受不了她们了。

雷萨特先生站了起来。"我把你吵醒了。我先走了，你再睡会儿。"

卡迈尔把手伸向舅舅。"别走，舅舅，再跟我待会儿。咱们再聊会儿。"

雷萨特又在床脚坐了下来。两个男人互相对视了片刻。在外甥疲惫的眼睛里，雷萨特看到了他去世的母亲的影子。

"卡迈尔，上周谁来看你了？"他轻声问。

"什么时候？"

"上周你见了位客人，是谁啊？"

"我亲爱的舅舅，是不是阿卜杜勒－哈米德下台的时候把他的机密情报人员留给您了啊？您怎么知道这事的？"

"我有我的渠道。"

"您在家里也有间谍？"

"别气我了，孩子。我想知道是谁。"

"部队里的老朋友。"

"你部队里的朋友都冻死了。"

"这位没有。他被捕了，现在回来了。"

"他叫什么名字？"

"杰米尔·福阿德。他是费夫齐帕夏的远亲。"

"他是不是青年土耳其党人？"

"还有剩下的青年土耳其党人吗？去萨勒卡默什的几乎都已冻死，活下来的都悔罪了，留在这里的都被占领军和达马特·费里特[1]处死了。"

雷萨特没有理会他外甥的大实话。"他想要干什么？"

"他来看我。非得想要干什么才能来吗？"

"每次有人来看你，都有可怕的坏事发生。"

"我问您，舅舅，您看我这样子像是还能参与什么危险行动的吗？您再清楚不过了，唯一能从这个屋子里出去的就是我的尸体。"

"别胡说！你这么年轻，好好休息，加强营养，不出去惹事，我还能指望上你给我养老送终呢。现状也是如此，也没别人了，这个家的男人都在战争中死绝了！"

"您就别担心送终的事儿了，亲爱的舅舅。您那两个闺女长得那么美，过不了多久她们的丈夫就会住进这房子里的。而且，也没准儿您一直渴望的儿子也会来到这个世界上呢，到时候还不得把我从这位子上推下去。"

"别贫嘴了，卡迈尔，你就答应我以后不许请别人来家里就是了。"

"我反正不会请对您构成威胁的人来。"

"这话你不是第一次说，但是我可没忘记那天夜里，咱家房子被警察包围的事儿。"

卡迈尔开口要说句什么，结果猛烈地咳嗽起来。等他咳完了，雷萨特又把那杯牛奶递给了他。卡迈尔咕咚咕咚喝了几大口后，开口说道：

---

1. 达马特·费里特（Damat Ferit），苏丹穆罕默德六世时期的大维齐尔（分别于 1919 年和 1920 年两次任职），以反对统一进步委员会、镇压亚美尼亚人著称。（译者注）

"舅舅，我听说苏丹的女婿伊斯梅尔·哈克支持民族主义者，要在皇室那里为他们说话呢，有这事吗？"

"你在这阁楼上是怎么听说这些事的？还是你偷偷跑出去了？"

"来看我的朋友告诉我的。"

"他的说法不准确。恰恰是像你和伊斯梅尔·哈克这样的冒险家会毁了我们。街上到处都是穿着英国制服的希腊人和亚美尼亚人，为英国总部搜集情报。他们到处都有耳目。所有那些关于法国人同情我们、安纳托利亚的民族主义者组织集会的鬼话，纯粹是胡说八道。都结束了，卡迈尔。我们完了。安纳托利亚的部分地区也被占领了。我们能保住伊斯坦布尔和陛下的疆域就算万幸了。苏丹同意先让英国人管辖，不过只是暂时的。这总比被解体和消灭了好。也正是由于这个原因，我们必须跟英国人和平相处。"

"苏丹就不能一边支持席卷安纳托利亚的抵抗运动，一边跟英国保持友好吗？不要低估了这场运动，舅舅。据说很多人已经离开伊斯坦布尔去加入他们了。"

"就算所有伊斯坦布尔人都搬到安纳托利亚去了，我们脚下连双像样的鞋都没有，手上也没有武器弹药，又有什么用呢？"

"我们的希望在主身上。"

"正是。国库完全空虚了，都拿不出工资发给我们的公务员。这个月只发了普通职员和保洁工人的工资，那还是搜遍了我们的办公楼，找出些沙袋、斧头、铁锹、皮革、废铁之类的卖掉了才凑上的。"

卡迈尔把头躺回到枕头上。

"你需要休息。时间还早，我把你累着了。"雷萨特说，"我去吃口东西，然后回去上班。你要是还不见好，给我个信儿，我请马赫尔医生晚上过来一趟。"

卡迈尔没说话。街上传来小贩和送奶工的吆喝声。伊斯坦布尔醒来了，她的居民睁开眼睛，开始面对又一个占领下的日子，又一个耻辱低头、心情沉重、步履疲惫的日子。百叶窗缝隙里钻进来的阳光，慢慢照亮了屋内的地毯。

雷萨特先生站起身，轻手轻脚地出了房间，生怕把外甥吵醒。卡迈尔已经不想再跟他多谈，开始装睡了。雷萨特一边下楼进到自己的房间，一边准备好面对妻子劈头盖脸的一顿抱怨。他这才痛苦地意识到，自己这样凌晨下班到家的情况已经持续近一个月了，他也一直没做过解释。贝海丝质问他，到底什么事能让一个财政官员夜不归宿。

艾哈迈德·雷萨特无法向他妻子解释自己参加的秘密行动。就连他自己都拿不准对这些工作是怎么想的。马赫尔是唯一了解情况的，知道这是大维齐尔交给雷萨特的特殊任务，因为他本人也承担过类似的职责：一些会说法语的有名望的官员，被指派去跟法国高层搞好关系。为此，他们得去陪这些新朋友吃晚饭，请他们打桥牌、下棋。艾哈迈德·雷萨特希望这份工作不属于间谍性质，但很难把自己说服。倒不是需要他去翻人家的保险箱、文件柜，去找协约国联军的秘密文件、密码什么的。至此，他也只是通过与法国人的交往观察到英法之间的关系越来越紧张，需要进一步了解是什么原因。

当初，雷萨特先生接到苏丹的首席随从武官的通知，说大维齐尔阿里·勒扎帕夏要召见他。他备好一大摞文件，在约定的时间准时到达，预备汇报帝国的财政情况。但帕夏闭口不谈收支问题。喝着咖啡寒暄几句之后，帕夏直入主题。两天后，他要带雷萨特去参加奥斯特罗格伯爵在博斯普鲁斯水畔的豪宅里举办的晚宴。客人当中有法国驻土耳其高级专员，雷萨特的任务就是整晚上仔细听他说了些什么。

艾哈迈德·雷萨特对任何上不了台面的把戏都有天生的反感，哪怕是为了祖国的利益不得已而为之。他是个正直的人，有教养，诚实坦荡。参加这个行动他十分不情愿，不过看到马赫尔也在，他感觉好过了些，碰到了老朋友卡普里尼伯爵，他更是喜出望外。

"卡普里尼先生！真巧！好久不见了，身体可好？"

"我亲爱的朋友！见到你我就全好了。咱俩找个角落坐下好好聊聊。"伯爵喊道。

卡普里尼伯爵据说是意大利军事物资局的要员，但被派遣到伊斯坦布尔来是为了指挥意大利宪兵队，防止他们跟土耳其人发生冲突。大家都知道他是土耳其人的朋友。像是命运的安排一样，在克里特岛土耳其人遭到屠杀[1]那段时间，他恰好在那里的宪兵队任职。正是那时，他对土耳其人的人道主义同情，使他获得了苏丹阿卜杜勒-哈米德二世授予的勋章和"卡普里尼伯爵"头衔。

艾哈迈德·雷萨特和卡普里尼伯爵的友谊开始得更早。当年艾哈迈德·雷萨特在塞萨洛尼基担任政府公职的时候，卡普里尼也在同一个城市任职，协助建立奥斯曼帝国宪兵队。当时他俩都很年轻，一见如故。他们一起探索这个繁忙的港口城市，一起参加象棋聚会，一起去骑马。

---

1. 克里特岛（Crete），希腊岛屿，1669—1898 年间被土耳其占领。1898 年奥斯曼帝国的军队被赶出克里特岛，克里特宣布独立。在此之前的几年当中，那里的穆斯林遭到屠杀，尤其是在四座沿海城市。（原注＋译者注）

多年以后，在被占领的伊斯坦布尔，他们又有了一些交集，但因着对协约国联军侵略行径的愤怒，艾哈迈德·雷萨特有意躲着这位老朋友。不过命运又让他们今晚走到了一起。晚宴落座之前，他们抓紧时间聊了几句。

"有什么紧急情况需要我的话，随时来找我，尊敬的雷萨特先生。"伯爵说。

"安拉保佑我永不需要依靠你们这些人。"艾哈迈德·雷萨特心想，但还是堆出笑容，对伯爵说："太感谢了，卡普里尼先生。"

晚饭后，客人们开始分组打桥牌、下棋。那天晚上没听到任何有用的信息。不过，大维齐尔还是认为那天建立的联系可以继续发展，日后也许会成为有用的关系网，谁知道呢？

接下来的一些天里，他们常跟那些法国人混在一起。有一天，他们一起在佩拉区看舞蹈表演，之后去酒吧喝酒。没过多久，貌似对什么都不在意的艾哈迈德·雷萨特就从这些法国人的嘴里听到一些有趣的酒后真言。他眼睛盯着舞台，耳朵却仔细听着法国人的闲聊。他得到的信息是，法国虽是协约国联军中的成员，但他们不满受英国人指挥，因此罗列了威尔逊将军的种种不是。

第二天，艾哈迈德·雷萨特写报告的时候胃里直翻腾。这文件要是落到别人手中可怎么办？他，艾哈迈德·雷萨特，可不是什么间谍！他是一名财政官员。想到这个，他把写好的报告撕得粉碎，直接到阿里·勒扎帕夏的办公室，把他听到的情况做了口头汇报。

从那天开始，他发现自己经常接到法国人的邀请，和他们一起下棋打牌。法国人为了表示对英国人的蔑视，也在跟奥斯曼帝国的官员拉关系。不过他就是不能刺探卡普里尼伯爵，毕竟，他是朋友。

当阿里·勒扎帕夏的内阁签署了由安卡拉的民族主义代表呈交的《国民公约》[1] 时，艾哈迈德·雷萨特忽然看到了希望，以为事情会有个善终，他不必再做强加给他的那些令人不悦的事情了。事实上，命运的力量只是在忙着制造新的意外。

1.《国民公约》(National Oath 或 National Pact) 是奥斯曼帝国最后一届议会所做的六项重要决议。议会于 1920 年 1 月 28 日开会，1920 年 2 月 12 日发表了决议。这些决议导致英国于 1920 年 2 月 16 日占领伊斯坦布尔，也导致新议会，即大国民议会，在安卡拉成立。

3

破坏活动

马赫尔医生把手掌放在病人裸露的后背上，用另一只手在旁边轻轻拍打。卡迈尔吃力地在床上坐直，医生刚洗过的、冰冷的手碰到他的时候，他禁不住哆嗦了一下。马赫尔医生对自己的诊断还不太满意，又把耳朵贴到病人后背上良久，倾听他的呼吸。"快穿上衣服吧，别着凉了。"他站起身来说道。

梅佩尔一路小跑，把她刚刚在楼道里的炉子边烤暖和的衣服送了进来。卡迈尔穿上内衣，让梅佩尔帮他套上睡衣，可当她要给他系扣子的时候，他轻轻地把她推开，说："我自己来吧。"之后他把视线移向大夫，直视着他的眼睛，用一种夸张的悲悼腔调说："那么大夫，我的肺是不是在唱着结核之歌啊？"

"肺结核不是开玩笑的事，它可没空唱歌。"

"它会要人命。"

"正是。不过要你命的是你鲁莽的性情，卡迈尔，不是这白色瘟疫。"

"你是说我没得肺结核？"

"等明天我从医院把听诊器拿来再说。我觉得不是肺结核，你应该是着了凉。不过不拍 X 光的话没法确定。"

"我可以悄悄去趟医院……也许可以夜里去？"

"你会让人注意到的，医院白天黑夜都是人！总会有值班大夫、勤杂工、护士什么的。而且你也应该在室内继续休息几个星期。外面仍然很冷。"

"我都烦死了，马赫尔。"

"那肯定的。不过你要是再着凉的话，一定会染上肺结核，那是毫无疑问的！"

"我一辈子都得带着这份恐惧活着吗？"

"是的，这就是你未来的生活。你已经把身体糟蹋得没抵抗力了，你的肺和肝随时都在找机会发病，可别给它们机会。"

"我难道要终生卧床成个废人了吗？"

"那当然不是。你可以任意用脑子，那不会带来任何器官的感染。但是你要永远记得保暖，保持平静，少喝酒，严格戒烟。娶个好媳妇好好照顾你，你会平安、快乐、长寿的。"

"上哪儿去能看上我这身子骨的女人呢？"

"我就认识不少愿意嫁给英俊的退役军人的适龄女孩，不会在乎他是否残疾。"

"假设我没有得肺结核……"

"没拍胸片，什么也没法儿假设。"

"好，那就假设我身体是健康的。哪个女人会愿意睡在一个整夜睡不着、睡着了就做噩梦的男人身边？"

"噩梦会过去的。现在不是已经很少做了吗？"

"根本没减少！"

"你有没有服我给你开的糖浆？"

卡迈尔朝着梅佩尔的方向点了点头。

"她总在强迫我喝这喝那的，我也没问过喝的是什么。"

梅佩尔立刻说道："您给开的药我们都买了。老爷总是及时把药续上，真主保佑他。我亲手照顾他吃药，总是按时让他吃下去，从没落下过。"

"干得不错，姑娘！他睡得好些了吗？"

"是的，感谢主！他还是做噩梦，但不那么多了。还有，他现在也不要求在床边放火盆了，您看，火盆都挪到楼道里去了。这小屋子以前总是烧得像炉子那么热。"

"都会过去的。现在烧退了，最重要的就是吃好，休息好，保暖。"

"知道了，先生。"梅佩尔说。但她刚才未提到的是，药不是总有，家里也经常搞不到肉吃，基本是靠贝海丝的父亲从拜帕匝里寄来的粮食过活。

"去吧，梅佩尔，下楼去给我们弄两杯浓咖啡来。"卡迈尔说。

"都有什么情况，快告诉我！"梅佩尔刚一关上门离开，卡迈尔马上向马赫尔问道。

马赫尔把椅子往床边拉近了些，压低了声音说："地下抵抗组织一直没闲着，卡迈尔。他们昨晚还在蒂克维斯里农场集会来着。有一些重要进展，但我们还需要来自皇宫里面的信息。"

"那位苏丹的宫女不是能提供吗？"

"她对内阁会议一无所知，只能打听到后宫里的消息。你舅舅就那么守口如瓶吗？"

"你们想了解些什么？"

"如果能了解军需品的库存和位置，会省下我们不少时间。"

"那个只有军事部长才会知道吧。"

"财政部应该也知道，他们还零星卖过一些小武器。"

"我会尽量向我舅舅打听。他觉得我病成这样，不会参加这类行动了，所以可能会透露些消息给我。"

"啊，卡迈尔，如果他能加入到我们这边来就好了。他对我们的事业会非常有帮助！"

"马赫尔，我舅舅对苏丹绝对忠诚。即使苏丹是错的，他也不会背叛他。"

"你舅舅当然有理由认为自己站在正确的一方。没人相信我们会胜利。"

"我们还能怎样呢？不管胜算有多小，我们都得尽力一搏！"

"很多人都以为安纳托利亚的抵抗运动还是由前青年土耳其党人领导的。大家对他们都受够了。想到萨勒卡默什的闹剧，谁还会再追随他们？事实上，他们跟苏丹一样鄙视抵抗运动的领导穆斯塔法·凯末尔帕夏。但不幸的是，没有几个人了解这个情况。"

"他们并没有消失，马赫尔。我听说有些前统一进步委员会的支持者在卡拉科尔[1]内部任要职，是真的吗？"

"是真的。我们只能选用有经验的人，不能因为他们曾支持过统一进步委员会就排除他们。别忘了，你也曾经是他们中的一员。"

"我的老天，求你别提那段了好吗。"

"你看，领导人改变，思想也跟着会改变。在土耳其民族主义者中当然会有几个固守旧想法的，但现在他们都是……"

"民族主义者。"

"说顺嘴了，你看。对，就是民族主义者。"

"心里也是这样想的。我发过誓，要为我们的事业献身。一旦我恢

---

1. 卡拉科尔（Karakol），原意为"警察局"，是地下抵抗组织用的代号。

复健康，你让我做什么我都会去做。"

"还是先等你恢复了再说吧。无论听到你舅舅说了什么，都告诉我。"

"他们还待在农场吗？"

"没有，农场太远了。他们在城里租了个地方，很容易出入，需要逃走时也很方便。而且它很靠近……"梅佩尔端着个托盘进来了，马赫尔医生马上住了嘴。他从包里掏出几本法国杂志，放到桌上，说："给你拿来看着玩儿的，不过如果你能把那几篇头条文章翻译一下，就太感谢了。"

"你的法语比我的好啊。"

"可我没那么多时间。"

卡迈尔苦笑了一下。

"我有的只是大把时间。"

梅佩尔把咖啡放在桌上，把掉到地上的毛毯捡起来，盖回到卡迈尔腿上，就安静地走开了。下楼的时候，她轻声自语道："谢天谢地，大夫说他得的不是肺结核。就算是，我也会把他伺候康复的。安拉，求您了，把我的寿命匀给他一些，让他长寿吧，安拉！"

看到卡迈尔穿得整整齐齐，还刚刮过胡子，端坐在男人屋的书桌旁，梅佩尔吓了一跳。就在一个星期前，他还出不了自己的屋子呢。恢复得多快啊！她轻轻敲了一下木质桌面。

"您叫我，先生？需要咖啡吗？"

"梅佩尔，请关上门。"

梅佩尔关上门，回到桌旁。"上次您坐在这里的时候就着凉了，怎么还是下楼来了？我去把火盆拿来……"

"在我对面坐下来。"卡迈尔指着他对面的一个皮椅子说。

"可是火盆……"

"别管什么火盆，听我说……"

"可你会着凉的……"

"梅佩尔！我不冷！别出声，听我说。"

梅佩尔坐下了。

"好的，先生。"

"看到这封信了吗？是寄给你的。"

"给我的！哦天啊！谁寄来的？"

"你家里寄来的。"

"家里出事儿了吗？谁生病了？是我姑妈，对不对？"

"你家有人既病了又没病。"

"您这是什么意思啊？我不懂。"

"这封信是跟你说有人生病了，但没真病。"

梅佩尔吃惊地睁大了眼睛。

"不要怕。信是我写的，梅佩尔。"

"您写的？"

"是，我写的。信里说你姑妈病了，想见你。"

"可是您为什么写这个？"

"这样你就可以拿着信跟萨拉丽夫人请假，回老家贝西克塔斯一趟。"

"我的老天！"

"你怕什么呢？贝西克塔斯你很熟，你在那里长大的，不是吗？"

"没错，我是很熟。"

"那就好。你回去看你姑姑。"

"可是先生……为什么呢？"

"因为我想让你去，梅佩尔。我会给你一个贝西克塔斯的地址，你去帮我送一封信，再带封信回来，仅此而已。"

"萨拉丽夫人不会放我走的。"

"试试总没坏处。她看了我写的这封信，一定会让你走的。"

"她会问我什么时候收到的，我怎么说？"

"邮差每天不是大概同一时间来吗？上午十点左右？"

"是。"

"那就行了，现在正好十点左右，我派你去店里买烟。你在门口碰到了邮差，他就给了你这封信。你把信撕开，扔了信封。你看了内容，于是哭着跑去找萨拉丽夫人。千万别去找贝海丝，她会认出我的笔迹。"

"她要是不相信我怎么办？要是要求看信封怎么办？"

"我不是说了吗，你把信封撕开后扔了，扔到花园的垃圾桶里了。"

"我做不到，先生。请原谅我，真的不行。"

"你能做到，梅佩尔。我会赏你的。"

"我不要赏，先生。求您了，别赶我走。"

"你要是不去，我就得去。"

"但是您不能去，先生！不能到大街上去。您才退烧呢。"

"发烧并不危险，被抓才是真的危险。我要是被捕了，直接就得被送到监狱里去。"

"可您会死在监狱里的。您不想活了？"

"当然想。我还有好多事要做呢。可你要是不帮我，我必须去，一去就要么着凉要么被捕，哪一样都能要我的命。"

"千万别，先生，求您了！"

"那就按我说的去做。"

梅佩尔哭了起来。她用手捂着脸，前后摇晃着不停地抽泣。

卡迈尔站了起来。他走到梅佩尔身边跪了下去，伸手轻抚她从头巾里散落到额头上的一缕头发，之后又抚摸了她的脸。

"别担心，梅佩尔，肯定没事的。你跟萨拉丽夫人请下假来，就去你姑妈家，然后再去阿克莱特勒，把信交换了，就那么简单。"他哄她道。

"他们要是发现了呢？"

"就推到我身上啊，就说是我逼你那么做的，本来也是实情，对吧？"

"他们要是发现了，肯定让我卷铺盖走人。"

"他们不会发现的。"

"一旦他们发现我做了什么……雷萨特先生……萨拉丽夫人……我的天，我都不敢想。我的叔叔们会杀了我的。"

"没人能伤害你，我不会让他们这样做的。他们要是想解雇你，我会保护你的。"

"怎么保护？"

卡迈尔忍不住笑了。他自己也还在舅舅的庇护之下呢，连梅佩尔都不相信他的话。

"我娶你吧。"

"啊？那怎么可能！"

"为什么不能？你会拒绝我？"

"他们不会允许的。"

"有些事情不需要许可，梅佩尔。你这么一心一意地照顾我，要不是你，我根本就恢复不了。而且，你长得那么漂亮，又聪明得体。男人还想要什么样的女人？啊，不过要是你嫌我身体不好，年纪又大，那就是另一回事了！"

"您这是说什么呢，先生？不要说这样的话！"

"那就再好好想想我跟你提的事，你可以在晚上之前做决定。如果你接受，好极了。如果你不干，我就自己解决。"

"您不能找别人去送信吗？"

"不能，我说过了，我要自己去。"

卡迈尔站起来，回到椅子那边坐下。

"好了！现在我想喝咖啡了。"

梅佩尔像梦游一样轻飘飘地从屋子里走了出来，把头靠在楼梯边的墙上。她感觉头晕，一只手伸向被卡迈尔抚摸过的脸颊，另一只手放在胸口，仿佛是要把狂跳的心按住。她一路走走停停，不时靠墙站一会儿，好不容易才走到厨房来。

萨拉丽夫人门也没敲，直接冲进了外孙的房间。卡迈尔正在窗前的小桌上写字。"没事儿吧？"他说，"幸好我刚才穿好衣服了。有什么事情如此紧急？"

显然他有些恼火，但老夫人并不理会。

"那个丫头在闹什么事儿呢。"

"哪个丫头？"

"梅佩尔啊。她声称收到了一封信……说是她姑妈病了……我眼睛看不清，你帮我念念。"

卡迈尔知道他姥姥不识字，偷偷笑了笑，然后仔细看了看她塞到他手里的那封信。

"姥姥，梅佩尔的姑妈病了，想让梅佩尔今天请假去看看她。"

"病得很重吗？咱们可以派胡斯努去看看。"

"可她想见的是梅佩尔，不是胡斯努。"

"梅佩尔一个人怎么去？胡斯努可以代表咱们大家去慰问一下，回来告诉咱们病人的情况。如果需要的话，我会给他点钱给病人买药。"

"万一出了什么大事儿，您可能会被怪罪哦。信上说迪露芭夫人昨天夜里心脏不适。就让那姑娘去看看她吧。"

"可她要是去了，谁照顾你啊，我的孩子？"

"我亲爱的姥姥，我是个小孩吗？您看，我已经好多了，已经能自个儿在家里走动了。您就别老这么惯着我了。"

"你要是同意就让她去。不过卡迈尔，你确定这不是她编出来的一个借口？那信封呢？说不准她有什么秘密约会？"

"您说什么呢！真主保佑，可不能这样平白指控别人。那可怜的姑娘连门儿都不出，全都是因为我。"

"她可有不少出去买东西的机会。你发病的时候我们也派她去过医生家。这些天来她有些魂不守舍。我见得多了，没那么容易糊弄，一眼就能看出谁眼神迷离。那丫头在恋爱，我完全可以肯定。"

"她什么眼神我不知道，但我确实亲眼看到她把信封撕了。"

"你看见了！"

"是啊，我去厨房拿杯水，路上看见的……"

"你怎么不让梅佩尔给你送水来？为什么大老远自己跑厨房去？"

"我总在屋子里坐着，烦死了，姥姥。活动活动腿也是好的。"

"你是说那封信是真的了？"

"我亲眼看见的。她把信拿出来，就把信封撕了。她看了信就哭起来了。"

"你没问问为什么？"

"没问。她在花园里，我是从厨房窗户看到的。就让那姑娘去看她姑妈吧。"

"她自己去可不成，得让胡斯努陪她去。"

"他们可以从贝西克塔斯帮我带点烟回来。"

"医生不是不让你抽烟了吗？"

"也不是完全不可以，还允许我少量抽点。要是连烟也不让我抽，我也就真完蛋了。"

"啊，我的孩子，你这样都是自找的。我们现在对你管这么多，也是为你的健康着想。你要是能答应饭后不喝酒，我就帮你弄烟来。"

"答应答应，"卡迈尔咬了咬牙说道，"对了，您能不能让梅佩尔走前到我这儿来一趟，我好把烟草店的地址给她。"

萨拉丽夫人手里握着那封信，冲出了房间，在二楼正撞上贝海丝。

"你需要从店里买点什么吗，我的孩子？"萨拉丽夫人问，"我让梅佩尔去贝西克塔斯……你昨天说没有白色丝线了……要不要给你买些回来？"

"大老远的，去贝西克塔斯干吗？咱们倍亚济的商店还不够多吗？"

"她姑妈病倒了。"萨拉丽夫人意味深长地冲着手里那张纸点头说道。

"让我来看看……"

"没必要！我已经看过了。我怕费眼睛，也让卡迈尔给我读了。我这就放那丫头走，她很快就会回来的。给她个购物单，要什么她会帮你买回来的。"

"雷萨特先生知道这事吗？可别惹他生气。"

"雷萨特有更重要的事情要做，没工夫管一个仆人的事，我的孩子。"

"那个小狐狸精还什么都想管，"老太太自言自语地嘟囔道，"她仗着她老爸每月给寄东西来，就觉得自己了不起了。得，咱们看看这个家里到底谁说了算。"萨拉丽夫人决意要赶在房子的女主人干涉之前，把自己的命令执行下去，就赶紧下楼去了厨房，看到梅佩尔正对着滚开的锅发呆。

"赶紧的，丫头，你要是走，就早点出发。让胡斯努也准备好。穿上罩袍，戴好面纱，赶紧上路吧。我要你在下午晡礼前回来，别耽搁。看望一下你姑妈，问她需要什么，之后直接回家来。哦，还有，给卡迈尔买些烟，别忘了。"

梅佩尔听完这话，旋即扔下手里的长勺，飞奔回自己房间去换衣服。

胡斯努和梅佩尔只换了三趟电车，就到了贝西克塔斯。街上满是穿着各国制服的军人。土耳其穆斯林看起来都垂头丧气的，但奥斯曼的希腊人和亚美尼亚人都笑容满面。女人很少见，不管是基督徒还是穆斯林。车窗外飞驰而过的景致中，最引起梅佩尔注意的是几位包着头巾的穆斯林智者，弯腰驮着重物的搬运工，路边盘腿坐着的乞丐，鞭打瘦马的车夫，以及背着孩子的吉卜赛妇女。不过最让她心有触动的是那一群一群的难民：脸蛋肮脏、号哭不止、紧贴着妈妈胸口的婴孩，从头到脚穿着黑衣的女人，由破衣烂衫的孩子搀扶着行走的胡子花白、满脸皱褶的老人。这些都是土耳其族人和穆斯林，被迫抛下他们的所有，为了生存而背井离乡，或者被武力驱逐出家园。曾被称为家乡的土地，已不再能收留他们。他们带着尊严，没有抱怨，临时建起棚屋来遮风避雨，重整自己破碎的生活。梅佩尔自己的家当年也是这样搬到伊斯坦布尔来的。看着这些新难民所遭遇的苦难，她越发难过。她脸贴着车窗，望着被围困的城市里那些沮丧的居民，心情无比沉重。

　　胡斯努和梅佩尔在贝西克塔斯下车，步行到了梅佩尔的姑妈迪露芭夫人家所在的街区。商店都开着门，不过没什么可买的。要拐进贝西克塔斯市场的一条侧街的时候，梅佩尔吃惊地发现主街的果菜摊上居然有苹果卖。一个星期以前，萨拉丽夫人派家里的园丁出去买水果，结果他空手而归。梅佩尔马上买了满满一袋苹果。接着她在前面领路，走过一条窄窄的小巷，两旁都是有交错窗格的木头房子。他们在一个油漆脱落的二层楼房前停了下来。梅佩尔用门环敲了敲门，等着人来开门。一个灰白头发的老妇人从二楼的一个窗口伸出头来。梅佩尔把罩袍往后掀了掀，露出面部，那妇人笑了，向她招了招手。

　　"胡斯努先生，他们在家呢，"梅佩尔说，"你可以去办自己的事了。下午祷告的钟声响起之前来接我就行了。"这正合胡斯努心意，但出于礼节，他不能马上就走。

　　"买东西的差事……"

　　"我来办吧。我知道那些店都在哪儿。"

　　"可你不能自己上街啊。我就在这儿等你，咱们一起去。"

　　"外面那么冷，你可不能在这儿冻着！一会儿我跟我表姐一起去买，她最晓得上哪儿能买到好东西。你要不去个咖啡馆坐坐，或者去干点自己想干的吧。"

　　梅佩尔从楼上吊下来的篮子里拿出一把大的铁钥匙，插到门锁里。

　　"那好吧，我去买点后院用的种子。三月快到了，该播种了。"胡斯努让步了。

　　"回来的时候敲敲门，我就直接下来。"梅佩尔说。

　　梅佩尔手里拿着钥匙，进了昏暗的门厅。摆脱了胡斯努，她连蹦带跳地沿着狭窄的楼梯上了二楼。她姑妈戴着传统的白色也门头巾，正在楼上等候。

她亲了亲姑妈的手，按礼节把它放到自己的额头上，之后两个女人拥抱了一下，互相亲了亲脸颊。

"出什么事儿了吗，亲爱的？"迪露芭夫人问道，"看到你突然冒出来，不知道是该害怕还是高兴。但愿没发生什么坏事。"

"我连着几天夜里梦见您，姑姑，实在太想您了。"梅佩尔说，一边把那袋苹果递给姑妈，"我知道您特别喜欢苹果，这是刚才在喷水池旁边的果摊上买的。"

"老天保佑大家都能有这样的供应，我的孩子，"姑妈微笑着说，"快进来，坐到炉火旁边，你的脸蛋冰凉冰凉的。要喝点茶吗？"

"太好了。"

"正好我刚煮上，一会儿就好。"

梅佩尔看到炉子上面烤着一排栗子，高兴得满脸放光。

"在给我烤栗子呢！您感觉到我要来了是吗？"

"你特别爱吃这个，对吧？快好了。"姑妈说着，用夹子挨个翻了翻栗子。

"告诉我，孩子，你做的那些梦，是不是让你感到不安了？"

"我最近总是觉得不安，就夜有所梦了，姑姑。"

"那个皇宫来的疯婆子又惹你了吗，梅佩尔？还是你跟女主人最近没处好？"

"没人惹我，只是卡迈尔先生让我担心，他的身体总不见好。"

"我的老天，成千上万的年轻人在萨勒卡默什都冻死了，你照顾的那个病人身体够棒，扛过来了。你应该庆幸你的卡迈尔先生能平安健康地回来。"

"平安是平安，可是不能说是健康。他身体还很弱，总是生病，还常常做噩梦。去年夏天快结束的时候他才大致恢复。"

"你还想要怎样呢？躲过死亡容易吗？"

"恢复了以后他就从家里搬出去了，可能是他们没照顾好他，这回他的肺又着了凉，萨拉丽夫人就又把他接回家来。上星期他一直发烧，贝海丝夫人生怕他得的是肺结核，想送他去医院。"

"贝海丝夫人可能是想，卡迈尔先生走了，你就有更多时间照顾她的孩子了。"

"孩子们都长大了，姑姑，她们不需要人管了。"

"大的才十四。"

"丽曼今年十六了，小妹妹九岁。"

"离嫁出去还早着呢。看这意思，你会是那个家里第一个出嫁的新娘。真主保佑，卡迈尔先生康复了，我们就可以开始为你准备婚礼了……"

"我不明白。"

"有什么不明白的？你早就到了婚嫁年龄。萨拉丽夫人答应过我会帮你安排的。现在当然还没到时候，她得先想着卡迈尔先生的事。一旦他康复……"

"羞死人了，姑姑！我可不想要什么丈夫。"

"这是什么话？你不结婚还想怎么着？当老姑娘？"

"对。"

"天理难容！等你嫁出去了，才轮到穆拉和梅兹叶。我也得为我那两个女儿的未来做打算了。"

"她俩今天怎么不在？"梅佩尔问。

"梅兹叶上学去了，穆拉昨天住她姑家了。一会儿就都回来了。听着，梅佩尔，你打岔也没用。嫁人的顺序不能变，下一个就该是你。"

"茶好了吧，姑姑。我喝一杯就走。"梅佩尔说着就往厨房里逃，"我得去帮主家买点东西。"

"原来你是来买东西的，不是来看我的。"她姑妈嘟囔道。

"您怎么能这么说，姑姑！今天早晨我想到回家都高兴哭了。听说我要来贝西克塔斯，他们才给了我一个购物单。等我完事了再过来陪您。"

梅佩尔大口把茶吞了，着急去办卡迈尔交代的事，心不在焉，也听不见姑妈的唠叨了。她把空杯子拿到厨房，刚走到楼梯口，姑妈在后面快步跟了上来。

"这么快就走？"

"马上就回来。"

"等我穿上罩袍，陪你去。"

梅佩尔不安地搓着手。

"姑姑啊，能不能求您件事儿……我特想吃您做的馅饼……我走之前能帮我做几个吗？……希望不是太麻烦。"

"他们家里不做馅饼吗？不是有大厨吗？"

"他被解雇了。而且，谁做的也没您做的好吃。"

"得，又把我哄过去了！要奶酪馅吗？"

"要带奶酪的。"

姑妈回厨房忙去了，梅佩尔赶紧下楼，跑到外面。雪停了。她朝市场方向走去。她知道那里有一家烟草店，可是不记得具体的位置了。她已经很久没逛过贝西克塔斯市场了，有些店已经倒闭，换成了新店。她还得找到一家杂货店买线，否则就得在回家的路上去倍亚济市场买。她走得急了，脚下一滑，碰翻了卖芝麻圈的大圆盘，面包圈撒落在雪地上。小贩嘟嘟囔囔抱怨着，把它们从地上一一捡起来，在裤腿上擦了擦。她只好买了几个，拎着面包袋子，小心翼翼地走到主街，朝阿克莱特勒区和她记在脑子里的那个地址走去。"不需要走很远，就在右边，不到半山腰的位置，"卡迈尔是这样告诉她的，"有深绿色铁门和绿色百叶窗的房子就是，一看到你就能认出来。"

她爬着坡，仔细留意着沿街房子的门窗。她不能理解为什么贝海丝夫人一直坚持要举家搬到这个区来，也不明白为何萨拉丽夫人要对此坚决反对。萨拉丽夫人说这个地区不是穆斯林聚居处，但梅佩尔知道皇室的工作人员都住在这两排一模一样的黄房子里。萨拉丽夫人也实在是奇怪！只要是她"儿媳妇"要做的，她必定唱反调。在这个问题上反对倒也好，梅佩尔心想。这条宽阔的大道没有什么生气。倍亚济区狭窄的街道多热闹，总是挤满了推小车的小贩，满载洋葱和土豆的驴车，卖冰玫瑰水的小贩，卖布和服装的妇女……可在阿克莱特勒这里，只能偶尔看到几辆马车驶过，人行道上走过几个戴非斯帽的男人，还有几辆占领军的汽车从旁边开过去。这一带显然是有钱人和跟皇家有点关系的人住的。可能贝海丝夫人就是为此想搬过来。作为一位代理部长的妻子，她自认当然有权住在时髦地区，摆摆架子。

梅佩尔看到前面有两扇百叶窗是绿色的，赶紧加快了脚步。大门也正如卡迈尔所形容的那样。他给过她门牌号，可是门上没看到数字编号，只有一块小门牌，梅佩尔念出上面的字是"库鲁布体育社"，像是个什么体育俱乐部。她继续沿着山坡往前走了走，没有再看到别的有绿门窗的房子，就折了回来。她按了按那扇绿门上的门铃，等着人来开门。

过了一会儿，门开了。"你有什么事？"开门的年轻人问道。

"杰米尔·福阿德在吗？杰米尔·福阿德先生？"

"这里没这个人。"

"可他们给我的就是这个地址啊……我是给杰米尔先生送信来的。"

"谁派你来的？"

"卡迈尔先生，卡迈尔·哈利姆先生。"

"去萨勒卡默什打过仗的那位？"

"对。"

"把信交给我吧。"

"可你刚才还说杰米尔先生不在这里。"

"抱歉，我误解了，"年轻人说，"我以为你说的是杰马尔先生。不过，杰米尔先生正在忙。"

"我必须亲手把信交给他。"

"那就进来吧。别在门口待着，进来在这儿等一下，我马上回来。"

梅佩尔走进铺着瓷砖的狭窄楼道，在那里的木头长凳上坐了下来，旁边没有别人。有几个人从楼梯上往下探着头，向一袭黑袍的她张望。梅佩尔不小心跟其中一个人对视了一下，马上低下眼帘，盯着地面。过了一会儿，一个跟卡迈尔年龄差不多的男人从楼上下来了，他皮肤很白，一头鬈发，人看起来很疲惫。

"我是杰米尔，"他说，"卡迈尔让你带话来了？"

"他有封信给你。"

梅佩尔从她的购物袋里抽出一个信封，上面黏了不少芝麻，她不好意思地用手擦了擦，递了过去。杰米尔没理会残留在上面的芝麻，撕开信封看了起来。

"他说你也会有封信给他。"梅佩尔说。

"是，我知道。卡迈尔先生怎么样？还好吧？"

"不怎么好，他着凉了……还发了烧……病得很重。"

"祝他早日康复。我去把那封信备好，给你拿过来，请在这里等一下。"

"需要很长时间吗？"

"我要往信封里面放几份杂志……很快就好。"

杰米尔上楼去了，梅佩尔耐心等着。过一会儿，他拿着个大的马尼拉纸信封下来了，用下巴指着梅佩尔手里的购物袋，问道："装得下吗？"

"如果把这些拿出来……"梅佩尔答道，"是装得下的。"一边慌乱地四处看有没有能放面包圈的地方。

"你不介意留下它们吧？要不然这袋子装不下那个大信封。"

杰米尔朝废纸篓示意了一下。

"那不是罪过吗，现在日子这么艰苦？"

杰米尔笑了笑，说道："那给我吧，回头跟同事喝茶时一起吃。"梅佩尔把面包圈递给了他。"告诉卡迈尔先生，我们没去看他是怕打扰他。等他病好了我们去找他。"

"也等天气好些吧。"梅佩尔补充道。他们对视了一下，没说话。

"我得走了……"

"替我们问他好……楼上我的那些朋友也问他好。"

杰米尔送梅佩尔走到门口。他手里拿着那些面包圈，费力地去转动门把开门。就在此时，突然响起震耳欲聋的爆炸声，他俩向大厅里弹去，石头、土块、灰尘从房顶落了他们一身。惊叫声、狗吠声、汽车喇叭和警笛的轰鸣声一起传来。梅佩尔挣扎着想站起来，可是被压在杰米尔身下，不能动弹。她的右肩剧痛，眼睛和耳朵里满是土。透过浓烟，她模糊地看到人们在喊叫、奔跑。这是发生了什么？地震？世界末日？她努力保持清醒，设法挣脱出来，再次试图站起身。她耳朵里一阵轰响，像是上千人在一起说话。纸片从上面飘落，更多的土块和石子纷纷砸了下来。她把缠在脚边的罩袍拎起来，盖在自己裸露的头上。她终于站了起来，但感到头晕目眩。她的购物袋不见了。杰米尔此时蜷缩在墙边，痛苦地呻吟着。

梅佩尔在他身边蹲下。"你还好吗？是不是伤了头？"

"好像是鼻梁断了。"他紧紧捂着脸部，呻吟道。梅佩尔用手臂托着他的腰，试图扶他起来。他一只手撑着她，另一只手扶着墙，慢慢站起身，鼻子正在流血。刚才还空荡荡的楼道里，现在挤满了好几百人，都是刚从楼上冲下来准备逃命的。空气里有一股刺鼻的味道。

"楼上可能失火了。咱们得赶紧离开这里。你能走吗？"

"我行。"

"快到外面去，跑得远远的，越快越好。"杰米尔说。这时第二波爆炸声响起，不过比第一次轻微些。梅佩尔抬眼看到二楼着了火，感觉鼻孔发烫。她正要去找购物袋，忽然手腕被人握住，于是惊恐地转过身来。

"你在这里干什么呢？"

她眯起眼去辨认眼前这个男人，他的头发和睫毛上都是灰，不过声音还是熟悉的。

"啊，马赫尔先生！"她叫道。

"是我。跟我从那边出门……快……你没受伤吧？"

"没。"

"盖上鼻子和嘴……咱们从那边的门出去……然后你再跟我解释你怎么会在这儿。"

他们跟着人群朝门口涌去。推搡中，梅佩尔差点摔倒。似乎过了很久，他们才终于向前挪动了几米，到达可以逃命的门口。可是到了街上他们才发现，外面比里面的情况更糟，街上挤满了警察和消防员。马赫尔紧紧握着梅佩尔的一只手腕，攥得她手都麻了。

"梅佩尔，你到这里干什么来了？"

"我……我……我只是路过。"

"我是在里面看见你的。你在那里干什么呢？"

"在找我的购物袋……"

"什么袋？"

"我的包，还在里面。求您，咱们进去找吧？我必须找到它。求您了。"

"你带了很多钱在里面吗？"

"不是，里面有些杂志。"

"丢了也罢。继续往前走……这边……来，快点。别松开我的手。"

"马赫尔先生，我手腕都疼了。"

"一会儿就好了。如果警察拦住我们，就说你是跟我一起的，是我手下的护士，明白吗？"

"可我不是……"

"你在照顾卡迈尔先生，不是吗？他是我的病人，你是我的护士。"

"出什么事了，马赫尔先生？这到底是怎么回事？"

"我们楼里被人扔了颗炸弹。"

"炸弹？为什么？谁干的？"

"你进了个危险的地方。卡迈尔不该派你来。"

"没人派我来，我只是路过。"

"那好。最好你能坚守住这个说法。"

"我是在找烟草店，路过这里。"

"一会儿不管谁问你，就这么说，梅佩尔!"

看到对面过来两名警察，马赫尔松开了梅佩尔的手，两人加快了脚步。

"喂……喂你们两个……站住。"

他们停了下来，一位军警走上前来，命令道："到那边去，跟那些人站在一起。"离发生爆炸的楼不远处，几位市政警察正在强行让一群人排成一队。

"让我们去哪儿?"

"去警察局。"

"哦不!"梅佩尔这一天里第一次失了态。她眼前一黑，脚下开始发软。马赫尔把手悄悄伸到她胳膊下扶住了她。

"你们可以把我带去，但是请放了这位姑娘。"

"那不行。她刚才也在楼里。"

"她没有，她在外面来着。"

"那你又是怎么知道的?"警察问道。

"我在里面，出来时看到她在外面。"

"到了局里你再解释吧。别在这儿浪费我的时间，赶紧走。"

马赫尔扶着已快昏倒的同伴，让她靠在墙上。她几乎站不稳，眼泪也顺着脸颊流了下来。

"你看，长官，我是位医生，是被请到这里来给一个心脏病人看病的。你也看到了，这位年轻姑娘是这里被拘留的唯一一位女性……她吓坏了，都快昏过去了……她告诉我说爆炸的时候她正从楼外路过……我刚才看到她时，她还在地上爬呢。"

"你认识她吗?"

"认识，她住在倍亚济区。她是财政部副部长艾哈迈德·雷萨特先生的亲戚，就住在他家里，由他监护。她不可能跟今天的事有关。放了她，要不她昏倒了，你得负责。"

"她一个人在这里干什么呢？"

梅佩尔脸色惨白，浑身发抖。

"我是来看亲戚的。"她抽泣着说。

"刚才在混乱中她的包被偷了，"马赫尔插进来说，"可怜的姑娘在找她的包。是个黑色漆皮的手提包，你看见了吗？"

"说够了没有！别人命都没了，她还在找她的包！女士可以走，你得跟我们来一趟。"警察说。

"你怎么回家？"马赫尔问正要转身走开的梅佩尔，"能允许我给你拿点车费吗？"

此时警察正在将马赫尔往警车里推。梅佩尔喊道："我姑家就在附近，她能帮我，谢谢您，先生！"

梅佩尔生怕警察改主意，鼓足了劲冲下山坡，左拐，快步朝贝西克塔斯区中心的姑妈家走去。

"快开门，我腾不出手来。"萨拉丽夫人在顶楼上气喘吁吁地喊着，手里端着个托盘，里面有一盘热腾腾的酥皮包子和一杯青柠茶。卡迈尔从桌旁站起身来，开了门。

"啊，姥姥，真不应该，害您爬了那么多楼梯。"

"梅佩尔不在，我有什么办法。"

"不是有管家吗，还有打扫卫生的女孩。丽曼也没在家吗？"

"咱们得谈谈了，孩子。"

"有什么问题吗？我又犯什么错了？"

"你在这阁楼上还能捣什么乱？我是来跟你说身体的事儿的。感谢主，你不再发烧了，咳嗽也不那么厉害了，很快就能出门了。"

"我正盼着呢。"

"可这正是我所担心的。你从来不满足于一个人随便逛逛，肯定又会去找麻烦的。"

"您又来了！"

"可这是事实啊，我太了解你了，我可是亲手把你带大的！自打你自己有想法以来就什么都跟人唱反调，在哪儿都坐不住。现在你告诉我，你整天坐桌子那儿写什么呢？"

"我在翻译一本法文书。"

"是关于怎么推翻国王和苏丹的吧？"

"完全不是，夫人。是一本诗集。"

"你骗谁呢！"

卡迈尔忍不住大笑起来。

"茶凉了，"萨拉丽夫人说着把茶杯递给外孙，"快都喝下去。我加了蜂蜜的。"

卡迈尔喝了几口茶。

"姥姥，您要是不希望我康复了出去惹麻烦，为什么还总是给我这么多吃的让我长肉呢？"

"因为等你身体好了，马上就把你送到拜帕匝里的舅舅家去。"

"您已经替我决定了？"

"是的。你不能继续待在这里，我的孩子。你舅舅说政府发了抓捕你的通缉令。你卧床的时候倒没危险，警察不会想到来搜查雷萨特先生的家。但是你一旦出门，苏丹手下的侦探会跟着你到这个家来的。虽然我跟贝海丝一向意见不合，但这件事她担心得有道理。"

"我会走的，但去哪儿得我自己定。"

"去拜帕匝里……"

"不去。我要待在伊斯坦布尔。"

"伊斯坦布尔的哪儿？"

"跟朋友住。"

"那不行，孩子。你需要有人照顾，后面的很多年都会是这样。在拜帕匝里亲戚家的农场，会有人好好照顾你。你还有可能在那儿遇上个好人家的姑娘呢。"

"您想得可真远，一并还给我成了家。"

"你是个年轻人，当然得成家。等你好了，走了，我把梅佩尔也嫁出去。"

"有对象了吗？"卡迈尔直视着姥姥的眼睛问。

"当然有。梅佩尔可是个美人儿。不过她答应等你全好了再走。我也答应了她姑妈，等你一离了家，我就帮她张罗婚事。"

"就您，还给人当媒婆？您有一篮子现成丈夫给人家挑吗？"

萨拉丽夫人干笑了一声，"我不是什么媒婆，也没有一篮子丈夫。但我有在邻里的好名声和好关系。"

"萨拉丽夫人，您希望我什么时候消失？明天？下周？"卡迈尔只有在生气或心情沉重的时候才会对他姥姥直呼其名。

"亲爱的孩子，我惹你生气了。"

"我只想知道还允许我在这里待多久。"

"这也是你的家，你想待一辈子也没问题……你知道的。不过你最好还是身体一康复就离开。那可能需要几星期或几个月，看你感觉如何。但你离开的时候，你去的只能是拜帕匝里，我希望这一点你是清楚的。"

"要是那样，我就一直不好算了。"

"那你就一直不能上外面去。"

"那行。我就待在屋子里写字。梅佩尔可以一直照顾我。"

"梅佩尔也不能一辈子照顾你啊。她都二十了。二十多岁还没嫁出去的女孩很快就会被人看成老姑娘。我既然答应为那丫头负责，就必须为她的未来考虑。"萨拉丽夫人接着口气缓和了下来，换了个话题。"快吃酥皮包子吧，是菠菜馅的，你最喜欢吃了。贝海丝的父亲从乡下寄来的鸡蛋和蔬菜，我把最后剩下的一点都拿来做这些酥皮包子了。好好吃，得过一阵子才能再有这么新鲜的东西吃了。也许再也不会有了。"

卡迈尔从姥姥手上拿过包子咬了一口，很高兴这几天自己又有胃口了。

"晡礼的时间都过了，他们都跑哪儿去了？"萨拉丽抱怨道。

"应该很快就到家了。"卡迈尔安慰她说。

"我回屋祷告去了，"萨拉丽夫人说，"你把包子都吃了吧，孩子？"

"好。特别好吃。是梅佩尔做的？"

"她照顾你都忙不过来，哪有时间去擀面！是古尔菲丹做的。"

萨拉丽夫人把包子盘放到书桌上，把空茶杯放到托盘上，离开了。

刚才当着姥姥的面卡迈尔一直掩饰着，现在就他一个人了，他开始大肆担心起梅佩尔来。"她能去哪儿呢？现在应该已经回来了啊。"他忍不住自言自语，一边踮起脚，伸着脖子从斜屋顶的窗口往街上看。又开始下雪了。

直到那天夜里，梅佩尔才在胡斯努的陪同下回到家里。她身上的罩袍已经撕破，满眼都是恐惧。萨拉丽夫人眼睛死死地盯着手里的针线活儿，以躲开贝海丝责备的目光。

那天有很多条街道被封锁，电车误点好几个小时，从贝西克塔斯到托菲恩之间的路段由市警严密监控，伊斯坦布尔的居民没有几个不是很晚才到家的。好在雷萨特先生不在其内。

家里人没听说阿克莱特勒的爆炸事件，想不出梅佩尔被什么事耽搁了那么久。也许是她姑妈病重，她决定留下过夜？还是这姑娘在这里干烦了，不再想回来了？可是胡斯努同时也不见了踪影。要不就是电车出了事故？贝海丝和萨拉丽夫人在焦虑和猜测中度过了漫长的几个小时。

夜幕降临之时，女主人和老夫人之间的这一轮暗中较量总算分出了胜负。

萨拉丽夫人不想看见对手的得意样，早早回到了自己的房间。她借故头疼，没有下楼吃晚饭就上了床，而且就在屋里审问了深夜到家的梅佩尔。现在整个战场都属于胜利者了。

贝海丝决定利用这场难得的胜利大做文章。她直接坐到窗前，以便丈夫到家后，在萨拉丽夫人能跟他说上话之前，先从她本人的口里听到对这天可怕事件的报道。她采用的是经典策略：一石二鸟，这"二鸟"就是家里的两个亲戚。她不仅要提出萨拉丽夫人年事已高，已不适合在家里做主，而且还要指出把卡迈尔留在家里的恶果。她丈夫也许可以不在乎外甥可能患有致命的传染病，但是他绝对不会原谅外甥派他监护下的女孩去当什么信使。这一点贝海丝确信不疑！

雷萨特先生像往常那样深夜到家时，看到妻子在二楼起居室的窗前端坐着。

"你怎么不去睡觉？"他问，"出什么事儿了吗？"

"我在等你。有件事咱们得商量一下。"

"等这么晚，一定是什么急事。"

"早晨找你更不可能，你走得那么早。这是能见到你的唯一时间。"

雷萨特先生在妻子身边坐下，伸手抚弄她的头发。

"我知道，为了国事，我忽略了家事。不过如果你了解我的工作的话，你对我的愤怒可能会变成同情，亲爱的。"他凝视着妻子的眼睛，又说，"我也有事要跟你说呢……"

"雷萨特先生，请你先听我说。我要说的事非常重要。"

"我听着呢。今天哪个孩子不听话了，丽曼还是苏阿特？"

"我的老天，雷萨特先生，我会为了抱怨自己孩子的过错而熬夜坐在这儿吗？事情比那可严重多了。今天早晨梅佩尔收到一封信，然后她就非要去看她姑妈。她跟萨拉丽夫人请假，她就同意了……"

"那又怎样？"

"我自然是反对让那姑娘走的，除非先得到你的批准。可是不出所料，萨拉丽夫人又做了主。总之，那丫头就去了，由胡斯努陪着。过了晌午，他们没回来；下午的祷告之后，他们没回来；傍晚，他们还没回来。我们都急坏了。结果是梅佩尔路过阿克莱特勒的时候，赶上那里的一座楼被炸……我不知道当时她是在楼里还是楼外……总之，她是在昏礼的钟声响起之后很久才回来的，样子惨极了。我看到她跟咱家卡迈尔窃窃私语来着，怀疑她是在给他传递消息。她当然是矢口否认，但我仍然怀疑。我是觉得，你应该了解一下你不在时家里发生的事情。"

看着她丈夫的眉头越锁越紧，贝海丝轻轻站起，把披肩围好，裙摆飘飘地往门口走去，任务完成得自己很满意。刚走到楼道里，就听她丈夫打破沉默说："让卡迈尔马上来见我，我在男人屋等他。"宅子的男主人知道，不能在二楼的起居室跟外甥谈话，周围各个屋子都有女人支着耳朵听声儿。

贝海丝慢悠悠地走上楼梯，敲了卡迈尔房间对面屋子的门。

"梅佩尔，告诉卡迈尔先生，雷萨特先生在男人屋等他呢。他要先跟你谈话，之后再跟卡迈尔谈。"她说。

梅佩尔"腾"地从床上跳了起来，快速穿上衣服，跑下楼梯，来到男人屋。她一边匆匆生起火盆，一边哆嗦着准备应付劈头盖脸向她投来的一大堆问题。之后她回到阁楼，进了卡迈尔的房间，看到他已经穿好了长裤和毛衣。

"我听见了，"他说，"我马上下去。"

"再等一会儿吧，先生，下面还很冷。"

"没关系。"

梅佩尔抱着好几条毛毯紧跟在卡迈尔身后。

萨拉丽夫人这回没有从房间往外探头窥看。除了木楼梯上的脚步声和咯吱声，整栋房子陷入葬礼般的寂静。

艾哈迈德·雷萨特在靠墙的沙发上坐得笔直，卡迈尔坐在他对面的座位上。铜火盆没能把这个房间烧暖，卡迈尔只得听任梅佩尔把他肩膀、腿上都盖上毛毯。在惨白的顶灯映照下，卡迈尔的脸显得比平日更无血色。

"梅佩尔在咱们家这么多年了，这是头一次打算回家，也是头一回她家人居然不跟我、你舅妈或者你姥姥联系，而是跟她，一个没完全长大的孩子，直接通信，还说她姑妈病了！你指望我会相信？"雷萨特吼道。

卡迈尔不吭声。

"你害自己害得还不够，卡迈尔，现在又开始害家里人！你怎么能派梅佩尔到有地下组织的那个楼里去呢？只是出于蛮勇？鲁莽？不用脑子？你这是干了些什么？是为了什么啊？说话啊，年轻人！"

"我没什么可辩解的，舅舅。我知道说了也没用。"

"那你是知错了。"

"那倒不是，舅舅……求您……"

"闭嘴！你怎么可以这样，卡迈尔？她完全有可能丢了性命，或者被炸成残疾。你没有良心了吗？她完全有可能被捕，还很有可能把警察引到咱们家来，那大家就都完了。你到底是个什么样的人，到底是随了谁呢？"

艾哈迈德·雷萨特站起来，开始在屋里走来走去。他既失望又恼怒，气得浑身直颤，完全不知道该怎么办。坐在对面的是一个浑身裹着毯子的病人，一个皮肤蜡黄、眼睛血红、双手哆嗦的可怜虫。一个不断在威胁家人安全的废物……一个疯子，一个笨蛋！雷萨特先生把手里的半截烟扔到燃烧的火盆里。他径直走到卡迈尔面前停下，用食指指着外甥的鼻子接着训道：

"你是失去理智了，卡迈尔。我现在才想明白，早该想到的。我怎么能跟你生气呢，我的孩子，你显然是发疯了。看来要你好起来，首先得正视这个令人不悦的事实。我打算把你交给医生，心理医生。问题不在你的肺上，而在你的脑子里。医生会采取必要的措施，避免你继续伤害自己和我们大家。我已经没有能力保护你了。"

"舅舅……求您……听我说……"

"你每次惹下麻烦我都听你说，每次都原谅了你。'他接受教训了，他会改邪归正的'，我对自己说。结果还不是都砸了自己的脚！"

"舅舅……"

"你把一个无辜的人派到卡拉科尔中去，完全没有考虑到可能的后果。那姑娘是被你吓住了，还是被你的邪恶魔力迷住了，愿意为你牺牲一切。还说是路过！去烟草店路上！你别以为梅佩尔在这次爆炸中没受伤、毙命或被捕，你就可以安心了。就今天，全是为了你，她在我眼里已经堕落成了一个无耻的说谎者。"

"舅舅，您惩罚我吧，把我赶出家门就是了。我确实是参与了危险的活动。您也猜对了，我的确跟卡拉科尔有关系。那是因为我坚定不移地相信，只有保卫祖国的努力是远远不够的。我不能眼看着我们的国土惨遭蹂躏而无所作为。您要把我赶走就请便吧。但是看在真主的分上，我请求您不要惩罚一个无辜的女孩子，她只是在爆炸时碰巧路过卡拉科尔所在地。我求您了。是我派她去找克莱姆先生的烟草店的，是我给了她地址。那是她唯一的罪过。"

"那又是什么导致她斗胆自己跑到街上去呢？"

"她不是自己去的，胡斯努跟她去的。"

"一到她姑家她就把胡斯努打发走了，她独自上的街，连她姑都没陪着。"

"天啊，舅舅，那又怎么啦？在这座城市，女人都已经开始在外面工作了。就连娜西叶苏丹[1]赞助的组织都在鼓励女人出去工作，就是说，就连您那些保守的皇室朋友都不再主张把女人限制在家里。伊斯坦布尔市政府已经开始雇用阵亡将士们的妻子，以便给她们自己养家的机会。而我们，作为世代受宫廷学校教育的有自由思想的人家，难道会不赞成她们这样做吗？梅佩尔自己上了街，那又怎样！"

卡迈尔一眼看到他舅舅的脸色，马上明白自己想把问题转移到更安全的话题上的努力是徒劳的，现在只能直接求情了。卡迈尔用激动、颤抖的声音说："我求您了，舅舅，千万别让梅佩尔成为我姥姥和舅妈

---

1. 苏丹的妻子、女儿、姐妹以及母亲也拥有"苏丹"的头衔。"苏丹"一词通常放在其名字后面。娜西叶苏丹（1898—1957），即 Princess Naciye Sultan，为阿卜杜勒－马吉德一世的孙女。

之间的矛盾的牺牲品。相信我，她什么也没干。我这星期内就会得到消息，一旦有信儿了我就走，您的麻烦就结束了。"

艾哈迈德·雷萨特夺门而出，人到了大厅，门还在剧烈地摇晃。卡迈尔听着他舅舅上楼梯时咚咚的脚步声。过了几分钟，他听到楼上卧室的门被砰的一声摔上了。他站起身，关了灯，在沉重的良心谴责和极度恐惧的重压下摇摇晃晃地走到门边，几乎站立不稳，更没力气上那三层楼梯了。

卡迈尔紧紧抓着楼梯扶手，不时停下来喘息，好不容易才回到了自己的房间。一进门，他吓了一大跳。床头灯映照下，一个幽灵般的身影从椅子上站起，迎着他走过来。

"梅佩尔！你在这儿干什么呢？怎么还不睡觉？"

"先生，请听我说，我什么都没跟老爷说。我就是按您交代过的去做的，跟马赫尔先生和您舅舅都没说是您派我去的。我就说爆炸时我是路过那里。不管发生什么，我都会继续这样说的。我在这儿就是想告诉您这个。"

"哦，梅佩尔！"卡迈尔叫道。

"如果马赫尔先生逼问您，什么也别说……他已经怀疑是您让我去的了……我没承认。我说我是路过。"

她哽咽着急促地说完，胸膛急剧起伏。卡迈尔拉着她的手，领着她到床边，两人并排坐了下来。

"梅佩尔，别担心，我什么也不会跟别人说的。"

"可是艾哈迈德·雷萨特先生以为……"

"他也只是猜的。没人能确定什么。他没法指控你。别担心，在不能完全确定的情况下，他是不会解雇你的。我非常了解我舅舅，他是个公正的人。不要害怕。"

"啊，先生，我不是为自己害怕，我是怕他们赶您走啊。"

"你听见我们的谈话了？"

梅佩尔没有回答。

"别担心，梅佩尔，你和我都哪儿也不用去。这又不是这个家里的第一场风暴。"

"如果您出了什么事……都怪我……我去那里的时间不对……我应该早点过去，不应该先跟我姑姑聊天。原谅我，先生。"

"道歉的应该是我。你不知道你没回来我有多害怕。我一直惶惶不安，直到看见你和胡斯努出现在街口。是我的错，梅佩尔。我就不该让你去那里。舅舅冲我发火，完全是我罪有应得。"

"那是个什么地方啊，先生？"

"一个慈善组织。"

"为什么有人要炸慈善组织呢？"

卡迈尔没有回答。

"您信任我才让我去那里的，现在又不肯告诉我那是什么地方。"

卡迈尔脸红了。"那里有各种政治活动。"

"所以就不是偶然的了……卡拉科尔……我当时都吓得迈不动步了……"

卡迈尔听到她提到"卡拉科尔[1]"，吓了一跳。

"卡拉科尔？你说什么呢？关于卡拉科尔你都听说过什么？"

---

1. 梅佩尔这里指的是"卡拉科尔"的原意："警察局"。这个词同时也是卡迈尔参与的地下抵抗组织的代号。

"炸弹爆炸的时候，大家都跑到外面去了，到处都是军警。他们要把我和马赫尔先生带到警察局里去问话，让马赫尔先生制止了，真主保佑他。"

"真的！你怎么没早告诉我？"

"我跟您说过我见到马赫尔先生了！"

"可你没提要带你们去警察局问话的事。"

"我不想惹萨拉丽夫人生更大的气，就没提那个。"

"天啊，我真是个笨蛋！"

"您怎么会知道要发生爆炸呢？"

"我该知道的。你要是被炸死了怎么办！或者炸伤了！"

"炸弹是在楼上爆炸的，我们被掉下来的东西砸到了，仅此而已。"

"真主保佑了你。"

"一定是的。我得走了，先生。有什么需要我做的吗？睡前需要我给您拿杯柠檬茶来吗？"

卡迈尔将两手放到姑娘的肩膀上，不让她站起来。"你是个天使，梅佩尔，"他说，"我的天使。是你照顾我康复的，没有你，我早就死了。"

梅佩尔将细细的手指放到卡迈尔唇上，不让他说这话。

"老天保佑！请别提这个字！"

卡迈尔亲吻了压在他嘴唇上的手指。梅佩尔激动得无法起身。她的心像拼命扇动着翅膀的小鸟，在衬衫下剧烈地跳动着。卡迈尔循着她胸口迷人的薰衣草香，开始亲吻她雪白的脖子，又将双唇移至她的肩膀。

"先生……求您了……不要。"姑娘呻吟着说。

卡迈尔随即停了下来。

"你说得对，梅佩尔，我不应该。我有病，还可能是肺结核。我没有资格亲你。"

"不，您没有肺结核。就算有，我的生命也是您的。"梅佩尔哭道，头落到卡迈尔肩上。她棕红色的头发从头巾里散落出来，眼泪沾湿了卡迈尔的面颊。他轻轻地将她扶起，注视着她的脸庞。每个清晨，他刚一睁开眼，便能看到这张洋溢着青春气息的精致的脸，那是他这么长时间以来唯一一看得到的美丽。多少个漫漫长夜里，他与死亡擦肩而过。到了早晨，当他看见那双天鹅绒般的棕色眼睛时，才会重新燃起生的意志。梅佩尔！她的头发里散发着淡淡的肥皂香气……卡迈尔深深地呼吸着，忽然意识到，自己已经很久没有感到过幸福了。她衬衫最上面的扣子开了，头发也松散开来。她坐在他面前，头微微侧向一边，显得脆弱而无助，仿若一朵等待采摘的郁金香。他把发烫的额头埋入梅佩尔的前胸。她双手抱紧他，使他靠得更近，直接贴近她的心。

艾哈迈德·雷萨特进了卧室，发现妻子已脱衣盖被睡下了。月光从高窗中透进来，照得她的头发幽幽发亮。看起来她已经睡熟了。他合上窗帘，慢慢地脱了衣服。可刚一上床，贝海丝就朝他翻过身来。

"我不小心睡着了。"她困倦地说。

"就别把自己弄精神了。我是有事要告诉你，但可以早晨再说。"

贝海丝用胳膊支着头，看着她的丈夫。

"出什么事了吗，雷萨特先生？我希望你还没把卡迈尔赶出门。这个点儿，连猫都应该被允许待在室内。至少等到天亮，你再……"

艾哈迈德·雷萨特打断了妻子的话。"我要跟你说的不是卡迈尔的事。"

"那是什么事？是你们部里的事？你说过你们发不下来工资了，是他们要来没收咱家的房产吗？"

"不是，没发生什么坏事，"雷萨特笑道，"不过这事是不是好消息，还得过一阵子才能知道。"

"快告诉我吧，我可等不及了!"

"那好吧! 贝海丝女士，您现在是部长夫人了。"

"哎呀!"贝海丝尖叫着坐了起来，"他们给你升职，你接受任命了?"

"萨利赫帕夏被提升为大维齐尔了，他今天重组了内阁。他说我当代理部长已经有一段时间了，建议正式任命。我尊重帕夏的意见，没有提出反对。"

贝海丝一把搂住丈夫的脖子，问道："你怎么等到现在才告诉我这个好消息? 为什么不一到家就说?"

"我是想说啊，可是你心事重重的，我想先解决你的问题比较重要。"

"我想起来了，你是说有事要告诉我来着。可我怎么会知道是这么重大的事情? 你说得那么平静，那是报告好消息的样子吗? 总之，我现在要说的就是，祝你的新职位能给国家和咱们小家都带来喜气和兴旺。萨拉丽夫人知道了吗?"

"她怎么会知道? 我今天都没看到她。明早我告诉她。"

"卡迈尔呢?"

"不幸的是，我跟卡迈尔只聊了些不愉快的事。"

"我是唯一知道的?"

"在咱们家里，是的。"

贝海丝开始暗自高兴起来，萨拉丽夫人准许梅佩尔回家的决定是对的。如果不是今天为此早早上了床，老人家一定会是家里第一个得知雷萨特升职消息的人。但是，这次她贝海丝是第一个被告知的，本来就该如此!

"咱们明早跟大家宣布，"她兴冲冲地说，"雷萨特先生，亲爱的，咱们是不是该往拜帕匝里也发个电报啊？"

　　贝海丝躺下来，心里不禁赞叹起她父亲的先见之明。当年成群的有钱人排着队来向她求婚的时候，她父亲就宣称："我女儿不缺物质和财产。我给她安排的婚姻将保障她的未来。"当时还看不到现在这一步，他就决定将女儿嫁给一个年轻有为的政府公务员——他是邻居家的亲戚，一个伊斯坦布尔家庭的儿子。父亲是多么英明啊！托他老人家的福，贝海丝明早起床时就是一位部长夫人了。她激动得脸都红了，一时间困意全消。她把身子往丈夫那边挪了一下，害羞地去亲他。这么长时间以来，他头一次有了回应。他回吻她，似乎急切地想要忘记这多事的一天里发生的所有不快。当他俯身靠近贝海丝温暖的身体时，他吃惊地意识到自己其实十分想念她。

4

一九二〇年三月

第二天早晨，雷萨特先生跟家里其他人分享了他升职的好消息。萨拉丽夫人对侄子的新闻反应冷淡，就像那是她早就预料到的。

"雷萨特先生，我的孩子，这个位置早就是你的了，只是差个名分而已。你终于得到了跟你的责任相匹配的职称，这是最自然不过的事。"她平静地宣称，"是真主的旨意让我们的家庭继续为国家服务。祝贺你。过来，我亲爱的，让我亲亲你的额头。"

雷萨特从椅子上站起来，他的女儿们也欢呼着从椅子上跳起，扑过来亲吻爸爸的手，还拥抱了他。雷萨特让他姑妈亲了额头，又按照仪式吻了她的右手，把它拉到自己的眉头处。

"请您继续多祈祷吧，母亲，"他说，他只在少有的动情时刻才会这样称呼他的姑妈，"我们现在比任何时候都更需要祈祷。"

"我可是一大早就起来沐浴净身，为你诵读了《可兰经》选段。"贝海丝不满地插话道。

"母亲的祈祷比任何人的都管用，"萨拉丽夫人说，"因为母亲的身份本身就是被保佑的。"

"那我也是一位母亲啊。"贝海丝抗议道。萨拉丽夫人根本没听见。

听到主人的好消息后，梅佩尔、管家古尔菲丹、胡斯努，还有所有其他仆人，都站成一排向他表示祝贺。只有整天关在屋子里的卡迈尔还不知道，直到梅佩尔后来告诉了他。

艾哈迈德·雷萨特正要离开房间的时候，他姑妈走过来问道："要不要我告诉卡迈尔？他会为你骄傲的。"

"我看不一定。"雷萨特先生说。

"你怎么能这么说！卡迈尔像爱亲爹一样爱你。"

"我需要的不仅是爱，姑姑，我需要他听话。"

"我跟他谈谈。我会跟他说，作为一位部长的外甥，他必须更加谨慎。"

"别浪费口舌了。"

"不会的！卡迈尔又不是小孩子。他自然会知道从此以后大家都会盯住我们，麻烦少不了！愿安拉保佑我们不被邪恶的眼睛盯上。我今天得赶紧烧香。"

"您言过了，姑姑。不会有什么改变的。今天我将在同一个办公室做同样的工作。唯一不同的只是头衔。"

"愿你平安，健健康康地回来，我的小狮子。"萨拉丽夫人说着，把贝海丝挤到一边，轻轻拍了拍侄子的后背。

艾哈迈德·雷萨特走出门外，将大衣领子竖了起来。太阳已将积雪融化，街道变成了泥海，天气明显要转暖了。这些天马车很难找到，他不得不再次步行上班。他在石子路上小心地迈步前行，注意着不把泥水溅到裤脚上。

贝海丝吃惊地看到，梅佩尔在收拾餐桌的时候碰翻了杯子，洒了茶水。那姑娘像在梦游，脸色惨白，眼睛发红。贝海丝断定，那可怜的人儿，可能还在因为被大家责怪而战战兢兢。我们是不是对她太严厉了？她毕竟只是听命行事。这可怜的孩子就是萨拉丽夫人喜怒无常情绪的奴隶！而且是卡迈尔把她派到爆炸现场去的，又是经萨拉丽夫人同意的。那女孩有什么罪过？她总是很彬彬有礼，这么多年一直充满爱心地照顾丽曼和苏阿特，还尽心尽职地守在卡迈尔床边伺候他，毫无怨言。突然，贝海丝对自己向丈夫告发梅佩尔的事深感后悔。

"梅佩尔。"她轻轻叫了一声。没有反应。

"梅佩尔，你聋了吗，丫头？"

"啊……"姑娘从恍惚中被惊醒，"什么事，贝海丝夫人？"

"你怎么了，我的小绵羊？你有什么心事吗？"

梅佩尔脸红了，低下头，垂下眼帘。

"昨晚雷萨特先生对你很严厉吧？"

"我是自找的，夫人。我不应该在未经他同意的情况下外出。"

"这次已经这样了。下回有什么问题直接来跟我说，别去找萨拉丽夫人。她不年轻了，她的判断失误会给我们大家都带来麻烦。"

"听您的，夫人。"

"梅佩尔，"贝海丝接着温和地说道，"丽曼有些衣服需要熨。扎赫拉今天不过来，不知道你能不能……"

"当然可以，贝海丝夫人。卡迈尔先生现在不那么需要我了。感谢安拉，他已经能自己照顾自己了。而且他也不想继续让人伺候。"

"如果他彻底康复了，为什么你还在给他吃药呢？他不是还在咳嗽吗？"

"他咳得轻多了，但是还得接着吃大夫给开的糖浆，帮助恢复。还有，您也知道，他们让我给他按时服用缓解神经、有助睡眠的药……"

"你最好还是把他用的餐具分开，丫头，"贝海丝打断她说，"宁可这样，安全些，免得后悔。"

"好的。"梅佩尔说着，端着放满空茶杯和盘子的托盘转了个身，正好与突然不知从哪里冒出来的萨拉丽夫人撞到一起。梅佩尔绊了一下，摔倒在地，托盘里的餐具碎了一地。苏阿特咯咯地笑个不停，还鼓起掌来。

"嘲笑摔倒的人是可耻的，"贝海丝责骂她的小女儿道，"别光在那儿笑，过来帮她把东西捡起来。"

"不不，别过来，你会划破手的，到处都是碎玻璃。"梅佩尔说。

"我反正也帮不了她，"苏阿特说，"我上学都快迟到了，妈妈，你还没给我编辫子呢。"

"那好吧，去我屋里拿把梳子来。"贝海丝说。

"你今天早上是怎么回事？"萨拉丽夫人质问正在捡杯盘碎渣的梅佩尔，"刚才你还差点儿从楼梯上摔下来。"

梅佩尔把碎渣放到托盘上，逃开了。

"她肯定是还没从昨天的事里缓过来。"贝海丝说。

"没必要那么夸大其词，"萨拉丽夫人说，"只不过是碰巧运气不好而已。"

"雷萨特先生可不这么认为。"

"雷萨特先生在找各种借口发火，"萨拉丽夫人说，"这个没完没了的冬天让他的神经绷不住了，大家也都一样。"

"雷萨特先生的神经可不是被天气左右的，"贝海丝反驳道，"他是在为国家大事而痛心，家里的烦心事只是让他情绪更糟。算了，反正我们已经扛过来了，快结束了。"

"什么快结束了？"萨拉丽夫人问，"是国家的遭遇还是家里的烦心事？"

贝海丝不知该怎么回答。

"咱们女人是没法搞懂国家大事的。如果你指的是家事的话，我们很快就送卡迈尔去拜帕匝里，那时你喘气儿就轻松了。"

"您怎么能这么说，萨拉丽夫人？卡迈尔不在我怎么会高兴？他就像我的亲人一样。"

"亲人生病的时候应该被善待。"

"他从萨勒卡默什回来的时候我没有好好照顾他吗？我还以为您更能理解呢。家里有两个小孩，传染病……"

萨拉丽夫人打断她道："你的那两个小孩早长成大姑娘了。"

"对我来说她们永远是小孩。"贝海丝抽泣着跑出了门，眼里已充满泪水。她气恼地想，萨拉丽夫人就是这样，不会让她好好享受丈夫的好消息。可奇怪的是，她自己也开始怀疑他的升职到底有多值得高兴。无疑，她为此是相当自豪的，但为什么心里又感到一股莫名的恐惧呢？她在起居室的长沙发上坐了下来，从一个银烟盒里抽出一张薄纸，小心地把烟丝放在上面，用舌尖舔湿纸边，俯身将烟卷放在火盆里燃烧的煤块上点燃，把那香气深深吸进肺里。她刚舒服地吐出一口烟，管家就急慌慌地冲进了屋子。贝海丝心想，我怎么就不能自己安静会儿，一边倦怠地问道："又怎么了？"

"兹亚帕夏的太太缪妮尔夫人刚送口信儿来说，她们要过来道贺。"

"什么时候来？"

"今天，下午。"

"告诉她们，欢迎她们来。"贝海丝说，感觉既得意又不安，第二口烟抽得就没有第一口舒服了。管家一走，萨拉丽夫人就不知又从哪儿冒了出来，陡然出现在她眼前。

"兹亚帕夏太太的来访只是一个开始，家里很快就会挤满道贺的人。咱们得准备足够的点心、饮品。别光坐在那儿抽烟，当个部长夫人不容易，该起来干活了。我会让人把扎赫拉找来，得让她把房子里里外外彻底打扫干净。"

"请问能用什么原料来准备那些点心、饮料？储藏室完全是空的。"

"一个能干的女人总能用有限的原料变出花样。我们会想出办法的。"萨拉丽夫人冷冷地说。贝海丝不打算认输，回应道："母亲，我得提醒您，别去问兹亚帕夏的情况。他流放的那些年心理大受创伤，一直没缓过来。事实上，他们说帕夏的状况已经恶化，不得不送到布尔萨的亲戚家去疗养。"贝海丝把烟插入烟灰缸里熄灭了，慢慢站起身，飞快地从萨拉丽夫人身边走过，说道："既然您把家事打理得这么好，我也没什么可做的了，只剩下穿好衣服露面了。下面我就打算这么做。"

梅佩尔小心翼翼地端着托盘上楼，生怕把上面滚烫的咖啡弄洒。她轻轻地敲了敲卡迈尔的门。听到"进来"二字，她快速溜进屋子，把托盘放到床头茶几上。她红着脸，轻声说："我给萨拉丽夫人煮的咖啡，想着您可能也想要一杯。"

"我想要的不是咖啡。"卡迈尔说，一边粗暴地把她拉上床，抱在怀里。他紧紧环抱住她的腰，给了她一个长长的吻，让她无法抗议出声。梅佩尔好不容易挣脱出来。"别这样，先生……有人进来怎么办……我就毁了……名誉就毁了……别……求您了。"

卡迈尔左手紧紧搂着她，用右手解开了她衬衣的扣子，把脸埋进她的前胸。

"你身上怎么这么好闻，梅佩尔？"

"别这样，先生，求您了。"

"有人来的话我们会听见脚步声的。"

"孩子们不穿带跟的鞋，她们要是过来的话我们就听不见。"

"她们是不许进我房间的。"

卡迈尔把嘴唇贴向梅佩尔的乳沟，她低声呻吟着推开了他。

他不退让，舌头从她的乳房慢慢移向她的下巴，又回到乳房。接着又开始吻她的嘴。

"你不想要我吗，梅佩尔？"

她没有回答。卡迈尔换了个问法："你不爱我吗？"

"我爱，有好几年了。无可救药。我爱您胜过我自己的生命。"

"那你为什么还要推开我？"他又解开了一个扣子，开始用鼻头轻触被他解放出来的乳房。

"求您了。"梅佩尔说着，浑身颤抖。

"你要是答应再跟我过夜，我就放开你。"

梅佩尔心里好希望卡迈尔永远不离开她，希望永远都这样待着，任由他亲她的乳头。她的身体被一阵从未有过的感觉征服了。

"好吧……我答应。"

没你在身边我根本睡不着，看不到你、摸不到你，我没法活下去，她在心里说。卡迈尔松开手后，她不情愿地站了起来，抚平裙子，整理好内衣，系上扣子，捡起掉在地上的头巾。

"咖啡凉了。"她低声说。

"那给我拿杯热的来吧。"

"真的？"

卡迈尔笑了。"我敢说你跟我一样想亲热。"

"其实，先生，我来是有重要的消息要告诉您的。您把我弄昏头了，忘了是来说什么的。"

"什么消息？"

"还是由萨拉丽夫人告诉您更合适。如果我先说了，她可能会生气。"

"还是告诉我吧，我可以假装不知道。"

"老爷被提升为部长了。"

"我舅舅？"

"是啊。"

"啊！"卡迈尔叫道。

"您不高兴吗？"

"不高兴，梅佩尔。他当了财政部长？"

"是的。"

"真主保佑他吧。"卡迈尔说。之后他陷入沉思。梅佩尔轻轻离开房间的时候，意识到自己爱上的是个十足的怪人。

贝海丝在面向后院的那间很少使用的小客厅里接待了缪妮尔夫人和她的女儿阿兹拉小姐。虽然苔绿色的天鹅绒窗帘全部打开了，百叶窗也都大张着，但由于房间朝北，加上花园里树木众多，屋里的光线还是很暗。不过这种昏暗倒是给房间平添了一种可敬的朴素庄重之感。跟面朝马路的男人屋和带拱窗的起居室不同的是，这里摆着的不是有靠垫的长条软座沙发，而是金丝绒的配套高背沙发。两个窗户之间的玻璃柜子里展示着精致的奥斯曼瓷器，还有贝伊科兹的玻璃器皿和铅晶碗。墙上挂着三个古董瓷盘，还有两幅签着画家西瓦尼昂[1]名字的油画。房间的西式

---

1. 画家西瓦尼昂（Civanyan，亦称Givanian），1848年生于伊斯坦布尔，是苏丹阿布杜梅西德时期的宫廷小提琴家奥汉尼·吉万（Ohannes Givan）之子，著名画家和艺术教师哈鲁蒂恩·吉万尼安（Harutyun Givanian）的哥哥。1906年卒于伊斯坦布尔。

装饰更像是有钱的基督徒或犹太人家里常有的。贝海丝注意到阿兹拉小姐正在欣赏其中的一幅画，心里很是得意。那姑娘朝着画的方向点了点头，用奔流的溪水一样大方又轻快的语调说：

"我也十分忠爱西瓦尼昂的夜景画。看来您很有鉴赏品味，您是不是也会画画啊，夫人？"

萨拉丽夫人一直反对房子里挂画，贝海丝提醒自己，一得着机会，她可得马上跟她转述客人是如何盛赞这些画的。"可惜我不会，不过我的大女儿，丽曼，特别喜欢艺术。她画画和刺绣都不错。"

她心中暗自感谢雷萨特先生几年前坚持买下这些画，也为自己当时的说法而脸红："老天，花这么多钱搞这么两幅画，还不如买几块地毯！"

在萨拉丽夫人进来送吃的之前，女人们讨论着身为高官太太所面临的种种难题。缪妮尔夫人的丈夫曾经也是部长，她提醒贝海丝，未来将有大量的考验和艰苦等待着她，要忍受跟丈夫的长久分离，还要独自承担照顾孩子的责任。

"这些我都早已习惯了，"贝海丝不无得意地说，"我带着孩子跟随我丈夫去过大马士革、希腊罗得岛，还有塞萨洛尼基。现在至少我们不用租房，有了自己的房子，离亲戚朋友们也近。我实在无权抱怨。"

萨拉丽夫人进来之后，她们改变了话题。老夫人说她从邻居那里听说，在占领军控制下，穆斯林女性经常遭到羞辱，因此她已经不再去市场买东西，而只是在附近的小杂货店买，导致家里做饭的食材不新鲜，味道也不够好，这也直接影响了她给大家拿来的酥皮馅饼的质量，里面既没有菠菜，也没有奶酪。她对此表示深深的歉意。

"尊敬的夫人，"缪妮尔夫人安慰她说，"市场上也买不到什么东西了。全城都面临食品短缺。很多地方都被封路了，从安纳托利亚过来的物资几乎停运。"

"我当初让我儿子雷萨特先生给家里备足供给，这完全是必要的，可他就是不上心，"萨拉丽夫人叹息道，"要不是因为听说了那些异教侵略者的劣行，我会毫不犹豫地亲自去香料巴扎[1]买东西。虽然有点远，我相信那里还是什么都有的。"

缪妮尔夫人正要开口告诉萨拉丽夫人，香料巴扎这些天也缺乏供给，这时她女儿插进来说道："可他们都不是外国人！是一些穿着侵略者制服的希腊人和亚美尼亚人。所以我只要一有机会就上街去，看他们能把我怎么样！敢惹我试试，我会让他们好看，您信不信！"

"姑娘，"萨拉丽夫人说道，"你一个女人家，又能怎样？你总不能亲手去打他们吧？"

"我不会亲自动手。但我会闹得沸沸扬扬，周围的街坊邻居肯定都会凑过来把欺负我的人打得鼻青脸肿。"

"我亲爱的姑娘，你千万别这么做，会惹麻烦的。你应该躲着他们。"

"我可不这么认为。"阿兹拉小姐说，"视而不见，退缩躲避，没给咱们带来过任何好处。这是我们的城市，被占领了也是我们的。"

"您跟您女儿同一个观点吗？"萨拉丽夫人直视着缪妮尔夫人的眼睛问道。

"阿兹拉加入了一个妇女组织，她们对侵略行径反应激烈，多次召开会议，到处讲演，想唤醒土耳其妇女。阿兹拉自然是受了这些活动的影响。"缪妮尔解释道。

"你说的是哪个组织？"贝海丝问。

"妇女权益保护协会。您也是什么组织的成员吗，贝海丝夫人？"

---

1. 香料巴扎（Spice Bazaar），又称埃及市场，是一个集中卖各式香料的大型市场，仅次于伊斯坦布尔大巴扎。

萨拉丽夫人抢在儿媳答话之前插言道：

"她可不是。贝海丝要养育两个女儿，还负责掌管家事，她可没时间参加什么组织。"

"我们协会的很多成员都是有孩子的妇女。家务不会影响加入组织。"阿兹拉小姐说。

贝海丝气恼地瞪了萨拉丽夫人一眼，转向阿兹拉说：

"我'婆婆'说的是实情，不过我的孩子现在都大了，都上学了。至于掌管家事，真主保佑，我'婆婆'可比我能干多了。她都不会让我的手碰完热水再摸凉水。要是你哪天能带我去你们协会看看，那可太感谢了。"

"啊，贝海丝，我的孩子！还没问问你那当部长的丈夫，看他是不是同意呢！我倒很想知道他会怎么看！"萨拉丽夫人唱起了反调。

"我能肯定他会很高兴的。我丈夫欣赏勤劳的女人。"贝海丝说，"他为丽曼请家教辅导，让苏阿特这么早上学，还不足以证明这一点？他们说的'与时俱进'就是这个意思。"

梅佩尔上茶的时候支着耳朵听她们的谈话。当着客人面，贝海丝似乎在向总占上风的萨拉丽夫人反扑。两位客人继续保持客气的言行，但面部表情却微微表明，她们已不太拿萨拉丽夫人当回事。不过聪明的切尔克斯人可不会不战而降：

"你们那些组织有的专门从事慈善活动。如果贝海丝非要加入什么组织的话，做慈善再合适不过了，比如红新月会[1]。"

"亲爱的夫人，当代女性跟咱们完全不同。她们受过教育，会说外语，读欧洲小说，"缪妮尔夫人笑着说，"您肯定也赞同，应该允许这些

1.1876—1878 年的俄土战争中，奥斯曼帝国将红十字会的十字标记改为新月形，因政府认为十字图形会异化其穆斯林士兵。国际红十字委员会 1878 年宣布，原则上非基督教国家可以使用十字以外的其他图形做官方保护标志。红新月会于 1929 年日内瓦公约修订时被正式承认。

聪明的年轻人自己做决定，是吧?"

"咱们也接受过教育和训导啊。"萨拉丽夫人在椅子上正了正身子，高声说道。

"当然，"缪妮尔附和道，"我们学弹琴，背诵《可兰经》，可是我们和我们的母亲都没有学到适应现代生活的技能。就在不久前，我们还只能足不出户。到了现在，我们才慢慢开始了解世界的真实情况。"

"还有种东西叫做经验呢，"萨拉丽夫人说，"那可跟知识一样宝贵，而且不幸的是，那是年轻人所不具备的……梅佩尔，亲爱的姑娘，再给客人们倒些茶，好吗……我再给你来块酥皮馅饼吧，亲爱的……自己拿饼干吃啊。"

阿兹拉小姐把盘子递回给主人的时候，梅佩尔把空茶杯收走了，心里还惦记着画室里正在进行的讨论。她又回来的时候，阿兹拉和贝海丝正并排坐着耳语。梅佩尔把茶放到阿兹拉小姐旁边的茶几上时，听见她说道："我们的宣传活动不仅是为我们自己争取权利，也是为了我们的祖国。下周内西贝夫人和赛伊姆夫人将就这个话题发表讲话，您要不要过来听听?"贝海丝看上去很震惊。

梅佩尔把糖递给客人，之后把糖罐放回桌上，双臂交叉站在门边。她刚要将思绪收回，沉入被心爱的人占据的内心世界，就听到他的名字被提起，马上从恍惚中惊醒，又竖起了耳朵。

"卡迈尔先生，愿真主保佑他，就写了不少关于这个话题的好文章，"阿兹拉小姐说，"不过他现在什么都不写了，好可惜。"

"我外甥从萨勒卡默什回来后，很长一段时间都在养病。"贝海丝解释道。

"我真希望他彻底康复了。"

"他没在伊斯坦布尔。他去亲戚家疗养了。"

阿兹拉向贝海丝投去怀疑的眼神，贝海丝红了脸，低下了头。

"如果您给卡迈尔写信，请告诉他我们盼望读到他更多有启发意义的文章。也请转达我们的问候，祝他早日康复。"阿兹拉微笑着说。

你算老几啊，梅佩尔心想，这讨厌的女人！你在这里干什么呢？为了爱，她梅佩尔不顾一切，应付着他的肺病、咳嗽、腰痛、发烧和噩梦；赶上爆炸和警察问话也在所不辞。可是她完全没有能力对付眼前的这位年轻女士，她就那样坐在那把椅子里，高高的额头上耷拉着一缕头发，一副了不起的样子。梅佩尔心里燃起了妒火。她放下交叉在胸前的胳膊，悄悄离开了房间，鼻子发酸，大滴的眼泪流了下来。她用手背抹去泪水，开始上楼。如果她敢去质问卡迈尔的话，他会回答她的疑问吗？他会告诉她，他跟楼下画室里那个无所不知的女人是什么关系吗？那个见过世面、穿着无可挑剔、受过教育、观点激进的女人可是前部长的女儿。在她旁边，梅佩尔什么都不是。她陪丽曼上课时是学会了认字，但是她的字写得很难看，她对时局的了解更不值一提。她是个除了这座房子和周边的街道之外对世界一无所知的可怜虫。她怎么可能让卡迈尔感兴趣？只有他关在房间里养病的时候才有可能看上她。之后呢？他康复、离家以后呢？他还会记得一个名叫梅佩尔的女孩吗？她决定再也不让他亲她、碰她了。永不！

正如萨拉丽夫人所料，前来道贺的远不止缪妮尔夫人和她女儿，家里的客人自此络绎不绝。整整十天，梅佩尔和家里其他人员忙得连挠挠自己脑袋的时间都没有。萨拉丽夫人小心瞒着雷萨特先生，把自己手腕上戴着的金镯子卖了三个，用那钱从佩拉区的法国点心房买来水果馅饼，一盒一盒的巧克力，而且——仍然是在男主人不知情的情况下——从黑市搞来食材，做出点心来款待重要的客人。招待邻居、亲戚朋友也用了大量现烤出来的酥皮馅饼和糖浆浸泡的小煎饼。家里所有能用的椅子都被拖到男人屋、中厅和作餐厅用的前厅里来了。重要客人和外宾在天鹅绒装饰的画室接待，男性来访者聚集在男人屋，近亲好友挤在有拱形窗户的起居室。客人一走，再恢复秩序，洗刷盘子，为第二天迎客做准备。每天不知不觉忙到天黑，大家都筋疲力尽。在如此的忙乱之中，贝海丝还抽空把卡蒂娜找来量身定做新礼服、裙装和短衫，同时紧急请求她父亲帮忙负担这笔费用。剩下的布料还给丽曼和苏阿特裁剪出了相配的、带滚边和花边领口的小裙子，让她们穿上，请倍亚济区最好的摄影师给她们和父亲拍合影。仪式性的祈祷当然也少不了。

当一名部长夫人既累人又昂贵，但也有很享受的时刻。在萨拉丽夫人的坚持下，贝海丝邀请了她父亲到家里来作客。萨拉丽夫人算好了，伊布拉海姆先生会满载着物资前来，在家里待上一段时间，等到返程时就会十分乐意地把卡迈尔带回到拜帕匝里去。没想到，伊布拉海姆先生说是工作原因来不了，萨拉丽夫人的如意算盘就此落了空。虽然伊布拉海姆先生为女婿升职感到自豪，但他认为在女婿被任命为部长的当口就出现在人家门口实在有失体统，像是投机行为。此时，家里的食品储备已被蜂拥而至的客人吃得精光，萨拉丽夫人变得越发焦虑。如果客人还是这么源源不断地涌入，她拿什么来保护这个家的名誉？一袋袋的面粉、谷物都已用尽，他们拿什么来招待客人？虽然是在战争期间，可总不能让邻居们都知道，在部长大人的豪宅里，他的家人上顿下顿吃的只是干面包就清汤吧。

自打跟舅舅发生争执之后，卡迈尔多数时间一直躲在自己屋里，只是偶尔下楼到门厅那里转转，以期跟舅舅当面道贺，结果几次都没有碰上他那繁忙的舅舅，他也就作罢，索性以贺卡形式表达祝贺，庆幸躲掉了充满负疚感的会面。白天他伏案读书或做翻译工作，梅佩尔会把饭给他送上来，照料他吃药，并一天询问他数次，看少爷还需要什么。

萨拉丽夫人担心梅佩尔有些劳累过度了。可怜的女孩脸色日益苍白，眼睛下开始出现黑眼圈。

她在这一点上没错：梅佩尔的确是身体透支了。每天深夜，她扫地拖地、为第二天待客做好准备之后，再拖着疲惫的脚步爬上楼，回到自己在顶层的房间，给门留个缝，以免之后开的时候嘎吱作响。最后，等房子里所有人都睡熟了，她再偷偷溜进卡迈尔的房间，钻进他的怀里，融化在他火热的拥抱中。卡迈尔疯狂地与她做爱，仿佛是为了弥补多年从军、被关押和养病所失去的时间。他似乎永不满足。他整夜不停地亲吻她的嘴唇、乳房和肩膀，吸吮她的香气，让自己封闭已久的无尽激情充分释放。她也不断渴望得到更多。当她温顺地把自己的身体交给他时，她得捂着双唇，咬着枕头，极力控制着才不会发出欢愉的尖叫。但当她在他纤细的身体下扭动摇晃的时候，她的欢叫声还是会不时迸发出来，呼唤他继续。之后，在破晓之前的寂静时分，她飘回自己的床上，极其疲劳却亢奋得无法入睡。太阳升起的时候，她悄悄下楼去浴室净身，再回房做晨礼。然后她去准备早餐，端着托盘再次回到卡迈尔那里。他这时通常都是在熟睡，她会跪在他床边，轻轻抚摸他的脸颊，用手指梳理他的头发，等着他醒过来。一天当中，她会不断找借口再回到他房间里来……我去给先生送午饭……我给先生送杯咖啡，马上回来……我好像听到他叫我呢，先生可能需要什么东西……先生该吃药了……

"亲爱的姑娘，你成天在卡迈尔和客人之间忙活，已经累得只剩一把骨头了。好好照顾自己，要不你也会病倒的。"看着梅佩尔日渐消瘦，眼圈塌陷，萨拉丽夫人开始频繁地告诫她。

5

避难

　　一天早晨，萨拉丽夫人和贝海丝面对面坐在拱窗前的长沙发上。她们早早地就起来了，穿戴齐整，下来迎接客人。估计这天客人不多，她俩喝着咖啡，享受着倦怠中的惬意。头天夜里警笛大作，她们不得安眠，但她俩谁都不知道、也不在乎占领军袭击的目标是哪里。他们似乎把所有的时间和资源都花费在搜捕抵抗组织成员上——也就是那些被萨拉丽夫人坚持称为"闹事之徒"的人。这两位女士对远处的枪声已见多不怪，不为所动了。此时雷萨特先生早已离家上班去了。丽曼在为晚些的钢琴课练琴。苏阿特坐在妈妈的裙脚边，在铺了一地的纸上画画，她上午的课因为有高年级学生的什么表演而取消了。

　　"你姐姐上钢琴课的时候别给她捣乱。再捣乱我就告诉你爸，他会非常生气。"贝海丝说。

　　"我没给她捣乱啊，只是在旁边看看。"

　　"她不想让你看，你就别看。"

　　"她是怕我弹得比她好。"

　　"可你又不愿意上钢琴课。"

　　"我愿意啊！"

　　"你没有！你更想学小提琴。而且那是个明智的选择，这样你和姐姐哪天可以一起演奏，给爸爸来一场音乐会。"贝海丝说，"还有，小提琴你还可以随身带着，可你姐姐只能在家里弹钢琴。"

贝海丝对自己说的话略感羞愧。其实苏阿特不上钢琴课的真实原因是，丽曼不让任何人碰钢琴，如果是她妹妹她更会怒不可遏。钢琴是丽曼十岁的时候买的。因为家里不能再买一架钢琴，他们就鼓励苏阿特学小提琴。尽管如此，只要姐姐不在家，苏阿特就冲到钢琴旁，尽力把她听到的曲子弹下来。

"你肯定还得学乌德琴，"萨拉丽夫人说，"家里的女孩都必须学会弹。梅佩尔就是我教会的，她弹得可好了。"

"那也教教我吧，奶奶。"

"一放暑假咱们就开始，亲爱的。你知道吗？你姥爷说他六月份可能会来，他就特别爱听乌德琴。"

"啊，我真希望我亲爱的父亲现在就跟咱们在一起呢，"贝海丝叹息道，"他都好几个月没见着外孙女们了。上次他来的时候丽曼还是个孩子，下次再来就该成大姑娘了。这个冬天她可长高了不少。"

"没关系，等咱们去了岛上，很快就会见面了。"

"我是希望他一听到雷萨特先生升职的消息就过来。之后我们立刻就去岛上，大家可以一起去……"

贝海丝话还没说完，管家冲了进来，显得异常的慌张。

"又怎么了？"贝海丝抱怨道。

萨拉丽夫人也马上喊道："可怜可怜我，古尔菲丹，别跟我说这么早客人就到了。"

"阿莱特先生来了，要跟您说话，夫人。"

"太奇怪了！他今天来干什么？"贝海丝说，"而且还这么早！让他等等，我们喝完咖啡就下去。"

"今天城里出大事了，夫人。他让我马上告诉您。"

贝海丝和萨拉丽夫人同时跳起来冲向门口。苏阿特跟在她们身后。贝海丝给萨拉丽夫人让路，让她先出门。她自己也急着下楼去，可只能耐着性子等着她"婆婆"一步一步缓缓地往下走。苏阿特却不用顾忌：她在楼梯上从萨拉丽夫人身边绕过去，抢先到达了一层。阿莱特和胡斯努正在那里焦急等候。

"怎么了，阿莱特？"萨拉丽夫人问。

"夫人们，打扰了，请原谅。今天街上非常危险，我想你们应该了解情况。最好待在家里别出门。我六点钟就离家奔这儿来了，结果才刚到。城里交通全堵住了，到处是军警和士兵。"

"为什么？出什么事了？"贝海丝问。

"街上又设关卡了吗？"萨拉丽夫人问，"我还正在想丽曼的钢琴老师怎么还没到。"

"别等他了，今天谁都动不了。"

"就是说我今天上不了学了？"苏阿特抱怨道。

"我听说他们开始抓人了。"阿莱特说。

"那我怎么办？不上学了？"

"先别说话，孩子，"贝海丝责怪道，"我们会搞清楚情况的。"

"他们又在抓捕青年土耳其党员吗？"萨拉丽夫人问。

"我不知道，夫人。不过他们到处都是。"

"到处都是什么人？"

"外国士兵。英国人。他们封了所有的主路。我是从小街穿过来的，主街都不通了。"

"我到街上去看看情况。"胡斯努自告奋勇地说。

"去吧，打探点消息回来。这情况是挺让人着急的。"萨拉丽夫人说。看着胡斯努和阿莱特向门外走去，贝海丝拎起裙摆，走上楼梯，苏阿特又冲到她前面去了。

"小心，"贝海丝说，"你会把我撞倒的。你怎么一点儿不像你姐姐。早知你像个假小子一样，还不如请安拉保佑我生个男孩算了。"

"我倒希望自己是男孩呢，"苏阿特说，"那我就能到院子里爬树，用不着跟姐姐一起学绣花了。"

"说的好像你现在不这样似的。"

贝海丝完全不知道该怎么带她的这个小女儿。丽曼严肃、安静，苏阿特却正相反：像个男孩一样淘气、好动、充满活力。苏阿特[1]这个名字本来是贝海丝以为自己怀的是男孩时取的。萨拉丽夫人责怪她，有时她也怪自己，非要把这男孩名用到女孩身上。丽曼在苏阿特的年纪绣的枕套、桌布，精美得贝海丝都舍不得用。苏阿特至今连基本的缝纫都不会，不过她在学校学习拔尖，跟大她两岁的女孩同班上课毫不吃力。她的写作能力几乎赶得上姐姐。苏阿特过人的聪慧却令贝海丝苦恼万分，她认为这在女孩子身上完全是浪费。

贝海丝和女儿坐在拱窗前的沙发上。半个月前她还能从这扇窗户的左侧看到街上的情况，现在视线全被杏树叶子挡住了。萨拉丽夫人突然出现在门口，表情焦虑。

"去找你姐姐去，苏阿特，她在她屋里绣花呢。"

"我想跟你在一起，奶奶。"

"我和你妈有事要商量。快，快去。"

---

1. 苏阿特（Suat）源于阿拉伯语 Sa'd，意为"幸福"，通常为男孩的名字。

“我不能听吗？”

“不能。”萨拉丽夫人打开门，对楼上喊道：“梅佩尔，下来把苏阿特带上去，带她玩一会儿……梅佩尔！你在哪儿呢？”

听到梅佩尔下楼的声音，苏阿特自己冲出了房间，想去跟她玩。萨拉丽夫人赶紧把房门关严，在贝海丝身边坐了下来。

“贝海丝，听清楚了，如果阿莱特说的是真的……如果他们真的在抓人，他们会到咱们这里来的。”

“那是为了什么呢？这里又没有青年土耳其党人。我们都是苏丹忠诚的子民。”

“我亲爱的，这可能是实情，但我们是不是应该小心些，想想最佳应对方案？”

“萨拉丽夫人，咱们能怎么小心啊？”

“咱们可以让卡迈尔到邻居家去藏身，让他从院墙那儿过去。”

“你是说艾贝夫人，那个接生婆？”

“对。”

“她会愿意吗？”

“咱们去请她帮忙，她有什么不愿意的！毕竟，她是把咱家孩子接到这个世界的人。”

“可是萨拉丽夫人，那不等于是告诉邻居们，咱家一直在窝藏罪犯吗？”

“那我们来考虑一下轻重。是把卡迈尔交给警察更好，还是忍受邻居的毒舌议论更好？”

贝海丝心里觉得很不舒服。他们已经在邻居面前丢过一次脸了，当初卡迈尔脱离统一进步委员会的时候，警察就来过他们家。真主在上，难道他们就永久摆脱不了这个惹麻烦的亲戚吗？难道她就没有权利跟自己的丈夫孩子过清净日子吗？自己刚为当上部长夫人高兴高兴，就出这事儿！

"这我回答不了，得问雷萨特先生。"

"是可以问，可是雷萨特先生此刻人在哪里？外面又封了路，他什么时候才回得来？"

"很晚呗，跟平常一样。"贝海丝回答。

"你丈夫不是街角卖水果的。位高权重的男人什么时候回家，要看他们自己。你得尽量接受这一点。"

"我又没抱怨。"贝海丝说，急着想结束这场谈话。她可不想又听一遍关于家里祖先多有德行和贡献的长篇大套的说教。萨拉丽夫人站了起来，两手叉腰。

"这里现在是部长大人的家，"她宣布，"谁想不经邀请擅自闯进来，那得从我尸体上跨过去！"

"占领军和他们手下的市政警察可不管是谁家。"贝海丝说，她显然还没有足够认识到自己的丈夫当了部长的重大意义。

"贝海丝，亲爱的孩子，你丈夫现在代表的是奥斯曼政府，他不是一个普通的什么什么先生。如果侵略者敢进这个家门，他们得付出代价。"

雷萨特先生到家以后，她们才都知道是萨拉丽夫人大错特错了，可在这会儿，她的话对贝海丝来说还是够可信的。

听到管家告知胡斯努已经回来了，他们都下了楼。

"我听说他们闯进议会了，"胡斯努说，一副惊慌失措的样子，"他们要把所有跟抵抗有关联的人都拘留起来，已经开始挨家挨户搜查了。"

贝海丝脸色陡地变得煞白。她丈夫有危险了吗？雷萨特先生是个机灵的人，她告诉自己，哪怕在最绝望的时候他都会保持冷静。但是藏在阁楼里的通缉犯怎么办？要是他们来家里搜查，发现了卡迈尔，那就没法预料他们会把家里其他人怎么样。

萨拉丽夫人上楼的时候，贝海丝知道她是去找卡迈尔，就跟了上去。两个女人气喘吁吁地进了病人的房间，看到梅佩尔在搅动着一杯茶，卡迈尔坐在桌前忙着写东西。

"孩子，情况紧急，你必须马上离开这里。"萨拉丽夫人说。

"他能去哪儿呢？"梅佩尔问，"到外面去他会着凉的。"

"梅佩尔，你别插嘴。"萨拉丽夫人打断她道。

卡迈尔从桌前站起来，拉过来一个脚蹬，蹲坐在上面往窗外看。

"我应该去哪儿呢？"

"我觉得最好藏在隔壁接生婆家里。没人会去搜一个跟女儿住的老太婆的家。"

"可她会同意把我藏在她家里吗？她干吗要给自己找这麻烦？"卡迈尔问。

"我刚想起来，"贝海丝说，"阿兹拉小姐住的离这儿不远，你可以从后街穿过去到她那里。她特别有思想，跟你一样，卡迈尔。如果有办法让她了解我们的处境的话……"

"是个好主意，"卡迈尔说，"阿兹拉是个勇敢的女人，习惯反抗斗争。她为妇女权益保护协会做了不少工作。她会乐意帮我的。"

"不行！就待在这儿，"梅佩尔惊恐地恳求道，"我们可以把您藏起来，可以藏到储藏室里，他们肯定找不到。"

"别傻了，梅佩尔，"萨拉丽夫人说，"他们会搜遍房子的角角落落。我们上过黑名单。"

"那他们就不会去搜阿兹拉的家吗？如果她也老插手这类事情，她不是也会上黑名单吗？"梅佩尔争辩道。

"梅佩尔，有人问你怎么想了吗？记住自己的身份，丫头。而且，你在这儿干什么呢？下楼看孩子去。"贝海丝说道。这姑娘平日都很乖顺礼貌，少言寡语，看来现在是被恐惧和激动占据了。梅佩尔红了脸，低下头，但还站在原地不动。

"她家院子里有一个地洞。好多年前，我们还小的时候，经常从那里穿行，没人发现过我们。军警如果去搜查他们家，我就从地道回到这里来。他们也不可能同时搜每一座房子，总得一座一座来吧。"卡迈尔说。

"你怎么会还记得什么秘密通道的事儿？"萨拉丽夫人问。

"我怎么会不记得！您不记得了吗？阿兹拉以前住隔壁，我们那时候天天一起玩儿，还有阿里·勒扎——愿他安息。"

"不管去哪儿，记着穿上件罩袍，先生。"梅佩尔说。

"好主意！那大家就快点，行动起来，"贝海丝说，"梅佩尔，你个子最高，赶紧跑回你屋把你的袍子拿来。"

梅佩尔没动。

"我跟你说话呢。你今天这是怎么啦？"

"我陪卡迈尔先生一起去。"

"哦？那又为什么？"

"我们可以扮成两个逛街的女人，手挽手一起出门。如果有人问话，我来应答，卡迈尔先生不用开口。"

"真是个聪明丫头，我不是早就告诉过你？"萨拉丽夫人说，声音中充满了自豪。她本来就对贝海丝先前责难梅佩尔的口气很是不满，"切尔克斯人就是这样，聪明无比！好啦，就这么定了，赶紧去拿罩袍来吧，动作快点，丫头！"

梅佩尔飞也似的走了。

"你们能不能走开一下，我也得换衣服了。"卡迈尔说。

萨拉丽夫人和贝海丝下了楼，回到之前坐的临窗的座位上，不过这回，两个女人都因焦虑而颤抖不止。贝海丝非常想抽根烟，可知道在萨拉丽夫人面前抽有些不妥。一阵令人不安的沉默过后，萨拉丽夫人用她最甜蜜的声音说道："亲爱的贝海丝，给咱俩都卷根烟来吧。在今天这么难过的日子里，咱们把规矩稍微放下一会儿，会被原谅的……去吧，别不好意思。不来一根怎么熬得过去。"

这老狐狸又把我心思猜透了，贝海丝心想。她从长袍口袋里掏出一个烟盒，开始卷烟。

"亲爱的孩子，我有件事想请你帮忙。"

贝海丝完全清楚，这样亲近的称呼只有在对方有求于她的时候才会用。她直视着萨拉丽夫人的眼睛，等候下文。

"你介不介意亲自把他们送到兹亚帕夏家？我来解释为什么。最好不要让人家突然看到卡迈尔出现在家门口。咱们与他们家虽然是老朋友，可他们家里没有男人，不打个招呼就让他去不合适。"

"可梅佩尔不是跟他一起吗！"

"亲爱的孩子，梅佩尔跟你怎么比？你是部长夫人，你的话有分量。他们没法儿把你拒之门外！"

"可是今天孩子们在家……"

"你不在时她们就没自己在家待过吗，我的孩子？"

贝海丝无话可说了。"我去换衣服。"她说着，不情愿地站起来向楼梯走去。

"看在老天的分上，快点儿吧。"萨拉丽夫人在后面嚷道。

过了不一会儿，三个从头到脚裹着黑袍子的女人——其中一位相当高大——从房子里快步走出，朝海边方向走去。她们避开主路，经过一片失火后的废墟，从后街绕回到同一街区，到了兹亚帕夏家门前。这座豪宅的院子比他们家的大很多。他们按了绿漆大铁门上的门铃，等着人来开门。"请通报缪妮尔夫人，财政部部长夫人前来回访她。"贝海丝带着一丝愧色，冷冷地对前来开门的男仆说。作为一位有教养的女士，她完全知道回访是应该提前打招呼的，也不应该是这么一大早，可她没法多解释。

仆人把客人们带到院子里，重新拴好大门，之后把他们带到房子前。他们慢慢地上了台阶，随即被迎进了前门。卡迈尔本能地朝一楼的男人屋走去，但看到仆人冲他扬起了眉毛，意识到自己现在是女人打扮，赶紧跟着他舅妈和梅佩尔一起去了二楼客厅。仆人一转身离开，他就脱下罩袍，实在不想让阿兹拉和缪妮尔夫人看到他这可笑的装扮。

在客厅的等待让人无比焦灼，似乎无限漫长。很显然，兹亚帕夏家的女士们没做好待客的准备，此刻一定在整理头发、换衣服什么的。阿兹拉小姐独自进来了，她看到卡迈尔也来了，很是惊喜。握过一圈手后，大家就座。阿兹拉看到上周为她端茶倒水的女仆今天作为客人一起来访，掩饰不住内心的困惑。她告诉大家，缪妮尔夫人这几天去了埃仁柯伊区的姐姐家，之后询问客人们要什么样的咖啡，吩咐下人去做了。卡迈尔吞吞吐吐地解释他们为什么这么早来访。

"呃，事情是这样的……看起来他们又开始抓人了，我们也不知道具体是怎么回事。路都封了，也听说倍亚济区的房子都在搜查范围。你知道，我是一个……一个……"

"我知道，"阿兹拉马上接口说，"你是什么人在我看来很明显。"

"那条秘密通道还在吗？"卡迈尔问。

"在，不过现在出口在阿科索噶街，不在烧毁的那块地方了。咱们以前一起去玩的那片空地现在是一条街道了。"

"阿兹拉小姐，你不介意让我在这里避一避吧？等到市政警察来了，他们一敲门我就从密道离开。"

"我怎么会介意，卡迈尔。"阿兹拉说。她转向贝海丝：

"贝海丝夫人，您别看您外甥和我互相先生小姐地称呼，那都是表面的客套。卡迈尔和我是多年的好朋友了。他跟我已故的哥哥以前好得跟一个人似的。小时候，他俩都个性很强，也都喜欢冒险。长大以后，他们也一样：两个人都毫不犹豫地奔赴前线，去为大家都认为会输掉的事业而战。全能的真主把阿里·勒扎招到他身边去了，留下了卡迈尔。这就是命！真主一直保佑着卡迈尔，现在该我们保护他了。"

"真主保佑你。"

卡迈尔插进来说："阿兹拉，你要是有任何疑虑……"

"完全没有。我会让哈吉守在前门，有人来他就摇铃，我们等你安全离开后再开门。"

"可是他们如果从后门进来怎么办？或者他们安排人在后门把守？"

"去年夏天有个贼从后门进来，偷走了我父亲放在展示柜里的荣誉勋章。我母亲一生气，就把后门封上了，在那儿修了一堵墙。"

"城市越大，盗窃案件越多，"贝海丝说，"上周爆炸的时候还有人偷了梅佩尔的包呢。"

"令人同情。移民过多的城市不安全。流动人口里少不了小偷和流氓，"阿兹拉说，"不过，正像人们常说的，'黑暗中总有一线光明'，对我们来说，后院没有大门了就是件值得庆幸的事。"

咖啡端上来了，杯子都是金边细瓷的。大家珍惜地小口喝着，一时没人说话。

"真想不到，到了这岁数，咱们又玩上藏猫猫了。"卡迈尔开口道。

"你想到过伊斯坦布尔会被占领吗？"

"啊！你这是在往我伤口上撒盐啊。"卡迈尔埋怨道，以故作轻松的口气掩饰着真心的伤感。

"有的时候你会听到心里的魔鬼说，拿起你祖父的枪，打死那些侵略者。"阿兹拉若有所思，口气平静地自语道。贝海丝惊得合不上嘴，心想，这也是个姑娘家？

"不用怕，阿兹拉小姐，很快就会有人这么做的，"卡迈尔说，"事情不可能就这样了。"

"你怎么能这么说，卡迈尔？不是已经没有能抵抗占领军的队伍了吗？他们不是一进伊斯坦布尔就被迫缴械了吗？"贝海丝问。

"不是所有人都缴枪了，"卡迈尔说，"有些指挥官留着他们的武器。那些被解散的部队的人也都在。有人在努力把他们组织起来。"

"可是这些人没有武器弹药，又能如何？"贝海丝争辩道。

"那是最简单的事，舅妈，有钱就能买来武器。"

"真主保佑的卡迈尔啊！就算有钱，也没处买武器。武器库都有人严密把守。你以为英国人或者法国人会去卖用来对付他们自己的武器吗？你这话太孩子气了。"

"没几个人能拒绝金钱的诱惑，舅妈，"卡迈尔说，"每个人都有自己的价码而已。另外，那些外国入侵者背井离乡跑到咱们的土地上来，又不是为了保卫他们自己的祖国！一定要把他们赶回去，不管以什么方式。我们需要的只是行动的决心和毅力。"

阿兹拉钦佩地听着卡迈尔发表这番言论，没有意识到梅佩尔正在悄悄地仔细研究她，不过钦佩就谈不上了。

"有什么能用得上我的地方，卡迈尔，尽管说，"阿兹拉说，"我随时待命。"

"你能做什么呢？"贝海丝问。

"我可以做调解人，可以做翻译，可以做信使，还可以筹款。"

"都是些对女人来说极其危险的事情。"

"贝海丝夫人，我理解您为什么不愿意介入，您有两个年幼的女儿，丈夫又是高官。可我没结婚，也没孩子。自从我丈夫牺牲以后，我唯一关心的就是祖国的解放。"

"我明白，"贝海丝说，"我敬佩你。"

大家都陷入沉思，一时没人说话。

"舅妈，您和梅佩尔不需要再在这里停留了，回家去吧。如果有人来家里搜查，让胡斯努来报个信儿，我会在危险过去后，从阿科索噶街回家。"

"不！"

这是梅佩尔第一次开口说话，阿兹拉、贝海丝和卡迈尔都瞪大了眼睛看着她。

"不要这样，先生，不要一个人待在这里。贝海丝夫人可以回家，我在这儿陪着您。"

"梅佩尔，你是什么意思，丫头？"贝海丝说。

"卡迈尔先生再到街上去的时候，还是得穿女人的罩袍吧？要是有人向他问路，或者跟他说点别的，怎么办？要是有什么粗鲁无礼的人上来质问他，一个女人为什么独自上街，怎么办？他怎么张口回答？如果有我在身边，他就不用开口了。"

"这我倒没想到，"阿兹拉说，"她想得可真细。"

"她是特别聪明。"卡迈尔说。

"那我自个儿又怎么回家呢?"贝海丝问。

"我们会派个人送您回去的,别担心。而且最多走几百米就到了!"阿兹拉说,声音里透着几分轻蔑。

"那就赶紧吧,马上派人送我回家。孩子们还等着我,萨拉丽夫人也一定在担心呢。"

阿兹拉起身离开房间时,贝海丝低声说:"阿兹拉小姐跟男人没什么不同。真是个大胆的女子。"

"她一向如此。她会把洋娃娃扔在一边,跟着我们男孩子到处乱跑,还跟着我们爬树。"

"真主保佑,别让我们的苏阿特长成这样的女孩。她已经是个让人头疼的自作主张的小魔头了,说起来还真是有点儿像阿兹拉。"

"您为什么对阿兹拉这么反感,舅妈?"卡迈尔问,"她是个坚强的女人,聪慧能干,意志坚定。任何一个像她一样的寡妇都会远离世事或者再嫁了,可阿兹拉没有这样。她读书,写作,做翻译。难道女人都必须待在家里做针线活儿吗?"

"对啊,这适合女人干。"

"我亲爱的舅妈,原谅我直言,您应该非常熟悉'近朱者赤,近墨者黑'这句话。看来您已经跟萨拉丽夫人的观点一样了。"

"等着瞧,看你自己结婚以后,你是更想要一个拿笔杆子还是擀面杖的媳妇。你说的这些都是单身汉的想法,但所有已婚男子都更希望自己的老婆是个守本分的淑女。"

看到阿兹拉回来了,贝海丝住了嘴。"人们还都以为贝海丝从早到晚在家里忙着擀面呢。"梅佩尔心里说。事实上,贝海丝平日常做的无非是弹弹乌德琴或钢琴,接待个客人,做做针线活儿,很少在厨房露面。

"哈吉会送您回家，贝海丝夫人，"阿兹拉说，"他在花园里等您呢。"

临行前，贝海丝紧紧拥抱了卡迈尔一下，之后穿好了罩袍。"希望一切顺利。"她对他说，然后又转向梅佩尔，提醒道："我可把他交给你了，梅佩尔。你比他谨慎得多，但还是要多加小心，亲爱的。"

"贝海丝夫人，请别从里面闩上院子的大门，以防我们突然返回。"梅佩尔说。

"我不能不闩门啊，谁都能进来怎么行。不过我可以把门闩上的绳放到你们能用手指够到的地方。"

贝海丝和阿兹拉离开了房间。

"梅佩尔，我可怎么报答你为我做的一切啊？"卡迈尔说。

"您平安健康，就是对我最好的报答。"梅佩尔回答道。

阿兹拉把贝海丝送到门口后，回到了客厅。"你要不要去厨房看看，梅佩尔？"她温和地问道，"管家纳齐克正在擀面，你也许可以帮帮她。"

"我不会擀面，夫人。"梅佩尔说，坐着没动。

"那好吧。"阿兹拉有些吃惊，但并不生气。她转向卡迈尔说："这样的话，卡迈尔，你跟我来一下。我上个月订的几本书到了，我想给你看看其中的一本，看是不是值得翻译。"

卡迈尔站起来，跟着阿兹拉走出了房间。只剩下梅佩尔自己在屋子里了。她双手交叉放在腿上，面无表情，笔直地坐着，强忍下的眼泪在心里奔流。

"你们家里的女人可真是与众不同，"阿兹拉跟卡迈尔一起下楼的时候，对他说，"你舅妈好娇气，稍微捏她一下就会碎似的。梅佩尔可正相反，一个钢筋铁骨的姑娘。不过她好像对少爷很倾心啊！"

"你说什么呢！我生病时一直是她照顾的，特别尽心。直到现在她还把我当婴儿看待，拼命保护我，不让我受到任何伤害。她像影子一样跟着我，唯恐我忘了吃药，穿得不够暖。"

"病人爱上医生，护士爱上病人，这都是常有的事。"

"那姑娘怎么会爱上我？我是个废人，阿兹拉。"

"但你并没有丧失判断力，不是吗？谢天谢地你还有足够清醒的头脑，应该看得出那可怜的姑娘已经为你神魂颠倒。"

"就算是那样，我又能怎么办？"

"别让她抱有幻想。找个机会，让她嫁个门当户对的人，别让她把未来浪费在你身上。"

"你依旧像过去一样自行其是，阿兹拉。我还记得以前你对阿里·勒扎是怎么呼来唤去的。那时我们都管你叫'小鬼'。"

"看来我说的话你不爱听啊。"

"刚才梅佩尔没听你的去厨房，你对她不高兴了吧。就是因为这个，对不对？我来跟你解释一下，梅佩尔在我们家不是仆人身份，她是萨拉丽夫人的一位远亲。哪家没有几个不幸的亲戚？梅佩尔就是我们家一位倒霉的远房叔叔的孩子。她努力工作，不过是她自己选择干这个的。否则萨拉丽夫人早就给她选个受人尊敬的公务员嫁了。"

"你就没想过她为什么会选择不去嫁公务员，而是为你们服务？"

"没想过。"

"你们男人都是一个样！你们不想看见的就视而不见。那让我来告诉你这个再明显不过的真相：那女孩要的是你，你就是那个她要嫁的公务员。"

"承蒙夸奖。不过，就是个穷亲戚也不会想要我这样的人：丢了几个脚趾头，一身的病，更糟的是，还是个逃犯。"

"你这是在想方设法让我夸你，可我就是不上钩。告诉我，卡迈尔，那次爆炸是怎么回事？梅佩尔那天恰巧从爆炸现场路过，也真是有意思。"

"她姑妈住在贝西克塔斯，她正好去看她。"

"哦，真的吗！"

"阿兹拉，你想知道些什么？"

"我想知道你在这件事里牵涉得有多深。你是来我这里避难的，你必须信任我。信息交流对咱们双方都有好处。"

"那好吧。你了解一个叫做卡拉科尔的组织吗？"

"由过去的青年土耳其党人管理，不是吗？"

"以前是，但是他们已经跟安纳托利亚的抵抗运动分不开了。英国人已掌握了一些组织要员的名单。他们虽然没有确凿的证据，但已经有所怀疑。爆炸就是他们操纵的，为了杀一儆百。不过效果甚微，因为组织总部已经转移了。"

"你在组织里负责什么？"

"因为生病，我对他们基本无用。我主要是靠写文章和翻译秘密文件来做点贡献。"

"我没病，我可以为你做联络……"

"我绝对不会用你的，不过我可以给你提供一个联系人的名字和地址，你可以申请跟他们联系。"

阿兹拉从椅子上跳起来，从桌子的小抽屉里抽出一张白纸和一支笔，蘸好墨水等着。

卡迈尔告诉了她一个人名和地址，并补充道："可以跟他们说是我推荐的，但得让他们决定你能派上什么用场。把名字和地址背下来，之后把那张纸撕碎——烧了更好……"卡迈尔说到一半停了下来，之后叫道："听，阿兹拉……有人按门铃。"

他俩同时冲下楼梯，阿兹拉把那张纸折起来藏到贴胸衣服里。他们来到大厅门口时，梅佩尔已经穿好罩袍，同时把卡迈尔的罩袍递给了他。卡迈尔接过罩袍，说："梅佩尔，快!"

阿兹拉在前面带路，三个人急速下楼，从储藏室旁边的门进了院子，弯腰沿着墙根往前跑。

"密道应该就在这里的某处。"卡迈尔说。三人同时搜寻墙上的裂缝。阿兹拉先找到了，他们开始清理地道入口处的杂草。卡迈尔朝里面看了看，说："阿兹拉，你赶快回房子里去吧。"

"不用担心我，你才是有危险的人。碰到什么难处就马上回来。"

"真主保佑你。"

卡迈尔侧身钻进了狭窄的入口。

"快，梅佩尔，该你了。你进去以后，我就把入口封上。"阿兹拉说。

梅佩尔小心翼翼地钻进了密道，伸手抓住卡迈尔的手，被他一把拉入黑暗深处。两人弯腰前行了一段，蜘蛛网挂了一脸，几只蝙蝠从耳边飞过。

"没多远了，"卡迈尔说，"很快就到尽头了。"

阿兹拉迅速掩藏好了入口，赶紧往家里跑。她从底层的后门进入房子，上气不接下气地冲上了楼梯，正好隔窗看到她家的男仆在向一位希腊裔土耳其人解释着什么，那人旁边站着一个穿制服的外国人。

"这是怎么回事? 出什么事了? 他们要干什么?"

"小姐，他们在挨户搜查……"

"还想怎么样！他们居然来搜帕夏的家，不感到羞耻吗？"

"帕夏不帕夏的，对我们来说都一样。今天我们挨家挨户都要搜的。"希腊翻译说。

"等我穿好衣服马上下来，我来跟他们说。"

"说什么也没用。我已经告诉你他们想做什么了。"

"你的土耳其语这么差，怎么可能再用英语说清楚！告诉他们我马上下来，我可用不着你来当翻译。"

阿兹拉借机损了那希腊人几句，自己忍不住窃笑。她从窗口退后几步，做了几下深呼吸，捋了捋头发，故作轻松地走下几分钟前刚疾步爬上去的台阶。她昂首挺胸地走到门口，来到院子里。

卡迈尔和梅佩尔在狭长的通道里等了很久，随后相跟着走了出去，小心地观察着外面的环境。按阿兹拉所说的，他们现在应该是在阿科索噶街。这条小街很安静，路边窗户上的窗帘和百叶窗统统紧闭。他们一声不响，快速走过这寂静无人的街道，但感觉像是有看不见的敌人埋伏在四周。接近主街的时候，一阵骚乱传来：枪声、呼喊声、尖叫声，夹杂着玻璃破碎的脆响、警笛，还有口哨声……他俩不禁焦虑地看向对方。

"待在这儿别动，我到路口看一下发生了什么事。"梅佩尔说。

"不行，你等着，我去。"

"先生，您要是被发现了就会被抓进监狱，可他们不会把我怎么样。最坏的情况也就是盘问一通之后把我放了。我去。"

卡迈尔别无选择，只好同意了。

"如果您发现有任何危险，就马上回到密道里去，我会回去找您的。"梅佩尔说。

梅佩尔朝小街与主路交叉的街口奔去，卡迈尔靠墙蹲了下来，开始等待。他俯下身，把头缩进肩膀，眼睛看着地面。这时，他突然感到一阵难忍的厌恶。他烦透了这样像个贼似的躲藏，烦透了这无穷无尽的无助状态。他身体太虚弱，还无法参加斗争，对任何人都毫无用处。他为解放祖国付出了那么多，却不得不待在这被占领的伊斯坦布尔，没有比这更令人沮丧的了。他早已放弃国家彻底独立的幻想，只要敌军都滚出去，他甚至准备容忍苏丹的独裁统治。只要侵略者一日不撤军，他便永远生不如死。至少他是这样告诫自己的，他希望自己有这样的信念，尽管心里某个角落会发出微弱的抗议声……一种隐隐的担忧，一种暗暗的异见。一个遥远的声音似乎在说："别死，还不能死。"在这样黑暗的想法之间，他脑海里出现了一个有柠檬花香味的女人。他不禁自问，是不是这个女人，用密道里扫到脸上的蛛网那般柔弱的细丝缠住了自己，使他贪恋生命。那个年轻女人苗条的身体，润泽的深色皮肤，玫瑰般的乳房，她的嘴唇，她的双臂，她身上的每一个细胞都让他燃烧、着迷，几近疯狂。每一夜，在她溜走以后很长时间里，甚至在他熟睡之后，她的香气还挥之不去，那是梅佩尔身上特有的柠檬花的味道。他记得马赫尔在谈话中曾经提到过，据说肺结核会增强男人的性欲，那正是他确信自己得了肺结核的原因之一。否则如何解释他对这个女孩的欲望——这个如此简单、纯洁的姑娘？所以没错，一定是肺结核。一开始他极力克制，怕传染给她。后来他就不在乎了，一有机会就要梅佩尔，这确实是很无耻也很自私。他活不了多久了，怎么拒绝得了最后能享受的这一点乐趣！卡迈尔坐在那里陷入沉思，忽然感觉到后背靠着的墙面又湿又冷，就往前弓了一下。他在口袋里一通猛翻，没有找到烟盒。自打大夫让他少抽烟以后，梅佩尔和萨拉丽夫人经常偷偷把他的烟收走。他坐直了身，忽然看到街口出现了一个士兵。他猛地跳起来，疾步朝相反的方向走去，走着走着不由奔跑了起来，身后传来沉重的皮靴声和"站住！"的喊声。他在密道入口处趴下来，钻了进去，用几块大石头堵住洞口，之后往里走了几步，在黑暗中蹲了下来。他能听见外面有人在说话。有个希腊口音的人说："他不可能就这么消失了，肯定是进了那所红房子，或者旁边那栋房子。"

"他可能是穿过哪家的后院逃走的。"另一个声音说道。

"封锁这条街，挨家挨户搜查。"

卡迈尔赶紧趴到地上，这样万一他们发现了密道入口，往里面看时，至少不会马上看到他。他得这样贴着冰凉的地面坚持一阵子。之后他会发抖，接下来发烧。如果他已经得了肺结核，他会就此死掉，如果还没得上肺结核，这次也必定会染上。死于肺结核也好过死在敌人手里。事实上，不管是哪种情况，他都死定了。如果他还能幸运地回到家里，他会从餐柜的第二个抽屉里掏出姥爷留下的手枪，像个男子汉一样朝自己的脑袋开一枪，自我了断——在跟梅佩尔最后一次做爱之后。

他扒下罩袍，卷成个团儿塞到胸前，隔开潮湿的地面。一只大老鼠从他脸旁溜过。好在这个季节还没有蚂蚁，至少他没被各类虫子包围。他闭上眼睛，不去看老鼠们灰暗的身影，让念头尽量聚焦于别的事情。但是此刻他的脑子里还是充满黑暗的想法。只要不是在床上，这么趴着肯定没好事。就像在战壕里，探出头去朝敌人开枪，如果在此过程中自己不中弹的话，就得不断地趴下、再趴下。但不管敌人开火与否，至少你还可以抬起头来。而此时的卡迈尔只要试图站起身，就会撞到石头洞顶。他感到一阵窒息。小时候，这个密道显得很宽敞。可现在，他就像被塞进了棺材里，感觉自己的心脏抽紧了。他急盼着逃离这个牢狱，回到家里去。他不知道已经过了多长时间。除了窜来窜去的老鼠发出的声响，周围一片寂静。什么都没有了，只有向他四面压下来的墙面。他唯有睡觉才能逃避这一切。要是真能睡着就好了。睡着！永恒的安眠！像个白色蝴蝶一样，被大风吹到七重天外[1]⋯⋯一片翻飞的雪花⋯⋯幻化成一片雪花⋯⋯洁白，无极⋯⋯达到永恒！

1. 《可兰经》里面提到宇宙有"七重天"，或"七层天"。

6

白色死亡

在萨勒卡默什，睡着就意味着死亡。卡迈尔记得，士兵们一排排并肩趴着，互相不时地捅一把，嘴里不停地说着话，怕一睡过去就醒不来了。白雪覆盖下的死亡是最友善的死法，悄然无声。对那些抗不住困倦、迅速进入梦乡的人来说，死亡是一只前来摄魂的白猫，慈悲柔软。而对那些抗拒睡眠的人来说，她身着婚纱款款而来，伸手召唤，蕾丝面纱后面黑黑的眼睛幽幽发亮，掀起的裙裾下闪现出雪白的大腿，胸前乳房毕露。他们迫不及待地投入她的怀抱，成百上千的年轻人就那么去了。

挺住不睡，是对白色死亡的抗争和顽强抵制。

只有少数人能够成功。

卡迈尔顶住了白色新娘的诱惑，却如此彻底地为梅佩尔倾倒，这是多么奇怪啊！他战胜了死亡，却屈服于情欲。

或者说，情欲本就比死亡更凶猛？

与死亡抗争就是紧紧抓住任何一线生机，就是精心护卫安拉暂时赐予的生命，以免被死亡天使亚兹拉尔[1]夺走。那便意味着在这让人发疯的冰冷而悲惨的世界里，再一次呼吸，再一次任热血在血管中奔流，再拥

---

1. 亚兹拉尔（Azrail），犹太教和伊斯兰教中的死亡天使，负责在人死时将其灵魂与肉体分开。

有一分、一秒，再来一次心的跳动。

这是一场异乎寻常的搏斗。他曾试图向梅佩尔解释这一点。那是在一个黑暗无比、噩梦连连的夜晚，他好不容易入睡，却在几小时后醒来。

"我好冷，给我盖严实了。我快冻僵了。"

她给他盖上一层层的毛毯和被子。"先生，您的伤口疼吗？脚趾疼吗？我来帮您揉揉脚。如果您觉得疼，我可以给您吃点马赫尔医生给的药。"

"梅佩尔，疼的不是我的伤口，是我的心。你不会懂的。你或许会同情，但不可能了解那种感觉，那是你无法想象的。"

"那您跟我讲讲啊，让我分担一下您的感受，先生。跟我分享您的记忆，让它们成为我的，不再是您一个人的。我会替您难过，替您发抖。"

"没有语言能形容我的心所遭受的一切，能描述我满腔的厌恶和愤恨。自从看到我的战友们冻死疆场，看到战争把他们丢弃到饿狼和那些亚美尼亚游击队的手中，我就受到前所未有的痛苦煎熬。如果我们真是为自己的祖国而冻死，我也不会这么难过。可是你知道我们为什么去爬那些雪山吗？是为了德国人！我们土耳其人被迫去开设东部防线，作为俄军的诱饵。那个疯子恩维尔，未认真考虑，就把九万名年轻人发配到雪山里去了[1]。有些人是从阿拉伯沙漠直接被调遣过去的，他们只穿着薄

---

1. 伊萨麦·恩维尔领导的九万人的军队在萨勒卡默什战役中被十万俄军打败。这场战役从 1914 年 12 月持续到 1915 年 1 月。在之后的撤退过程中，成千上万的土耳其士兵丧命。这是在第一次世界大战中土耳其军队损失最为惨重的一次战役。1919 年 1 月 1 日，恩维尔帕夏领导的伊斯兰军在高加索地区的一次战役中再次惨败以后，新奥斯曼政府撤掉恩维尔的军职。恩维尔在 1919—1920 年的土耳其军事法庭审判中缺席受审，被判处死刑，罪名是"在无合理理由的情况下将国家拖入战争，强行驱赶亚美尼亚人，及未经许可离境"。

薄的军装。我们则是穿着大皮靴在雪地里连日行军。刺骨的寒风把我们的军大衣冻成了冰外壳，我们连胳膊都动不了，就像被锁进了冰棺材。我们的手指先是冰冷，然后感到刺痛，最后变得没有知觉。还没来得及打上一枪一炮，就一个个被冻僵了。是恩维尔害死了我们。"

"先生……先生……请不要这样，不要哭。他们的死是注定的，是安拉刻写在他们额头上的命运。忘记那些日子吧，不要再去想它们！"

"一开始，雪花像白色的蝴蝶一样飘落下来，落到我们的头上，钻进大衣里。接着就起风了。我永远也忘不了那个夜晚，我们的大衣被生生冻成了硬壳。就是我不去想，它也会入梦。就是不在梦里出现，它也还在那里，牢牢地扎根在我内心最深处。那严寒如同一把锈刀，刺进我的皮肉，插入我的灵魂——如果我还有灵魂的话。就算我的皮囊里还囚禁着一副灵魂的影子，那也是一个战栗、摇晃、颤抖不止的灵魂。自打那个夜晚起，我就总是靠着炉子坐着，手里拿着烟，不管冬夏。帕兰朵肯的那家人把我藏在他们的棚屋里时，到了春天我还生着火炉，梅佩尔。不仅是为了取暖，而且是因为火焰的红光似乎能阻挡住白色死亡的到来。整个夏天我都继续烧着炉子。那段刺骨的白色记忆永远跟随着我，我永远也摆脱不了它，梅佩尔。"

"尽量别去想那个晚上吧，先生。您看，您这是在家里，在暖和的房间里。闭上眼睛睡一会儿吧。我就守在您身边，直到天亮。我会给炉火添炭，您不会觉得冷的。睡吧。"

"听我说，梅佩尔，我再也受不了了，再也不能独自承受了……"

"我听着呢。我全心全意地听着。您说吧。"

"雪被呼啸的大风吹起来，灌进了我们的嘴、鼻子、眼睛里。为了取暖，我们紧紧抱在一起，互相贴靠着。我们的血肉之躯在暗夜中行进。我们忍受着饥饿、病痛、虱子的叮咬、伤寒的折磨。我们手脚并用，跌倒了再爬起，慢慢地在风雪中费力前进。指挥官认为我们该回到营地去，可是远在伊斯坦布尔的帕夏不听他的意见。最高层下达了命令，叫我们必须继续行军，不得解散，不得休息。我们必须在俄军背后包抄过去，从后方伏击他们。我们的靴子已经破烂不堪，用破布包着，脚都没有了知觉。有些人被冻得发了疯；有些人冲到树林里，我们有力气的时候就去把他们拉回来，以免他们被当作逃兵处决或者被饿狼吃掉。我们流下的泪立马在脸上冻成冰条。翻越雪山时，有些人实在走不动了，跪下来喘口气，可这样马上就会睡着。我们赶紧把他们拉起来，用冻僵的手拍打他们冻僵的脸，拖着他们的胳膊在雪里往前走。有时我们实在太累了，只能自行挣扎前行，把他们丢在后面。那些在雪中跪下睡着的人，几乎立刻就会被白雪覆盖。死亡嘲弄着我们。人们常说亚兹拉尔会以各种伪装出现，来摄你的魂。那个十二月的夜晚，在阿拉回科博山上，死亡幻化成身着白纱的新娘出现在我们面前。一个恶毒、无耻的新娘。贪婪成性，渴望得到我们所有人。我们整个兵团都投入了她的怀抱，几个人得以逃脱：迪米亚特的穆萨中士、伊斯梅尔、哈吉·哈索，和我！我不明白她为什么没把我们也带走。哈索的脚冻坏了，再也不能走路，膝盖以下被截了肢。穆萨中士疯了。伊斯梅尔没有消息。而我，那一夜失去了两个脚趾头，肾受损，肺部感染，还从此落下个离不开火炉的毛病，仅此而已。他们说我够幸运，逃过了一劫。我想他们也是对的，是够便宜我的了。只是从那以后，我夜夜都在回想那可怕的一夜。现在，我忍受着寒战和腰痛，在噩梦连连的夜晚和缺脚趾的种种不便中活下去，耐心等待着算总账的那一天。到了那时，我要亲手揪着恩维尔将军的领子，要他为九万冻死在萨勒卡默什山上的士兵负责。那一天快要到来了。很快，待我的灵魂也变成白色的蝴蝶，飞上去加入我的战友们……”

"别说这样的话，先生。求您了，别这么说，别提死。尽量睡一下，多睡会儿。"

在梅佩尔低吟的摇篮曲中，卡迈尔还真的睡了几个小时。他头枕着她的大腿，任由她的手抚弄着他的头发，就这样睡去。但是他又做了噩梦，浑身发抖，喊叫着醒来。直到天终于破晓，第一束金色的阳光从窗帘缝隙中穿过，把地毯上的一小块照得又暖又亮。清晨来临，太阳出来了，他又熬过了一天。又一个夜晚过去了，他还活着！

卡迈尔睁开眼睛的时候，欣喜地看到有一缕阳光从他堆在洞口的石头的缝隙里透过来。他身下的地面不像雪地那么柔软舒服，有什么东西硌着他的前胸，就在心脏下方的某个位置，后背也感觉疼痛。但是有光，只要有光，就有希望。他放心地闭上眼睛，沉沉地睡去。

"先生……先生……卡迈尔先生！醒醒……快醒醒……天啊，他为什么不睁开眼睛？嘿！卡迈尔先生！卡迈尔先生！"

梅佩尔在他的两颊上反复拍打，他终于睁开了眼睛。

"谢天谢地！吓死我了！"

"梅佩尔！"

"是我，先生，是我。我知道您在这里等了很久。试着坐起来。您肯定着凉了，全身感觉麻了。我来扶您坐起来。"

卡迈尔试图挪动四肢，可是浑身僵硬疼痛。在半明半暗的密道里，光线刺痛了他的眼睛。

"我一定是睡过去了。我做了可怕的梦。噩梦……关于萨勒卡默什的……"

"萨勒卡默什早就过去了，那些日子早已成为过去，先生。来，坐起来。"

卡迈尔靠着墙跪立起来。

"我在这里多久了？外面什么情况？"

"外面一片混乱。到处都是占领军，已经血流成河了。他们搜查了这一地区的所有人家，甚至突袭了红新月会。他们要抓民族主义者，也在找统一进步委员会的支持者。我逃到了接生婆家，在那里等着情况好转。很多人受了伤，他们把接生婆也带走了。"

"谁把她带走了？那些外国异教徒？"

"不是，是咱们的人，好像是让她去照顾伤员。"

"几点了？"

"下午的祷告已经结束很久了，您在这里待了很长时间。外面的情况好转些了我才过来找您的。"

"他们搜查咱们家了吗？"

"咱们那个街口还有士兵把守。我们先回兹亚帕夏家吧，他们不会再回到那里去搜的。咱们可以在那儿等到天黑再回家。"

"我让你现在就回家去。除非是情况过于危险，否则可以让胡斯努过来接我回家。"

"我一步也不离开您。我应该照顾您的。咱们要走一起走，要留一起留。"

"我的老天，梅佩尔！我是个小孩子吗？"

"我不是那个意思，先生。好了，咱们一起吧。来吧，先试试站起来。"

卡迈尔揉搓了一下麻木的双腿，半蹲了起来。他哈着腰，跟着梅佩尔走向他们最初进入密道的花园。入口被石头和乱草掩盖着，他们花了不少时间才找到。终于，他们走出了密道，到了花园里。卡迈尔双臂举过头顶，以这样的姿势站了一会儿，接着又依次甩动两腿。能伸展四肢，高昂起头，想占多少地方就占多少地方，这是件多么美妙的事情！他想象着被关在窄小的牢房里的情景，不禁发抖，当即认定死了都比坐牢好。

"躲到那棵树后面去，先生，在那儿等我。我去房子里看一下。如果安全，我就过来接您。"梅佩尔说。

卡迈尔早已习惯了听梅佩尔指挥。他什么也没说，在一棵巨大的悬铃树后蹲了下来，看着她朝房子跑去。

卡迈尔看见一个模糊的人影在黑暗中朝他靠近，拿不准是该跑掉还是待在原地不动。

"卡迈尔先生，您在那里吗？我看不清。"是老仆人哈吉的声音。卡迈尔站起来走向他。

"跟我来，先生。"哈吉说。

"希望那些外国兵没找你们麻烦。"卡迈尔说。

"阿兹拉小姐把他们教训了一通。他们搜完房子就走了。"

"教训得好。"

"别担心，先生，他们不会再来了。"

阿兹拉和梅佩尔在房子门口一起等着卡迈尔。

"真抱歉，卡迈尔，"阿兹拉说，"梅佩尔都告诉我了。一下午困在那个洞里一定很可怕，不过还是比被抓起来强。你肯定已经冻坏了。我安排做了热汤，咱们直接去饭厅吧！"

"你母亲回来了吗？"卡迈尔问。

"没有。她得周五才回来呢。我本来打算明天坐渡船去卡迪科伊看她，可是听说渡船取消了。"

"我知道，很多天以来电车和渡船都不按时刻表来运行了。"

"作为一个居家的病人，你了解的情况还真不少，卡迈尔。"

"我是足不出户，但我家的其他人都能自由出入。"

他们进了饭厅，桌子上餐具已摆好。那时开始流行独立的餐室，开放式餐厅的传统就此被取代。偏爱法国生活方式的人家已经不再从大圆托盘上取食就餐了，而是慢慢习惯了围坐在餐桌旁吃饭。阿兹拉请卡迈尔上坐，自己坐在他的右侧，让梅佩尔坐在他左边。梅佩尔坐了下来，极力掩饰着自己的紧张，搜肠刮肚地回忆着在贝海丝的妇女杂志里读到的西餐礼仪。"就餐期间要始终坐直。不要将胳膊肘支在桌上。不要咂巴嘴。嘴里有食物时不要开口说话。"她在《妇女期刊》上读到过这些。她挺直了后背，坐得笔直，慢慢将手臂从桌面上挪了下来。

饭间，卡迈尔和阿兹拉主要聊的是关于一个秘密组织的话题。不想让梅佩尔听到时，阿兹拉就用法语说，这简直让人发疯。晚餐快结束时，梅佩尔实在受不了了，就对卡迈尔说："家里会担心我们的，是不是一吃完我们就回去？"

"如果需要，我可以派哈吉先去看看街上的情况。"阿兹拉提议道。

"有必要吗？"

"谨慎总是没错的，"阿兹拉说，"咱们喝完咖啡之前，哈吉就能回来。你要跟他一起去吗，梅佩尔？你看上去脸色不太好。"

"不，我得跟着卡迈尔先生，他们托付我照顾他。"

"梅佩尔照顾我太久，现在都把自己当成是我妈了。"卡迈尔笑道。

"她这么年轻漂亮，可不像任何人的妈。"阿兹拉说。梅佩尔立刻面红耳赤。她愿意不计一切从这可恶的女子身边逃开。她大口吞下咖啡，把嗓子烫得生疼，不耐烦地等着卡迈尔和阿兹拉把他们的话说完。

没过多久，哈吉回来了，说街上已经不危险了，于是他们起身告辞。

"你们还是小心为妙。"阿兹拉叮嘱道。

"我们得怎么报答你才好！"临别时，卡迈尔对阿兹拉说。

"也许哪天你们也需要把我藏起来呢，"她应道，"那我们就扯平了。"

卡迈尔和梅佩尔向外面走去的时候，梅佩尔不禁想道，这个蓝眼睛的女人实在危险，早晚会给卡迈尔带来厄运。

7

三月十六日的灾难

在雷萨特先生家大宅外的山脚下，大海靛蓝色的背景中出现了两个高大女子的身影。她们并肩走过，默默无语。如果有人注意的话，会看出她们的紧张和诡秘。路上空无一人，白天里充斥着枪声和叫骂声的街道，此时被一种可怕的宁静包围。两个女人在一所大房子前停下了脚步，前后左右张望了一下。梅佩尔将手指伸入大门上的一个小洞，熟练地摸到了门闩绳，拉了一下。咔哒一声，他们推开了大铁门，进了前院，立刻把门关上。卡迈尔把铁门拴好，背靠着大门长舒了一口气。之后他就势瘫坐在地上，感到精疲力竭，站不起来了。

"别坐在地上，会着凉的。"梅佩尔责怪他道。

"咱俩今天可能都着凉了，在那个潮湿的洞里待了那么久。"卡迈尔说。

"来吧先生，现在别松气啊，再走三步就进家了。"

卡迈尔拉着梅佩尔伸过来的手，挣扎着站了起来，他们互相搀扶着走向家门。卡迈尔突然看到男人屋的窗帘里透出黄光，吃了一惊。

"这个时间男人屋为什么会亮灯？嘘，梅佩尔，咱们先在这儿等一下，里面可能有麻烦。小心为上。"

梅佩尔和卡迈尔费力地把一块巨大的石头滚到了窗底下，卡迈尔爬上去，踮起脚来往里面窥看。他听见了某种奇怪的声音。一声难以抑制的怒吼？或是被压抑的呼喊？

老天！艾哈迈德·雷萨特先生正在屋子里，一遍遍捶打着墙，跺着脚。他左手握拳抵在嘴上，但隔着紧闭的窗户卡迈尔也能听到他舅舅的嚎叫声。一开始，他以为房间里还有其他人在。舅舅的头上还戴着非斯帽，帽子歪向一边。奇怪了！通常舅舅到家后，第一件事就是先摘下非斯帽，然后脱下靴子。日日如此，从未改变。可是此刻，他在屋里又踢又砸的，像个疯子一样，而屋子里根本就没别人！

卡迈尔冲向前门，梅佩尔紧随其后。刚要按门铃，门就被脸色阴沉的管家猛地推开了。"你们去哪儿了？我们都急死了，以为你们出事了。"她气呼呼地说。梅佩尔跑上楼的当儿，管家直通通地站在正要脱鞋的卡迈尔面前。"先生，老爷遇上可怕的事了，他已经这样砸墙砸了一个多小时。"

"夫人们呢？我姥姥呢？舅妈呢？"

"她们在楼上。没人敢接近他。他一进门就大喊：'谁也别惹我，惹我跟你没完！'夫人们在楼上孩子们的屋里，都在哭呢。丽曼小姐更是吓坏了。老爷发这么大脾气，贝海丝夫人担心他心脏出问题。要不要请医生过来？"

"让我先去看看是怎么回事吧。"卡迈尔把跟舅舅之间的所有前嫌都抛在脑后，没有敲门就冲进了房间。

"舅舅，"他说，"这是怎么回事？您怎么了？出什么事了？"

"出什么事了？我来告诉你出什么事了。出了可怕的事！英国人今天袭击了议会！你能想象吗，卡迈尔……没有出具英国大使馆的任何说明或警告，英国人居然允许他们那个情报官本内特直接冲进议会，拘捕了拉乌夫先生和卡拉·瓦希夫先生！他们就那样给咱们的政府高官戴上手铐，对他们极尽侮辱，把他们塞进卡车带走了。这还不算，他们还把杰瓦特帕夏和埃萨特博士从家里抓走了，连衣服都不让他们换，就把穿着睡衣的他们反绑了起来，像对街上抓的毛贼一样。他们对待埃萨特先生的行为更是可憎……我都不忍心说出口。他们竟然打了他！"

"什么？"

"一大早他们就袭击了警察局，当场击毙任何企图抵抗的人。塞匜德巴斯警局的一个列兵还在熟睡中就被打死了。高加索总部被血洗，一个活口没留。现在我们知道昨天黎明的枪声是怎么回事了。要不是我们的士兵退回到营房里，恐怕更会血流成河。英国人没收了他们的所有武器。英国的一艘军舰停靠在了加拉塔桥边，另一艘就停在了皇宫的前面，枪炮口直对着皇宫。英国人派重兵保护起他们的使馆和自己人的居所。仿佛这样还不够，他们满街贴上告示，宣布这座城市已被英国占领，任何抵抗都将遭到严惩。"

艾哈迈德·雷萨特双手抱着头，在屋子里来回踱步。他似乎也忘记了最近跟外甥之间的争吵。就是在卡迈尔躲在密道里的时候，这座城市陷入了一片混乱！说明卡迈尔之前听到的枪声是实实在在的，而不是他的噩梦，不是脑子里的幻觉，也不是压抑的记忆一时浮现。他暗自气恼，外面天翻地覆的时候自己像个老鼠一样被困在洞里。但这不是自怨自艾的时候，他的舅舅正忧心如焚。

"舅舅……舅舅，请坐下来，冷静一下。不要怕，我们会想办法把武器夺回来的。"

"我倒希望就是夺回武器那么简单……他们拿刺刀抵着军事部长的胸膛，逼他执行他们的命令。部长对他们说，这种情况下他无法下达指示，他们才放下枪。部长一路上忍受着希腊人和亚美尼亚人的谩骂，来到了高门[1]办公楼。随后，他立刻起草了一份言辞激烈的外交声明，表达一个高尚民族的心声。但又有何用？伊斯坦布尔已经成了一座囚城，我的孩子。我们的城市已经沦陷！连苏丹陛下去做周五的例行晌礼都必须请示英国人。全民禁止拥有武器，陛下去清真寺的路上谁来保护？"

"如果去寺庙都要英国人批准，还不如就不去罢了。"

"但他很想去啊。他说，那是他的宗教职责。"艾哈迈德·雷萨特把半握着的双手伸向空中，说道："安拉啊，我们做了什么，导致遭此厄运？"

"我理解您的痛苦，可是现在也没有什么能做的。"

卡迈尔打开门，叫管家去拿一杯水来，结果一直把耳朵贴在门上听声的管家差点儿一头摔倒滚进屋来。她刚走开两步，门又开了。"古尔菲丹管家，再拿点茴香酒来，还有两个杯子。"

艾哈迈德·雷萨特瘫坐到沙发上，悔恨地揉搓着自己疼痛的双手。

"刚才你说，没有什么能做的，卡迈尔。这正是最让我恼火的。你知道，全城都在流传着这样的说法：希腊人和亚美尼亚人将削弱穆斯林的势力，他们会在圣索菲亚清真寺[2]里重新安放基督教的圣像，已经有基督教牧师占领了穆斯林孤儿院，等等。这些传闻明显是编造的，夸张得近乎荒唐，但它们足以引起反抗。可是伊斯坦布尔的市民还没有激怒到动用武力的地步，为什么？都是受政府怀柔政策的影响。"

"人民的愤怒爆发，引发暴动就好了。那会让侵略者有所顾忌。"

---

1. 高门（Sublime Porte，又称 High Porte 或 Ottoman Porte），指的是奥斯曼帝国在伊斯坦布尔的政府办公大楼，内设有大维齐尔、外交部和国务委员会的办公室。

2. 圣索菲亚清真寺（Haghia Sophia Mosque），原名为圣索菲亚大教堂，曾是基督教教堂。1543 年君士坦丁堡被征服后，苏丹穆罕默德二世下令将其改为清真寺。这座寺庙于 1935 年成为博物馆。

"那就错了。报复是可怕的行为。我们已经承受了这么多，卡迈尔！我们忍辱含垢，对很多事将就容忍，不惜一切代价避免流血。但他们还是只没收穆斯林的房产，只跟穆斯林过不去。那些异教徒没有被群众打死，完全是因为有奥斯曼的市政警察拦着，他们是能够维持法律和秩序的唯一力量。本还指望侵略者对他们多少有些感激呢。"

"舅舅！咱们说的可是英国人。"

艾哈迈德·雷萨特一拳砸在旁边的小茶几上，把上面的玻璃烟灰缸震到了地上，摔碎了。

"你看到了吧，卡迈尔，这就是我此刻的心——已经被砸得粉碎。"

"舅舅，山重水复之后总会有柳暗花明。他们多行不义，连您都要反了。您之前总是说，我们只能依靠英国人，别无选择。"

艾哈迈德·雷萨特紧闭起双眼，算是对卡迈尔的回应，仿佛这样能把那些不可容忍的事情逐出脑海。但是这并未奏效。议会被袭的景象和一种彻底的无助感仍然挥之不去。

"苏丹对此是什么反应？"卡迈尔问。

"给他报信的人一个字也没从他嘴里听到。"

"报信的人怎么说的？"

"苏丹紧紧闭上眼睛，坐在那里一动不动，毫无表情。当他睁开眼睛时，只是看向远方。他一感到焦虑就这样……"

"舅舅，我最亲爱的舅舅，您是说在政府要员因爱国这唯一的罪过被围捕、被侮辱的时刻，苏丹陛下大人所做的就是闭上他的眼睛。我没听错吧？"

"你指望他怎么办呢，卡迈尔？如果他抗争，他自己也可能会被赶下台，受到羞辱。苏丹怎么能去冒这个险呢？"

"如果苏丹本人不准备冒险，那他应该对愿意为国家冒险的人全力支持才对。"

"我的孩子，你以为他不支持他们吗？他任命的那些大维齐尔其实都默许了那些拒不交出武器的帕夏的抵抗行为，这说明了什么？请你不要在不完全了解事实的情况下批评他。"

"舅舅，请您相信，如果苏丹积极展开救国行动，我愿第一个为他献出生命。"

"你一直关在家里，不了解外面的情况可以理解。你以为侵略者为何逼迫阿里·勒扎帕夏辞职？那是因为咱们的海军陆战部长跟代表团共同签署的《阿马西亚协议》[1]把他们给气疯了。"

卡迈尔吃惊地看着他舅舅。

"奥斯曼政府和土耳其革命军之间的这份共识备忘录里说了些什么？它概括了双方为维护国家独立和统一要共同做出的努力，还宣布要拒绝对威胁土耳其政权的非穆斯林做出任何让步。"艾哈迈德·雷萨特继续说道。

"是这样，但是苏丹他……"

艾哈迈德·雷萨特打断了外甥的话。

"你真的以为，奥斯曼政府认可了《国民公约》规定的边界，这一点苏丹毫不知情吗？你不会那么笨吧，我的孩子？"

"那为什么奥斯曼政府不在伊斯坦布尔与代表团合作？他们应该联合起来，彻底改变现在的局面。"

"在今天这可耻的事件发生之后，陛下已经颁发了一道圣谕，欲与安纳托利亚方面进行沟通。他们本来可以更早达成共识的，但是穆斯塔

1.《阿马西亚协议》（Amasya Protocol）：1919 年 10 月 22 日，奥斯曼政府和土耳其革命军在阿马西亚签署共识备忘录，旨在通过共同的努力保护国家的独立和统一。这也意味着奥斯曼政府承认了安纳托利亚新兴的土耳其革命军。

法·凯末尔帕夏坚持在安卡拉，而不是伊斯坦布尔，召开奥斯曼议会的大会。"

"那很有道理啊，安卡拉没被占领。"

"卡迈尔，不要那么幼稚。伊斯坦布尔是哈里发的统治中心，几个世纪以来一直是帝国的首都。把议会移至它处就相当于放弃伊斯坦布尔。"

"这就是你们不能与代表团达成一致意见的唯一原因吗？"

"这还不够吗？"

"不够，舅舅。"

"别说了！苏丹是伊斯兰信徒的首领，必须留在这里。万一这位子落入他人之手可不得了。再加上他还得考虑奥斯曼王朝的金库。瓦希代丁苏丹很担心英国人会侵吞帝国的金库，这话可不要对外宣扬。"

"可是舅舅，我得到消息，说苏丹已经跟英国人签署了一项秘密协议，同意接受英国管辖，并已宣誓用他的教权和俗权来为英国服务。苏丹要守着自己的金库没错，但是显然他情愿牺牲我们的未来。"

"苏丹是在为大家赢得时间，卡迈尔。只要他在位，民族主义运动就能继续斗争。"

"我希望您说的是真的。"

"是真的。"

"我还想告诉你，苏丹强烈反对解散内阁。"

敲门声打断了雷萨特先生的话。"请进。"他说。贝海丝出现在门口，手里端着个托盘，上面有一瓶茴香酒和两个酒杯。

"怎么麻烦你亲自送来了，夫人？家里没有别人能端盘子了吗？"

"我担心你啊，雷萨特先生。你还好吗？你可吓着我们了。现在镇静下来了？"

"我没事，没事。"

"我们也很担心卡迈尔，怕他在外面待到那么晚，出了什么事。梅佩尔在楼上都告诉我们了，可是萨拉丽夫人非要亲眼看到她外孙不可。你同意让她过来一下吗？"

"让她来吧。"雷萨特先生说。

贝海丝把托盘放到茶几上，离开了房间。她本以为丈夫在跟外甥争吵，而不是这样面对面坐着平和地聊天。她猜想，可能是因为过了这么可怕的一天，雷萨特先生不想在家里也找不痛快。"楼下一切平静正常。"她这样向萨拉丽夫人报喜道。

"哦，太好了！那我就不去打扰他们了。如果他们俩讲和了，最好现在让他们单独聊聊。那我上床了，孩子，这一天已经够熬人的了。"萨拉丽夫人一边说着一边走出门去。

"那我去看看孩子们，"贝海丝说道，"丽曼为她爸爸担心坏了，我得去哄哄她。"

卡迈尔把贝海丝拿来的酒在两个酒杯里各斟了半杯，再兑上半杯水，之后把这奶白色的烈酒递给舅舅。艾哈迈德·雷萨特一饮而尽，把空杯子递给外甥让他再给倒上。

"亲爱的舅舅，"卡迈尔一边倒酒一边说，"为伊斯坦布尔和安卡拉政府的统一，为赶走侵略者，解放祖国，咱们来干一杯！"

"为国家的繁荣昌盛！"

他们正要碰杯时，一阵枪响打破了夜晚的寂静。两人都僵住了，仔细听四周的动静。雷萨特冲到窗前把窗户打开，模糊地听到外面有喊叫声。

"又怎么了？"

"他们还在抓人。"

艾哈迈德·雷萨特往窗外看去。胡斯努从后院的门房跑出来，朝房子这边跑着。

"胡斯努，这枪声是怎么回事？"

"我不知道，老爷。"

"穿上外衣，咱们去看看。"

艾哈迈德·雷萨特关上窗户，大步走出房间。贝海丝和萨拉丽夫人也急慌慌地跑下楼来。

"又有什么可怕的事情发生了……哎，你这是要去哪儿？绝对不行！看在真主的分上，不要去，弄不好被流弹打中。雷萨特先生，我求你了，哪儿也别去。"

艾哈迈德·雷萨特从妻子的拉扯中挣脱出来，开始穿鞋。之后他又折回男人屋，捡起掉到地上的非斯帽戴在头上，向前门走去。

"萨拉丽夫人，快跟他说别出去，万一出事怎么办！他会听您的。"贝海丝哭着颤声说道。

"最好别干涉男人们的事。"萨拉丽夫人说。

"家里就交给你了，照顾好她们。"艾哈迈德·雷萨特临行时对卡迈尔说，然后他就跟着等在院门口的胡斯努一起走了。一眨眼的工夫，两个男人就没影儿了。

卡迈尔在男人屋把最后一口酒干掉，上了二楼。他给两个眼泪汪汪的女眷讲述了白天他遇到的事情的经过，以期让她们暂时忘掉眼前的烦恼。他劝她俩不要熬夜等雷萨特先生回来，把她俩分别送去就寝，之后才回到自己的房间。他很想等舅舅回来再睡，可是眼皮直打架，几乎忍不住要睡着了。一进屋，他吃惊地发现梅佩尔穿着薄薄的睡袍站在窗前。

"有什么事吗，梅佩尔？我以为你早就睡了呢。"

"我没睡，我在等您，"她说，"我想您可能会需要我做什么。"

"谢谢你，不过不用了，你跟我都累坏了，快去睡吧。"

梅佩尔站着没动，直盯着卡迈尔的眼睛。她深色的乳头透过白色的睡袍显现出来。卡迈尔再一细看，发现她里面什么都没穿。那个总是害羞地看着地面的女孩哪儿去了？

"你怎么了？"他问。

梅佩尔没有勇气提阿兹拉小姐，她张开嘴，却说不出话来。

"你这样会着凉的……"卡迈尔看着她的薄睡袍，说，"去睡吧，咱们都太累了。"

梅佩尔意识到他现在不想要她，一时间心里的话脱口而出。

"如果在这儿的是阿兹拉小姐，不是我，您还会赶她走吗，先生？"

卡迈尔完全惊呆了。

"你这是说什么呢？"

"您听见我说什么了。"她说，眼里露出不服气的神情。

"阿兹拉小姐永远不会不请自来的。"

"可能吧。但她也永远不会为你付出生命。"

"是啊，不过人家干吗要那么做呢？我是她什么人？"

梅佩尔嘴唇颤抖。

"她是你的发小。她对你很重要。你能跟她无话不谈……"

"梅佩尔！你不会是在说你嫉妒阿兹拉小姐吧？"

梅佩尔两眼泪汪汪的。

卡迈尔哭笑不得。看来阿兹拉说对了：这个姑娘为他神魂颠倒了。自己被人如此热爱，这让他心里充满了一种莫名的自豪感。他抓住梅佩尔的手臂，把她从窗边拉开，推靠在墙上。他粗暴地扑向她，一手解下自己的裤子，一手掀起她的睡袍。他吸吮着她的嘴唇，强力进入她的身体，梅佩尔不仅没有抗拒，还抬起一条大腿绕着他的腰，主动与他贴得更近。要不是卡迈尔知道她是如何失去童贞的，他会以为她是个精通男女之欢的妓女。可是梅佩尔是在这个家长大的。他了解她，她必定是纯洁忠贞的，这使得他对她此时的大胆狂野更感惊异。

卡迈尔很快结束，准备退下来。可是梅佩尔还用四肢缠绕着他，他费了些劲才抽身出来。

"你想要这个，啊？来吧……你这贪婪的小荡妇，来吧！"

她在他手下挣扎扭动，一缕头发湿漉漉地黏在额头上，右边的乳房从睡袍里露出来。卡迈尔凑过去亲了亲她的乳头。过了片刻，他再次进入她的身体。

听到楼梯上的脚步声，卡迈尔马上从梅佩尔身上退了下来。"快，梅佩尔，披上披肩，整整头发。"他低声说。

"卡——迈——尔。"贝海丝的声音从二楼楼梯口传来。

"又有什么事，舅妈？"卡迈尔把门开了一个小缝，倦怠地问，"我舅舅回来了吗？"

"回来了。他在楼下等你呢。"

卡迈尔赶紧提上裤子，扣好扣子，从衣橱上的水罐里淋了些水在手上，把头发往后捋了捋。

"我下去了，穿好衣服回你房间吧。"他对梅佩尔说。她仍然大字张开贴着墙站着，自觉万分丢人，马上就要哭出来了。卡迈尔温柔地亲了亲她的额头。

"没必要嫉妒，梅佩尔。没人能跟你相比。"

卡迈尔怕吵醒熟睡的孩子们，踮着脚尖轻轻地下了楼。

在昏暗的门厅里，他舅舅看起来如同悬浮在半空中，仿佛一个形容憔悴、提着灯笼的鬼魂。

"舅舅！"

艾哈迈德·雷萨特的声音听起来同样精疲力竭。

"外面还在激战，卡迈尔。虽然英国人严加防范，可我们的地下抵抗组织一直没闲着。他们试图炸掉在埃于普的法国兵营，"他说，"明天又会是难熬的一天。"

在灯笼的惨白光亮中，舅舅面容憔悴，卡迈尔无法判断出他对事态的这一新发展究竟是高兴还是沮丧。

一九二〇年四月

"缪妮尔夫人被困在卡迪科伊了,"贝海丝说道,"昨天上午,我终于有机会去拜访阿兹拉小姐,感谢她对我们的热情款待,在她那儿听说渡船停运了。现在在欧亚海岸之间通行需要有特别通行证才行。"

"真想不到!"萨拉丽夫人喊道。

"是千真万确的。她母亲回不来,阿兹拉小姐只身守在那座大房子里,只有男管家和园丁为伴。真为这可怜的孩子难过。"

"他们家不是一直有女仆嘛。"

"那是在过去,母亲。我们上次去他们家时,只有女管家纳齐克还在,但是最近的局势不好,她家人担心她的安危,把她召回老家去了。"

"如果这样的话,为什么我们不请阿兹拉来咱们家住一阵子呢?她实在不应该一个人待在那个大宅子里。"

"我也这么想来着,但是有些犹豫。让她看到咱家顿顿清汤寡水的情况会有点难堪吧?"

"别傻了,贝海丝。在被占领的伊斯坦布尔,谁家能不受影响?就连那些最豪华的宅子也一样食品短缺。"

"让她睡哪儿呢?"

"让苏阿特跟丽曼睡一屋,她可以睡苏阿特的屋,等她母亲回来再回家。"

"我才不离开我屋呢，不管为了什么都不离开。我也绝不跟姐姐睡一屋。"

"我也不要她来我屋。坚决不行。"

"丽曼！我就当没听到你说的那些话。至于你，苏阿特，再不闭嘴，我会好好关你一阵子！你们两个，都听大人的话！"

"我没法跟苏阿特住一屋，她又脏又乱，还一得着机会就揪我头发。"

"你们都是大孩子了，还老吵嘴，真不害臊，你们俩！"

"我不住姐姐屋。为什么不能让客人住音乐室？"

"不行！她会动我的钢琴的！"

"你们俩要是不赶紧住嘴，等你们的爸爸一到家我就告你们的状。你们自己考虑考虑后果吧。"贝海丝吓唬她们道。

"你这当妈的也没尽到责任，"萨拉丽夫人插话说，"这两个孩子自小无礼，怎么教化也扳不过来了。我小的时候，我们在长辈面前都不能抬眼，只能看着地面，别说是当着他们的面随便说话、小题大做了。"

苏阿特做了个对眼的鬼脸，然后看着地面。

"就是这样吧，奶奶？"

丽曼和贝海丝都忍不住笑起来。

"笑吧笑吧，但记住我的话，如果你们继续这样胡闹，一辈子都嫁不出去。没人要不尊重长辈的女孩子。"

"我反正也不嫁人，奶奶。"苏阿特说。

"哦？那又为什么？"

"我要做个诗人。"

"你这是中了什么邪？"

"现在已经有女诗人了，我就会成为其中一员。"

"一派胡言！你们两个，回房间去，别在我眼前给我添堵！"萨拉丽夫人说。

"让梅佩尔下来一下，"贝海丝冲女儿们喊道，"我去给阿兹拉写封信，让胡斯努送过去，请她尽快来咱们家。梅佩尔可以准备一下客房，把音乐室里的钢琴挪到前厅里，在那儿摆上一张床。我怎么早没想到这个呢？"

那是因为你根本就不想，萨拉丽夫人心里叹道，又绕回到贝海丝应该如何当好母亲的话题上。"谁叫你让苏阿特去上学，不在家里请家教？这就是恶果。记住我的话，这姑娘最后真会去当个什么诗人，或者更糟。"萨拉丽夫人之前就一直抱怨"儿媳妇"把这俩孩子给惯坏了，特别是让苏阿特出去上学这件事，更是说明"儿媳妇"有盲目接受现代思想的危险倾向。也正是贝海丝毒害了卡迈尔和雷萨特。否则，什么样的切尔克斯好人家胆敢对陛下说三道四，还送他们的女儿去学校上学？贝海丝正在毒害雷萨特和卡迈卡。几分钟前梅佩尔被叫来准备客房的时候，脸色惨白，扶着门框打晃，那更是贝海丝的错！看把那可怜的姑娘使唤的，忙得都脚不沾地了！

贝海丝兴致勃勃地在房间里找纸笔。家里有个客人来住几天是好事，她实在是烦透了白天黑夜地跟萨拉丽夫人重复同样的对话，没完没了地受她指责。阿兹拉会带来一股新鲜空气，没准儿对卡迈尔也有些好处呢。

艾哈迈德·雷萨特早晨来到二楼的起居室时，身上还穿着睡袍。看到他这个样子，女儿们都放下手里的针线活，开心地叫起来："爸爸今天跟我们一起待在家！"此时家里的女人们都坐在沙发上，跟阿兹拉小姐一起喝着咖啡。萨拉丽夫人在费力地教苏阿特刺绣，丽曼正在熟练地钩蕾丝花边。

"今天不去部里吗？"贝海丝问。

"不去。"

"为什么不去？不舒服吗？"

艾哈迈德·雷萨特恨不得真能这么回答：对，不舒服，感觉憋闷，胸口发紧，心脏不适。"萨利赫帕夏的内阁解散了，"他平静地说，"我失业了。"

"你怎么能说这种话，雷萨特先生！快让风把那些倒霉话吹走！"

"你放心，夫人，等新内阁一组成，我们还会继续工作。我不会闲待在家里碍你们女士的事的。"雷萨特先生道。

"啊，雷萨特先生，你知道我们大家多么敬重你。今早我看你还不起床，还以为是你太累了，醒不过来。不叫你，怕你起来后生气，可还是舍不得叫醒你。你昨晚告诉我今天你不上班就好了。"

"我到家时你已经睡了，我也没舍得叫醒你啊，我亲爱的。"

"好吧，既然你过来了，我让人把咖啡给你送到这儿来。"贝海丝说。

"好啊，我今天就跟女士们一起坐坐，听一听你们闲聊。"

"我们可没在闲聊。"贝海丝说。

"这些天我们女人也有正经事要忙，没空闲聊。"阿兹拉指着她腿上的一本杂志说。

"是什么正经事？"

"我们女人也应该竭尽所能为国家做贡献，您同意吧，先生？"

"毫无疑问，阿兹拉小姐。"

"我在给贝海丝看一些了不起的女性作家写的文章。我特别推荐她读那篇关于娜吉叶夫人的文章。"

"关于她写了些什么?"

阿兹拉翻到相关的那页,把杂志递给雷萨特先生。雷萨特先生边看边念出了声:

"嗯,娜吉叶夫人,女性美德的化身……嗯……如果像她这样一位有名望、有学识、了不起的女人下定决心为国家的进步而奋斗,她一定会赶上甚至超过我们那些勇敢的男人……"

"这位娜吉叶夫人是什么人,亲爱的?"萨拉丽夫人问道。

"她是乌斯库达尔的费兹叶学校的校长,夫人。"阿兹拉解释道。

"现在女人都开始干男人的事了吗?她应该把心思放在她自己的学生身上才对!"萨拉丽夫人脱口喊道。

"夫人,不光是女校长投身救国事业,阿卜杜勒-哈米德苏丹的女儿纳伊梅公主,穆拉特苏丹的女儿菲海姆公主,都积极为国家工作。"阿兹拉应答了萨拉丽夫人,又对雷萨特先生补充说:

"先生,在世界大战中,您所热爱的英国人是不是也让他们的妇女从幕后走到前台来,到商店、工厂和办公室里去填补她们的丈夫留下的空缺,从而避免经济危机?"

"确实如此,而且非常成功。不过从何时起我成了亲英派了,阿兹拉小姐?"

"苏丹不是亲英的吗?"

"苏丹或许是亲英的,自由统一党可能也是亲英的,但是我既不是那个政党的追随者,也不是英国人的追随者。我只效忠苏丹,那是因为陛下是奥斯曼家族的后裔,而奥斯曼家族是这片土地几百年的统治者。"

"这我都不反对,先生。我只是希望我们女人能有机会了解时政,被允许与男人并肩抗敌。"

"你说得太对了，阿兹拉小姐。我也希望你了解，苏丹是主张这个国家的妇女接受教育和参与社会活动的。"

丽曼听大人说话听烦了，请求准许她去弹钢琴，苏阿特紧跟在她身后，结果两人又吵了起来。

"坐下接着绣你的花，别上楼去惹我烦。"

"丽曼，你实在是应该对妹妹好点儿，"贝海丝以尽量得体的严厉口吻责备道，"她坐你旁边，帮你翻翻琴谱，有什么不好吗？"

"那会相当可怕，她的手总是很脏，昨天她吃完东西就用油乎乎的手弄脏了琴键。"

这回，贝海丝骂起小女儿来。

"苏阿特！我没告诉过你不许碰你姐姐的钢琴吗？如果再有一次，我就把你的小提琴锁到柜子里，让你也拉不成。"

"你要不让我碰钢琴，为什么不把钢琴也锁进柜子？"

阿兹拉忍不住笑了。贝海丝求援地看着她丈夫，等着他对苏阿特的无礼言辞做出合适的回应。可是艾哈迈德·雷萨特，这个多年管理着奥斯曼帝国空虚国库的大人物，却对他小女儿的一张利嘴束手无策。此时梅佩尔端着个银托盘送咖啡来了，正好救了他。

"梅佩尔，孩子，你可不可以去告诉卡迈尔先生，此时此刻，有关国家大事的重要讨论正在起居室里进行，他若能大驾光临，我们会深感荣幸。"雷萨特先生说。

"我去叫，我去叫舅舅。"苏阿特嚷道，一边用胳膊肘把斯文款款地走向房门的丽曼撞向一边。

梅佩尔把托盘放到雷萨特先生面前，离开了房间。萨拉丽夫人虽然对雷萨特和卡迈尔的关系有所改善感到欣慰，但是看到雷萨特当着阿兹拉小姐的面嘲弄卡迈尔，还是马上表示了不悦。私下里她对亲人会张口就说出刻薄话来，可是当着外人她总会为家人唱赞歌。

"雷萨特先生，我的儿子，别人的想法应该尊重，哪怕是年轻人的，"她说，"不过有一点我要毫不犹豫地说清楚：政治是男人的事，我坚决反对女人搅和进去。"

阿兹拉拿出一个耐心的教导员的架势，开始一字一句地解释为什么妇女应该参与到生活的各个方面，包括政治。贝海丝听得入了迷，萨拉丽夫人则不以为然地看着窗外。雷萨特先生赞同阿兹拉的观点：太久了，奥斯曼女人没有自己的声音，没有个性，仿佛提前进入了坟墓一般。所幸，近年来女校接二连三地开放，达鲁芬努努[1]女子大学这样的学校甚至还提供大学学位。

"您会考虑送您的女儿上这所学校吗？"阿兹拉问道。

"我很愿意啊，不过事关女儿的未来，我自然会先跟贝海丝商量。"他答道，眼睛看着妻子，等着她附和。一向坚定地主张应该早早地把女儿嫁出去的贝海丝，此时眼睛看着地毯，面露尴尬的微笑。

楼上传来丽曼弹的奏鸣曲。

"丽曼可真是才华横溢啊！"阿兹拉叹道，一边朝楼上赞许地点着头，"昨天晚上她给我来了场小型音乐会。"

"她的耳朵很灵，"贝海丝说，"苏阿特也开始学小提琴了，不过她对音乐只是心血来潮，我敢说她怎么都不会像丽曼那么有造诣。她也非要弹钢琴呢。"

---

1. 达鲁芬努努（Dar'ül-Funûnu）女子大学建于 1914 年。在 1920 年女学生拒绝上课以后，学校与达鲁芬努努学院合并，变为男女同校的大学。1922 年其医学院开始招收女生，自此以后，除了神学院之外的其他学院也开始设置男女同上的课程。

"她才刚开始学，"萨拉丽夫人说，"给孩子点儿时间，可以吗！过几个月她就找到自己的感觉了。"

贝海丝见萨拉丽夫人如此热情地袒护苏阿特，不禁扬了扬眉毛。萨拉丽夫人从来就不怎么喜欢苏阿特，总是责骂她。唉，真是没法预测这老夫人下面要唱哪一出。

卡迈尔进屋加入他们的谈话以后，话题回到了国事上。很多新近辞职的政府官员都奔赴安纳托利亚加入国民独立军去了。大家一致认为，奥斯曼政府的下一任首领将是达马特·费里特帕夏。这位帕夏崇拜英国，对国民独立军深恶痛绝。

"达马特·费里特又要当大维齐尔啦？真是不幸啊！"贝海丝说道，这时才明白丈夫之前的话里的含义。"卡迈尔同情民族主义者，导致你最近对他们也有了好感。你看，这回你的部长位子真的做到头了。"

"确实是做到头了，不过我答应陛下在他们任命新部长之前继续履行我的职责。内阁会倒台，可是国家的车轮还得继续运转。"

听到丈夫确认他当真将要失去部长的位置，贝海丝整个人都蔫了，眼里涌出泪水。

阿兹拉连忙改变了话题。"我明天要去参加一个活动，听苏库菲·尼哈尔女士朗读她的诗。如果您允许，我想邀请贝海丝夫人与我同去。"

"想都别想！"萨拉丽夫人喊道，"贝海丝夫人绝对不想跟你那些什么组织搅到一起。对了，前几天几百名妇女在苏丹艾哈迈德广场游行，还讲演什么的……真是不知羞耻！"

"尊敬的萨拉丽夫人，"阿兹拉说，"我们只是去马克布尔夫人家里小聚，听人念念诗而已。而且她家离您这儿也很近。"

看到姑妈当众让妻子下不来台，雷萨特很是不满，更何况她这样可能也得罪了客人。他用坚决的声调对妻子表示支持：

"如果贝海丝自己愿意，她明天可以跟你去，阿兹拉小姐。你知道，这些天外面不太安全，我只有一个要求，让胡斯努先生护送你们。"

"求求您，先生，让我也跟去可以吗？"

所有人都吃惊地转过头去看，说这话的不是别人，正是梅佩尔。此时她正低着头收茶几上的空杯子。"我来护送夫人们。我陪着贝海丝夫人……求您了，先生……我太想去了，去听诗朗诵。"

萨拉丽夫人看到雷萨特严厉的脸色，张了张嘴又打住了。

"那好吧。不过阿兹拉小姐，别让她们在外面待得太晚。这个家的女人习惯下午晡礼之前回家，我希望明天也如此。"

"不会晚的，先生。"阿兹拉答应道。

贝海丝感到又快乐又苦恼，不禁一阵眩晕。尽管她不知道自己在妇女聚会讨论政治的场合该怎么做，她还是感到高兴，因为丈夫已正告萨拉丽夫人她有权利去参加这样的聚会。

她们到达马克布尔夫人家院门口的时候，贝海丝问阿兹拉聚会多长时间能完。

"可能诗朗诵要一小时，聊天、吃东西再有一小时，咱们至少会在这里待两个小时吧。"阿兹拉估算道。

"胡斯努，你先回家吧，两小时后再来接我们。"贝海丝说。

三个女人大步走向前门，阿兹拉和贝海丝在前，梅佩尔在后。

马克布尔夫人的客厅由一连串套间组成，每间屋子都成排地摆满了椅子，像是要举办穆斯林的追思会一般。此刻客厅被大约四十来位女士坐满，大家一边大声相互交谈，一边互相传递着文件。阿兹拉可能是认出了不少熟人，向迎面过来的每一位送去问候和亲吻礼。贝海丝、阿兹拉和梅佩尔找到一排挨着的座位坐了下来。仆人们端着放有柠檬水和饮料的托盘走来走去。

贝海丝注意到大多数女人都脱掉了罩袍，任头发从头巾边上露出来，耷拉到额前和两侧。她之前在杂志上见过这种时髦的发型，当场就决定一回家就对着镜子试试。

在门口迎接她们的那位一头红棕色鬈发的年轻女人——她判断是这里的女主人——走到椅子间的一块空地，大声宣布道："欢迎大家。今天我们又有几位新客人，其中一位是新任财政部长雷萨特先生的夫人，贝海丝女士，还有他们的亲戚，梅佩尔小姐。首先让我们热烈欢迎她们。"

房间里传过一阵低语。贝海丝的脸一直红到耳根子，拿不准眼睛往哪里看，或者该做点什么。一定是阿兹拉告诉了马克布尔夫人她们是谁。这个轻率的阿兹拉！贝海丝无奈地点了一下头，同时用余光瞟到梅佩尔：她本来正心不在焉地盯着对面的墙，面无表情，突然猛地一下坐直，似乎也被这突如其来的关注惊到了。

有些人站了起来，走过来跟贝海丝和梅佩尔打招呼。贝海丝躲避着几乎跪在她脚边的妇女们的眼睛，尽最大努力对她们的问候做出些回应。她明白，作为财政部长的夫人，哪怕这个部长新近辞了职，她需要认真扮演一个角色，但她完全不知道这个角色该怎么演。除了家里人和亲戚朋友，她对外面的世界一无所知，也没培养出任何真正属于她自己的思想、观点和情感。管家婆的大权旁落到萨拉丽夫人之手的后果，此刻突然清楚得让人心痛。她费力从报纸杂志中看到的点滴信息，现在也似乎都从头脑里蒸发出去了。她开始冒汗。虽然她尽全力掩饰内心的恐慌，但还是感觉万分害怕，仿佛受到了围困一般。

"我们上次的会议承蒙菲海姆公主光临，她还屈尊为我们演奏了她为歌颂新宪法专门谱写的钢琴曲。您今天的光临对我们来说也是无上的殊荣，给了我们极大的鼓舞，"女主人热情洋溢地说，"我们热切地盼望您能参加日后的所有集会。您要不要给大家说几句？"

贝海丝紧张得要死。

"谢谢您，尊敬的女士。不过我没有准备发言，请见谅。"她声音沙哑地说。

马克布尔夫人一从身边走开，贝海丝就对梅佩尔说："快给我拿点喝的过来，我嗓子都冒烟了。他们在送柠檬水呢……白水我也能凑合了。"

梅佩尔站起来，伸长了脖子张望，看哪儿有送水的仆人。

"贝海丝夫人，请您注意一下正在向我们走过来的那位夫人，她就是诗人苏库菲·尼哈尔女士。她很快就要上去朗诵她的诗了。要不要我给您介绍认识一下？"阿兹拉问道。

"等会儿吧，阿兹拉小姐，我觉得头晕。"

阿兹拉没有再说什么，因为这时已有一位女士走到房间中央，右手拿着银勺子敲了敲左手上的小托盘。

"嘘，各位安静。请大家热烈鼓掌，欢迎我们最为尊敬的客人，塞亨德夫人。欢迎您，夫人！"

一位矮胖女士向屋子中央走去。梅佩尔递给贝海丝一杯柠檬水，又坐了下来。贝海丝喝了两大口，马上感到一阵恶心，立刻把杯子递回到梅佩尔手上。

"拿走，把它拿得远远的。味道好难闻。"她慢吞吞地喃喃说道。

"是薄荷味儿，很好闻啊。"

"它让我反胃。要喝你喝吧，梅佩尔。"

塞亨德夫人开始讲话了。贝海丝尽力认真地听，可是感觉耳边嗡嗡作响，仿佛成千上万只烦躁的苍蝇蜂拥飞进了她的脑子里。"祖国"、"国家"、"自由"、"独立"之类的词穿过嗡嗡声传来，但是她都连不成整句话，听不出任何完整的意思。她竭力做出认真倾听的样子，两眼紧盯着讲话者，看到她不时望向自己，显然是在寻求部长夫人的赞许和支持。讲话者的激烈声调让贝海丝脑海里浮现出令人不舒服的影像：行进中的大队人马，紧握的拳，攥着石块和木棍的手；难听的喊声，虽然是外语，也听得出是在叫骂；打人的场面，侮辱的言辞，以及怕丢掉性命的恐惧！她出了一身冷汗，不再去费力假装倾听，只盼着塞亨德夫人赶紧结束她那没完没了的讲话，拼命忍住不把那两口柠檬水吐出来。梅佩尔注意到贝海丝头上的汗珠，以为是房间空气不流通造成的。

终于，雷鸣般的掌声响了起来，贝海丝虚弱地跟着拍了拍手。集会的妇女们齐刷刷地起立，一起向致辞者表示祝贺。贝海丝很想加入她们的行列，可是她头晕得厉害，不敢站起来。阿兹拉越过梅佩尔向贝海丝问道："您觉得塞亨德夫人的讲话怎么样？"

贝海丝强挤出一个字："好。"

"您亲口跟她这么说，她一定会很开心。如果您愿意，咱们可以赶在苏库菲女士开始讲话前过去跟她说一声。"

"那就去吧。"

"扶着我点，"贝海丝对梅佩尔耳语道，"我觉得很难受。"梅佩尔有点意外，赶紧站起来，托住贝海丝的胳膊，扶着她走向塞亨德夫人。周围人挤人，空气不畅通。所有人都在说话，那声音在贝海丝耳畔轰鸣。走了几步，贝海丝惊恐地发现自己的手和脚都没有知觉了，膝盖也开始发软。梅佩尔赶紧扶住她的腰，她才不至于倒下去。

"贝海丝夫人……贝海丝夫人……您怎么了？哦，贝海丝夫人……我的天啊，您怎么倒下去了……她昏倒了……"

"她昏过去了，我的天啊，她昏过去了！"

"发生什么事了？"

"往后点……别挡路……让她过去……"

"谁昏过去了？啊，是亲爱的贝海丝。快，叫人来！"

塞亨德夫人指挥着现场，命令大家散开后，她立刻跪到贝海丝身边。梅佩尔把贝海丝的头枕到自己的膝盖上，用颤抖的手解开她上衣的扣子。

"拿些柠檬香水来，这里有吗？如果有，请马上拿过来，"塞亨德夫人说道，"请把窗户打开，换换气。"她又转向梅佩尔说："你是跟贝海丝夫人一起来的，是吧？你是她的亲戚，是吧？"

"是的，夫人。"

"她经常晕倒吗？"

"没有啊，我之前从来没见过她晕倒。"

"她怀孕了吗？"

"没有……嗯，我也不知道她有没有。"

"那你觉得她为什么会晕倒？她着凉了吗？病了吗？肠胃不舒服吗？"

"没有，她没生病。"梅佩尔肯定地说。

"可能是听您的讲话她太激动了。"阿兹拉猜测道。

"别乱说！"塞亨德夫人打断她，一边把梅佩尔匆匆取来的香水倒到手心里，往贝海丝太阳穴上洒了一些，又把沾满香水的手在病人鼻子下面扇来扇去。她拿起贝海丝的丝巾，擦去她额头两侧和鼻子下面的汗水，接着又来回轻轻拍打贝海丝的脸颊。贝海丝慢慢苏醒过来后，不禁惊愕地环视四周。看到眼前塞亨德夫人焦急的面容，她觉得自己是在做梦，赶紧闭上了眼睛。

"别担心，亲爱的，您没事了。您刚才只是昏倒了。"

当贝海丝意识到自己身在何处以及发生了什么事后，她羞惭得要死。在一座陌生的房子里，被一群陌生的女人围着，她就那么像石头一样瘫倒在地。多丢人啊！她差点哭出来。梅佩尔扶着她坐到了椅子上。

"把她送到一间卧室里，我去给她做个检查。"塞亨德夫人说。女诗人大步走开后，贝海丝问阿兹拉："她是大夫吗？"话一出口，她马上意识到这问题有多愚蠢：女人怎么可能是大夫？不过塞亨德夫人看起来那么心中有数……她表现得就像个真的大夫。

"塞亨德夫人是位助产士。"阿兹拉回答她道。

贝海丝惊恐万分，刚刚回到脸上的血色即刻褪去。

"贝海丝夫人，如果您不想接受检查，可以不做。我来跟塞亨德夫人解释。"阿兹拉说。

"那样显得不礼貌吧？"

"不会，绝对不会。"

贝海丝慢慢挣扎着站了起来，依然觉得头晕目眩。由梅佩尔和阿兹拉在两边架着，她跌跌撞撞地走向马克布尔夫人家的一间卧室。塞亨德夫人已经在里面，正在用毛巾擦拭刚仔细洗过的手。她微笑着朝贝海丝迎了过来。

"别怕，夫人，"她说，"我只是给您号号脉。今天吃过东西没有？"

"吃过。"

塞亨德夫人握住贝海丝纤细的手腕，认真地数着她的脉搏。

"伸出舌头来。"贝海丝像个无助的小女孩，乖乖地张开嘴巴。

"都正常，"塞亨德夫人宣布道，"只有唯一的可能：您这个岁数的年轻妇女晕倒只有一个原因……"

"什么原因？"

"显而易见的那个原因。"

贝海丝脸涨得通红。

"如果我没猜错，我希望到时候能给您接生。"

"我不认为自己有了身孕，不过还是要谢谢您的关照。"贝海丝说着又转向马克布尔夫人道："不好意思，给您添乱了，还毁了您的聚会。我跟梅佩尔该回家了。阿兹拉小姐可以等聚会结束后再回去。"

贝海丝拜谢过了聚在门口对她问寒问暖的女士们，借口新鲜空气对自己有好处，婉拒了女主人给她叫车的安排。她紧紧靠着梅佩尔，慢慢走回家去。

她这是中了什么邪，会答应跟阿兹拉来这里？什么自由、正义、平等，跟她都有什么关系？她连自己家的家事都没掌管成，还能指望她解救祖国？本来可以就在家里守着乌德琴和绣花针过清净日子，为什么跟这么一群厉害的女人混到了一起？更糟糕的是，她还当众昏倒，出了大丑。如果旁边没别人，她肯定当时就掉眼泪了。"看在老天的分上，今天发生的事情可别告诉任何人，特别是萨拉丽夫人。"贝海丝乞求梅佩尔道。

"我不会的，贝海丝夫人，"梅佩尔说，"您刚才昏倒了，是不是该看看医生？您不想知道是什么原因吗？"

"就是不舒服。"

"没人因为不舒服就昏倒啊。"

"那柠檬水我喝着不对劲。"

"柠檬水没问题，别人喝了都没事，怎么偏偏就您病了？"

"我的胃很敏感。"

"我会为您保密，但有一个条件。"

"什么条件？"

"您让大夫检查一下。我们可以请马赫尔先生过来，告诉他您的情况，看他怎么说。他可以在卡迈尔先生的房间给您做检查。"

贝海丝想了想。事实上，她心里也想知道自己出了什么问题，不过她不想让卡迈尔知道她的秘密。梅佩尔似乎看出了她的顾虑。"卡迈尔先生不会告诉任何人的，相信我，"她说，"他比任何人都了解萨拉丽夫人，知道她怕病怕到神经质的地步。"

"那好吧，"贝海丝终于答应了，"现在你能不能给我讲讲塞亨德夫人都说了些什么？我当时耳朵嗡嗡的，什么也没听见。"

"她讲得特别好。任何人听了她的讲话都会深受鼓舞，都会想拿起枪去打敌人。她号召我们所有人，包括男人和女人，去加入安纳托利亚的抵抗运动。"

"那就是说要咱们都跑去安纳托利亚，老老小小的都去？"

"咱们哪儿也不用去，咱们可以帮忙筹款，可以给他们运送毛毯、毛衣、鞋子和食品过去。还可以帮着卷纱布、采办药品什么的。总之她是这么说的。"

"不管怎样，这些话千万别在雷萨特先生面前提一个字。要是他发现阿兹拉带咱们去参加了那么个集会，肯定会马上让她卷铺盖走人。"

"我觉得雷萨特先生也很爱国啊，"梅佩尔说，"所以他不会生我们的气的，别担心。"

"你真是个奇怪的姑娘，"贝海丝说，"这些是不是卡迈尔教给你的？"

"没人教我，夫人，"梅佩尔说，"大家都是生来就带着爱心的：爱国，爱子女，爱父母……还有男人。这些爱会在适当的时间萌发、成长。至少我是这么想的。"

"你是从什么时候开始想这些的?"

"在卡迈尔先生病床边日夜守候的时候，我就开始自己胡思乱想了。"

"真主保佑，梅佩尔! 别想这么多了，夜里得好好休息。你的脸色已经日渐苍白，照这个速度下去，你会病倒的。弄不好会跟我一样晕倒。"贝海丝说。

"别担心我，"梅佩尔微笑着说，"我不会有什么事的。我们切尔克斯人习惯吃苦。看看卡迈尔先生吧，成千上万的人都在萨勒卡默什冻死了，他却能毫发无损地平安归来。就为这，我坚信真主是特别眷顾我们切尔克斯人的。"

"我可清楚地记得卡迈尔回来那天的样子，可能只有切尔克斯人才能把那叫做'毫发无损地平安归来'。"贝海丝说。

新上任的大维齐尔达马特·费里特帕夏组建新内阁的时候，保留了原来的财政部长。这个职位需要特殊的专业才能和经验，而艾哈迈德·雷萨特不仅出色地供职多年，而且从未表现出任何政党倾向。雷萨特先生不太情愿在一个他不喜欢的大维齐尔的新内阁里任职，但得知他的好友艾哈迈德·雷西特将在新政府中任内务部长后，他感觉好过了一些。

一天早晨，马赫尔医生赶来祝贺老朋友连任部长，同时也是应贝海丝夫人的邀请前来。按照惯例，他还是先去卡迈尔的房间探视。没过多久，贝海丝和梅佩尔也悄悄溜了进来。贝海丝不好意思地盯着地面，跟他提起自己最近晕倒的事，说没什么大不了的，不过还是请医生看一下比较放心。她请卡迈尔暂时到梅佩尔的房间去等一下，希望他不介意。

"当然没问题，我这就下楼。"卡迈尔答道。

"别，别，别下楼。还是别惹萨拉丽夫人注意，没必要让她担心。还是去梅佩尔房间等吧。"

卡迈尔离开房间后，贝海丝直奔主题。正如她给他的信里提到的，她对大夫有个特别请求：必须严格保密，不让家里任何人知道。

检查完毕，马赫尔医生提出要去洗一下手。他一走，贝海丝从卡迈尔的床上坐起来，把面纱整理好，盖住头发，转向床边等候的梅佩尔说："你去告诉卡迈尔先生，他可以回房间了。"

马赫尔先生回到屋子里，对她说："夫人，您看起来一切正常。那位助产士跟您说的可能没错，您很有可能真是怀孕了。我需要点尿样，化验一下就能确定，一旦确定了就马上通知您。"

"可那怎么可能？我的老天！"

"怎么不可能？这回，您还有可能怀的是个儿子呢。"

"马赫尔先生，我想要儿子是为了雷萨特先生，不是为了我自己。"

"据我所知，雷萨特先生对有两个女儿很是心满意足啊。"

"您也应该知道，他让苏阿特去上学，把她当个男孩子养。如果有了儿子，他可能就会让女孩像个女孩样子了。"

"让女孩受教育有什么不对吗？"

"对女孩来说，上学和接受训练完全是两码事。苏阿特几乎不会绣花，也不会弹乌德琴。她在家里待的时间太短，根本学不会任何东西。她的生活全用来上学了。"

"丽曼呢?"马赫尔先生大笑着问道。

"萨拉丽夫人从雷萨特先生手里救出了她。您知道,她觉得丽曼像她,她的眼睛、身材,她的吹毛求疵,都像。她一天到晚教丽曼做切尔克斯美食。不过丽曼比较懒,除了她的钢琴什么也不上心。"

"女孩子在这个年龄段都会感到困扰,"马希尔安慰她道,"很快就不那么懒散了。她刚刚告别童年,还没来得及迈入成年,难免会有些迷茫。"

梅佩尔和卡迈尔回到房间时,马赫尔先生已经收拾好他的出诊包。

"大夫,您有没有查出来我舅妈究竟是为什么昏倒啊?"卡迈尔问。

"那个原因此刻很可能正在财政部的办公桌旁坐着呢。"马赫尔呵呵笑道。

"真的假的!"

"我得说,战争中的人民必须不断地增加人口啊!"

"别拿我寻开心了,"贝海丝抗议道,"我也完全有可能是激动过度晕倒的。自打我们那次从塞萨洛尼基费尽周折地飞回来之后,我一直不习惯到任何人多的地方去。求你了,别跟任何人再提这件事!"

"别担心,贝海丝夫人,医生有义务为病人保密。回头我一定告诉您化验结果,剩下的由您自己决定。到时候您愿意告诉谁就告诉谁。"

"我要是没怀孕呢?"

"要是不再晕倒,就一切正常。如果还会晕倒,那您最好还是来医院让我们检查一下。现在我需要您做的就是,请您找个瓶子装点尿样给我,之后我再下楼。"

贝海丝谢过马赫尔,走出了房间,梅佩尔跟了出来。"贝海丝夫人,我有一个香水瓶,带盖的,要不要把瓶子倒空了,洗干净,拿给您用?"她问道。

"把香水浪费了?"

"反正也差不多用完了。"

"谢谢你，梅佩尔。弄好了马上拿我房间里来吧。"

贝海丝回到自己的卧室，锁上门，脱了上衣，在镜子里观察自己的乳房，发现乳头的颜色是比以前深了一点。她近来早晨总没胃口，嗅觉却变得异常灵敏。她可能真是怀孕了，不过，那天的集会也确实相当累人，足以让她晕倒。以后她再也不去那种地方了。梅佩尔在敲她的门，手里拿着刚冲洗干净的瓶子。贝海丝急忙冲向卫生间。

女人们离开房间后，马赫尔取走了卡迈尔摊在桌上的新近完成的译稿，又从包里掏出些新杂志，交给卡迈尔。

"只做些翻译工作对我来说实在是不够，马赫尔，"卡迈尔说，"我觉得身体已经完全恢复，该加入你们的行列了。"

"我不否认你的病已经痊愈，但是你的身体还很虚弱，卡迈尔，不能做太多。"

"禁足在屋子里我实在受够了，按照现在这个节奏，我很快就要发疯了。"

"我知道这不容易，我的朋友。要不是外面还有你的通缉令，我早就送你去你亲戚家的农场了。但是现在到处都是他们的耳目，越来越难判断谁是密探。"

"我可以改变一下外形，马赫尔，我可以蓄胡子，染头发，戴眼镜。萨拉丽夫人偶尔会用指甲花染料染头发……"

"还别说，这倒是个好主意。你要是把头发染红了，他们会以为你是个犹太人，占领军就不会理睬你了：他们的目标是穆斯林，不是少数族裔。"

有人敲门，马赫尔马上打住。是梅佩尔送贝海丝的尿样过来了。

"贝海丝夫人让我把这个交给您。"她说，一边把瓶子递给马赫尔。马赫尔检查了一下瓶盖是否严实，之后把瓶子放到出诊包里。

"卡迈尔先生，我能问您一个问题吗？"梅佩尔说。

"问吧。"

"贝海丝夫人在塞萨洛尼基时怎么了？她说的'费尽周折地飞回来'指的是什么？出了什么事吗？"

卡迈尔和马赫尔互相看了一眼。

"是个糟糕的回忆，没错。"卡迈尔说。

"我能问是怎么回事吗？"

"梅佩尔，你干吗对这事这么好奇？"

"我是觉得如果我了解情况的话，可能会对她有些帮助。如果她没怀孕，还继续晕倒的话，也许除了给她闻嗅盐和香水之外，我还能做些更有用的事情。我意识到，集会那天，她对人群感到极度不安。"

"你的感觉是对的。我舅妈自打那天起就特别怕人多和喧闹。巴尔干战争[1]期间我舅舅被派往塞萨洛尼基工作。战败后，奥斯曼人只有很短的时间从城市撤离。舅舅认为越早让妻子和幼女离开那里越好，就让她们上了第一班回伊斯坦布尔的船。可那时的环境对土耳其人来说显然已经变得很危险，他们随时会被奥斯曼的希腊人骚扰和羞辱。"

---

1. 塞萨洛尼基及其周边地区在 1912 年 10 月 26 日以前属于奥斯曼帝国的领地。第一次巴尔干战争期间，塞尔维亚、黑山、希腊和保加利亚联合起来共同对付奥斯曼帝国。1912 年 10 月 26 日，奥斯曼驻军向希腊军队投降。

"您没有陪同她们吗?"

"没有，那时我在这里，在上寄宿学校。"

"她们回来的路上发生什么事了吗?"

"贝海丝和女儿们是被一个俄国使节的马车从家门口接走、送到港口的，一路上由一位拿着武器的俄国侍从坐在车夫身边加以护送，以防遭遇袭击。奥斯曼人撤离时，当地的希腊人朝载着土耳其人的车扔石头，对他们谩骂、羞辱，而且还动手抢劫他们的财物。她们一路艰难地到了渡口，遭受了一番侮辱后才上了船。在船上，她们又被推来搡去。当时舅妈怀有身孕，在去伊斯坦布尔的路上流产了。打那以后，她对任何人多的集会、任何嘈杂叫喊都极度敏感。有好长一段时间，她都不能从那段经历里恢复过来。确实是很难为她，一个年轻女人，丈夫不在身边，孤身带着两个孩子……"

"雷萨特先生为什么没跟她们一起回去?"

"他当时在负责整理几百年的档案。过了几个月他才回去。"

"他是跟我父亲一起回去的，"马赫尔医生说，"你看，梅佩尔，之前你不知道，我们两家的友谊从塞萨洛尼基的时候就开始了。我们那时不仅是邻居，雷萨特先生和我父亲还是同事。他们在财政部的外省办事处共事，还一起历尽艰险回到伊斯坦布尔。所以他们的关系才那么近，就跟家人一样。"

"真主保佑他的灵魂，"卡迈尔插进来说道，"马赫尔先生的父亲是雷萨特舅舅的上级。就是在贝海丝舅妈回到伊斯坦布尔后不久，你搬来跟我们一起住的。当时舅妈流产后身体虚弱，照顾不了两个孩子。我姥姥告诉我们，会有一位年轻的切尔克斯姑娘过来帮着照看丽曼和苏阿特。那时你自己还是个小孩，可你对那两个小捣蛋真有办法。你那会儿真是个聪明、漂亮的孩子，梅佩尔。"

梅佩尔脸红了。"已经不是小孩了……"

"怎么不是？也就十二三岁。"

梅佩尔突然焦虑起来。"啊，先生！我忘了告诉您，萨拉丽夫人一定生我的气了。她等你们下楼一定等着急了，她要在男人屋请马赫尔先生吃点心。"

"你先下去吧，梅佩尔，我们马上下来。"卡迈尔对她说。

梅佩尔一走开，卡迈尔立刻回到他们之前的话题。

"也许我可以乔装成牧师？"他思忖着说。

"等到去农场的时候，途中你可以再穿上罩袍。到了那里就没事了。"

"可是之后怎么办，再上街时怎么办？"

"你应该没有白天上街的理由，卡迈尔。你会被安排在室内工作。他们在为逃往安纳托利亚的军官准备退役令和身份证，你可以去帮忙做这些。"

"还有夜里运送枪支的工作，对吧？"

"我们是有一个部门负责偷运枪支，他们干得很出色。你应该不需要加入那个部门。你另有任务。"

"什么任务？"

"法国军队下属的阿尔及利亚部队驻扎在拉米兵营，他们每周五会去埃于普苏丹清真寺祷告。那里的布道者决意奉劝这些士兵不要拿起武器来对付自己的穆斯林同胞。你去给那些阿尔及利亚士兵翻译布道词。"

卡迈尔脸上显出不满。

"别担心，会有更危险的任务交给你的。"

"什么任务？"

"到时候我再告诉你。"

"我想去安纳托利亚，马赫尔。"

"我知道，兄弟。但是要是人人都去了安纳托利亚，谁在这里负责后勤和运输？武器弹药都集中在伊斯坦布尔，得运到安纳托利亚去。退役军人需要被重新整编，从伊斯坦布尔派送到农村去。咱们得为他们准备证件，筹集资金，从法国人和意大利人手里购买武器……这些都是至关重要的任务，跟拿起武器一样重要。时机成熟了，你自会被派往安纳托利亚，到时你的身体也会比现在更强壮健康一些。"

"你说得对。"

"雷萨特先生在达马特内阁继续任职，是个再好不过的进展，卡迈尔。没准你有机会从你舅舅那里获得些有价值的信息。"

"你真指望我监视我舅舅？"

"当然不是。不过如果你能从你舅舅那里了解到逮捕令和拘留证的相关信息，及时告诉我们，一定很有帮助。"

"我可不想让我舅舅因我的缘故惹上麻烦。安排我去农场吧，到那里他们让我干什么我就干什么。马赫尔，一旦我离开了这个家，就永远回不来了。我没有权利连累家人。"

"我理解，不过能从你舅舅那里得到情报对我们来说太重要了……你能不能在这里再多待一段时间？"

"我在这儿都快闷死了。即使我去了别处，我仍然可以……不，马赫尔，那不可能！"

"我不怪你，但是我的确觉得你该把对家族的忠诚放一放了，我们马上就要失去祖国了。"

"这个我舅舅会理解的。相信我，袭击议会和塞匹德巴斯警局屠杀事件对他震动很大。"

"那好，咱们就让时间来解决一切吧，卡迈尔，"马赫尔说，"但我们有多少时间？那是个大问题！"

◇

阿兹拉从餐桌旁拉过来一把椅子，放到丽曼的琴凳旁，在她身边坐了下来。

"有个曲子咱俩可以一起弹。要不要我告诉你怎么弹？"她问。

"是都用双手吗？"

"是的。"

"好，不过别让苏阿特看见。"

"为什么？"

"她也会想学的。"

"那有什么不好吗？你俩以后可以一起弹啊。"

"我不要，阿兹拉小姐。她总是在花园里弄一手泥，不洗手就碰琴键。我可烦她了。"

"看来你有点随萨拉丽夫人，也那么讲究。"

"像就像呗。我不想让别人碰我的东西。"

"爱干净整洁当然是好事，但也不能过分，"阿兹拉说，"你琴弹得那么美，丽曼，将来想当钢琴家吗？"

"什么意思？"

"就是在音乐厅里举行专业演出啊。"

"女孩结了婚就不能再做那样的事了，阿兹拉小姐。"

"如果想做，也可以去做啊，丽曼。你这就开始想结婚了吗？"

"不是马上，几年后吧。奶奶说有合适的不能错过，趁年龄小才能找到最般配的。"

"是这样吗？"

"当然是。看看你自己吧，到现在还嫁不出去。"

"是萨拉丽夫人这么跟你说的吧。"阿兹拉笑道。

丽曼摇了摇头，问道："你为什么不结婚，阿兹拉小姐？"

"我结过婚了，妹子。但我丈夫在战争中牺牲了。"

"你不能再嫁吗？"

"可以，但我更想活在对丈夫的回忆里。"

"可是阿兹拉小姐，你就这样没有丈夫、没有孩子地过一辈子？"

"找到个合适的男人不容易，丽曼。萨拉丽夫人有一点是对的，我这个岁数的男人都已经结婚生子了。"

"不是所有人。我表哥卡迈尔就是单身。"

"哦！这又是谁的主意？"

"那天听她们聊这个事来着。"

"唔！我明白了，你奶奶想让我嫁给你表哥。"

"不是，不是我奶奶，是我妈。她觉得你们俩很般配。"

"不幸的是，我俩一起长大，就像兄妹一样，结婚是不可能的。"

"太可惜了！我那么喜欢你，我可不欢迎家里再来个陌生女人。"

"你就别操心了，丽曼，你表哥没有近期结婚的计划。"

"可是妈妈想让他立马结婚，她说要不然他总培养不出责任感来。"

"是这样吗？"

"是的，他有了自己的家就会安定下来，我妈这么说的。"

"于是就选中我来负责拽着他，是这么回事吧？"

"妈妈说只有有经验的女人才能对付得了卡迈尔哥哥，可是奶奶想给他找个年轻姑娘。我听见她这么说的。"

"顺其自然吧，卡迈尔会适时找到他自己的新娘的。现在咱们可以弹刚才说的曲子了吧？"

她们刚开始弹，卡迈尔就过来了。

"阿兹拉,你能过来一下吗?有事商量。"

"我在跟丽曼弹琴呢,等一会儿再说。"

"求你了,阿兹拉,很重要的事。"

丽曼调皮地望着阿兹拉,对她说:"快去跟我表哥说话吧,咱们可以晚点再弹琴。"阿兹拉站了起来,感到有些不安。她不禁怀疑丽曼是不是受贝海丝指使来撮合她和卡迈尔的,自己是不是落入了圈套。她当时毫不犹豫地答应住到他们家来,丝毫没有怀疑还有什么暗藏的动机。她跟着卡迈尔进了客厅。

"什么事能急成这样?"她没好气地问。

"我要告诉你的事情千万不能告诉别人,阿兹拉。"

"你觉得我会跟邻居们嚼舌头去吗?"

"你这是怎么了,阿兹拉?什么嚼舌头,什么意思?"

"我不知道!说吧,快说你的秘密吧!"

"你跟菲海姆公主是朋友,对吧?"卡迈尔问。

阿兹拉听他突然提起公主,吃了一惊。

"是,怎么了?"

"你是不是能从她那里获得些情报?"

"什么样的情报?"阿兹拉问,她的好奇心被调动了起来。

"你熟悉一个叫 T. S. 的组织吧……"

阿兹拉想了一下。

"哪个组织?啊,对。"

"他们一直在为宗教学校和机构提供资助,企图建立一个反对民族主义者的前沿阵地。"

"我也是这么听说的。我们组织里的女士们讨论过这个。"

"你想想吧,阿兹拉,这个组织在安纳托利亚找到了二十五余所宗教学校。他们拿着苏丹的资助，完全是在钱海里游泳。你以为苏丹是靠什么资助他们的？"

"什么？"

"钱是由占领军提供的。英国人把钱付给苏丹，苏丹再把钱转给亲英的伊斯兰教法倡导者，他们的主要领导人是谢赫赛义德[1]。要是菲海姆公主能想办法让苏丹承认这些……"

"那不是已经很明显了吗，卡迈尔？"

"可能是这样，但是如果能有皇室成员亲口承认，还是会不同。否则，我们对苏丹的指控可能就显得像是诬陷了。"

那又怎样，阿兹拉心想。卡迈尔看起来忧心忡忡。

"啊，我明白了！你怕你舅舅，是不是？"

"我谁也不怕。我只是想百分百肯定苏丹了解自己是在做什么。如果某一天我们要对自己的行为负责，我希望能确知自己没有毁谤任何人，问心无愧。"

"为了一位肯从霸占自己领土的外国人手里拿钱的苏丹，这么大费周章值得吗？"

"值得。如果我舅舅得知苏丹自己承认了那些作为，他会跟我们站在一起的。"

"那就能拯救一切了？"

"对，如果掌握着国库的人加入了我们的事业，当然值得庆祝。"

"可是你舅舅怎么会对这么明显的事情毫不知情？"

"人对自己爱的人或宣誓效忠的对象往往是盲目的。告诉我，你觉得菲海姆公主能否在谈话中让苏丹承认那件事？"

---

1. "谢赫"（Sheikh）指代伊斯兰教的教长。谢赫赛义德叛乱（Sheikh Sait Rebellion）于 1925 年被镇压，其头目在迪亚巴克尔被处决。

"我回趟家，让哈吉去给菲海姆公主送封信过去，告诉她我想登门造访。"

"那马上就去吧。如果我们成功了，我们就掌握了一项为抵抗组织招募人员的有力武器。"

"别担心，我本来也打算走了。我妈妈说亚洲海岸那边更安全些，想让我跟她一起去埃仁柯伊区我姨家住。我得在去那儿之前去拜访菲海姆公主。另外我也不想再给你们添麻烦了。"

"有什么麻烦的！这里永远欢迎你！"

"是，这个我了解。不过有个信息我想跟你分享一下，不知我该不该说？"

"赶紧说出来。"

"你舅妈要为你做媒呢，我想你应该了解一下。"

卡迈尔一开始没太明白阿兹拉的意思，之后他反应过来了，大笑起来。

"你怎么看出来的？"

"你知道，人都说童言无忌，孩子们的话最真实。"

"是苏阿特告诉你的？"

"不是，是丽曼。她听到她妈妈和奶奶谈论咱俩有多般配来着。"

"还别说，她说的有些道理。或许我该考虑考虑。"卡迈尔还是大笑着说。

"你敢考虑！"

"我就那么配不上你吗，阿兹拉？"

"开玩笑也不行。你就像我的兄弟。"

"就算我不是，你也不能找我这样的，得找个更优秀的，健康聪明，有遗产或事业的。"

"你认识这样的人吗?"

"还真有。"

"谁这么完美啊?"

"比如马赫尔医生。"

"老天啊,"阿兹拉喊道,"我本以为自己是在朋友家呢,怎么倒好像是撞到媒人窝里来了。如果你再跟我提那个大夫的名字,卡迈尔,咱俩的友谊可就要出现严重裂痕了。事实上,我可能永远都不想再见到你了。"

"干吗生这么大的气,阿兹拉?"

"答应我永远不要再提他。"

"我答应!不过你得答应我别忘了去见菲海姆公主。"

"我答应。"

"阿兹拉……原谅我这么快就食言……可是你为什么对马赫尔那么反感?他没做什么事情惹你生气吧?"

"当然没有!"

"那你得解释一下,为什么那么强烈反对?"

"那是私人问题。"

"我明白了。他追求你,你拒绝了他。故事结束。我再也不提了。"

"卡迈尔,别瞎说!"

"你们俩一个月前还是好朋友呢。马赫尔每次来看我,都好像是从你家过来的。你可能是嫌他对你关注过度了。"

阿兹拉低下了头,突然抬起眼直视着卡迈尔说:"不是,与你猜的正相反。我觉得是马赫尔先生对我不如我对他有兴趣。"

"这个愚蠢的马赫尔,"卡迈尔说,"原谅我多嘴,阿兹拉。以后在你面前我再也不提他的名字了。"

"卡迈尔，这我不反对……我并没把嫁给这位医生当成什么个人荣誉，我只是误解了我们之间的友谊的性质。"

"但是他居然不能欣赏你的魅力……不可理解。"

"他欣赏我是欣赏我，卡迈尔，不过爱情是另一码事。"

"啊，阿兹拉，这我太知道了，"卡迈尔叹气道，"心都是自己做主。要是能让心听我们的就好了。"

"我们的欲望和心都能听我们的就好了。好像你们男人更容易被欲望拉着走。"

"能不能问一下，你是怎么得出这个结论的？"

阿兹拉刚要回答，看见丽曼用托盘端着咖啡进来了，后面还跟着梅佩尔，就收了声。

"抱歉打扰了，"梅佩尔说，一边向丽曼的方向点着头，"可是这位小女士非要给你们送早安咖啡过来。"

"我可没有！"丽曼抗议道，"都是梅佩尔姐姐，非要煮咖啡。"

"那她可做了件大好事，"阿兹拉微笑着说，"我已经好久没喝上一杯又香又浓的好咖啡了。梅佩尔，等我喝完了能不能帮我看杯子底算个命？贝海丝说你可会算命了。"

"看咖啡杯底只是种消遣，"梅佩尔说，"我就是随机瞎编而已，就像萨拉丽夫人教的那样。"

"好啊，那咱们就来看看我的咖啡杯会给你什么样的灵感，让你说出什么来。谁知道呢，也许你能帮我找出一条直通皇宫的大道呢。"阿兹拉说着，偷偷向卡迈尔眨了眨眼。

梅佩尔自然没有错过这个小动作。

丽曼喊道："哦，阿兹拉姐姐，你真的要去皇宫啊？这次你还带我妈妈去吗？"

"这次不带你妈妈，丽曼。我热衷的那些事似乎会让她头晕。"阿兹拉笑道。

"说句公道话，我舅妈那天晕倒是另有原因。"卡迈尔说。

梅佩尔从丽曼手中的托盘里拿过一杯咖啡，放到阿兹拉身旁的茶几上。当她把第二杯端给卡迈尔时，突然手抖得厉害，大半杯咖啡都洒到了卡迈尔腿上。

"啊，太对不起了，先生。我去给您拿餐巾擦擦。而且还那么烫，希望没烫着您！"

卡迈尔揪了揪裤子上迅速扩大的污迹，从座位上跳起来，离开了房间。他低声对跟在后面的梅佩尔说："我是被烫到了。每过去一天都让我更清醒地意识到烫得有多严重。"

丽曼听到父亲和表哥在二层带拱窗的房间里说话，于是敲了敲门。萨拉丽夫人从她很小的时候就严格教导过她，未经许可不得进入任何房间，所以她一直等着有人说"请进"。不过奇怪的是，爸爸和表哥明明就在里面，可两人都没有反应。她等得实在没耐心了，就把门推开了一条缝，往里面窥看。只见两个男人在沙发上面对面坐着，专心地谈论着什么，完全没有听到她这边的动静。她跑到父亲身边。

"爸爸，我和苏阿特排练了好久，她用小提琴给我伴奏，今天晚饭后我们会给您来一场音乐会。"她大声说。

"晚饭后我不在家啊，我美丽的女儿。"

"可是爸爸，是您说的……您老是气我不帮助苏阿特，所以这么多天我才一直……"

"今晚我得去艾哈迈德·雷西特先生家，我们得一起准备一些文件。另找个时间听你们演奏吧。"

"可是爸爸，我们练了那么多天……"

"丽曼小姐！换一天演奏吧。走时带上门！"

丽曼快要成人了，可是此时低着头、撅着嘴，不情愿地离开了房间那样子完全是个小孩。

"您惹孩子不高兴了，舅舅。"卡迈尔说。

"这个家的女人，从七岁到七十岁的，一律对国家的危难没有任何概念，"雷萨特先生抱怨道，"这是搞什么音乐会的时候吗？"

"她还是个孩子，舅舅。"

"你说得对。我最近是有些急躁。"

"怎么了？"

"我们刚组建维序军[1]的时候，对之抱以厚望，现在决定解散这支军队。杰马尔帕夏今晚也去雷西特先生家，我们一起商量怎么处理。"

"是啊，不管怎么说，我们自己有国民军[2]，为什么还需要一支新的武装力量？"

"当时有必要。"

"我是看不出来有什么必要。"

"在旁边说风凉话容易得很，卡迈尔先生！占领军给我们的政府发了一份备忘录，或者说是一份外交警告，命令我们摧毁国民军，你不记得了吗？"

"当然记得！你们就乖乖地服从了。"

---

1. 维序军（Kuvâ-i İnzibâtiyye），亦称为"哈里发部队"（Caliphate Army），由奥斯曼帝国政府于 1920 年 4 月 18 日组建，旨在对抗第一次世界大战后的土耳其国民运动。
2. 国民军（Kuvayı Milliye），指代在土耳其国民运动（该运动始于 1918 年《穆德洛斯停战协定》签署后）中参与行动，并领导了土耳其独立战争的土耳其革命军。其成员包括军事人员、军事单位、平民，以及民兵队伍。

"如果我们拒绝执行，政府也很可能被解散。我们是为了这个才配合的。"

"就算你们是好意。可这样做等于是同意去镇压所谓的叛乱分子，其实他们明明是一些要救国救民的爱国人士。"

"你就没想过我们为什么会同意那样做吗？占领军知道我们没有自己的军队，指望我们在黔驴技穷之下只好以缺少武器为由求助于他们，请他们去亲手镇压暴乱。"

"我倒是希望你们真的就那么做了。那样你们就不会因为下令毁掉国民军而一辈子挨骂了。"

"啊，卡迈尔，你看不出来吗，那是个圈套！如果我们拒绝执行那份备忘录，他们就会解散我们的政府。如果我们自己承认没有能力镇压抵抗力量，那个任务就会被派给在伊兹密尔屯兵十万的希腊军队去执行。处理国家事务需要格外谨慎，我的孩子。一个政府要员在迈出一步之前，必须把后面十步都想清楚才行。唯一能避开他们为我们设下的魔鬼陷阱的办法就是建立一支新的队伍，表面上佯作在镇压反抗组织，实际上是在给国民军更多的时间恢复元气。然后，等时机一成熟，我们会派我们新建的哈里发部队去安纳托利亚对付希腊军队。"

卡迈尔吃惊地审视着舅舅的脸。难道艾哈迈德·雷萨特并不是一味地对苏丹愚忠，其实内心里也是一位爱国人士？如果这是真的，为什么他们同在一个屋檐下这么久，他竟然没有早些意识到？

"那你们为什么又要解散新军队？"

"不幸的是，我们失算了，被人占了先机。本以为会有跟我们持相同政见的两位部长来分别领导政府和军事部，但是达马特·费里特像只老鹰一样扑来，说服苏丹把那两个职位都给了他一人。"

"费里特是个少见的机会主义者。"

"作为苏丹的妹夫，他几乎不离开皇宫半步。时间一长，他就成了苏丹依赖的少数几个人之一。"

"他也是这样让苏丹对民族主义者下达死刑令的。"

"不仅如此。哈里发部队也完全不是我们想象的那样，他们开始利用它来镇压民族主义者了。"

"可是舅舅，您当然早就知道达马特·费里特是民族主义者的死敌。连青年土耳其党人和民族主义者都分不清的人，简直是目光短浅到了连自己的鼻尖都看不见。"

"还有另一个不幸的情况。哈里发部队被经由伊兹密尔派往安纳托利亚。他们到了那里以后，遭到切尔克斯人的埋伏。原来切尔克斯人也幻想着独立建国。你看，卡迈尔，所有人都企图背叛奥斯曼帝国，绝对如此。"

"是，我也听说伊兹密尔发生的事了。"

"看来你的信息很灵通啊。"

"确实。"

"那你应该也知道达马特·费里特要去巴黎的事了，他将在那里亲手完成对奥斯曼帝国最后的致命一击[1]。"

卡迈尔没有应答。

"费里特不在期间，我们打算亲手消灭那个由我们亲手制造出来的恶魔部队。我会跟艾哈迈德·雷西特先生和杰马尔帕夏一起来完成这个任务。"

---

1. 大维齐尔达马特·费里特是 1920 年 8 月 10 日《色佛尔条约》的签署人之一。该条约是第一次世界大战后由协约国联军起草的一份和约，强制奥斯曼帝国接受了一些极为不利的条款，包括分裂国土和签署投降协议书等。《色佛尔条约》在土耳其独立战争期间被废除，由 1923 年签署的《洛桑条约》所取代。

"他们的武器怎么处理？如果那些武器落到民族主义者手里就好了。"

"让我们先集中精力解散部队，再操心处理军火的事情吧。"

"您真是忙得不可开交，舅舅，"卡迈尔说，"一看到您这样我就庆幸自己被关在家里。我可不想处在您的位置上。"

"我已经多次考虑辞职，但是我已经为国家服务了这么久，国家待我也不薄，我不能容忍自己像个逃离沉船的老鼠一样溜掉。我只能坚持面对一切，别无选择。"

"愿真主助佑您。"卡迈尔说。

"他显然还没这样做。一个政府分立两派就够糟糕的了，安卡拉又冒出第二个政府来。中国人有句谚语：三个和尚没水吃。愿主保佑我们走到最后。"

艾哈迈德·雷萨特叹了口气，从座位上站起来，说："我得走了，不能让雷西特先生等，我叫的车应该早就到了。"

卡迈尔心里涌起一阵感激和同情，但他克制住了想要拥抱他那饱受磨难的舅舅的冲动，再次意识到自己是多么抗拒亲昵的动作。雷萨特快走到门口时，回头说道：

"有件事我一直想说，卡迈尔……丽曼和她的钢琴演奏……我真是让她失望了。今晚你能不能替我听她演奏？能不能耐着性子也听听苏阿特拉小提琴？"

"这谁能替您呢？她们是要给您展示才艺的，要不您明晚听她俩演奏吧。"

"怕又让她们失望。恐怕接下来的日子我不会常在家。"雷萨特说。

"您什么时候常在家来着？"突然出现在门外的贝海丝嘟囔道，"您让人去叫车，雷萨特先生，可是胡斯努一直找不到车。我早跟您说什么来着，咱家应该买辆车。现在您只好大老远的步行去雷西特先生家了。"

"那我就走着去，正好是对我不听老婆话的惩罚，"雷萨特先生说，"幸好是春天，天儿还不错。"

卡迈尔独自待在起居室里，头枕胳膊在沙发上躺了下来。他感觉到深入骨髓的疲劳，那种等待永不到来的消息所造成的身心疲惫。他对生活也越来越厌倦，除了翻译工作和与梅佩尔的欢愉，他已厌倦了一切。一阵轻风把大海的气息从半开着的窗户吹了进来，卡迈尔深深吸进肺里，同时眼望着渐渐变暗的傍晚的天空，心中生出抑制不住的渴望。窗外的玉兰刚刚结束它短暂的花期，白色花瓣已经凋谢，代之以油绿的树叶。看来今年的春天与往年一样，羞怯无声，静静地走过伊斯坦布尔，不曾触动谁的心，不曾搅热谁的血液。可能得等到下一个春天，这个城市才能有高昂充沛的精气神了。

亲爱的卡迈尔哥哥，

～～～～～～～～～～～～

我在菲的书房里给你草草写下这封信。

我一接到她同意见我的消息就马上赶过来了。她像往常一样对我以礼相待，我们谈了很多常聊的事。我也询问了特别感兴趣的那件事。两天后，在为她表妹举办的生日茶会上，她会见到我们提到的那个人。她告诉我她会找机会跟他提那件事，之后再详细告诉我他的回应。渡船什么时候恢复营运还不清楚。如你所知，我母亲对我很担心也很生气。菲建议我坐她的私人渡船到乌斯库达尔，为此我得尽快动身，来不及去跟你们告别了。在此我附上给萨拉丽夫人和贝海丝夫人的感谢信。我收到消息后，会通过哈吉转达给你。请向全家转达我衷心的感谢，谢谢你们的热情款待。亲亲丽曼和苏阿特。

你的妹妹，

阿兹拉·兹亚

卡迈尔把信折好，放回外衣口袋里。要接到阿兹拉的下一封信，至少得一个星期以后。如果到时她的来信确认了他的怀疑，他会去试着说服舅舅。他不想像个小偷一样从这个悉心照顾了他这么久的家里溜走，也不想对原谅了他无数次的舅舅过河拆桥。他知道，如果他不经告别就离开，就永远回不来了。可是要能让舅舅跟他站到一边……如果能这样……或者舅舅至少能意识到他一直是对的，那样他就能得体地跟大家告别了。他会拥抱他们每一个人。他们的祈祷会不离他左右。他在屋子里像个受伤的狮子一样来回踱步，想着他的姥姥、表妹们、舅妈、舅舅，感到无比难过。还有梅佩尔！再也见不到梅佩尔了，再也不能把她抱在怀里，亲吻她光滑的肌肤……想到这里，他感到一阵哽咽。这时他听到上楼梯的脚步声，声音很重，像是男人的脚步，不是梅佩尔的。舅舅一大早就离开家了，会是谁呢？胡斯努也没有在房子里随便走动的习惯啊。他顺手抓起一个铜烛台，走到门后等着。有人敲了两下门。

"谁？"

"马赫尔。"

卡迈尔长舒了一口气，开了门。

"怎么了，马赫尔？"他问，"出了什么事吗？"

"萨拉丽夫人让我直接上来，我就上来了。"

"你吓了我一跳，我不知道你要来。这层楼一般只有女人上来。"

"我是想尽快给你舅妈把化验结果送来。萨拉丽夫人给我开的门，我说是来找你的，她就让我直接上这儿来了。"

"化验结果如何？"

"还是让我先告诉你舅妈吧。"

卡迈尔走出去敲对面的房门，里面没有应答，于是朝楼下喊梅佩尔。

"她在给你和马赫尔先生做酸奶饮料呢，一会儿就给你们送上来。"萨拉丽夫人应道。

"马赫尔，我接到阿兹拉的来信了，"卡迈尔说，"她说菲海姆公主刚好会在今天见到苏丹，跟他侧面打听那件事。我觉得她也有可能直接问他。瓦希代丁苏丹从不隐瞒自己的亲英倾向，所以她干吗不直截了当地问他呢？"

"在这样的艰苦时期，在大家都过得如此拮据的情况下，谢赫赛义德却挥霍无度，这你知道吧？"

"是英国人在给他提供资助吧？"

"肯定是，还有些其他的。除了赛义德的组织外，也有别的亲英组织。自由统一党[1]对赛义德独占所有资金就很不满。英国人不想得罪他们的支持者，所以他们肯定是把资金交给苏丹，由他来重新分配给大家的。"

"但愿是这个情况。"

梅佩尔送饮料来后，卡迈尔让她去把他舅妈请上来。梅佩尔快步下楼去贝海丝的房间，很快两人一起回来了。

"来，梅佩尔，咱们去你房间，让我舅妈跟医生单独聊聊。"卡迈

---

1. 自由统一党在 1912 年被取缔，1919 年再度活跃。该党与英国关系紧密，他们以这句格言来表达其政治倾向："如果你落入海里，抱住一条蛇，尚且能活下来；抱住德国，你却会被淹死。"（阿里·比吉林：《自由统一党》。伊斯坦布尔：Dergâh Yay 出版社，1990。第 45 页。）

尔说。

马赫尔向贝海丝宣布结果的时候，贝海丝坐在床沿上，交叉放在腿上的双手不住发抖。"祝贺你，夫人，我们查明您晕倒的原因了，您是怀孕了。"

"啊！真的啊！"

"您不高兴吗？你们不是一直想要个儿子吗？真主保佑，就要有一个了。"

贝海丝茫然地看着前方。

"丽曼都长大了，都快到了出嫁的年龄。我真不好意思告诉她。"

"可是您自己还很年轻啊。"

"这是战争时期，麻烦已经够多了，这个孩子来得不是时候。是不是男孩都无所谓。"

"当然。愿安拉赐给您一个健康、孝顺的孩子。"

"但愿如此。"

"如果你能告诉我大致的日子，也许我能算出来孩子的预产期。"

"不再麻烦你了，医生。以后我去找助产士。"

"那就按您的意思来。"马赫尔说。

"那我走了……"

"贝海丝夫人……"

"哎……"

"如果他们问起来，我怎么说？我对卡迈尔、萨拉丽夫人和其他人都怎么说为好？"

"给我几天时间想想。我想先跟雷萨特先生说，再告诉别人。"

"那样的话，我就装作还没收到化验结果，什么都不知道。"

"多谢医生。"贝海丝说着离开了房间。

马赫尔看着她的背影，若有所思。在一个被占领的城市，无论是丈夫升职还是自己怀孕的消息，都不足以让一个女人开心起来。连窗外的紫荆花和风信子好像也悲伤地耷拉着；一层紫色的忧郁面纱蒙住了老老少少，蒙住了所有人、所有东西。

马赫尔在房间里等了一会儿，但他还有事，看卡迈尔一时没回来，便开始往楼下走。钢琴的声音传来，是丽曼在楼下前厅里弹琴。听到脚步声，丽曼抬起头来，朝他嫣然一笑。她浅褐色的长发散落在肩上，头上没戴头巾，阳光洒满她的脸庞。马赫尔注意到她头发里淡淡的红色，她那绿色的大眼睛里闪耀着的蜜色光泽。这个姑娘是什么时候长这么大，出落得这么美丽了？

"你好吗，丽曼……小姐？"他问道，"小姐"这个词说得有些艰难。对一个在塞萨洛尼基时还在他怀里乱蹦的小女孩，这个称谓显得好奇怪。可眼前这个坐在钢琴前的姑娘显然已经不再是个孩子了。

"我很好，医生。您好吗？您是来给卡迈尔哥哥做检查的？"

"是啊，但他已经不需要我了，你的卡迈尔哥哥已经恢复健康了，小姐。"

"那太好了！那梅佩尔还会留在这里吧。"

"你很喜欢梅佩尔，是吧？"

"是。我们了解对方。"

"继续弹钢琴吧，丽曼……小姐。你弹得真美。"

"这个曲子是阿兹拉姐姐上礼拜教我的。您也认识阿兹拉小姐吧？"

"我认识。"

"她弹得也很好。"

"我很久没听到她弹钢琴了。"

"那好可惜，"丽曼说，"她比我强多了。"

"她练了很多年。等你到了她的年纪，谁知道你会出色到什么程度呢。你现在还小，还是个孩子。"

"最好别让我奶奶听到你管我叫孩子，她想把我嫁出去呢。"

"那太荒唐了！你爸爸绝对不会同意的！你多大？"

"十五岁，再过几个月就十六了。"

"你是长大了，丽曼，我都没意识到你这么快就长成个漂亮的大姑娘了，"马赫尔说，"我得先走了，不过哪天一定会来专门听你演奏。"

"如果你提前告诉我时间，我会跟阿兹拉姐姐一起来个四手联弹。"

马赫尔下楼到了门厅处，从架子上拿起他的黑毡帽，穿上鞋，从衣架上取下大衣披到肩上，走出了门。他克制住回头去看二楼窗户的冲动。如果他回了头，会看到丽曼正在薄丝窗帘后目送他离去。

在两人匆忙而热烈的幽会后，梅佩尔把卡迈尔落在她屋里的外衣捡了起来。她把衣服平铺在床上，用纤细的手指轻轻抚平领子和袖口。阿兹拉搬进来之后，卡迈尔一直没来过她的房间，也没召唤过她。她很想他。阿兹拉在的每个晚上，大家都睡下之后，她都会细听卡迈尔房里的任何动静，甚至把自己的门留一条缝，以便听得见有人进出卡迈尔房门的声音。她能肯定的是，卡迈尔没有离开过自己的房间，阿兹拉也没进去过。可是在阿兹拉作客期间，卡迈尔几乎完全无视她梅佩尔的存在。今天早上，他来她房间等待马赫尔医生给舅妈做检查的时候，他也只是亲了她一下。梅佩尔心里颤抖着问他有没有想念她。

"当然想你，可是马赫尔和我舅妈就在我屋里，他们随时可能冲进来。"

"冲进我房里来？我的老天！"她强压住泪水，嚷了这么一句。这是以前那个不管什么情况都会跟她一起过夜的卡迈尔吗？他一定是厌倦她了，因为他不再为爱情燃烧。她把自己全都交给他后，他就要往前走了，去追寻、征服更可爱的新对象去了。

她一把拎起刚才满怀爱意抚平了的那件外衣，把它往墙上扔去，又失控地把落到地上的外衣一顿猛踩，眼泪涌了出来。她把它从地上捡起来，紧紧抱在胸口，脸深深埋进那柔软的布料里。

梅佩尔不清楚对卡迈尔的这份爱能把她带向何方，但她已准备好要跟随他去天涯海角。如果他留在这个家里，她就终生守候在这里。如果他娶了别人——比如阿兹拉——她就作为仆人跟到他的新家去，心甘情愿地与阿兹拉共事一夫，做他的女佣、妾、情妇、奴隶，什么都行。

她从地上站起身，把他的外衣放到床上，再次去抚平它，突然听到右边衣兜里有纸片的声音。她伸手进去，掏出来一封折成四折的信。她停顿了一下，把信纸打开，又重新折好。再次打开时，她屏住呼吸，扫视着上面的字迹。落款处阿兹拉的名字首先跳入眼帘，她急忙跑到窗前的亮处。她觉得膝盖发软，心跳加快，如果屋子里有别人，一定能听得到她心跳的声音。她开始读了起来。

看完后，她把信重新折好，坐到床上。看来卡迈尔和阿兹拉之间没有她所担心的浪漫关系。这很好。不过他们之间还是有种她永远无法参与进去的东西。他们在一起从事着什么见不得光的事情，那会要了卡迈尔的命。这很糟，非常非常糟。

她把仔细折好的信放回到卡迈尔的衣兜里。

谢天谢地，阿兹拉回家去了。不过很明显，他们会继续通信，那个金发碧眼的可怕女人会继续把卡迈尔带入险境。她该怎么办？告诉萨拉丽夫人会有什么用吗？还是直接去找雷萨特先生？不过卡迈尔什么时候听过这两位的！也许可以去找阿兹拉，跟她谈谈。她会跟她说，卡迈尔大病初愈，高烧刚退，请求阿兹拉放他一马，让他安静地生活。应该有成百上千的健康青年愿意去冒险，阿兹拉可以从他们中随便选个人跟她一起玩那些危险游戏。如果卡迈尔再次被捕，或者，万一他再次病倒，他就彻底完了。对，这个主意最好：直接去跟阿兹拉谈。要是卡迈尔发现了她的行为，不排除打她一顿的可能，虽然这个家的男人通常不动粗。就让他们打吧。如果他发现了，他永远都不会再看她一眼了。不看就不看吧！只要能保住他的性命，那就够了。只要卡迈尔还在这世上的某处继续呼吸，她就满足了。不过阿兹拉信上不是说她要去什么地方吗？她又把信掏出来，重新看了一遍。看来阿兹拉昨天就已经去了亚洲海岸。她能有办法说服贝海丝夫人准许她去埃仁柯伊区拜访阿兹拉吗？如果贝海丝夫人这里行不通，也许能在丽曼那里办到：阿兹拉钢琴弹得很好，丽曼开始喜欢她了，她们成了朋友。如果丽曼想要干什么，没人能阻止她。她会软磨硬泡，直至达到目的。就这样，她去做丽曼的工作，直到家里准许她俩一起去埃仁柯伊。

晚饭后，贝海丝回到自己的房间，最后一次穿上她的淡粉色睡袍。袍子感觉很紧，她知道以后再也不会穿它了。她用象牙柄的梳子反复梳头，还轻轻掐了掐自己的脸颊，让脸色红润些。雷萨特先生跟往常一样，这么晚还没回来。她打开夜灯，躺在床上，轻轻地弹起了乌德琴。

雷萨特先生当晚到家时，发现妻子已经在床上熟睡了，乌德琴从她手里滑落到了地上。

"夫人，你这样会着凉的。怎么不盖被子？"他问。妻子睁开了眼睛，他又说："你穿得太薄了。"

"我穿着睡袍呢，先生。"

"这样的天气，穿厚点才好。"

"我想穿着这个跟你说个消息。"

雷萨特一怔。

"什么意思，贝海丝夫人？"

"之前几次我也是穿着这件睡袍来着，我希望它能带来好运……"贝海丝直视前方，嘴唇颤抖。她丈夫坐到她身边来，问道："贝海丝，出什么事了吗？什么消息？怎么回事，亲爱的？"

她深深吸了口气，眼睛看着地面。"雷萨特先生，我怀孕了，这次可能是个男孩。"

她丈夫沉默了良久。看他半天不说话，贝海丝小声问：

"你不高兴吗？"

"希望是好事，"雷萨特先生说，"只是时候赶的不太好，不过安拉会眷顾他的。"

"当然会！你是一位部长，不是吗？"

"咱们这是在战时，在被占领的状态，正是艰难的时候，而且情况只能越来越糟。我能做到的就是祈祷孩子健康平安地生下来。对，愿真主保佑这次是个男孩。"

贝海丝意识到自己太愚蠢了，竟然指望丈夫听到她怀孕的消息能跟前几次一样欢喜。雷萨特站起来，边脱衣服边问：

"我姑姑知道了吗？你都告诉谁了？"

贝海丝还没跟丈夫说起她晕倒和看过医生的事，于是说谎道：

"没人知道。"

"那我们就明天跟全家宣布。好好注意身体和饮食，夫人，你在孕期总是很难受。"

"我感觉很好。"贝海丝抗议道。

"应该让马赫尔明天过来给你检查一下。"

"没必要，我已经约了助产士。"

"贝海丝夫人，时代不同了。咱们既然有家庭医生，就没有理由不让他好好诊治。生孩子时助产士当然可以在场，但还是得让马赫尔医生看看。"

"上星期我去参加那个妇女集会的时候，认识了塞亨德夫人，她是雷杰普先生家的人……一位特别有见识的女人。"

雷萨特先生现出不悦的表情，说："我听说过她。我想还是用咱们社区的助产士为好。"

在贝海丝把自己交给那个专门掺和男人事务、在台上大肆鼓噪的塞亨德夫人之前，他明早要做的第一件事就是送信给马赫尔医生，请他安排一个合适的时间到家里来给贝海丝做检查。妻子之前的一次怀孕以流产告终，她很娇弱，必须细心照顾。他还需要找个合适的方式跟年迈的姑妈打个招呼，请她考虑到贝海丝的特殊情况，不再惹她不高兴。雷萨特先生知道，虽然姑妈基本上是出于好心，但她坚定地认为，必须对"儿媳妇"采取挑剔的态度，才算尽到她作为"婆婆"的责任。

"我会派人给马赫尔医生送信，请他来给你看看。"他对妻子说，一边抚摸着她的头发。

贝海丝有些惊恐。她拿不准是该告诉丈夫自己已经在他不知情的情况下见过医生了，还是该继续保密。她觉得自己脸都红了。为了掩饰内心的慌乱，她对丈夫嘀咕道："雷萨特先生，我没法张口去跟丽曼说她又要有一个弟弟或妹妹了，实在是愁死我了。"

"为什么呢?"

"她都快到嫁人的年龄了。"

"在我的家里，不管萨拉丽夫人怎么说，女孩不到二十岁，绝不能出嫁。"

"可是雷萨特先生，谁还会要一个二十岁以上的新娘？所有人都想娶面如桃花的少女。你自己等我长到二十岁了吗？"

"要是当时你父亲在你到那个年龄之前不把你嫁出去，我就会等。咱们还是把闺女们尽可能长久地留在身边吧。就算她们嫁了人，也让她们跟丈夫一起住在咱家里，你看好不好？"

"我没想到你这么在意女儿。"

"这些年忙于工作，没时间跟她们亲近。等我退休了，我希望她们就在这里，守在我身旁。而且我认为，重要的是得等她们到了足够的年龄，可以明智地为自己择婿。告诉我，贝海丝，你被送到我身边来的时候，还是个少女，你有没有后悔过？"

"从来没有。在现在这个岁数我也会选择你。"

"这件粉色睡袍穿旧了也别扔，贝海丝，"雷萨特说着，凑过来把脸埋在妻子披散在肩上的长发里，"它不但能在我们孕育新生命时带来好运，而且特别适合你。"

梅佩尔在卡迈尔的门上敲了敲，没等他答应就进了门。卡迈尔正往床上摊开的行李箱里放书。梅佩尔迅速扫视了一下房间，目光最后落到那些书上。

"先生？"

"什么事，梅佩尔？"

"您找我？"

"我没有啊。"

"您要是在整理行李，我来帮您。"

"我可以自己来。"

"您想让我走开？"

"对，你可以走了。"

梅佩尔走到卡迈尔身边，一把夺下他正往箱子里放的书。

"为什么要把书放到箱子里？"

"我要把它们收起来。"

"可这些都是您一直在看的书。"

"我都看完了。"

"要是那样的话，明天我把它们都放到书架顶层上去，用不着装到行李箱里。"

"别捣乱了，梅佩尔！"卡迈尔厉声说，一边试图把梅佩尔拿到胸前的那本书夺回来，但没有成功。

"到底是怎么回事，先生？您这是要出门吗？衣服也都洗好、熨好了……为什么？"

"我觉得衣服都干干净净的挺好。"

"可您以前从来没操过这个心。"

"你看，都这么晚了，别烦我，睡觉去吧，回你自己屋睡去！"

梅佩尔站着不动。

卡迈尔惊愕地看着她，说不出话来。梅佩尔把书放到床上，开始缓缓地解上衣的扣子。

"别，赶紧扣上，我这会儿没这个情绪。"

见她没理会，卡迈尔急了。

"我跟你说了，回你自己房间去，梅佩尔。"

梅佩尔径直凑到卡迈尔跟前。"这些天您总是那么疏远我，都不正眼看我。您不再喜欢我了。也许有别人了……"

"没那回事！"

"那为什么赶我走？"

"这种事不能强迫，梅佩尔，"卡迈尔说，"我脑子很乱。我在等一个消息，可是一直等不来。我觉得有些郁闷，现在什么都不想要。"

"那就跟我说说，说说您等的是什么消息。"

"有些事是隐私。"

"您什么都可以告诉我。"

他们说着话的时候，她的扣子已经全都解开，上衣和背心也都脱掉了。卡迈尔意识到自己正盯着那雪白的乳房上淡蓝色的血管，那对乳房比他记忆中的似乎更加丰满。梅佩尔浓密的棕色秀发落到脸上。她正在解裙子的挂钩。很快卡迈尔也解下裤子，把行李推到地上，双手按住了梅佩尔。"告诉我——"她一边从他身下挣脱开一边说。

"什么？"卡迈尔喘着粗气问。

"你在等什么消息。"

卡迈尔没理她，试图再次进入，可都被她躲开了。

"求你了，梅佩尔，别乱动！"

"告诉我我就不动。"

卡迈尔再次发起进攻，一边忍不住骂出了声。这回又让她给溜掉了。

"我可要揍你了。"

"来啊。"

"梅佩尔，求你了！"

"告诉我，你在等谁，或者在等什么？"

"梅佩尔，够了。不是你自愿来找我的吗？不是你想亲热的吗？"

"我是想啊。我太想你了，夜里都睡不着，辗转反侧，渴望你。我来这儿就是为了让你抚摸我，亲我。"

梅佩尔的话让卡迈尔又冲动起来，他再次把她压在身下。他刚准备好进入，她却又突然从床上跳起来，跑到门边。

"你不告诉我，我就走。"

"就这样走，光着身子？"

"对，光着。我还要锁上我屋子的门，你永远别想再碰我。"

卡迈尔无助地看着梅佩尔。他的下体不住颤抖，因被如此耍弄，自尊心大感受伤。"过来。"他说。梅佩尔回到床边，像只猫一样四脚着地向卡迈尔俯下身去。

"告诉我。"

卡迈尔在她身下一边抽动一边说："我在等的消息，是关于我什么时候能……啊……参加解放……哦……斗争……啊——！"

梅佩尔的眼泪啪嗒啪嗒掉到卡迈尔脸上。

"你要离开我了。你要远走高飞了……"卡迈尔用一个吻封住了她的双唇。

"我最亲爱的，解放斗争很重要，比我们之间的爱更重要，你没意识到吗？"他温柔地轻声说道。

"没有什么比我们的爱更重要。"

"对你可能是这样，梅佩尔，但是对我来说，有些事情的确比爱情重大。我毕竟是个男人。"

"我的男人。"梅佩尔喊道。她双手捧着他的脸，亲吻他的嘴唇、鼻子、脸颊。他们又开始做爱，不过这次很温柔，细细体会着彼此的爱抚，轻声说着情话。过了一阵子，卡迈尔趴在梅佩尔胸脯上睡着了，她轻轻抽开身，把散落到地上的书一一捡起来，放回到它们在书架上原来的位置，又把行李箱推回到床底下。之后，她拎起滑落在地上的毛毯裹在身上，捡起自己的衣服，离开了房间。仿佛她心中已经确信，把卡迈尔的房间收拾好，复原到之前的样子，就足以使他留下，不再离开她。

男人屋里，马赫尔医生坐在还穿着盛装的艾哈迈德·雷萨特对面，感觉有些不自在。在雷萨特先生刚参加完的周五皇家祈祷仪式上，苏丹依照惯例坐着马车，由皇宫的大臣们按级别列队随行，一起行进到清真寺去祈祷。清真寺的院子里，一排排站着的有大维齐尔、部长、议员、文官和军队长官、皇亲国戚、使馆人员，以及其他各种身份尊贵的客人。本来按照传统，这是公众得以一睹苏丹和哈里发风采的机会，但是现在因为占领军禁止仪仗队参加，这项活动就没有了它应有的仪式感和盛况。

那天上午，艾哈迈德·雷萨特看到只有那么少的人到场为苏丹喝彩，很是沮丧。那只能意味着，连奥斯帝国里一向忠于苏丹的穆斯林民众都开始对国家领导失望了。他知道自己也是这受鄙视的领导阶层的一员。意识到这一点，着实令他大感伤心。

马赫尔心神不宁则是另有缘由。几天前，贝海丝请求他不能暴露他曾经给她，雷萨特先生的妻子，看过病的事。这还不算，他同时还知道卡迈尔准备离开舅舅家、去参加抵抗斗争的秘密计划。马赫尔因自己向老朋友有这许多隐瞒而感到羞愧。

要说服雷萨特先生站到他们这一边尚无可能。他相信苏丹早晚会意识到信任英国人是盲目而愚蠢的。他相信这一天随时会到来，就像一个孝顺的儿子坚信自己一时偏离轨道的父亲终会回到正路上来一样。雷萨特先生别无选择，只能耐心等候，等待苏丹认识到自己的过失，在此期间他不能有背叛之举，不能置之不理，不能做出任何不利于陛下的事情。马赫尔真心希望，苏丹醒悟的那一天到来时，雷萨特先生还来得及做出选择。他喝了一口柠檬水，把杯子放回到镶嵌着珍珠母的茶几上。

"味道很好！谁做的？太棒了。"马赫尔对雷萨特先生说。"是我的大女儿做的。"雷萨特答道。马赫尔徒劳地期盼着话题会转向丽曼，一边在想，雷萨特先生如果知道了自己的老朋友为他年方十五的女儿魂不守舍，会作何感想。

"柠檬是从我家后院摘的。我们当年种下大量果树，好像是对国家现在面临的食品短缺有先见之明似的。整个冬天我们都在食用院子里的水果，还给邻居送了一些。你知道，现如今的伊斯坦布尔要什么没什么。"雷萨特先生说，对坐在他对面的好友此时心里的念头毫无察觉。

"可不是嘛。"

"真主保佑我岳父，他老人家经常给我们送食物来，不过现在路上已经不那么安全，有的路段已经无法通行了。"

"我也听说了。这段时间就连我这样的官员出门在外都觉得行路难了，随时要准备好在各处哨卡出示证件。到达被委派的目的地之前，一路上都不知道会遇到什么情况。"

"祝你一路顺利，马赫尔先生，不过我们在伊斯坦布尔会非常想念你的，"雷萨特说，"现在贝海丝又怀孕了，我们比平时更需要你。"

"我也希望能守在你们身边，可是要避免疫情扩散，我们只能去隔离地区工作。我看夫人非常健康，相信她孕期不会出什么状况。"

"马赫尔，你看，我们并没有计划在这样的时候要孩子。不过尽管如此，夫人怀孕的消息还是让我振奋。新生儿像是预告好日子的使者。"

"真主保佑，不过好日子我们恐怕一时是见不到了。占领军对奥斯曼穆斯林越来越无礼。您不是军人，可能不知道，他们现在又闹出个整我们的新花样：他们让奥斯曼帝国的军官，不论是何军衔，见到联军军人时必须敬礼。"

"我有点没听明白，马赫尔先生。难道说奥斯曼高级军官见到联军的无名小卒也得敬礼吗？"

"就是这个意思。想象一下一名奥斯曼帕夏被迫向一个普通士兵敬礼的情景，不管是英国兵、法国兵还是意大利兵，甚至是希腊兵。"

"这种情况有多久了？"

"一个月了。他们很快就要给你们政府部门发出书面通告，要求你们强制执行了。这对土耳其军官来说是难以容忍的。很多军官为了避免这种情况，开始穿便服上街。"

艾哈迈德·雷萨特感到胃里一阵剧痛，恶心想吐，下意识地用一只手捂住嘴，另一只手按着腹部。

"怎么了？您脸色煞白，雷萨特先生。"

"突然觉得一阵恶心，我也不知道什么原因。"

"能不能让我看一下您的舌头？"

"我没事，马赫尔先生，真没事。在眼下这种情况下，这算不得什么。别担心，已经过去了。"

两个男人都沉默了好一会儿，仿佛虚弱沮丧得没话说了。

马赫尔打破了沉默。

"请相信我，这样离你们而去，我是真心过意不去，特别是考虑到贝海丝夫人的情况。我会给你们留一位医生朋友的名字和号码，以防万一。阿基尔·穆赫塔尔是位很有经验的医生，也是我的好朋友。"

"谢谢你。"

"丽曼小姐长得好快，是不是？已经像个有主见的大姑娘了。我相信她会是她母亲的好帮手。"

"如果她妈妈不继续拿女儿们当小孩子宠，她会的。可是贝海丝连个手指头都不会让她们抬一下。我认为她这是在铸成大错，但养育孩子的事最好还是交给女人去做，我不打算干涉。马赫尔先生，你会走多久？"

"霍乱病人都集中在图兹拉；伤寒和性病患者被隔离在不同的地方；最近过来的几波移民中还暴发了流感。我会先到图兹拉去巡检，但之后去哪里还不清楚。疫情得到控制之后，我才有可能返回。"

"这么多移民和难民涌入的城市，肯定会有流行病暴发的，"雷萨特说，"数字相当惊人：巴尔干战争期间有六万五千人进入伊斯坦布尔，更不要说那时已经有约九万俄国难民，近十万克里米亚难民。"

"至少克里米亚人带来的伤寒我们是控制住了。"

房子外面传来吵嚷声，雷萨特走到窗前去看是怎么回事，看到胡斯努正在院门前跟什么人激动地说着话。开始只能看到那人的后背和他激烈的手势，待他转过身来，雷萨特认出是哈吉。

"啊，是哈吉，兹亚帕夏家的仆人。他这是要干什么？或许阿兹拉小姐有什么需要？"

"好奇怪！"马赫尔也走到窗前来，站在雷萨特旁边。

雷萨特走出屋子，打开前门，差点跟哈吉撞了头。那可怜的仆人浑身颤抖。

"先生，侵略者来了，到我们家来了。侵略者。"

"侵略者？你说什么呢？"

"托真主的福，夫人和小姐没在家，她们去亚洲海岸那边了。快来，先生，帮帮忙。看在真主的分上……"

"哈吉！你到底在说什么？"

"他们要没收我们的房子。他们会听您的，先生，别让他们那么做。求您了，请您马上跟我来。"

"我穿件衣服就来。"雷萨特说。他回身冲上楼，撞到了卡迈尔。

"马赫尔来了，您居然没告诉我。舅舅，这是怎么了，舅舅？"

雷萨特把卡迈尔推到一边，继续上楼。看到在男人屋门口站着的马赫尔和神情沮丧的哈吉，卡迈尔大步冲下了楼。

"出什么事了，马赫尔？"

"他们查封了兹亚帕夏的房子。"

"不会吧！什么时候的事？"

哈吉刚开始语无伦次地解释，雷萨特已返回到楼下，两人马上一起奔出门去了。

马赫尔和卡迈尔留在门厅里，都呆住了。听到窸窣声，马赫尔转过头去。是丽曼，她恐惧地大睁着眼睛，手里拎着个花篮，站在院门口。

"啊，丽曼……小姐，"马赫尔说，"是你啊，我们没听到你进来。"医生困惑的脸上展开了笑容。

"我在花园里采花，想把它们插到花瓶里，用来画素描。出什么事了？卡迈尔哥哥，你为什么这么不高兴？我爸爸急急忙忙跑出去干什么去了？今天星期五，办公楼不开门，不是吗？"

"出了件急事。你上楼去吧，"卡迈尔说，"我和马赫尔叔叔要在男人屋商量点事。"

马赫尔被当着丽曼的面称作"叔叔"，感到有些不快。他跟着卡迈尔往男人屋走去，又忍不住回头看了一眼丽曼。她就像一只刚破茧而出的蝴蝶，纤弱而优雅。那张略带忧郁的脸，那双绿色的大眼睛……马赫尔心里传过一阵战栗。

"你们谈完事后，上楼来，我给你们弹钢琴。"丽曼说。

"看来你很喜欢弹琴，是吧?"马赫尔问道。

"很喜欢，特别是肖邦的曲子，不过我还没找到想要的那个谱子。"

"你想要什么谱子，都写下来，我明天去佩拉区，可以为你去趟音乐商店，丽曼小姐。"

"那太感谢了，先生。"丽曼的微笑照亮了整个门厅，至少医生是这样觉得的。

"别再聊什么音乐了，"卡迈尔说，"咱们还有重要的事情要商量。"马赫尔感觉自己是被推搡着进的男人屋，门也在他身后砰地关上。

❁

阿兹拉赶回来收拾家里的东西，在向占领军交房子之前做好必要的准备。她又住进雷萨特先生家，但此时的阿兹拉跟两个星期前比起来清瘦了许多，眼睛下挂着黑眼圈。看得出最近的事态发展对她打击很大，但是她继续高昂着头，竭力掩盖着她所承受的痛苦。

"我真佩服你，亲爱的阿兹拉，"贝海丝说道，"你这么处乱不惊。要是我，早就趴下了。"

"您不会的，亲爱的。灾难给我们带来坚忍的力量，这一点只有不幸发生时才会意识到。我父亲被流放的时候，还有我哥哥去世的时候，我以为我母亲会病倒，可是完全没有。为了我，她挺住了。现在，该我为她挺住了。另外，我也不想让敌人看到我那么沮丧。"

"我有件事要告诉你。我虽然不是个女强人，但也不至于虚弱到听些妇女集会上的激烈讲演就昏倒的程度。那天在马克布尔夫人家晕倒，确实让我觉得很难堪，不过结果发现我其实是怀孕了。原谅我，让大家担心了。"

"哦，贝海丝夫人，在这么多坏事发生的时候，这可是个天大的好消息！我祝贺您！太为你们高兴了。"

"你回家去收拾家具的时候要不要我陪着你？"

"当然不要！如果您没告诉我怀孕的事，我可能还会考虑接受您的盛情，但现在既然知道了您的情况……我看您还是在家里待着吧，贝海丝夫人，看到我家被敌人围着，肯定会给您添堵。而且肯定还会有个粗鲁无礼的希腊翻译跟着。不能让您去受那个刺激，您就待在家里吧。"

"那就带上梅佩尔吧，她会帮你把要运走的东西打包，把现在需要拿上的东西挑出来。她能在很多很多地方派上用场。"

"那可帮我大忙了。"

"我这就让她准备好跟你过去。"

贝海丝在厨房边上的小屋里找到了梅佩尔，她正在那里熨卡迈尔的贴身衣服。"梅佩尔，你能不能陪阿兹拉小姐回她家一趟？"贝海丝问，"她需要在交房前统计一下家具，把私人用品拿出来。我本来是想陪她去的，可我上午经常害喜，不想反而成了人家的累赘。"

"等我把熨斗收好，贝海丝夫人，"梅佩尔答道，"需要我做什么都可以。"

"真主保佑你，丫头。"

梅佩尔觉得没必要这就把卡迈尔的衣服送到楼上去，就把衣服整齐地放在柜子上，抓起自己的罩袍，跑了出去。

❁

艾哈迈德·雷萨特的腿上摊放着阿兹拉给卡迈尔的最近一封来信。他刚刚戴着花镜，把信从头到尾仔仔细细地读了一遍。除了一个小细节之外，信里面提到的菲海姆公主提供给阿兹拉的其他信息都是他已然知晓的。

"……谢赫赛义德，跟英国友人协会[1]关系密切，这个协会的成员当中有很多有影响力的亚美尼亚人。他收到的巨额款项一部分被他用于自己的奢靡生活，余下的用来建立了一个亲英内阁。这个内阁的首要任务就是消灭民族主义运动……费里特帕夏正在组织镇压民族主义运动的行动，并在赛义德的安排下加紧与库尔德部落头目会面。谢赫赛义德本人就是一个库尔德部落的首领……"

重读了一遍那封信后，雷萨特又回到其中的一句话，似乎是为了确认，他读出了声：

"我们的苏丹对这一切完全知情。"

雷萨特轻声咒骂了一句，摘下花镜看着外甥。

"您看，舅舅！"卡迈尔说，"这就是您的那个苏丹！马赫尔要是早些鼓足勇气，可能早就告诉您这一切了。他很懊恼自己一直没找到合适的时机。"

"你这么发疯，我毫不意外，你搅到这里一点儿也不奇怪。可是马

---

1. 英国友人协会，顾名思义，是一个支持英国统治的组织，其成员不乏土耳其的名门望族。据称这个组织有个秘密计划，欲诋毁伊斯兰教，传播基督教，贬低土耳其精神，煽动公众反对安纳托利亚的抵抗力量。凯末尔本人斥这个协会为"邪恶的"、"阴险的"。

赫尔，为什么呢，他可是有正经职业的人！我完全想不到他会跟什么地下组织挂上钩。"

"有良知的人现在都站在我们这一边了，舅舅。不光是我们当中的爱国人士，连法国人都支持抵抗力量在安纳托利亚扎根。"

"法国人支持我们，并不是因为对我们有好感，他们是要跟英国人算旧账，"雷萨特反驳道，"希腊正在讨要已经分给意大利的领土。英国对希腊的支持使法国和意大利倒向土耳其。这些是我亲耳从卡普里尼先生那里听说的。"

"但这并不能改变什么，对吧？苏丹走上了错误的道路，您认识到这一点了，对吧，舅舅？"

艾哈迈德·雷萨特对此无法应答。"我对这一切了然于心"，是他想说却不能说出口的话。他所宣誓效忠的苏丹已失足落海，并且选择抱住化身为一条毒蛇的英国。这个国家意图颠覆奥斯曼帝国，其阴谋已无人能及。苏丹选中了这条毒蛇是令人无法理解的。数月来，雷萨特先生就已经看清楚了，英国人意欲在从奥斯曼攫取的土地上，建立一个由谢赫赛义德的傀儡政权领导的库尔德国。苏丹和自由统一党竟然对自己眼皮子底下发生的事情毫无察觉，对此他深感震惊。不，事实上他已经不再感到吃惊了：库尔德人赛义德在资金和舆论宣传的支持下，招募了一大批奥斯曼知识分子，就是这些知识分子误导苏丹入了歧途。眼看着一天天过去，陛下对灾难性新闻一概充耳不闻，只是耽于调停，雷萨特的信心日益滑落。

他与内务部长艾哈迈德·雷西特就此有过多次讨论。他们两人对苏丹盲目亲英都很不满，只是一开始他们还以为，由于瓦希代丁苏丹强调宗教高于国家，他采取这样的姿态还是有些道理的。但在国家被占领后的日子里，他们很快就痛苦地意识到那是个错误的结论：所有基督徒都在向他们的宗教资助国献媚。保加利亚人、塞尔维亚人和信东正教的亚美尼亚人都转向了俄国，信天主教的亚美尼亚人转向了法国。亚美尼亚人多年来不断涌入安纳托利亚，在奥斯曼基督徒里寻找他们能拉拢的对象。宗教就像是水泥，是奥斯曼帝国没能有效地控制和利用它的凝聚力：阿拉伯半岛的穆斯林部落在自己的教友和哈里发的背后捅刀子时有过半点犹豫吗？

艾哈迈德·雷萨特从座位上站了起来，开始在屋子里来回踱步，全然不顾手上那支烟的烟灰正往地毯上掉。

耻辱，真是天大的耻辱！在一个跨越半个世纪的强大帝国，官员们竟然沦落到要向希腊海盗俯首帖耳，而苏丹的皇家恩惠竟然已延伸至公然叫嚣伊斯兰教法的组织。不行，这可太过分了！事情已经发展到了行将断裂的地步，那就让它在该断的地方断掉吧！

"孩子，"他疲倦地对卡迈尔说，"我们的人分为两派：一派认为我们必须拿起武器抵抗侵略者，另一派认为应通过外交手段谨慎商谈停战条件。我深知咱们的财政情况完全承受不了另一场战争，所以我一直站在主和派的一边。但是近几个月的事态发展使我确信，我们还是应该支持主战派。"

"既然您了解到真相了，那就帮帮我们吧。"

艾哈迈德·雷萨特走到外甥身边，低声说：

"国库已经空虚。如果你们想要的是买武器的钱，一分也拿不出来。"

"我们要的不是资金上的帮助，我们需要政府的授权和支持。到那时我们会找您帮忙的。"

"到时候我一定会竭尽全力。"

"我亲爱的舅舅，谢谢您！我就知道总有一天……总有一天……"卡迈尔激动得说不出话来了。他泪眼盈盈地亲吻了舅舅的手，并把自己的额头贴了上去。

"舅舅，您一直就像是我的父亲。您当初还那么年轻，就要照顾那么个小捣蛋鬼，把我养大，无数次原谅了我的错误。如果我未经您同意就离开这个家，我死也不会瞑目的。现在我安心了。您太让我欣慰了。"

"你打算什么时候走，我的孩子?"雷萨特问道，眼里也充满了泪水。

"我在等消息，一接到命令就走。"

"我会一生惦念你，我姑妈会每天为你哭泣，咱们全家又会再次陷入为你苦苦担心的状态了。"

"我不是从萨勒卡默什都好好地回来了吗，我当然能从巴克尔柯伊好好地回来。"

"你不是要去安纳托利亚吗?"

"那得晚些，等时机成熟了，跟物资一起过去……"

"真主保佑你一切顺利，"雷萨特说，"先别告诉任何人，到你走那天再说。"

"可能过几个星期就得走了。"

"那至少我们还有几个星期的平静。家里的女人们会闹起来的，我现在还没有精力对付那局面。"

两个男人都沉默了。这时，丽曼手里拿着乐谱进来了。

"爸爸，快看看马赫尔医生给我送来了什么。"

"是吗? 马赫尔先生不是已经离开了吗?"

"是他手下的人给送过来的。要是我能把这些谱子都练熟了，等他回来我会给他个惊喜。"

"那你快开始练吧。"

"他有没有告诉您他什么时候回来？"

"工作完成了之后。"

"那是什么时候？"

"我怎么会知道，丽曼。医院里已经人满为患，从伤寒到沙眼，各种病人都有。他一时怕是回不来了。"

"愿真主保佑他。"

"真主会特别照顾医生的，"卡迈尔说，"就像他会特别照顾小孩子一样。"

"我可不太肯定真主还在照顾任何人。"雷萨特说。卡迈尔挑起眉毛看了舅舅一眼。舅舅从来都不是说丧气话的人。看来对苏丹的失望让他整个人都变了。

梅佩尔一直弯着腰干活，不停地包装，感到腰酸背痛，手指也麻了。巨大豪宅的客厅、办公室和每一间卧室里的物件都一一打了包。梅佩尔欣赏着那些名贵的器物，同时也庆幸自己住的房子没有装饰得这么排场。外国人放过了街上那些外表不那么堂皇、花园不那么大的房子。如若不然，管他是财政部长还是怎样，艾哈迈德·雷萨特和家人都可能大冬天的被他们扫地出门。英国人已经没收了他们家朋友沙基尔帕夏在塔克西姆广场的房子。他们被迫在严冬中搬到比于克岛[1]上的避暑宅子里。如果同样的事情发生在雷萨特身上，他们全家也别无选择，只能搬到岛上去……在那里活活冻死。城里的大宅都难以保证供暖，更何况岛上长满松树的山丘总是北风呼啸，必定会要了卡迈尔的命，萨拉丽老夫

---

1. 比于克岛（Büyükada），位于伊斯坦布尔亚洲海岸，是马尔马拉海上的王子群岛中最大的岛屿。

人和孩子们至少也得冻出肺炎来。梅佩尔心里默念了一遍从萨拉丽夫人那里学来的感恩祷告词，用手敲了敲木头，又拉了一下自己的右耳垂，以求避开祸患。

"咱俩都累坏了，停下来喝杯茶吧。"阿兹拉说，一边揪着包裹大地毯的床单的一头，想把它扎住。

"我来帮你。"梅佩尔说着，三下两下扎紧了床单，干净利落。她俩并排坐到已经裹上了棉布的沙发上。

"纳齐克管家，你能给我们每人来杯茶吗？酒精炉和茶壶应该还在原处放着。"阿兹拉说。

管家离开了房间，阿兹拉和梅佩尔这是第一次独处一室。梅佩尔马上抓住这个机会来跟阿兹拉谈一谈。

"阿兹拉小姐，"她直视着对方的蓝眼睛说，"我能不能跟你直说一件事？"

"什么事，梅佩尔？"

"是关于卡迈尔先生的。"

"啊！是这事。"阿兹拉点了点头，准备好了等梅佩尔问起她跟卡迈尔的关系时怎么反击。

"阿兹拉小姐，你可能也猜到了我想求你的是什么事。"

"是什么呢？"

"你可能不完全了解卡迈尔先生的病况，包括身体上的和……"

"我很了解，梅佩尔。"

"你不是什么都了解，小姐。他病得两年都起不来床。他的肺很弱，肾也不好。"

"你为什么跟我说这些？"

"因为他要是再病倒的话，就再也起不来了，一定会要了他的命。马赫尔医生是这么告诉我的，别的大夫也是这么说的。"

"那就继续好好照顾他啊。我注意到你对他有多么尽心了。"

"阿兹拉小姐，我求你了，别把他搅进危险的事情里去。"

"你说什么呢？什么危险的事情？"

"你知道我的意思，你是个聪明人。我知道你们是在为国家而战斗，为此我敬重你。但是如果卡迈尔先生离开家，着了凉，或者累着了……他会病倒的……他会……会……我说不出口。他已经为国家做贡献了，他上过前线。请你别再让他参与了。求求你了，阿兹拉小姐。"

"你累坏了吧，都不知道自己在说些什么，梅佩尔。"

"你想让他做的任何事，都可以告诉我，我都能去替他做，我身体很健康，很强壮。"

"我没让谁做什么啊。够了，别再胡说了。"

阿兹拉猛地站起身，开始在屋子里来回踱步。

"今天要把房子交给敌人，我已经够不开心了，你又跟我说这个。管家会给你送茶水过来。你帮了我不少忙，梅佩尔，喝完茶你就回家吧，谢谢。"

阿兹拉朝门口走去，梅佩尔跑过来，一把抓住了她的胳膊。

"别生我的气，我只是想保护他。阿兹拉小姐，你任何时候需要帮忙，我都可以。我可以转达口信，送信……送武器也行。给我派活儿吧，我不怕。"

阿兹拉不太确定该怎么面对眼前这位紧紧抓着她手臂的绝望的姑

娘，她停了下来，环视她家的客厅。这里曾是那么明亮通透，而眼下这个地方堆满空架子和蒙着遮灰布的椅子，好似幽灵的接待室。当年就是在这里，家里为她已故的哥哥行了割礼；也是在这里，她跟内杰代特订的婚。几天后，这个房间将回响起英国军人皮靴的践踏声。楼下的起居室和前厅将成为基督教儿童的教室，这一点倒让阿兹拉稍感安慰……至少会有天真的孩子在这里跑来跑去，就像快乐的童年时代她跟她哥哥那样……生活实在残忍！此刻又有一个为爱人乞求帮助的姑娘紧紧拽着她的胳膊不放。悲伤和苦难变换着无穷无尽的方式八方袭来。她心头涌起一种深深的悲悯之情。

"梅佩尔，"她说，"我理解你的担心，不过我确实无能为力。如果卡迈尔先生下定了决心，他就会行动起来，去完成他选择承担的任何任务。这我阻止不了，你也不行。如果你以为我是个间谍，你错了，我不是。我失去了兄长，失去了丈夫。我父亲将在布尔萨度过余生，这也不是他应得的下场。我无以依附，只有自己的祖国，我愿意为解放祖国做出自己的贡献，仅此而已。"

"我向你道歉。我从来不认为你是间谍。"

"还有一件事我要对你说……"

"请讲。"

"卡迈尔先生可能会离开家去投身于解放战争。他也有可能会在战斗中捐躯……"

"不要!"

"我也希望不要。可是成千上万像卡迈尔先生这样的青年，包括女人，都离开了深爱的家人，奔赴战场去保家卫国了。"

"可是女人能做什么呢?"

"太多了，梅佩尔。比如在前线为战士做饭、包扎伤口，需要时也可以拿起武器站岗放哨，女人能做的太多了。别忘了，战士也需要吃饭、睡觉、穿衣。"

"你说得对。"

"如今我们必须首先想着国家，而不是我们的爱人、恋人。请尽量理解卡迈尔吧。"

"原谅我，"梅佩尔说，知道自己已败下阵来，"我之前从来没有想到这一层。但是如果卡迈尔真的走了，如果真有女人能做的事，我可不可以也加入你们？"

"就算卡迈尔哪儿也不去，你也可以加入我们。你能读会写，对吧？"

"我能。我还懂护理。"

"好，我记住了。"

"你要去安纳托利亚吗？"

"我在这里的工作已经完成了，该我去的时候我就会去的。"

"你是个女英雄，我真想像你一样。"

"我没有什么特别的，只是热爱自己的祖国，仅此而已。"

"我也爱国，但在遇到你之前我不知道女人也能为国家做贡献。"

"现在女人在家里已经有了发言权。战争夺走了无数女人的丈夫、父亲和儿子，梅佩尔。我们女人必须开始做事，别无选择，也再无退路：奥斯曼帝国的女人将与她们的男人并肩工作，就像我们的欧洲姐妹一样。咱俩有这么多话要聊，干吗站在门口，进屋说吧。"

"我还是赶在天黑前回家为好。如果你需要，我还可以再过来帮你。"梅佩尔说。

"留下来跟我一起喝茶吧，咱们还可以再多聊聊，相互增进了解。"

梅佩尔低下头，回到客厅里，回到之前坐过的、盖着遮灰布的沙发上。她俩开始用郁金香形状的玻璃杯喝茶。

"本来该配点心的，可是……"

"我们家喝茶早就没有点心了，"梅佩尔说，"家里的面袋十天前就见底了，拜帕匝里的供给这个月也没送过来。"

"我家还有点面粉，我让他们给你拿过来。"

"那怎么好意思！"

"那有什么关系！我本来就打算把食品储藏室的东西都给管家和哈吉的，你当然可以把面粉拿走。我可不想把任何东西留给敌人享用，宁可扔了。"

喝完茶，梅佩尔站起来，披上罩袍，朝门口走去。

"谢谢你，梅佩尔。有你帮忙，我们今天把所有东西都包好了。"阿兹拉说。

"我明天还需要过来吗？"

"明天我们就得离开这房子了。"

"你会来我们家住吗？"

"我要回亚洲海岸那边去了，跟我妈妈住。"

"真主保佑你一路平安。"梅佩尔说。阿兹拉拥抱了她，还亲吻了她的面颊。

"请替我给家里人问好，也请转达卡迈尔，祝他一切顺利，一路平安。"

"我能不能告诉他咱俩谈的我想加入你们的事？"

"当然可以，"阿兹拉说，"我们连小孩子的帮助都需要，更何况是你这样一位聪明能干的大姑娘。你什么时候愿意都可以来加入我们。"

"任何时候，你需要我做什么，就给我捎个信儿，能做到的我都会去做。贝海丝夫人也特别想加入，可是她现在的情况……"

"我知道。"

"再见，阿兹拉小姐。多保重！"

"你也保重。咱们会再见的，梅佩尔。"

梅佩尔快步朝家走去，把阿兹拉家的男仆落在后面，心里想着刚才的谈话。如果她能跟着卡迈尔去安纳托利亚，她就能继续保护他。她可以给他做饭，确保他穿得够暖，照顾他吃药。为祖国而战是一件美好的事情，但她与阿兹拉有一点不同：对她来说，爱情高于国家。对她来说，最重要的是卡迈尔，然后是祖国，然后才是生命、骄傲、荣誉、道德、家庭、世界、乐园，此类等等……但首先是卡迈尔，永远是卡迈尔！

如果他去，她将跟随。去地狱门口也在所不辞。

六月初，萨拉丽夫人、贝海丝和女儿们，加上管家古尔菲丹，还有扎赫拉，几个人一起搬到岛上的别墅去了。这一年一度的迁徙开始于看到西瓜皮被冲上海岸的第一时间。她们打好包，把行李箱套上防尘套，盘子擦到锡制盒子里，运到岛上供整夏使用。九月底的寒风一起，她们就会再回到倍亚济区的宅子里。

岛上的生活充满简单的快乐。铺在松树下的地毯上摆放着靠垫，梧桐树上挂着给孩子们玩的秋千，还有供大人享用的吊床。在那几个炎热的月份里，贝海丝夫人和萨拉丽夫人的多位亲戚会从各地涌来，小住一晚或待得更久。贝海丝的父亲伊布拉海姆先生本来就不喜欢城市生活，所以他来这里看女儿和外孙女的时候，总是会安排好好待上一段时间，尽情享受岛上有治愈疗效的怡人空气。除了留宿的客人以外，他们还会经常请邻居过来吃早饭，喝下午茶，打几圈扑克牌，或者晚上喝酒聊天，此外还有一个接一个的回访。随时可以从桑树、杏树、桃树、葡萄藤上采新鲜的水果，从菜园里摘时令蔬菜。家里的帮工夫妇在闲了一冬以后，开始积极行动起来，里里外外奔忙劳碌。为满足那么多客人的需要，还得额外雇一位厨子。每时每刻，房子后面的独立厨房里都会冒出一缕炊烟。陶罐里存着凉水，花园的井里用网兜吊着西瓜和蜜瓜。雷萨特先生为这座避暑别墅特制了一个冰柜，他们把从鱼贩那里弄来的冰块敲碎，用帆布盐袋包起来，放置在加了锌质隔热层的橡木柜子的上层和底层架子上。茴香酒、满瓶的柠檬水、果汁，整齐地码放在其间。在这座主人有条件提供冰镇食品的宅子里，各种饮料总是会源源不断地给客人端上来。

孩子们早早地在后院吃了晚饭，大人则很晚还在前院的凉亭里伴着萨兹琴和乌德琴声饮宴、歌唱，直到深夜。岛上的日子欢快而惬意，与在城里倍亚济区的严肃生活形成鲜明对比。这占地五千平方米的绿色宅院，有着自己的葡萄园、菜地、松树林和铺了地砖的庭院，一直是亲戚朋友、大人孩子的乐园。

不过那一切早在多年以前就结束了。战争的阴影笼罩，家里也不敢让卡迈尔再冒险坐船去岛上。这年的夏天，卡迈尔还得由梅佩尔和胡斯努陪着在城里的宅子里度过。雷萨特先生忙得抽不开身，除了周末没有别的时间陪伴家人，这一点让大家很是沮丧，只有卡迈尔大为开心。卡迈尔很期盼自己在家的最后几周中，能每天跟舅舅独处，进行男人间的交谈，加深感情。他也意识到这可能是争取舅舅加入他们的斗争的大好时机。

9

一九二〇年七月至八月

1920 年的夏天格外炎热。梅佩尔把房子前面的百叶窗都关起来，在后院的青柠树荫下为男人们布置好了一处可以聊天的场地。可惜雷萨特先生很少有时间出去坐坐，连晚上也是一样。大维齐尔和内务部长出国去参加和平条约谈判，留下雷萨特做代理内务部长。每天到了深夜他才得以拖着疲惫的身躯爬上床去，第二天一大早顾不上吃早饭就冲出去上班。卡迈尔所想象的男人间的长谈不得实现，他很是失望。

七月的一个令人郁闷的晚上，艾哈迈德·雷萨特回家比平时早了许多。他没有上楼，而是就着门厅处的水盆洗了手和脸，交代胡斯努立刻把茴香酒和通常的下酒菜备好，就直奔后院去了。卡迈尔马上意识到不对头。

他赶紧也去了后院，跑到雷萨特躺着的吊床前。

"舅舅，出什么事了吗？"

"你为什么这么问？"

"您从不会无故喝酒，特别是在这个点儿。"

"今天，我的孩子，联军逼我们签订的那份合约被国务委员会通过

了。现在你明白出什么事了吧？你明白我为什么想把自己灌醉，喝到不
省人事了吧？"

"这我明白，舅舅。"

"希腊人昨天已进驻泰基尔达[1]。我们也听说，两天前亚美尼亚部队
进驻了阿达纳；三天前，英国占领了伊兹米特；四天前，希腊入侵布尔
萨；再早些天，班德尔玛、克尔马斯特和巴勒克埃西尔一个接一个沦
陷。我还要接着说下去吗？"

"不要，请不要说了。"

"我们的国家就像是个西瓜，每天都有一些垂涎三尺的异教徒来咬
上一口。我直想用头撞墙。今天发生的这件事，比任何事都更加让我绝
望：今天，所有人都明确地意识到，他们只许我们俯首帖耳接受一切。
不到一周的时间里，合约就会签订，一切就都完了……我们就都完了！"
艾哈迈德·雷萨特搓着两手。"完了，就这样，伟大的奥斯曼帝国，从
此灭亡，消失。是真主的旨意，让我们这一代人为自己的各种罪过付出
代价，在帝国的死刑令上签字。我们要付出可怕的、可怕的代价。胡斯
努，快把我的酒拿来！怎么那么磨蹭！"

"舅舅，我怎么觉得您回家路上已经喝过一两杯了，是不是？"

"喝了又怎样？清醒对我有过任何好处吗？我保持清醒了，就能避
免明天他们拿下我们另一座城市吗？快去，跑步去给我拿酒来，回来坐
下跟我一起喝，好不好？"

卡迈尔不知该怎么安慰他舅舅是好，只好围着吊床打转。胡斯努很

---

1. 泰基尔达（Tekirdağ），土耳其色雷斯地区的一个城市；阿达纳位于土耳其东部；伊兹米特
（İzmit）、布尔萨（Bursa）、班德尔玛（Bandırma）、克尔马斯特（Kırmastı）和巴勒克埃西尔（Balıkesir）
都是土耳其西北部爱琴海和马尔马拉海之间的城市。

快过来了，把一个大托盘放到了桌子上，托盘上摆满梅佩尔做的一碟一碟的小菜、西红柿、切好的瓜之类的。

"西红柿是咱自家园子里种的，老爷。"胡斯努说。

"那你最好用生命保护它们，胡斯努，因为很快我们就会一无所有，只剩下园子里的这些西红柿。"雷萨特说。

"真主救救我们！"

"真主不会救我们，胡斯努。真主已经抛弃了我们，已经偏向他的基督教子民很长时间了。"

"天啊，老爷！"

"他们有钱有势，还掌握了科学。咱们这是怎么了，告诉我，胡斯努，怎么了？算了，算了，想来你也不知道。"雷萨特口齿不清地说，一边转向卡迈尔，"可是你呢，你这么个高尚的人，了不起的家伙，一个受过最好的教育的学者，一个自以为一切都比别人懂得多的人，你来告诉我：为什么全知全能的真主会认为我们理当受此屈辱和恶行？为什么他会如此对待我们，而不是那样对待他们？啊？"他把杯子递过来，说："满上，另外再来一杯水。你从井里打水上来了，对吧？如果没有，现在就去。趁着我们还能享用自家的井水，赶紧的。告诉你，这也没几天了。还有花园，这个花园，他们也很快会收走……很快很快！"

卡迈尔和胡斯努互相看了一眼。这可不像他们共同了解和爱戴的艾哈迈德·雷萨特。胡斯努还从来没见过他的主人这种状态，即使是在3月16日那个坏兆头开始的夜晚。他拉着卡迈尔的胳膊，往旁边拽了两步。"咱们是真的完了吗，少爷？老爷说的是真的？"他嘴唇颤抖着问。

卡迈尔一时不知该如何作答，只得借助俗语说道："耐心些，胡斯努。太阳出来以前我们不知道会发生什么。只有主知道明天会带来什么。"然后他干了一杯酒，喝得一滴不剩，就像他舅舅一样。卡迈尔喉咙发烫，一股暖流流向胃里。他顺势在吊床旁的草地上坐了下来。他舅舅的酒早就喝完了，但没碰任何吃的东西。他的空酒杯掉落到了地上，他闭着眼，在吊床上一动不动。

"舅舅……是完全没有希望了吗？"

"卡迈尔，你也知道，铁菲克帕夏已拒绝在巴黎《色佛尔条约》上签字。帕夏发现联军当中存在分歧，想利用这一点为我们争取利益。他反复重读条约，以期赢得一些时间。但是色雷斯被意外入侵，这使得我们所有的设想都落了空。"

"舅舅，这些我都知道。"

"孩子，还有很多你不知道的。今天我们召开了部长理事会，一行一行地研究他们发来的急件，细细琢磨了每一个字。情况比我们预想的还糟：他们要强加给我们的条款，无论是道德上的还是物质上的，条条都比之前的更恶劣。不仅向我们强行索要巨额战争赔款，还增加了经济财产损失的赔偿款项。这些还可以接受，但其他一些条款……"

艾哈迈德·雷萨特开始咳嗽起来。卡迈尔耐心地等着舅舅把话说完，一边又把他的酒杯倒满。

"比如，联军决定永远结束我们对其他族裔的统治。所以，我们只能领导土耳其子民，至于在色雷斯和伊兹密尔[1]那些我们只占少数的地方……你想吧，卡迈尔……"

艾哈迈德·雷萨特咽了一大口茴香酒，又咳嗽起来。卡迈尔给舅舅拍了拍后背，试图帮他把这口气顺过来。

---

1. 伊兹密尔（İzmir），土耳其西部港口城市，旧称士麦那（Smyrna）。

"舅舅，看来这口呛着您了。"

"为了表现慷慨，他们允许我们保留伊斯坦布尔为首都。但是博斯普鲁斯……那些王八蛋……那个词卡在我喉咙里说不出口了……"雷萨特戛然而止，脸涨得通红。他停了下来，没有说话，没有咳嗽，也没有呼吸。

"舅舅！……您没事吧，舅舅?"卡迈尔叫道，看着他舅舅的脸色由通红转而发白，还泛出青绿色。他用毛巾在水罐里蘸了些水，擦去雷萨特额头上的汗珠。

"还有那么一线希望，舅舅。我们还没有完。"

"我们完了，我的孩子。"

"不，我们没完。安卡拉政府已经向全世界宣布，它绝不会遵从《色佛尔条约》的。"

"啊卡迈尔！我们今天正在进行讨论的时候，收到了雷西特·蒙塔兹先生的电报：条约从速签字，否则，联军将夺走伊斯坦布尔。"

这回，卡迈尔也倒抽了一口气。

艾哈迈德·雷萨特说这话的时候声音那么低，以至于卡迈尔怀疑是不是自己听错了。

"所以我们忍痛在《色佛尔条约》上签了字。"

从二楼窗户传来了梅佩尔伴着乌德琴轻声唱歌的声音。

我哭泣，无怨，为悲惨的境遇。
我心惊胆战，为未卜的命运。

10

对峙

六月和七月整整两个月，不见丈夫在岛上露过一次面，贝海丝等不到九月份了，她把女儿们留给萨拉丽夫人照顾，只身回到家里。不过到家后她很快就发现，提前回去得实在不是时候。结婚这么多年，雷萨特先生还从未像现在这样脾气恶劣。每天晚上一到家，他就径直去后院亭子里喝酒，跟谁都不说一句话，包括卡迈尔。她拼命去想会是什么原因：是她的丈夫有外遇了？整个冬天他都在她所不知道的什么沙龙里打桥牌，是不是那时被哪个漂亮女人俘获了？不对，那不可能，雷萨特先生行为端正，不会在外面拈花惹草的……不过男人毕竟是男人，而她此时又怀着孕，挺着个大肚子，乳房肿胀，脸颊松弛……谁知道呢？贝海丝满心焦虑，不禁流下了眼泪。萨拉丽夫人虽然多事，但毕竟是唯一能与她分忧的人，可她远在岛上。梅佩尔倒是在家，但贝海丝不太情愿跟她走那么近。情急之中，她决定去跟卡迈尔倾诉。

"雷萨特先生这么难过消沉，一定是有什么原因的，卡迈尔。我禁不住担心，他是不是害了什么相思病，"她直入主题地说道，"我一直像亲姐姐一样对你，希望你能跟我说实话。这类事情赶早发现会更好。"

"舅妈！您怎么能这么想？"卡迈尔十分震惊，"我希望舅舅永远不会发现您的疑心。否则，他一定会大怒，感到受了羞辱。"

"那你说，卡迈尔，他这是怎么了？我从岛上回来后就没见他有过笑模样。有什么事让他烦心，为什么不告诉我？我不是他的妻子吗？"

"亲爱的舅妈，好好听我说。我舅舅或许会跟您说：'我被迫在《色佛尔条约》上签了字，签字时完全知道这意味着我的国家将被解体，我所珍爱的一切将幻灭，我的职务将终结，我的未来将变得一片漆黑。明知如此，我们还是在苏丹的要求下签了字，这样他本人就不用去签这个字，他就会有一条后路。这就是我为什么不想跟任何人说话的原因。请理解，我只想带着耻辱和悲伤独处。'如果他跟您说了这一切，您又能怎么样？"

贝海丝瞪着卡迈尔，问："他为什么要结束他的任职？既然雷萨特先生是在执行苏丹的旨意，他对这件事就没有任何责任。苏丹最了解情况。如果他只是在服从苏丹，那有什么好心烦的？"

卡迈尔咬着牙叹了口气。"就当我什么也没说，舅妈，"他尽量保持平和地说，"您只需要知道这个就够了：我舅舅他没有外遇。这事您就放宽心吧。他的生活里只有职责，只有心碎。"

梅佩尔拎着一篮子送洗的衣物进了花园，看到卡迈尔在亭子里抽烟，马上放下篮子，向他跑了过去。

"快别抽了，先生！"她以最严厉的声音喊道，"您一定还记得医生是怎么说的？一天不能超过三根，而且只能是饭后！请赶紧把那烟掐了。"

"让我抽完吧，晚饭后就不抽了。"

梅佩尔伸手去够那根烟。

"给我吧，反正也快抽完了。快给我，要不然我告诉萨拉丽夫人。"

卡迈尔把烟蒂扔到地上，用脚踩灭。

"我就该知道，在房子里看不见您准没好事，您每次一进花园就抽烟。"

梅佩尔从篮子里掏出一条湿手绢，擦了擦卡迈尔烟熏过的手指，一边嘟囔着："手上都是烟味儿，那讨厌的烟草到处留味儿。"

"烟草有什么好讨厌的?"

"对肺不好。"

"已经那样也没办法了，梅佩尔。"

"改正缺点就是进步。您不是准备去救国救民吗? 需要有健康强壮的身体才行。必须照顾好自己。"

"没有你在我身边，没人会照顾我，也没人会管着我，我肯定就完蛋了。"卡迈尔开玩笑地说。

"不会的。我会继续照顾您的。"

"我是说我离家以后。"

"我会继续照顾您。我要跟您一起去。"

"我要去的地方没有女人能做的事情。"

"当然有! 很多女人都跟着他们的父兄、丈夫奔赴安纳托利亚了。我也去。"

卡迈尔吃惊地睁大了眼睛。梅佩尔总能让他意想不到。

"你是怎么发现的?"

"我跟贝海丝夫人出去的时候。还有后来，我跟阿兹拉小姐谈话的时候。事实上，我还跟她去参加了另一个集会。"

"什么集会?"

"一次妇女集会。各个年龄的女人都有。"

"萨拉丽夫人知道吗？她绝对不会支持这类事情的。"

"我告诉她我是跟阿兹拉小姐一起去，她就同意了。阿兹拉小姐之前不是住在咱家吗？我们就是那时候去的。"

"阿兹拉！这我可没想到！"

"不怪她，是我要去的。"

"现在你也要去安纳托利亚了？你以为他们会放你走吗？"

"先生，是您要去，我本来希望能阻止，但您不听我的，也不听别人的。我知道您要去，就像当初您不经任何人同意就去了萨勒卡默什那样。您不在这里，这里的墙会把我围困住，我会喘不过气来。所以我决定索性离开，去为国家做点贡献。也许那样您就能看重我一些了。"

卡迈尔站了起来，把梅佩尔紧紧抱在怀里，不管会不会有人从楼上看到这一幕。湿手绢飘落到了地上。梅佩尔把头靠在卡迈尔的胸膛上。

"我一向看重你啊，梅佩尔，"他说，"请你不要为了我去冒险，求你了！"

"先生，我很想去，我想做有用的事。那两个孩子已经长大了，家里还有别的佣人。让我去，我可以像别的女人那样去当护士。他们还有可能把我派到您去的地方，那样我就能继续随时随地照顾您了。"

"梅佩尔，我很快就要走了，但我上前线前会先待在伊斯坦布尔一段时间。我不能告诉你在哪儿。我被安排了任务，之后我会上前线。东部很冷，他们知道我有肺病，所以会安排我到气候相对温和的地方去。"

"他们就不应该派您去前线。"

"你怎么能这么说，现在他们急需任何一个有能力的人！我是个老兵，受过训练，我的位置当然在战场上。既然你也下决心去了，那就尽量申请去西部前线。到时我会找到你的，不管发生什么事。"

梅佩尔感到一阵深深的喜悦，一时间觉得自己的心脏都停止跳动了。她之前想都不敢想的事情正在发生。卡迈尔不仅是她的同床伴侣，他现在已经成了她的知己和战友。她之前那么羡慕阿兹拉，看着卡迈尔跟那个蓝眼睛的女人促膝深谈，四目相对，她曾那样心痛。得知有些事她永远无法与自己心爱的男人分享，她曾夜夜以泪洗面。但是现在，情况正在发生改变：卡迈尔把她看作一个完整的人，不仅仅是一个女人。她已经从一个在家里干零活的小姑娘成长为一个奔赴救国战场的女人，就像阿兹拉一样。

萨拉丽夫人深深吸了一口烟，往咖啡碟里弹了弹烟灰，眼睛死盯着贝海丝说："贝海丝，我的孩子，这是什么意思？"贝海丝知道老妇人质问的是什么事，在座位上不安地动了动身体。

"我发誓我不比您了解更多的情况。她在上课，要当护士。"

"这当护士又是什么胡扯的事？这些年她不是都在干这个吗？卡迈尔生病不都是她一直在照顾吗？"

"是。"

"她在照顾病人的时候并没有表现出对当护士有什么兴趣，不是吗？为什么现在突然感兴趣起来了？"

"您干吗跟我生气啊？又不是我让她有这想法的。您为什么不直接问她本人呢，萨拉丽夫人？"

"我问了。她就那么一脸固执地瞪着我，不回答我的问题。我以为她告诉了你什么呢。"

"她下定决心了，要做一名有执照的护士。可能是阿兹拉把她引上这条道的。"

"这毫无疑问。可是雷萨特先生怎么能容忍这样的事情！我告诉她她哪儿也不能去，她竟然无礼地对我说，先生已经同意了。我们收留了她，让她受教育，把她养大，能做到的都做了，现在她倒对我们叛逆起来！难道这就是我们该有的下场？"

"人都说事情总有好的一面。她接受了护士培训，在我生孩子的时候也会派上用场。更不用说大家都在变老，家里有个护士不是很方便？"

"这个家变老的只有我一人。我不明白你的意思。"

"可别以为只有您一个人受岁月的影响。我们都在变老。"

"就算是那样，也不是当务之急。真正让我蹿火的是，梅佩尔成了阿兹拉的跟屁虫，人家走到哪儿她跟到哪儿，一天不落。如果哪天她出了什么事，咱们怎么交代？"

"能出什么事呢？她每天走那么几步就到红新月会了，完事后就直接回家。那天苏阿特把手划破了，梅佩尔给她包扎得可好了，您会以为是马赫尔医生包的呢。她比很多医生做得都像样。"

"我不由想到'聪明反被聪明误'的说法。梅佩尔是个那么聪明伶俐的小姑娘，太聪明了从来都不是好事。啊，真是可惜！愿真主保佑我们家的女孩子们。"

"萨拉丽夫人，真主保佑您！不过真主为什么要保护女孩子不受她们自己的聪明才智所累呢？"

"要笑话我你就笑吧，但是女孩子还是要知道自己的位置，不应该到处抛头露面，什么事都去掺和。"

"我完全同意。但是梅佩尔只是想当个护士而已，这应该不碍什么事吧？"

"那是你这么认为！我听到她跟卡迈尔窃窃私语来着。等着瞧吧，到最后你们会看到，这事绝不是学学怎么做护士那么简单。"

"您是说您听了他们的谈话？"

"那是自然。"

"在哪里？"

"他俩在亭子里。我慢慢走过去，站在青柠树下，他们没看到我。"

"萨拉丽夫人！您怎么能这么做！这可不像您这身份的人干的事！"

"我才不在乎什么身份不身份的呢。我了解到了需要了解的情况。"

"什么情况？"

"你应该也知道，咱们家的傻卡迈尔又要去拯救国家了。不过这次，看起来是他们俩要一起去，梅佩尔会在前线救治伤员。这还只是个开头。别指望你生孩子时她在身边照顾你了。她的心在别处。"

"啊，阿兹拉！"贝海丝哀号道，"都是她干的好事！一定是她在我这儿没成功，就去做那姑娘的工作去了。"

"打什么时候起救国救民成了女人的事了？"萨拉丽夫人问道，"男人救国，女人为男人服务。家庭安定的男人不仅能救自己的国家，还能拯救世界，你不这样认为吗？"

贝海丝回到了眼前的话题上。"萨拉丽夫人，您确定听清楚了？梅佩尔是真的想上前线？"她又一次问道。

"我是听他们那么说的。我得告诉雷萨特先生，咱们看看他会怎么处理。"她说着，吸了最后一口烟，把烟头掐灭。对烟过敏的贝海丝走到窗前把窗户一把推开，萨拉丽夫人皱了皱眉头。艾哈迈德·雷萨特的媳妇一直是那么弱不禁风。不过她们都是一样不省心：要么像贝海丝这么娇气，要么像梅佩尔那样精力过剩。萨拉丽夫人带进这个家里来的女人没有一个是处事得体的，这让她十分恼火。她曾一度想象把卡迈尔和阿兹拉配成一对，但很快意识到那是个愚蠢的主意。造物主本要创造一个男人，却一不留神造出了一个阿兹拉。但愿这样的女人再也不要踏入这个家的门！阿兹拉就不可能考虑了，但的确是到了该给卡迈尔安排婚事的时候。他要是有了妻室，肯定就不会再去做那些事了。要不是此时满街都是敌军，她就会亲自跑出去，不出三条街就能给他拎个合适的媳妇回来。但是那些异教侵略者使得她束手无策。每天都听说他们的各种可鄙行径。的确，一个女人，哪怕是她这个岁数的女人，此时实在是不应该上街。只有阿兹拉那样的疯女人才会在这样的时候到处乱走。

"堕落是会传染的，我亲爱的。你可得看好了丽曼，免得让她受梅佩尔影响，"萨拉丽夫人说，"别搞得她也要去做护士，到时候想阻止都来不及。"

"这完全不可能，丽曼最怕各种疾病。因为怕沾上病菌，她都不怎么去她最喜欢的卡迈尔哥哥住的顶楼。您肯定也注意到她不再坐在他腿上了吧。她都不肯走近他。"

"那是因为她长大了，她这个岁数自然不能再坐到他腿上去了。她离出嫁都不远了。"

"可怜可怜我，我可不想这就给女儿穿上婚纱。"

"那你想怎样？让她像那些浓妆艳抹的外国小荡妇那样到处晃悠？"

"她还是个孩子。"

"还是个孩子？在拜帕匝里，她这个年纪的姑娘都有自己的孩子了！上礼拜你没看到马赫尔先生是怎么看着她的吗？"

"您这就是胡说了，萨拉丽夫人。怎么着，他都能当她爸爸了。"

"能不能当她爸爸有什么相干？你以为我不知道马赫尔有多大年纪？我们住塞萨洛尼基时还做过邻居呢。男人比自己的女人大个十岁十五岁总是好的。女人老得快，我的孩子。我嫁给我那亲爱的亡夫时也不过才十五岁，他可都快四十了。"

"时代在变，传统也跟着变。我可不想让我的女儿嫁给老头。马赫尔先生是家里的老朋友，如果他多看了丽曼一眼，那一定也是带着父亲般的慈爱看的。对，就像是一个父亲欣赏地看着自己心爱的女儿突然花儿一样绽放。"

这个女人真是够恶毒的，贝海丝暗想，一边从沙发上站起来，向门口走去。到了门边，她回过头来说：

"您责骂梅佩尔是因为不了解情况，萨拉丽夫人。她去上护理课是得到了雷萨特先生支持的。战争中的国家需要护士。我要不是怀着孕，也会去上课的。但这不可能了。"

不等对方应答，贝海丝疾步上了楼，回到自己的房间。马赫尔看了丽曼！马赫尔先生，那位彬彬有礼的绅士，会去盯着女孩子看！那怎么可能！萨拉丽夫人有时候简直让人无法容忍。贝海丝觉得很虚弱，她在床上摊开四肢，伸手抓过薰衣草香水，在胸前和额头两边洒了一些。那阵眩晕感过去以后，她把手放到肚子上，静等摸到生命的迹象。可是完全没有动静，腹中的胎儿异常的安静。一个聪明、乖顺的儿子，就像他爸爸！他们准备给他起名叫拉伊夫，跟他爷爷的名字一样。

拉伊夫·雷萨特！她的儿子将是个出色的人，长大后会像他名字的寓意那样：拉伊夫，"有慈悲心"；雷萨特，"选择正道之人"。

❁

阿兹拉和梅佩尔在教室后排并肩坐着，崇拜地听着塞亨德夫人讲述在安纳托利亚救治伤员的各种方法。塞亨德手里拿着个长长的教鞭，边讲边在黑板上挂着的地图上指出奥斯曼红新月会所在的位置。国家的好男儿在山里杀敌，他们的母亲、姐妹、恋人必须支持他们，帮助他们。更进一步说，这片伟大国土上的女人应该冲锋向前，为她们的男人扫清道路。她们应该扛起枪去战壕里作战，在后方为战士煮饭，帮伤者包扎伤口。由红新月会和妇女权益保护协会领导的妇女组织，正在农村组建分部，把她们的知识、技能和经验传授给乡村的姐妹们。

课结束时，塞亨德夫人向痴迷的观众发问，问她们哪位自愿奔赴安纳托利亚。来听课的三十三名妇女中，有十七人举了手，包括阿兹拉和梅佩尔。

"可敬的姐妹们，此刻，我国南部省份正在进行最严酷的战事。马拉什和安特普地区急需护士。"

"我愿意去任何地方。"阿兹拉说，第二次举起了手。

"你们当中谁会法语，请举手。"

阿兹拉的手第三次高举起来。

"阿兹拉小姐，既然你会法语，我就把你写到去安特普的名单里，跟内吉米耶小姐和内伊尔小姐一起。"

"请问我的法语将派何用场？"

"那个地区由法国占领。所有会法语的男人都在前线战斗，城里缺少翻译人员。你的语言能力会有大用处。我要不要把你朋友的名字也写下来？"

"不，不要！"梅佩尔喊道。

"我朋友的未婚夫要被派往西部前线，如果您能安排梅佩尔小姐去伊兹密尔，就太感谢了。"

"女士们，我们这是在战时，我请求你们不要首先考虑跟自己爱人团聚的事，而是要以战场的需要为先。"

阿兹拉站了起来。"夫人，梅佩尔小姐希望跟她的爱人在一起，是为了在必要时照顾他。卡迈尔先生在萨勒卡默什受过重伤，至今还需要医治。"

梅佩尔极力地稳住紧张的情绪，等着塞亨德夫人质问她一个身体这么差的男人去前线有何公干。

"那好吧，我就把这位姑娘分到西部前线。"塞亨德只是说了这么一句，"下面，有请娜吉叶夫人发言。你们当中可能有人不认识她，娜吉叶夫人是费兹叶学校的校长。请认真听她的讲话，女士们。"

阿兹拉和梅佩尔准备离开教室的时候，塞亨德夫人朝她们走了过来。"阿兹拉小姐，"她说，"你可能不久就会出发。与其他人一起被派驻安纳托利亚之前，你会被安排在亚洲海岸的一处苦行僧寺庙先住一段时间。"

"我知道您说的那个苦行僧寺庙，夫人。"

"那你也该知道你在那里会很安全。"

"当然。"

"你有可能得在那里等候一段时间，我们的护送人员只有在某些条件下才方便上路。等到与我们合作的哨兵值班的时候，你会上一辆往安纳托利亚运送物资的货车。当然，要由你丈夫护送。"

"可是夫人，我丈夫已经去世多年……"

"护送你的男士将扮作你的丈夫。很多男人要奔赴安纳托利亚，他们只身前往会引起注意。你和其他女人将作为他们的眷属同行。你到了寺庙后，寺庙的长老会给你提供具体信息。"

"我什么时候去？"

"这个周末。"

"那我呢？"梅佩尔问。

"把你的名字和地址加到名单上吧。必要的准备工作完成后，我会通知。你是个护士，对吧，姑娘？"

"是，但也愿意做任何其他工作。我也能读会写。"

"你希望去伊兹密尔？"

"对，西部前线。"

"西部前线范围很广。首先我得了解我们在那里能起什么作用。"

"要我下周过来一趟吗?"

"我会通知你。"

"不用这么麻烦您，夫人。我可以自己再过来一趟打听进展。"

"你没打算跟家人不辞而别吧? 如果家里不支持，你加入我们不合适。下周你来参加红新月集会的时候，请把你家长或监护人的书面许可带来。"

阿兹拉和梅佩尔跟大家告别后，随即出了门。她俩手挽手沿着迪万约鲁街向倍亚济区走去。自打在阿兹拉家一起包家具的那天起，她俩就成了密友。雷萨特先生同意了梅佩尔报名去阿兹拉正在上的护士培训课，她俩一起走路去上课，每周两次。阿兹拉很受梅佩尔的聪慧明朗、天真和真诚感染; 梅佩尔虽然偶尔仍然有些嫉妒阿兹拉，但也崇拜她，视她为自己的榜样和姐姐。

这天她俩一起走回家的时候，梅佩尔一直在想下一步该怎么办。"我得请卡迈尔先生给我写那封证明信，"她说，"塞亨德夫人还以为我是离家出走呢。"

"你不是吗?"

"是，但是是跟卡迈尔先生一起。我是说，他也是要离家出走的，不是吗?"

"不，梅佩尔，他是离开，你是逃离。我觉得你应该说服卡迈尔同意你们俩一起走。"

"我们谈过这事了。我打算先走，好能早点开始为国家服务。他听我这么说很高兴。"

"梅佩尔，你做这一切不是只为了取悦他吧？"

"我是为了跟他在一起，也是为了取悦他。但是阿兹拉小姐，请相信我，我的确也乐于为国服务。只是我对卡迈尔的爱超过了一切。"

"梅佩尔，人只应该为自己的信仰牺牲生命。"

"如果卡迈尔走了，我也就离死不远了。"

"啊，梅佩尔，"阿兹拉说，"我真希望我也能那么爱一个人。"

"你不爱你丈夫吗？"

"我很爱他，但是不像你对卡迈尔那样爱得要死要活。"

"我希望有一天，你也会遇到这样的爱。"

"我怀疑是否会有这么一天。我已经三十二岁了，这个岁数不会再有那种感觉了，梅佩尔。"

"爱情不分年龄。"梅佩尔反驳道。

"你怎么知道？"

"我有这个感觉。"

阿兹拉心里暗自希望梅佩尔的直觉是对的。她还会在雷萨特先生家住几天，之后就要到对岸去了。她俩走到通往宅子的街口时，梅佩尔停下了脚步。"我还感觉到了一件事，阿兹拉小姐。"她说。

"什么？"

"你就要陷入情网了，很疯狂地，就像我一样。"

"这从何说起？什么时候？"

"很快。"

"又是你的一个预感吧。"

"只是个感觉。"

"你疯了吧！"阿兹拉哼了一声。

❈

卡迈尔上楼回房的路上，吃惊地看到他姥姥就站在楼梯的转角处。她穿着件淡蓝色的睡袍，头上戴着带花边的白色长头巾，祈祷时戴的那种。闪烁的烛光下，她拉长的影子在墙上摇来晃去，更让她看起来鬼里鬼气。

"能有什么原因，我的女王，"卡迈尔说，"让您大驾光临这层楼啊？有什么要紧事吗？"

"快回你房间！我们到那儿谈。"

"好，好，这就回去。干吗这么言辞激烈，姥姥？我做了什么惹您生气的事吗？"

萨拉丽夫人打开门，卡迈尔走了进去，把手里的烛台放到桌上。限电已经有些日子了，煤油供应也很短缺，蜡烛成了唯一的照明工具。但就是在这微弱的两朵烛光下，卡迈尔也看得到老夫人脸上的焦虑。萨拉丽夫人关上了门，坐到卡迈尔床上，指着她旁边的位置说："坐。"

卡迈尔听话地坐下了。

"好好听着，卡迈尔。"

"一切听您的，我的女王大人。"

"别打断我。我没情绪听你的怪话。"

卡迈尔开始有些担心了。

"你对那个姑娘做了什么？"

"哪个姑娘？"

"这个家里还有哪个姑娘？"

"那可不少呢，咱们数数：丽曼、苏阿特、梅佩尔，还有卡蒂娜来来去去的……阿兹拉也常来……"

"这不是开玩笑的事，我的孩子。我要你全说实话，现在就说。你对梅佩尔做了什么？"

"我什么也没做啊。"

"别跟我撒谎。"

"我干吗撒谎，姥姥？"

"梅佩尔腰变粗了，乳房也变大了。"

"您的眼神可真厉害，姥姥。我怎么什么也没看到。"

"你认为她是怎么变成这样的，卡迈尔先生？"

"她胖了。"

"不是这样，我的孩子。她一点儿也没胖，而且她已经好几天没怎么吃东西了。"

"那就是您看走眼了，弄错了。"

"在这方面我的判断不会有半点差错。我可没那么好糊弄。"

"那您就直说吧，姥姥。"

"梅佩尔怀孕了，孩子。"

"哦！"卡迈尔喊道，这回真的大吃一惊。他脸红了，声音颤抖地问："您就是根据她长了几斤判断她怀孕了？"

"不是，那不是唯一的根据。我还观察到一些别的。"

"这么严重的指控，我能不能问一下您观察到的是什么？"

"早晨，她闻到做饭的味道会恶心、呕吐。还有别的迹象，你就不必知道了。"

卡迈尔感到愤怒而震惊，自己居然没有意识到他跟梅佩尔的关系会导致这样的情况！他坐在姥姥身边，低垂着头，像一个受挫的孩子。

"现在，孩子，咱们直奔主题吧。那姑娘在咱家的监护下长大，如果是你造成的这个结果，现在马上承认。依梅佩尔的个性，她不是那种会跟外面的生人鬼混的女孩。虽然最近她跟着阿兹拉跑来跑去，说是一起去红新月会，但是她绝不会在外面做什么见不得人的事。她不敢。那就只能是你了。”

卡迈尔一言不发，盯着自己的拖鞋尖。

“卡迈尔，看着我的眼睛。”

卡迈尔不情愿地抬起眼，看着姥姥的眼睛。

“你敢不敢把手放在《可兰经》上发誓你跟她怀孕无关？”

卡迈尔没有回答。

“我现在就回房间去取《可兰经》，只有那样我才能相信你。如果确认了不是你，我会想尽一切办法让那姑娘开口。我会查清我需要了解的一切。一旦我掌握了情况，梅佩尔和那个玷污妇女的家伙会后悔来到了这个世界上！”

“别去打扰她，奶奶，”卡迈尔低吼道，“如果她真怀孕了，那就是我干的。别做任何伤害她的事情。她完全是无辜的，是我哄骗、强迫她的……都是我的错。”

“你不感到羞耻吗，孩子？你就不能找个别的对象去泄欲，非要碰咱们家监护的女孩吗？”

卡迈尔一时失语：萨拉丽夫人明明知道他多年来几乎没见到过别的女人，他能看到一个女人的影子就已经是难得了，更不要说让谁来满足自己。

“对不起，姥姥，我也不想那样。我是一时冲动，赶上那天晚上我发神经，没把持住。真的对不起。”

“明天我跟那姑娘谈谈。如果她真的怀孕了……”

“您不是几分钟前还完全肯定她已经怀孕了吗？”

"我是很肯定。但最好还是她自己确认一下。确认了以后，你马上去跟你舅舅说，要娶她为妻。下周我们就在家里把婚礼给办了。一定不要让你舅舅知道她已经怀孕的事。"

"为什么？"

"那你在他眼里就太丢脸了，他永远都不会原谅你的，也不会原谅她。"

卡迈尔跳了起来，怒气冲冲地在屋子里来回踱步。"那又能有什么区别？我的政治观点已经让他很看不起我了。"他说。

"这不关乎你的观点，而是纯洁和名誉。如果他知道了，你永远别想得到谅解。"

"您说得对，姥姥。"

"还是祈祷我是错的吧。但是如果她没怀孕，我立马把她送回她姑妈家去。我会给她一个解释。"

"可是她要是没怀孕，干吗还赶她走？"

"当然是为了断绝你们之间的关系啊。周围有成群的帕夏的女儿可选，财政部长雷萨特先生的外甥为什么让个女佣抢到手？"

"可是梅佩尔不是咱家的亲戚吗？您现在又想跟我说她不是？"

"啊，那她当然是。她是我舅舅的孙女。"

"我们不都是坎姆萨里克部族首领的直系后裔吗？这个部族不是地球上最荣耀辉煌的部族吗？"

"感谢真主！千真万确！"

"那谁还能比有这样高贵血统的女孩更合意呢？"

"要不是我亲手把她带大，调教她……"

"就是说她是在您的监护下长大，在这个家里被教养出来的。"

"如果你是梅佩尔怀的孩子的父亲，我才会同意你娶她。如果她没怀孕，你必须跟她断了，我亲自给你安排婚事。"

"哎哟！"

"别跟我哎哟哎哟的，卡迈尔！你这是自作自受，"萨拉丽夫人说，"但愿是我搞错了，盼那姑娘没怀孕。如果她怀孕了，谁都休想知道。不许跟任何人提一个字，一切都交给我来处理。"

"不管她怀没怀孕，我都要娶她。"

"没这个必要，除非她怀孕。我会适时给她找个合适的丈夫的。"

"您就别费心了，我会娶梅佩尔的。"

"怎么，看看你！简直是罪无可赦，不可救药！等明天助产士来过以后咱们再决定下一步如何行动吧。"

萨拉丽夫人慢慢站起身来，大步向门口走去。跨进楼道之前，她转过身，看着卡迈尔，一字一顿地说："傻——瓜——！"

卡迈尔听到姥姥吱吱嘎嘎地下了楼梯，马上冲到对面的房间。梅佩尔正坐在床上梳头，听到门被打开的声音，她端起铜烛台看看是谁来了。

"哦，是您啊，先生。没想到您要过来。是睡不着吗？"她问。

"有件事你得告诉我，梅佩尔。"

"我一到家就什么都告诉您了啊。如果需要，我还可以再说一遍。我们今天在学校集会了，你知道萨伊斯特夫人，那位助产士，协会的领导……"

卡迈尔打断了她。"我说的不是这件事，梅佩尔，"他说，"还有件事你得告诉我。"

"好吧好吧。您走以后，过几天我就去安纳托利亚。我会在对岸的厄兹贝克苦行僧寺庙先住两晚，护送的人过来后，我就直奔伊兹密尔。

之后……"

"梅佩尔！"

"先生？"

"你没有什么别的事要告诉我？"

"我一直想告诉您的是我有多么爱您。胜过我的生命。"

"够了，梅佩尔！别说这些了。告诉我：你是不是怀孕了？"

梅佩尔从床上跳了起来，站到卡迈尔对面，膝盖哆嗦起来，但卡迈尔只注意到她颤抖的嘴唇。她杏眼低垂，脸上充满恐惧，低声说：

"我不知道，先生。"

"你什么意思，你不知道。有什么好不知道的？"

"我不能肯定。"

"好吧，那明天我们把助产士找来，就能肯定了。"

梅佩尔跪了下来，抱住卡迈尔的大腿。"求您了，先生，别动我的孩子。你们想让我走，我可以马上离开。我会在您之前先到安纳托利亚去，您永远都不用见到我。只要别碰我的孩子，我会亲吻您的脚底。"

"你怎么能说这样的胡话？"卡迈尔托着她的双臂把她从地上扶起来。她已经站不稳了，脸上都是汗。

"梅佩尔，你没事吧？你头晕吗？千万别昏倒……来，快躺到床上去。"

卡迈尔把梅佩尔扶到床上，在她头下塞了个枕头。

"梅佩尔，你怎么吓成这样？是萨拉丽夫人？"

"先生，看在主的分上，千万别伤害我的孩子。"

"要是你怀孕了，那孩子同样也是我的，我怎么会允许伤害自己的孩子呢？"

梅佩尔开始哭了起来。"您是说您能让我留下孩子？"

"当然！咱们尽快结婚，你把咱们的孩子生下来。"

梅佩尔把头靠到卡迈尔胸膛上，哭出声来了。

"你把我当成什么人了啊，梅佩尔？禽兽吗？为什么不告诉我呢？"

"我怕你不要这孩子。"

"就算我不打算要，你准备怎么隐瞒这件事呢？"

"反正我要去安纳托利亚了……我想着跟大家告别以后，剩下的一切就听天由命了。"

"你不需要去任何地方。咱们这星期就结婚，赶在我离家之前。"

"结不结婚，我都要去安纳托利亚。我在那边等您。我只需要您给我写一封许可信。"

"那不可能，梅佩尔。咱们做那个计划的时候我不知道你会怀孕。安纳托利亚不是个孕妇待的地方。你不能去。"

"我很坚强，我能行。别把我丢下，我会担心死的。"

"不行，你得待在这儿，把咱们的孩子生下来。这场战争跟以往的战争一样，不会永远持续下去。战争结束后咱们就能团聚了，到时候咱们共同抚养孩子。"

"您不在身边我会死的。"

"你不会的，梅佩尔。咱们俩都不会。你不光要为我活下去，还要为肚子里的孩子活下去。你得保护他。他是咱们俩的孩子，永远不要忘记这一点。"

"先生，请不要丢下我。"

"安纳托利亚如今血流成河，到处都是侵略军，他们烧杀抢掠，无恶不作。而且疾病流行，人们都在挨饿。你怎么能在那样的条件下挺个大肚子？"

"那您呢？那样的条件您又怎么熬下去？"

"我又没怀孕。"

梅佩尔笑了起来。卡迈尔把毯子拉上来盖到他俩身上，吹熄了蜡烛，把梅佩尔紧紧搂在怀里，轻声说："晚安。咱们好好睡一宿，咱们一家三口。明天会是很紧张的一天。我会把这个好消息告诉舅舅，还得去找位能给我们主持婚礼的阿訇，咱们得开始筹备了……要忙的事多着呢。"

"不知道萨拉丽夫人会怎么说？"梅佩尔问道。

"愿真主保佑你们俩一生幸福，就是她要说的。"

"你舅舅呢？他会同意咱们结婚吗？"

卡迈尔若有所思地盯着天花板看了一会儿，说道："我会让他只能同意，别无选择，梅佩尔。"

"请别跟他说怀孩子的事，我会羞死的。"

"别担心，我们跟谁都不提孩子的事。啊，如果萨拉丽夫人自己弄明白了，那咱们就没办法了。"

"孩子一旦生下来，大家也就都知道真相了。我只是希望在那之前能抬着头做人。"

"爸爸要去打仗，妈妈担心得要命，这么可怕的状况下，孩子早产是再正常不过的，是不是？"

有好久，两人相拥无语。后来，梅佩尔轻声问道："你是怎么得知的，先生？"

"你的任何事情都逃不过我的眼睛！"卡迈尔说道。

梅佩尔的心因爱情而狂跳着，她向爱人依偎得更近了些，没多久就沉沉睡去，几个月来头一次睡得这样安稳。

艾哈迈德·雷萨特先生一进男人屋，卡迈尔就马上关上了窗户，还拉上了厚厚的天鹅绒窗帘。

"你觉得冷吗，孩子？今天天儿不错啊，你干吗关得这么严实？"雷萨特先生问。

"我们要谈的事情非常私密，我不想让任何人听见。"

"谁能听得见呢？"

"亲爱的舅舅，这个房子的每一个角落都有女人的耳朵和眼睛。"

"那就快说吧，你这个不想让家里女人知道的紧急机密是什么？"

"等待已久的信儿来了，我这星期五就离开家。"

"哦？"雷萨特先生就说了这么一个字。虽然他心里深受这个消息的触动，但面对外甥，脸上还是显得很镇定。

"我先去农场。有不少文件等着我去准备：去安纳托利亚的人都必须有新的身份证。等我们攒够了武器，就会运往前线，您知道，那时我就会跟武器一起过去。"

"卡迈尔，之前我反对你去萨勒卡默什，你不听我的，结果差点丧命。你得知道，这次我也一样反对。不过，既然我阻止不了你，就祝你旅途顺利。随时告诉我们你的动向吧。"

"我动身去安纳托利亚时，会往拜帕匝里捎信儿，再请他们转告你们。那样应该不会引起对您不必要的注意，舅舅。"

"看来你前后都想好了。"

"我的任何消息都会经由拜帕匝里转过来。您跟那里的亲戚经常保持联系是再自然不过的事，不是吗？"

"是。"

"如果我们在安纳托利亚找到武器，需要资金，我会请求您的援助。'糖'将是'武器'的代号。城里缺糖，所以得从拜帕匝里进货。这样万一我的信哪天落入他人之手，也不会引起怀疑。"

"我觉得他们不会看给我的私人信件吧。不过,还是小心为上。"

此刻,两人都意识到他们可能会很久见不到对方。他们心里感觉很沉重,但也乐于就这样一起默默坐一会儿,呼吸着同一处的空气。艾哈迈德·雷萨特想起他第一次抱起卡迈尔的情景。他年纪轻轻就当上了舅舅。那天他怀抱着卡迈尔站在那里,生怕伤着碰着那小小的婴儿。当时他跟其他人一样已经知道,孩子的父亲可能再也回不来了。艾哈迈德·雷萨特对卡迈尔来说就是最接近父亲的人了。此刻他凝视着眼前长大成人的卡迈尔,差点脱口说出:"别走,留下吧。你要是不能工作,我养着你。我可受不了白发人送黑发人。"有好几分钟,他没有说话。等他终于张开口时,声音是颤抖的。

"孩子,他们不会像我们这样照顾你。注意身体,记着吃药。我可能是有某种预感:我已经跟卫生部长打了招呼,请他帮忙找些咱们弄不到的药品。他明天会给我送一箱过来,你正好带上。在那荒郊野外你没处弄药去。"

"感谢您,舅舅。"

他俩再一次陷入沉默。这回,是卡迈尔不知道该从何说起。最后,他鼓足了勇气说:"我走前想请您帮个忙。"

"什么事?你需要钱吗?"

"不是。我需要您的祝福和支持。"

"你已经有了我的祝福和支持啊。"

"舅舅,还有件事,一件个人的事。跟您说这个让我极度不好意思,但是我该向您坦白了。舅舅,我爱上梅佩尔了。若您同意,我想在离家前跟她结婚。"

艾哈迈德·雷萨特目瞪口呆。

"跟梅佩尔结婚?"

"是的，舅舅，在您同意的前提下。"

"梅佩尔就跟我们的女儿一样。她跟我们是血亲，我的孩子。这样合适吗？"

"她只是个远亲而已。她成了咱们家里人也完全是偶然的。我希望在我不在家期间她能得到很好的照顾。"

"你姥姥绝对不会允许的。"

"要结婚的人是我，舅舅。"

"可是她养育了你，卡迈尔，她有这个权利。"

"萨拉丽夫人是想着给我安排一门好婚事。可我一身的病，还被政府通缉，又马上要踏上吉凶未卜的征途。除了梅佩尔没人会想嫁给我，这一点是肯定的。"

"我的孩子，如果你说的这些都是真的，那不是也太难为梅佩尔了？"

"她跟我一样渴望结婚。她照顾我的时候，我们相爱了。"

"我希望你意识到一点，如果你不顾萨拉丽夫人的反对娶了那姑娘，她以后的日子将十分难过。在没有征得老夫人同意之前，我也不敢贸然对这门婚事点头。她是咱家的长辈。"

"这您不用担心。如果您允许我们马上结婚，我去农场以后梅佩尔也不会留在家里了。她会跟阿兹拉一起去安纳托利亚，为国家工作。"

"什么？"

"您听见我说的是什么了，舅舅。在这个城市里，每一个受人尊敬的家庭的女儿都随时准备着为国家做出牺牲。很多年轻的女士已经奔赴乡下，把农村的妇女组织起来，在后方工作。"

"我的老天，让我们家的女孩子在外颠沛流离……"

"她是去参加救国运动，不是去流浪。您应该觉得光荣，舅舅。"

"弃家出走不是唯一光荣的为国服务的方式。"

"梅佩尔离开还有一个原因。等我被派上前线时我会让她跟随我，继续照顾我。"

"原来是这么回事！梅佩尔突然要学护理，原来是有预谋的！"

"别说她的不是，舅舅，她是真心希望她的护理技能对我们大家都有好处。"

"孩子，看来你没跟我商量就已经把一切都安排好了，"雷萨特说，"你们一旦结了婚，你就得对她负全责了，我不会干涉。但是如果她不是你妻子，我是绝不会同意让她踏上险途的。"

"舅舅，您会给我们祝福的，不是吗？"

"我给也不是，不给也不是，"雷萨特嘟囔道，"如果你们没先结婚，她就跟着你跑了，我怎么面对她的家人？"

"那也不是您的错。她是个成年人了，您只需跟他们解释是她自作主张就行了。"

"我监护下的任何人的任何举动我都该负责。所以这些年你的那些表现才那么让我生气！"

"舅舅，您如果同意，我会安排厄梅尔阿訇来主持我们的婚礼，派胡斯努去迪露芭姑妈家请他们过来参加婚礼，他们可以把家里的孩子都带过来。星期四我们就应该都办完了。"

"先请阿訇吧，之后派胡斯努去迪露芭家。一定要在你离家之前办完，卡迈尔。"雷萨特无可奈何地说。

"听您的，舅舅。"卡迈尔说，一边俯身亲吻了舅舅的手。

"祝贺你，愿你幸福，我的孩子。"

"舅舅，如果您不愿意让梅佩尔去安纳托利亚，我答应您去说服她留下。"

"我不能同意让女孩子们往安纳托利亚跑。我都不敢想象，在一个战争中的国家，到处都是士兵和战火，一个女孩孤身在外面会遭遇到什么。如果梅佩尔决心做些贡献，她可以在这里做，在我的保护下。她可以在伊斯坦布尔的医院工作。难道非得去乡下不可吗？"

"我会跟梅佩尔谈谈。既然您这么强烈反对，我就哪儿也不让她去。"

"那样最好，孩子。"

"我还有件事想请您帮忙，舅舅。"卡迈尔说。

艾哈迈德·雷萨特透过眼镜片看着卡迈尔，低声说了一句祷告词。

"您能不能去跟萨拉丽夫人说这件事？"卡迈尔问，一边不好意思地笑着。

"够了！我可不去跟她说！"雷萨特抗议道，"你已经让我去宣布你要离家的事，我帮的忙够多了。你要么鼓足了勇气自己去跟萨拉丽夫人说，要么打消娶梅佩尔的念头！"

萨拉丽夫人离开厨房的时候朝里头喊道："把我的咖啡拿到亭子里去，梅佩尔。"

"我让扎赫拉端过去吧，夫人。"正忙着做蔬菜卷的梅佩尔抬起头来说道。

"你自己送过去。"

"我手上都是洋葱味儿，您的咖啡杯会……"

"你自己送过去，我说过了。"萨拉丽夫人这两天脾气特别糟糕。梅佩尔放下手里的活儿，开始用肥皂搓手。扎赫拉之前找了半天没找到咖啡在哪儿，就煮了一杯鹰嘴豆茶端到了后院。萨拉丽夫人坐在亭子里的一张大藤椅上等着。梅佩尔小心翼翼地把咖啡放到茶几上，慢慢抬起眼迎视老夫人严厉的目光。

"我知道你要结婚的原因，梅佩尔。"

梅佩尔垂下了眼睛。

"我安排你来到这个家里的时候，以为你是个检点聪明的女孩。"

"我是啊，夫人。"

"一个检点的女孩是绝不会做出你干的那事的！"

梅佩尔眼睛盯着地面，等着下文。

"说你聪明，那我倒毫不怀疑。但愿你的聪明将来对你有利。"

"可是我……我爱他，夫人。我非常爱他。"

"别再胡说了！这是什么胡话！我本来是想让卡迈尔娶个好人家的女儿的。可你太过聪明了……"

"夫人……"

"嘘！不要打断我！仔细听着，梅佩尔。没人知道你现在的状况，也没人会知道。我可不想让我外孙在他舅舅面前丢尽颜面。我会亲自跟接生婆谈，亲自安排一切。别让萨伊斯特和她那类的助产士踏进我们的家门，我希望你清楚这一点。是丈夫不在身边给孕妇带来的焦虑使得孩子早产了。我说清楚了没有？"

梅佩尔两颊发烫，眼泪在眼睛里打转。她简短地应道："我明白，夫人。"

"告诉我，有多少个月了？"

"我不能肯定……"

"这什么意思？你是在告诉我你自己不知道那无耻之事是哪天发生的吗？"

"如果您是指第一次，我当然知道具体是哪天。但是我不知道是从哪天开始怀上孩子的。我已经昏了头，除了我对他的爱，其他什么都不记得了。"这些是梅佩尔想说但不敢说出口的话。她沉默地咬着嘴唇，看着地面。

"说啊！月经是什么时候停的？开始有胎动了吗？"

"我的月经一直不怎么规律……我觉得恶心有一个月了……是你们在岛上的时候……"梅佩尔结结巴巴地说。

"哼！当然是我们在避暑别墅的时候！我早就该知道。老猫不在家，耗子成精了！当初就该带你一起去。啊，我实在是太傻了！那你是说你有两个月身孕？"

"大概是吧。"

"知道了。你走吧，别在我眼前晃了。"

梅佩尔一时头晕，撑着桌子站稳了，才挪步走回厨房。她确实有罪过，她自己知道，但是她并不后悔。一旦卡迈尔离开家，她将任由萨拉丽夫人摆布，日日遭责骂。等孩子一出生，任何人稍微花点时间计算都会发现真相，她会在这个家里被孤立，被大家看作是引诱了少爷的荡妇。

她不是吗？

她当然是。她使尽各种招数，先让卡迈尔注意她，然后让他持续对她感兴趣。

不对！她不是。她在照顾他的时候，一直把对他的爱藏在心里。是卡迈尔先亲的她。没错，是卡迈尔。虽然她的心里燃烧着对他的爱，但他才是点燃火种的那个人。回想着那第一个吻，她闭上眼睛，感到后背一阵战栗。

"梅佩尔姐姐，你没事吧？"

"我没事，扎赫拉。我刚才觉得一阵剧痛，不过已经过去了。"

"是哪里疼？"

"我的心。"

"在你这个年纪，这种疼痛是难免的。"扎赫拉意味深长地笑了。梅佩尔往葡萄叶子里放了一点肉馅，卷成卷。战壕里枪林弹雨的日子也会比在这个家里好过，她能肯定这一点。但是为了孩子，她一切都能忍受。她会生下一个活蹦乱跳的男婴，为了卡迈尔。会是男孩吗？她怎么知道？真的会是个男孩吗？当然会！她会为她亲爱的人生个儿子。她有这个预感。

11

一九二〇年十月

　　婚礼在卡迈尔出发前三天在家里举行。请来的小范围的客人里有梅佩尔的姑妈，她的女儿穆拉、梅兹叶和儿子雷杰普，他们当晚都会在家里住。他们往新娘的脖子上挂了一个"五合一"链子，是那种传统的由五个金币串起来的项链。梅佩尔不由想到，姑妈为了她这个失去双亲的侄女能得到这贵重的礼物，不知会从自己的哪个倒霉孩子那里把它夺过来呢。姑妈曾多次告诉她，把她在那么小的年纪就送走，他们一直很难过。"都是为了你好，梅佩尔，这样你就不用跟着我们一起受穷了。"她总是这么说。不过要是真为她好，为什么不把他们自己的某个孩子送到雷萨特先生家来呢？

　　"是萨拉丽夫人挑中了你，"她姑妈说，"在所有孩子里她就看上了你。"

　　萨拉丽夫人选中她，是因为她比姑妈的女儿都漂亮吗？

　　她们也是细高窈窕、长得挺好看的女孩。梅佩尔认真想了很久，到底为什么看上了她。最后她得出结论：不是因为她更漂亮、更聪明或者更乖顺，只是因为她在这世界上是孤身一人。萨拉丽夫人想要她，只是因为她完全孤苦无依。她要是被虐待了，无人可去倾诉；她若是想跑，也无家可归，她没有张开双臂迎她入怀的父母。这个狡猾的女人！不过自有神秘的天道相助：他们"为了她好"，把她送到一个陌生的家庭，命运之轮还真的转了过来，奇妙的事情在她身上发生了。她，来时还是一个一无所有的流浪儿，现在却成了这个家里的新娘。有人会说她引诱了少爷，也有人会说他对她的爱只是一个善良的男人对一个孤儿的同情。让他们爱说什么说什么吧。这是一个童话故事，有着圆满幸福的结局，而她，正是这个故事的女主人公。

此刻，萨拉丽夫人正在往梅佩尔手腕上戴金镯子，是多年前雷萨特先生从大马士革给她买回来的那只。梅佩尔曾是多么喜爱这只镯子啊！她记得第一次摸到它的时候，曾久久摩挲它镶着红宝石眼睛的蛇头环扣。

"你很喜欢这只手镯，对吧？"萨拉丽夫人当时问道。

"太喜欢了。"

"老天保佑，有一天你的丈夫会给你买一只比这更精致的。"

当时她闭上眼睛，想象着一个不知是何面目的丈夫往她手上戴这样的镯子的情景。那只镯子现在就在她的手腕上。至于丈夫的样子，她多日来仔细地研究过卡迈尔的脸，就算数月、甚至多年不见，她也会永远记得爱人脸上的所有细节，包括他睫毛的弯度。

厄梅尔阿訇在大厅里用低沉的嗓音诵念祷告词的时候，迪露芭夫人为她无父无母的侄女终于走进了婚姻殿堂而流下幸福的泪水。此时卡迈尔在门的另一侧，跟阿訇站在一边。祷告词念毕，卡迈尔将这样应答："我尊安拉的旨意，娶梅佩尔为妻，以先知的圣名和我个人的意愿。"梅佩尔听不懂的有关彩礼（mihr-i müeccel）和离婚赔偿金（mihri-imuaccel）的神秘话语将被说出，他们在结婚证上签字，从那一刻起，她将是卡迈尔的妻子。

"卡迈尔合法迎娶的妻子！我还想要什么啊，全能的安拉？我只盼着卡迈尔能安全健康地回到我身边。我不在乎他们给我戴的那些手镯、"五合一"项链什么的，我也不在乎我会挨打挨骂。其他一切都无所谓，只要把我丈夫送还给我，真主，我只要这一样！"

梅佩尔低着头，用眼角的余光看向坐在屋子里的亲人们，心想也许自己是错怪了他们？没错，她的确是忍受过萨拉丽夫人的责骂，可又有谁逃得过老夫人的利嘴？自打迈进这个家的门槛，梅佩尔其实从没有被粗暴地对待：孩子们把她看作自己的姐姐，贝海丝夫人脾气温和，雷萨特先生对她也很和蔼。她偶尔会被萨拉丽夫人训斥，仅此而已。是她自己跟他们据理力争，说外人无法满足卡迈尔的需要，说服他们不去给他雇用外面的护士的。没人指望或要求她肩负起这么多工作，是她自愿承担起所有能扛起的重任，结果时间长了，大家对她做的一切也就觉得理所当然了。如果说她从穷亲戚变成了超负荷工作的女仆，那也是她自己造成的。

结婚典礼一结束，所有的女人由丽曼和苏阿特带头，冲过来把梅佩尔团团围住。排着队向她表示祝贺的有她的姑妈、姑妈的女儿们、贝海丝、管家古尔菲丹、阿兹拉小姐和扎赫拉。最后是萨拉丽夫人，她在座位上坐着，只伸出右手让梅佩尔亲吻。梅佩尔吻了所有长辈的手，被女孩子们轮番亲了个够，又被阿兹拉热烈拥抱了。连萨拉丽夫人最后也十分动容，在她额头上盖了凉凉的一吻。

接下来，梅佩尔接受了男人们的祝福。她吻了雷萨特先生和阿訇的手，之后又跟姑妈的儿子握手。最后一个进屋的男子是卡迈尔。他俩面对面站着，她俯身去吻他的手时，他阻止了她。他拉起她的手，凝视着她的眼睛。梅佩尔以为他要说什么，但他什么也没说，仿佛呆住了一样说不出话来。

扎赫拉端着盛有薄荷柠檬水的托盘进来了。从此以后，端茶倒水的事都由扎赫拉负责了。梅佩尔已经晋升为"年轻的新娘"。

贝海丝之前做了周到的安排，确保婚宴在条件允许的情况下尽可能地体面奢华。菜谱里有传统的婚礼牛肉汤、羊肉抓饭、两个浇了橄榄油和水果汁的蔬菜冷盘，还有婚宴上必不可少的番红花米布丁，只是他们没找到用来装点布丁的番红花。因为没有做柠檬水和甜点需要用的白糖，他们只能用一周前伊布拉海姆先生寄来的蜂蜜替代。

饭后，丽曼和苏阿特给大家来了段钢琴、小提琴合奏，迪露芭姑妈的女儿们在乌德琴伴奏下唱起了歌。即便如此，还是缺了婚礼该有的欢乐气氛：那氛围倒是有点像庄严的葬礼。除了梅佩尔的姑妈和表姐妹以外，没有谁显得情绪高昂。男人们进男人屋去吸水烟的时候，女人们则在楼上的起居室聊天。阿兹拉挨着梅佩尔在沙发上坐下，小声对她说："去安纳托利亚的事你改主意了吧，梅佩尔。"

"卡迈尔先生不允许。"

"你说你永远不要离开他，我还以为……"

"我很想去，可是卡迈尔先生认为我不应该跟他一起去。"

"哎哟！你家卡迈尔先生十天前唱的可不是这个调调。英雄气概和责任，那都是在别人身上才显得神圣是吧。"

"是别的原因，阿兹拉，"梅佩尔说，"我现在还不能跟你解释，但以后会告诉你的。"

"怎么回事？"

"是个人原因，关于我的。"

阿兹拉没说话，斜眼仔细打量着梅佩尔。

"卡迈尔什么时候走？"最后她问。

"周五。"

"雷萨特先生知道吗？"

"他早就知道了。萨拉丽夫人也通知了，但是她还没想到他会这么快就走。她哭了好几个小时，怎么安慰都没用。"

"难怪她眼睛都肿了。那样的话，我今天晚上就跟卡迈尔告个别。明天一大早我就走了，估计那会儿你们新婚夫妇还睡着呢。"

"在农场或者安纳托利亚，你可能还会有机会再见到卡迈尔先生。你倒是应该跟我告别……哦……谁知道咱们是不是还能再见呢？"梅佩尔说着，眼泪迸将出来。

"别哭，梅佩尔，保持镇定。谁在自己的婚礼上哭啊？"

梅佩尔擦掉了眼泪，说："你说得对，阿兹拉。你什么时候去安纳托利亚？"

"希望是下星期。"

"愿主保佑你。"

男人们就着水烟聊天完毕后，一起上楼来到起居室，扎赫拉和管家赶紧下楼去把男人屋的窗户打开通风换气，同时给迪露芭姑妈的儿子铺床。迪露芭夫人和女儿们住梅佩尔屋，阿兹拉住卡迈尔屋。阿兹拉之前住过的那间屋里放了一张双人床垫，成了新房。新婚夫妇只有短短几天在一起的时间，但那几天将是梅佩尔一生最幸福的时光，支撑她度过以后不那么快乐的日子。所有客人集中在一起聊了半小时以后，雷萨特先生宣布道："好了各位，该送新人入洞房了。"

"我也有些累了，"贝海丝对客人说道，"不好意思，我先回房间了。"

雷萨特先生和贝海丝夫人回屋后，阿兹拉走到卡迈尔面前。"今晚我要睡你的床了，你不怕我乱翻你的东西吗？"她笑着问，"我记得我哥有多怕我翻他的书本，找到情书什么的。"

"啊，阿兹拉，你不知道我有多怀念那段一起长大的日子，我一生中最无忧无虑的时光……可是总是过了很久以后才意识到那种日子的可贵。"

"那你听我一句劝吧：现在就好好珍惜你的妻子，别等到太晚了再回头珍惜。她对你可是死心塌地。"阿兹拉说。

"我知道。"

"所以你才不让她去安纳托利亚？"

"她必须待在家里……因为健康原因。"

阿兹拉给了卡迈尔一个心领神会的微笑，但只说了句："你真是个大好人，我亲爱的。"然后她向他伸出手，说："我明天一大早就走，咱们可能很久都见不到面了。再见，卡迈尔。"

"我送你回屋，"卡迈尔说，"咱们在楼上告别。"

看到阿兹拉和卡迈尔窃窃私语、说说笑笑地离开了房间，梅佩尔一脸低落的表情。这没有逃过萨拉丽夫人的眼睛。老夫人微微抬起下颏，扬起眉毛，示意梅佩尔跟着他们。"梅佩尔，你怎么就在这儿干站着，为什么不送你姑姑的女儿们上楼去她们的房间？别忘了带上蜡烛。"

梅佩尔向萨拉丽夫人投去感激的一瞥，转向她姑妈说：

"姑姑，请跟我来。"

"赶紧跟上你丈夫吧，梅佩尔，我们自己能找到房间。"迪露芭夫人说。

"梅佩尔姐姐，我想下楼去厨房拿杯水，你能带我去吗？"迪露芭姑妈的一个女儿问。梅佩尔没办法，只好带那女孩下去。下楼前她亲吻了萨拉丽夫人的手，把她的手贴到自己额头上，还跟大家都道了晚安。

"梅佩尔姐姐，他好帅啊！你是怎么俘获他的心的？你真厉害！"厨房门一关上，梅兹叶激动万分地说，"萨拉丽夫人在那儿干生气，你就根本没理她！"

梅佩尔的脸变得通红。

"快点，拿了水赶紧回你房间，梅兹叶。"她一边说着，把陶罐嘴上的棉布拿了下来。

"你干吗跟我发火啊？我不过是说了句实话。我妈说，现在你成了部长的儿媳妇，以后她就能给我找个更好的人家了。"

"太晚了，梅兹叶，我累了，明天咱们再接着聊吧。"

"可我们明天一早就回家了。"

那正好，梅佩尔心想。

"哦，我明白了，新郎在等你哩！我有时候真是笨。快，赶紧跑回你房间去，梅佩尔，别让你老公久等。"梅兹叶嚷道。

没等梅兹叶再说一个字，梅佩尔迅速盖上水罐，离开厨房，跑上楼。

卡迈尔已经回到他们的房间，开始做新婚祷告了。梅佩尔坐在床边等着。他一祷告完，她就猛地站起来，去卷他的祷告毯。

"等等，"他说，"那个可以等会儿再收。"说着从口袋里掏出一枚宝石戒指。

"梅佩尔，这是我妈妈的，我那从未谋面的母亲。是我父母结婚的时候我爸爸把它戴到她手上的。它没给妈妈带来好运，但真主保佑，它会给你带来幸福。"

梅佩尔接过戒指，吻了它一下，把它戴到手指上。

"有件事我想跟你说……你知道，我周五就要走了。"

"我知道。"

"你生孩子时万一我没在身边……"

"你会在的，我能肯定……"

"咱们都是凡人，梅佩尔……无法预测未来。到时我有可能会在旅途中，或者在很远的地方……总之，如果我不在，你记住，孩子如果是女孩，我想让她叫我妈妈的名字，如果是男孩，就叫我爸爸的名字。"

"肯定是儿子。"

"那就叫他哈利姆。"

"真主保佑，你将是在他耳边亲自呼唤这个名字的人。"梅佩尔说着，把脸转向一边，不让丈夫看到自己眼睛里的泪水。"你帮我解开扣子吧，我够不着。"她说。

不知何故，成为合法妻子的梅佩尔，一改当初作为女仆时的大胆豪放，变得更加腼腆。卡迈尔帮她解扣子、握着她的头发亲她的后脖颈时，她都没敢转头去看他的脸。她轻轻颤抖着，迅速脱下衣服，一步冲到床上，免得让他看到自己一丝不挂的样子。上床后，她马上抓起枕头底下的睡袍套上，把毯子一直拉到下巴处。

"这么说，你成了不情愿的新娘了?"卡迈尔笑道，"好吧，那是你的权利。"他掀开毯子的一角，钻到梅佩尔身边，把她抱在怀里，凑过去亲她，却被她温柔地制止了。

"咱们就这样躺一会儿，拥抱着睡下，好吗?"梅佩尔问，"求你了，就这样，安安静静、老老实实地，抱着睡。"

◈

那个星期五，雷萨特先生起得很早，开始为这日程满满的一天做准备。这天他要去参加周五的祈祷仪式，还要跟几位内阁大臣开会讨论新近从安纳托利亚传来的消息。他下楼走到铺着瓷砖的门厅时，看到门旁放着的行李，心情非常沉重。

"那对鸳鸯还没起床吗?"他问。

"我听见梅佩尔上卫生间了，他们醒了。"萨拉丽夫人说。

"要不要派扎赫拉上去敲一下门?"

"雷萨特先生，你和卡迈尔昨晚聊得很晚，还没说够吗?"

"我想向他道别。我回来之前他可能已经走了。您知道订的马车几点来吗?"

"刚刚结婚就离家! 去救国! 依我看，有没有卡迈尔国家都不会跑哪儿去。就算国家需要有人救，也不缺他一个。啊，太荒唐了，这孩子脑子一直有问题。他又要远走高飞，然后又会跟上次一样，残破不全地回来……"

"姥姥，您说的每个字我可都能听见啊，"卡迈尔靠着楼上的栏杆朝楼下喊道，"舅舅，等一等，我马上下来。"说着就两级并作一级地跑下楼来。

"我们起晚了，我睡过了。"

萨拉丽夫人话说了半截被卡迈尔打断，很是生气。她继续唠叨道:

"我才不在乎谁听见我说什么呢。我当着你的面还要再次正告你一遍。真弄不清楚你最近又在搞些什么。我要是有那个力气，就亲手打你一顿。应该是由你舅舅来打你，可是他脾气太好了。结婚三天就撇下新娘，我还从未听说过这样的事! 又不是被征召入伍! 如果你是去为苏丹而战，我根本不会介意。你们这是自找麻烦，你们这两口子。听清楚了，别又指望着受了伤再回家来，我们已经被你折腾够了。"

"嘘，深呼吸一下，姥姥，"卡迈尔说，"这样激动下去您会血管迸裂的。"

"我是要被气炸了，而你就是罪魁。你的荒唐总有一天会要了我的命。"

"亲爱的姑姑，您要不上楼去吧，让我和我外甥正式告别[1]。"雷萨特先生说。

"你们就不能当着我的面告这个别?"

"萨拉丽夫人!"

听到雷萨特先生严厉的语调，老夫人马上拎起裙子，窸窸窣窣上楼去了。他俩终于单独在一起了，卡迈尔马上握住舅舅的手。

"舅舅，您的恩情，我万分感激。我的一切都是您给的，我知道我永远也无法报答您。现在，我想求您替我照顾梅佩尔，那样我就能走得安心了。"

"我会一直把梅佩尔当女儿对待。"

"那我知道。我真希望自己没有惹您生气……希望一切能重新来过……"

"卡迈尔，不幸当中也会隐藏着祝福。放心去吧，好好照顾自己，平安回来。记住，你现在有妻子等你回家。避开危险，多保重，我的孩子。"

艾哈迈德·雷萨特先生紧紧拥抱了他的外甥。两个男人相拥站了一

---

1. 这里的"正式告别 (hellallesmek)"，指的不是一般意义上的互道再见，而是有一定仪式的告别（通常是跟病危的人、要上战场的人或要长久分开的人）。通过这样的告别，双方会化解之前的任何误解，原谅对方之前的不是。

会儿，待他们松开手后，叔侄俩都已泪光闪闪。

"按照之前说好的，我会送信儿回来的。"

"别担心，事情会朝好的方向发展的。你会平安回来，国家会回到我们手中，你和我会一起见到光明，孩子。"

艾哈迈德·雷萨特夺门而出，免得让外甥看到自己脸颊上淌下的泪水。他穿过花园向外走去，伸手从兜里掏出手绢，擦了擦眼睛和鼻子，心里想着以后没有了卡迈尔，他跟一大家子女人同在一个屋檐下得有多费劲。他以后有事能跟谁去倾诉？能跟谁去谈论国事？他大步走向大门，早晨的空气有些凉意。几位警察、穿英国制服的亚美尼亚人和希腊人在巡街。他一边走向锡尔凯吉车站，一边心里暗自诅咒着。稍远处，一支由多个国籍的士兵组成的宪兵队行进而过。着装俭朴的土耳其警察身边，有三个外国人正高视阔步地走着：一个僵硬地挥动着指挥棒的高个子英国人，一个蓄着小黑胡子、腰间松松垮垮地扎着黑色宽腰带的法国人，还有一个戴着有羽毛的帽子、穿着艳红色长大衣、看似一只怪鸟的意大利人。他还看见路边的房檐下，无家可归的俄国人挤作一团。监狱、兵营、工厂都已人满为患，根本无处安置这些移民和难民！街上甚至出现了尸体。

他到了车站，看到远处停靠着一艘艘装甲军舰。为了防止往安纳托利亚偷运武器和参加抵抗运动的志愿者，英国人开始袭击警局，将伊斯坦布尔置于被严控的状态。不过，正如他对外甥所言，艾哈迈德·雷萨特是那种相信坏事中藏有好事的人。如果不是他目睹了塞匝德巴斯警局的屠杀，如果他不知道菲海姆公主的信的内容，他还会坚定地站在苏丹一边。但是最近发生的事件使他改变了观点，他现在希望能得到安纳托利亚解放运动的帮助。希望还是有的，虽然如孤零零的烛光般微弱。真主是伟大的！雷萨特无法亲自到安纳托利亚参加战斗，但是，在伊斯坦布尔，在财政部长的位置上，他也会尽自己的一切所能来援助解放事业。

他不想去看那些停靠着的军舰，转过脸快速向前走去，一边祈祷着："安拉，尽快将我们从这屈辱中解救出来吧。也请护佑卡迈尔，留下他的性命，把他带回到他的新娘身边。"

艾哈迈德·雷萨特总能在祷告中得到安慰，但是这一次，他的心里仍然和祷告前一样沉重。他疑惑自己的请求是不是没被真主听到。也罢，中午他会到寺里重新祷告一遍。下午祷告时，他也会再试一次。最终，安拉总会听到他的祈祷，会拯救他的城市，还有他的外甥。

坎巴兹·穆罕默德的武装情报组织派车来接卡迈尔走的时候，昏礼的钟声已在城市上空回荡。第一个看到那辆停在大门前的马车的是梅佩尔，她一整天都在不停地从窗子里向街道上张望。此时她不禁尖叫起来。

"这是出什么事了？"萨拉丽夫人问道。

"门口有辆车。"梅佩尔呻吟道，她的脸色惨白。

"那就是该走了。"卡迈尔说。

贝海丝和萨拉丽夫人冲到窗前。卡迈尔回到自己房间，套上头天夜里为他准备好的女式罩袍。梅佩尔把袍子改长了，以便能盖到他的脚面。她在一边忙着做针线活的时候，卡迈尔重读了一遍那封指示他穿上妇女服装的密信。在梅佩尔焦虑的注视中，他把信撕成碎片，扔到了火盆里。

⬡

家里的女人和孩子们都跟着卡迈尔到了前厅，一时间大家都在说话，每个人都有重要的话要跟他说。卡迈尔下楼时，大家都挤在一起，跟着一拥而下。家里安排了扎赫拉和管家古尔菲丹这天休假，仆人里只有胡斯努在，此时他正站在门口，紧锁着眉头，嘴唇翕动着，不停地在祈祷。

卡迈尔首先吻了外祖母的手，她正在哭泣，伤心得顾不上责备他，连话都说不出来了。他们吻别之后，她站在他面前，嘴里嘟囔着一长串的祷告词，之后依照仪式向他脸上吹了口气。萨拉丽夫人之后，轮到贝海丝了。她一直盼着这个外甥离家，走得远远的，现在他真的要走了，她心里略感愧疚。她紧紧拥抱着卡迈尔，开始大声哭泣。"如果我有什么地方做得不好……"她哽咽着只说出这半句。

"舅妈！您说什么呢！是我一直做得不好，一次又一次地做错事。我给您的家带来了麻烦，还有疾病……我惹您生气，让您烦恼了。"

"我为你做的一切，都是自愿的。现在，在安拉面前，我放下过去对你的一切抱怨。"贝海丝重复着她丈夫的告别词。

丽曼和苏阿特哭着拽着卡迈尔的袖口。苏阿特想爬到他身上让他抱起来。

"你比我上次抱你的时候可重多了，小兔子，我现在都抱不动你了，"卡迈尔说，"你是什么时候长这么大的？"

贝海丝把两个女儿从卡迈尔身边拉开。梅佩尔此时是唯一没有落泪的，那是因为她已经偷偷哭了好几天。她站在角落里，看着卡迈尔跟家人一一告别。卡迈尔把罩袍上的兜帽戴在头上，费力地戴上一副女式手套。拉上面罩之前，他抓住梅佩尔的胳膊，把她拉到自己身边，亲吻了她的脖子、脸颊和眼睛。

"我会回来的，梅佩尔。别难过。照顾好我们的儿子。"他低声说。

卡迈尔最后一个拥抱的是正在给他开门的胡斯努。他假装没有注意到这位仆人眼中的泪水，拉下面罩，拉紧罩袍，拎起旅行箱，向门外等候的马车走去。

坐在赶车人身边的男子蓄着八字胡，是坎巴兹·穆罕默德手下那些粗暴精干的街霸们常留的那种。看到卡迈尔出了大门，男子跳下马车，接过行李，扶他上了车，自己坐到了他的对面。

梅佩尔拎着由胡斯努装满了水的水桶快步走进了花园。马车启程的时候，他们两人一起把桶里的水向外倒了出去[1]。卡迈尔听得到那泼水的声音。

当那桶泼出去的水在马路上变成深色的水印时，梅佩尔瞥到了卡迈尔的脸，他那戴着手套的手正从马车的小窗口伸出来挥手告别。

"我把你交给安拉，我挚爱的爱人。"她说。这爱称她还从未在卡迈尔面前用过。她对自己一次一次重复道："我挚爱的爱人，我挚爱的爱人，我挚爱的爱人……"

马车在街尾向左转，不见了踪影。

---

1. 水和火在土耳其民间传说和习俗中有重要含义。给人送行的时候，要把水泼到路上，祝愿旅途"像水一样平滑顺利"，同时祝愿平安归来。

12

农场生活

经过艰苦的旅程，卡迈尔终于到达了农场。当他把行李推到分配给他的床下、把书整齐摆放好的时候，心里已经开始盼着能尽快离开这个地方了。宿舍里散发着臭味。即使开着窗，房顶上还是弥漫着从烟草里飘出的灰色烟雾，祷告洗浴后匆忙套上的脏袜子的恶臭，混合着浓重的汗味和带着大蒜味的口臭。他知道跟几个男人同挤一间宿舍是什么样子，但是他习惯的是跟高官和富商子弟同住一室，那些人跟他一样，是在他家那样的豪宅里长大的。他们也吸烟，但是没有口臭和脚臭。他们穿干净的内衣。不是第一次，卡迈尔诅咒自己被困在伊斯坦布尔那座精致豪宅里不见天日的那些岁月。他回想起自己在军队里的日子。一开始，跟此刻一样，他被一种奇怪的悔恨感占据。但当他们被发配到东部，被一个冰冷、柔软的白色大氅覆盖之后，一切其他不适都消失了。关于那场战争，他唯一记得的就是寒冷。抵住寒冷，战胜寒冷，不向寒冷屈服，别被寒冷俘获！这间又长又窄的屋子，这个令人难以容忍的烟气腾腾、拥挤不堪、空气污浊的房间，竟然使他觉得那记忆中的严寒都比眼前的一切还好过一些。

一小时后，卡迈尔惊异地发现他对宿舍的恶臭已经习以为常了。人是多么了不起的生物啊，他心想。一旦意识到自己别无选择，就能很快适应任何环境，不管有多么恶劣。

除此之外，卡迈尔也对自己这么快就开始想家而感到意外。如果有机会，他会毫不犹豫地跑回那所房子，尽管住在里面的时候，他天天像等待出狱的囚徒一样倒计时，盼着出来，哪怕有梅佩尔陪在身边。他渴望回到阁楼上那个空气通畅、总被打理得窗明几净的小房间里。跟这些粗俗的男人共处一室，他觉得筋疲力尽、头疼万分。他之前居然那么盼望来到这里！

过来的一路上还算是顺利。

马车被市警拦住几次，但每次，坐他对面的那位留着八字胡的男子和赶车人一起下去回答几个问题，就被放行了。他讨厌自己穿个女式袍子坐在那里，无计可施、对人毫无帮助的样子。他问护送他的人为什么必须如此，为什么他就不能化装成别的，比如神职人员之类的。他藏身在阿兹拉家里那次，让他穿女装他并没有介意。但这回，让他从头到脚穿着女式服装被介绍给农场上的那些男人，他感觉难堪至极。

"你没听说他们是怎么侮辱咱们的妇女的吗，还有之后发生的纷争？"车上的同伴问他。

"没听说。"

"是啊，你是听说不了，报纸都被禁了。坏人自然是不会把自己干的坏事写出来的，对吧？事情是这样的，上星期，三名法国军官喝多了，在居尔哈内公园调戏了几名妇女。"

"然后呢？"

"然后，这三个人都被刺伤了，其中一个还伤得不轻，我不知道他后来是不是翘辫子了。"

"那些军人完全失控了，你是说。"

"确实是。他们的长官不想惹来更多麻烦，警告他们不要再那么做。所以我们才想让你装扮成女人。刺伤军官的事就发生在上周，他们都记忆犹新，所以我们想，如果你穿了女式罩袍，没人敢凑近。"

卡迈尔对这个解释很满意，裹紧了罩袍。不过到了农场的内院后，他先脱下了罩袍，才从车上下来。他穿过大树成荫的院落，进了一个黄色石头结构的大房子的前门，从房子的后门穿出去，进了又一个庭院，再穿过一个花园，最后到了他将住下来的楼里。

这间宿舍住了十七个男人。这些穿着及膝马裤、胡子拉碴的糙汉子，跟卡迈尔在抵抗组织里的其他朋友毫无共同之处。他们就是会被萨拉丽夫人斥为"闹事之徒"的那种人。当卡迈尔把他的药瓶子一一从箱子里掏出来、码放整齐的时候，马上遭到了同屋们的耻笑。

"哥们儿，每个月都疼是吧。"一位同屋咧嘴笑道。

"我在萨勒卡默什战场得了肾病，肺也感染了，必须每天吃药，朋友们。如果我不维持健康，对你们来说将毫无用处。"他解释道。

"你去萨勒卡默什前线打过仗？"德拉马里问。

"不幸的是，我们大多数人都没等上战场就被冻死了。"

"那你是怎么活着回来的呢？"

"显然，安拉还没打算跟我算总账。我被俘了，之后被送回了家。"

"你看上去太年轻了，真没想到。"

"外表可能是假象。"卡迈尔说。

事实的确如此：眼前这些粗汉和流氓就完全不是他们外表表现出来的样子，他们正在成为民族英雄。他们大多是搬运工和车夫，但他们个个都时刻准备着为抵抗运动献出自己的生命。他们以各种方式与侵略者对抗，或偷运武器，或对少数行为出格的市警做出惩戒。驾单桨船的黑海渔民冒着危险，把战争伊始时布在博斯普鲁斯海峡里的水雷一个一个捞出来，交给了军事部门。现在，在加拉塔，搬运工和运煤工人用自己健壮的臂膀担负起向安纳托利亚的抵抗部队秘密运送武器弹药的工作。卡迈尔意识到，侵略者入侵伊斯坦布尔遇到的阻力，主要就是这些人造成的。他心里对这些粗鲁的室友感到亲近起来。马赫尔不是还告诉他，地下抵抗运动依靠的力量不仅是搬运工、车夫，还包括一些小偷和骗子？那些小偷小摸的手段被用到了正义的事情上，用来偷武器并送到民族主义者手中。他怎么可以去鄙视他们？不过，他还是感到有点惊恐，希望他的室友里没有贼，并当场决定，对他们各位的职业闭口不问。

尽管卡迈尔小心翼翼不去问任何私人问题，他的同屋却没有这样的顾虑。他在农场居住期间，听到了很多关于那些人的丰富多彩的生活和不怎么光彩的背景的介绍，也对这个组织有了很多了解。他是通过马赫尔的单线联系被招募到抵抗组织中的，只知道他们建立了一个往安纳托利亚运送人员、枪支和物资的地下运输线，而负责这条对解放事业如此重要的生命线的人物，是一位大户人家的男仆。在这里，卡迈尔引以为傲的高等教育，还有他那令外祖母颇为骄傲的儒雅风度，都毫无意义。他的队友们反复讲述的那些故事时时令他感到惊异、新鲜。

在农场的日子里，卡迈尔才开始了解到，生活既不是一直美好真实，也不是一味地残酷无常。他现在在国家最危难的时刻能够报效祖国，其实还是统一进步委员会的功劳，就是那个一开始让他热情澎湃、之后又让他失望厌恶的党派。正是统一进步委员会建立的特别部队[1]，培训出了一代秘密间谍。将奥斯曼帝国卷入战争之后，统一进步委员会便

---

1. 是 1913 年 11 月 17 日由恩威尔帕夏建立的"特别组织"，旨在有组织地集中搜集情报。

下了台，它的领导人都被迫逃往国外，下面的成员不是被捕就是被流放，特别部队也被解散。但是，少数秘密返回的成员继续着搜集情报的工作，并建立了一个新的组织，以他们的经验协助国民独立军。卡迈尔现在就是这个新建组织的一分子。伊斯坦布尔的所有城区都在招募各色人等加入进来，各区的成员争先恐后、表现英勇。一些外号为"流氓"、"大叔"、"老大"和"霸王"之类的地痞都随时准备着展现自己的爱国之心。地下组织里有船夫、渔夫、搬运工、面包师、司机、手艺人、苦力、店员、政府工作人员，还有知识分子。那些抵抗运动中的无名英雄们，通过不懈的努力，一砖一石地铺下通往胜利的道路。卡迈尔知道，倘若没有这些人将穿着便服的士兵和从伊斯坦布尔军需库偷来的武器运送到安纳托利亚最遥远的角落，独立战争的胜利只会是一场白日梦。

很多个夜晚，筋疲力尽的卡迈尔爬上床铺后，都会默念祈祷词，感念着统一进步委员会，那个此时被称为"卡拉科尔"、后来又有了很多不同名称和代号的组织。

卡迈尔没有机会参加袭击占领军的街面行动和其他工作。他主要负责为将要奔赴安纳托利亚的志愿者们伪造身份证和退役证：必须有联军护照局的明确许可，伊斯坦布尔市民才能通行，包括在城区内，比如从伊斯坦布尔的阿纳多卢费内里到彭迪克之间，都需要通行证。卡迈尔每天不停手地撰写公文、盖章，累得两手抽筋，连手指头都是麻的。他忙着制作那些大商人、零售商人、医生和律师的假证书、资料和文件的时候，心里数着日子，盼着哪一天分配给他更危险的任务。

一天晚上，他跟同屋抱怨自己只有那些案头工作可做的时候，德拉马里说了他一通。

"你们听听，他还在抱怨，"德拉马里说，"还以为咱们也能做他干的那活儿呢。每个人都有适合自己做的事情。五根手指头还有长有短呢，但它们互相配合，都有各自的任务。我们当中有谁能写得一手秀气的好字？你！谁能伪造这些文件？还是只有你！他们要是让我去干那个，我干得了？想都别想！我的手唯一能干的是扣动扳机。所以就别再抱怨了，继续干下去，先生！"

卡迈尔一言不发地上了自己的床铺，伸开腿躺了下来。过了一会儿，德拉马里站在他的眼前。"我惹你不高兴了吧？"他问。

"没有，我没不高兴。你说的是对的，德拉马里。"

"嗯，你也是对的，卡迈尔先生。被困在这里，感到厌烦，可以理解。我跟你说，我们计划去干掉比尼特那家伙，就最近。你要想加入可以一起来。"

"你说的是警察局长 J. G. 本内特吧，英国占领军的军事情报头目？"

"就是他。"

"德拉马里，你们这是在找麻烦，如果被他们抓住了，你们肯定会被处死的。"

"我们不会被抓住的。"

"你们就是杀了他，他们还会把别人派到那个位置上来。但是如果你们出事了，谁来偷袭军火库？别去了，不值得冒那个险。"

"你是害怕了吧？"

"完全不是。我只是觉得没必要去惹那一身腥。"

"我们觉得有必要。"

"佩赫利万[1]知道这件事吗？"

---

1. 埃特海姆·佩赫利万（Ethem Pehlivan），是乌斯库达尔的车夫协会的首领。

"看来你是光顾着在大豪宅里过好日子了，都没听说那个比尼特专门迫害民族主义者吧?"

"住在大宅里又怎么了，德拉马里? 伊斯坦布尔的每个角落都遭遇了物资短缺，我们和大家一样在受苦。"

"别管我刚才说的这些，我就问你一句：你到底要不要跟我们一起干掉这个家伙?"

卡迈尔后悔自己刚才多话了。如果他还是拒绝参加这次行动，他在这里的名声就彻底完蛋了。

"好吧，我跟你们去。"

"你会讲那家伙的语言吧?"

"是，我会些英语。"

"好，那你可以告诉那家伙咱们为什么要弄死他，"住在卡迈尔上铺的卖酥皮馅饼的哈桑插言道，他倒垂着的脸在卡迈尔耳边猛烈地晃动着，"我们杀比尼特是要清算他对我们的朋友犯下的罪行。"

"是本内特。"

"抱歉，只是我一听到他的名字就想到一大群恶狗[1]。你可能不知道，他连整个托菲恩区最恶心的癞子狗都不如。就这么告诉他，你能不能翻译给他听?"

"我尽力。"卡迈尔有点迟疑地说。想到要去参与杀人，他觉得有点反胃。他伸手从枕头底下掏出梅佩尔给他的薰衣草味道的手帕，使劲闻了闻。他们在一起的最后一个晚上，这手帕上沾满了梅佩尔的泪水。闻过后，他轻轻把它放回到枕头底下。

他那亲爱的人此刻在做什么呢? 是在梳理她长长的秀发，还是在安

---

1. 这里，卖酥皮馅饼的哈桑在玩同音词文字游戏：本内特（Bennet）的发音与土耳其语中的"比尼特（Bin-it）"（意为"一千只狗"）发音接近。

静地熟睡？她梦到他了吗？她想念他吗？她跟萨拉丽夫人相处得怎样？她告诉家里其他人她已经怀了他的孩子了吗？

卡迈尔还没来得及跟那些人一起去教训本内特，就被招去执行别的任务了，这还是第一次让他离开农场。炖豆子的大锅刚被刮得干干净净，用过的盘子刚被收走，他们就让卡迈尔马上动身，去埃于普苏丹寺。"不能等我洗浴一下再去吗？"卡迈尔问。

"到那儿再说。快点。"

卡迈尔把手里的毛巾叠了起来，放到床上，把卷起的袖子放了下来，拿起外衣和非斯帽，跟着法伊克·莫拉走出了宿舍。

法国军队下属的阿尔及利亚士兵驻扎在埃于普附近的拉米兵营，那天他们将被带到埃于普苏丹寺去参加下午场的祷告仪式。为了让阿尔及利亚士兵能听懂布道词，他们通常会安排一名军官在现场帮他们翻译成法文。平日负责这项工作的那位翻译官这天突然病了，任务就落到了卡迈尔头上。他之前就被告知自己有可能会被招去做替补译员。

祷告过后，卡迈尔蹲在布道的神职人员旁边，看着那些黑皮肤的年轻人。从他们的黑眼睛中，他读到了恐惧和无助。一个比他们富有、教育程度更高、更有知识的民族派兵到他们的国家，攫取他们的土地，抓他们为壮丁，还要占有他们的灵魂。卡迈尔深知，他对面那些穿着不合身的法国军服、跪在伊斯坦布尔一个清真寺的地毯上听布道的阿尔及利亚青年，一定在心里诅咒命运，不明白为什么他们会漂洋过海被发配到这个信伊斯兰教的异国来。

❖

　　一开始，卡迈尔如实地翻译着那些教导台下的听众不要对他们的穆斯林兄弟开火的布道词。但是他的情绪和思想脱了缰，翻译完布道者的话之后，他自己又接着发挥了很多：

　　他的阿尔及利亚教友们对他们的奥斯曼兄弟并无敌意，他们只是被发配到遥远的异国来为法国人的利益去抛头颅、洒热血，但是结果会如何？只会让法国人变得更加富有。可他们这些阿尔及利亚青年呢？他们的家人、兄弟、父母呢？他们参与侵略这个城市、这个国家，会给他们阿尔及利亚家乡的父老带来更好的生活吗？当然不会！阿尔及利亚的穆斯林还会继续在法国基督徒的铁蹄下挣扎。要这样多久？直到他们忘记自己的身份，自己的语言，自己的宗教。他们的法国主人也许会喂饱他们的肚子，但是肤色和信仰使得他们永远会是二等公民，即使是在自己的祖国。

　　刚开始，布道者在一旁等着卡迈尔说完，结果卡迈尔一直不停嘴，他就抓住他的胳膊，示意他住口。卡迈尔不理睬他，他就严厉地喝止道：

　　"你在跟他们说什么？不要再说了，你会给我惹麻烦的。"

　　卡迈尔别无选择，只好结束了他的即兴演说。他的阿尔及利亚观众为他热烈鼓掌，有的在擦眼角，有的任眼泪流下脸颊。

　　"你都跟他们说了些什么？"布道者问卡迈尔。

　　"我说了真相。关于他们的真相，"卡迈尔答道，"您放心，如果接到向我们开火的命令，他们绝对不会扣动扳机就是了。"

　　"你应该只重复我说的话，不应说别的。"

"别担心，"卡迈尔说，"我跟他们说的一切都是发自内心的，是我内心的话，也是您的。这里的每一个人都被同样的人奴役，包括他们，也包括我们。"

卡迈尔那天晚上回到宿舍后，很吃惊地得知，他在埃于普苏丹寺讲话的消息已经先他一步传到了同伴那里。同屋们把他围了起来，热切地请他讲讲更多的细节。他刚刚坐到床上，打算激情洋溢地复述一番，佩赫利万就冲进了房间。

"嘿，无所不知的卡迈尔先生！我们派你去那里，是去布道还是做翻译？"

"我开始是在翻译，但是后来我……"

"住口！别跟我还嘴！从现在起，让你干什么你就干什么，不许再有任何自作主张的情况发生，明白吗？"佩赫利万伸出一根粗大的手指，狠狠戳了戳卡迈尔的额头。卡迈尔从床上跳了起来，脸色煞白。

"住手，佩赫利万，你太过分了。"

"不，是你太过分了。这里我说了算，这个小队由我负责。"

"这又不是部队。"

"这是民兵组织。你要是不乐意，可以回你的豪宅去。找个人替你还不容易。"

"我想走的话自己会走的，去哪儿、什么时候走，我自己说了算。不过我可以问一声吗，凭什么这样对待我？"

"你大概是自以为得计，是不是？那你可错了。你做到的只是惹人注意。你是露脸了，那天在场的人现在都在咖啡馆议论你的胡言乱语呢。你最好赶紧祈祷，那些议论别让侵略者听到。如果只给你个人带来麻烦，我根本不在乎。但是你会把我们大家都搭进去的。我们不是来这里炫耀的，也不是来这里博取喝彩的。我们得低头做人，尽量不去引人注意。这个工作与公开上场跟人摔跤较量完全是两回事。你明白吗？"

"对不起，"卡迈尔说，"我错了，我没有想到。"

"那就别瞎晃悠了，快上床去。"

卡迈尔在床上枕着胳膊躺了下来，想到自己首次被派出农场执行任务就搞砸了，心里很不是滋味。他们可能永远也不会再给他分派别的任务了，他可能一辈子都得在伪造文件中度过了。

第二天，卡迈尔意识到自己又想错了。早晨穿衣服的时候，佩赫利万进了宿舍，说："中午之前把你手头的活儿做完，下午在咖啡馆有任务给你。"

"咖啡馆？"

"不会总让你去寺庙里的。这回，派你去一些我们选中的咖啡馆，都是哈里发部队里的士兵常去的据点。你跟几个朋友一起去，租个水烟，然后找人聊天。如果看到士兵，就更要跟他们多聊聊。你得去跟他们玩牌，或者下双陆棋，等跟他们混熟了，你再不经意地对你的新哥们儿说，他们这些当兵的其实不是在为苏丹而战，而是屈服于英国人的压力。你就跟他们很自然地提起，就像是在跟他们交心。我不想让你去说服任何人或跟任何人发生争吵……就只是几个哥们儿，在咖啡馆里聊聊国事。"

"你觉得他们会信我们的话吗？"

"那就是你的任务了，让他们相信你。所以我们才找了你，你出身上层，而且还很善于辞令。你叔叔是财政部长，不是吗？"

"是我舅舅。"

"好。你就说是你舅舅说的。你的两个同伴，一个是在政府部门工作，另一个是皇宫的。你们这样的人不知道内情，谁还会知道？就坐那儿聊吧。说些抱怨的话，说国家被侵略你多么沮丧，可又无法改变什么。说你多么希望你的穆斯林同胞停止为英国人服务，改变立场，去安纳托利亚跟希腊人作战。你要说的都是实话。巴勒克埃西尔、布尔萨、伊兹米特都已沦陷，现在希腊人又来入侵泰基尔达。这都是实情，不是吗？尽人皆知。一旦他们拿下了伊兹密尔，就会奔伊斯坦布尔来了，不是吗？谁都知道希腊人多想夺下伊斯坦布尔。依照这个速度，他们很快就会得手了。我们是坐以待毙，还是赶早行动起来，不让他们得逞？如果那些奥斯曼士兵不再听命于英国，而是拿着武器直奔安纳托利亚去与自己的穆斯林兄弟并肩作战，该是多么好的局面啊！这就是你需要传播出去的信息，卡迈尔先生！你们几个交谈，让听到的人受到启发就行。不过你可不能像昨天那样，必须保持冷静平和才行。这就是我对你的期望。"

"然后呢？"

"什么然后？"

"好，我就照你说的去做，但是然后怎么办？如果我们没能哄骗成功呢？"

"你们不是去哄骗任何人。你们只是去播下疑惑的种子。你们聊完该聊的话，喝完咖啡，就去别的咖啡馆做同样的事情。你们离开后，我们会派其他人过去，重复你们说的话。我们就这么坚持做下去，直到把那些士兵争取到了我们的一方。"

"要是不成功呢？"

"要永远去看光明的一面！我们要是成功了呢？"

他这么说了，卡迈尔只能点头表示同意。

"下午去那儿的时候，要穿得像个有身份的人。你来的时候在罩袍里穿的那套衣服我让人给你熨好了，非斯帽也备好了，"佩赫利万说，

"昨天你用你的言辞惹出了一场风暴，咱们看看今天的效果如何吧，卡迈尔先生。"

那天晚上，卡迈尔连续抽了四个不同的咖啡馆的水烟后，头晕晕地回到了宿舍。他的同屋都还没睡，有的跪在自己的小地毯上，有的站在屋角，都在做祷告。一开始，他还以为他们是在等他，就开始跟他们讲自己这天的经历，结果坎迪拉里示意他不要说话。

"我们一会儿再听你说，先生。现在，先跟大伙儿一起祈祷吧。"

"怎么了？"卡迈尔问，"出什么事了吗？"

"可不是，哪里消停过！"坎迪拉里说，"德拉马里、坎巴兹他们几个去教训那个比尼特狗了，到现在还没回来。我们在祈祷他们平安归来。"

"可他们不是要带我一起去的吗？"

"怎么带！比尼特可不去那些小咖啡馆！人家只去高级场所，跟你这样的公子哥儿勾肩搭背一起混。你去了那种地方，马上就会被他们认出来。"

"坎迪拉里，你怎么知道我平时都去哪儿，认识什么人？"

"看你那张脸就知道了。一看你就是那种在佩拉区找乐子的人。"

卡迈尔没再去跟坎迪拉里分辩，去告诉他自己已经很长时间连门都没出过了。他感觉很累，脱了衣服，爬上床去。本以为自己脑袋一沾枕头就会睡着，结果由于担心而无法入睡。他也开始为德拉马里他们祈祷。

他们回来时，天已经亮了。为了摆脱跟在后面的追捕者，他们不得不朝与住处相反的方向跑了一阵子，穿过卡吉坦区，在伊斯坦布尔上上下下穿行了一段时间，才敢回到总部来。他们很失望：他们没有成功地干掉他，只是打伤了他。他们自我安慰说，比尼特受了伤，多少也算是给他们的民族主义朋友报了仇。

"你们答应带我一起去的。至少给我讲讲整个过程吧。"卡迈尔说。

"我们派人跟踪比尼特这家伙有近两个月了，"德拉马里说，"他很会享乐，也很喜欢女人，每天晚上都出来鬼混。每次他一进歌厅，我们都会派人坐在他旁边的桌上，监视他的一举一动，监听他说的每一句话。他经常去布郁克迭热的酒馆喝酒。他特别喜欢茴香酒，每次都叫一大瓶冰镇的，配上小菜，两腿上各坐着一个希腊美人，经常就那么一喝喝一夜。跟女人们胡闹过之后，他钻进自己的车，去克罗克酒店过夜。但你以为他会这样回屋睡下吗？不是！如果有土耳其人被抓来，他会直奔酒店地窖，用马鞭拷打他们，然后才回去睡。啊，要是克罗克的地牢会说话，它会告诉我们他们是怎样折磨我们的同胞的……"

"别说那些了。快告诉我最后怎么了！"

"咱们组织的领导们开会决定处死比尼特。佩赫利万也批准了。"

卡迈尔朝盘腿坐在床上的佩赫利万扫了一眼，不失时机地反击他头天晚上的说法："这么说，佩赫利万，你也觉得不应该总保持低调，是吧？"

"我的人都是爱国主义者，我也不是总能控制得了他们的行为，卡迈尔先生，"佩赫利万说，"有时他们会去做自己必须做的事。"

大家都想听故事的下文，所以卡迈尔就没再说什么。

德拉马里就接着讲了下去。

"他晚上到博斯普鲁斯海峡上玩乐之后，像往常一样回到车上，打开了大灯。我们就知道他要往山上开了。那个点儿从来没有别人在那一带开车。我们在那里的树丛中埋伏了十五个人，山上也设了岗，计划拦住他的车，然后让藏在路边树后的疯狂哈姆扎向他扫射。我们都趴下来，什么也看不见。昨晚天特别黑，没有月亮，只有拳头大的星星在远处漆黑的夜空中闪烁着。我们都屏住呼吸，气都不敢喘。然后，我们看到他的车灯从远处朝我们扫来，在拐弯的地方快速开了过来。之前我们在那里锯断了一棵树，用绳子拉着，打算在他的车经过的时候放下绳子，让那棵树砸到车上。我们只有一微秒的时间能让它准确到位。一微秒！要是我们动作慢了，他的武装警卫就会把我们全部扫灭。当他的车接近的时候，我们的人吹起了口哨，那棵树应声倒下……我现在还听得到那巨大的咔嗒声。可是树倒在了车的前面，而不是车身上。我们全体开始开枪，他的警卫也开枪向我们还击。胡萨姆中士就在我旁边，他使尽全身力气朝汽车投去了一颗炸弹。我听到一个异教徒在尖叫，还有一个在哭喊。疯狂哈姆扎发誓说他看到比尼特倒在血泊中了。不过我不明白那么黑的天他是怎么看见的！"

"天啊！"

"然后就是一场大乱。鸡飞狗跳，警卫吹响口哨，各种叫骂声不绝……我们以最快的速度头也不回地跑下山去。"

"如果本内特死了，我们应该能在报纸上看到。"卡迈尔说。

"如果他们不封锁消息的话。"

"就算他们封锁消息，我们也会听到风声的，别担心。"

"我倒希望他还活着。"佩赫利万说。

"什么？为什么？你是说我们白白费了那么大劲？"

"我希望他活着，我希望他知道，那是他给我们的同胞施加酷刑而受到的惩罚。那样活着比死还难过。"

"你说得对。如果他真的没死，他终生都得生活在惊恐之中。"

那天，直到晨礼之后很久，他们才入睡。大家一觉睡到天黑。

13

在家里

有一段时间了，艾哈迈德·雷萨特一下班就从部里直接回家。他跟内阁中的大部分同僚都走得不太近，而且也厌烦了大家没完没了、毫无意义的抱怨。他对苏丹陛下的感情大幅降温的情况，当然不能跟任何人分享。无论如何，艾哈迈德·雷萨特要想了解更多对民族主义运动有帮助的信息，保持沉默和警醒是最明智的做法。他对自己的处境感到痛苦，甚至有些羞愧，有时觉得自己的行为像是个虚伪的背叛者。然而他所期盼的是国家的和平与独立。在街上碰到占领军让他觉得越发难以容忍。政府工作中他也经常要面对那些外国人，他每每都要强忍住自己对他们的鄙视和反感。

白天的日子往好了说也是沉闷的，而晚上回到家里也好不到哪儿去：他感觉自己像一只公鸡，被关在挤满了母鸡的鸡笼里。他的好友都不住在附近，伊斯坦布尔当时的情况也不方便到远处去看朋友。家里的谈话都是关于婴儿的。在休息日，他每次企图到起居室去坐一下，都会发现萨拉丽夫人和贝海丝正盘坐在沙发上讨论给孩子起名的事。

"雷萨特先生，我们自然要让孩子叫拉伊夫，随你父亲的名字，但我们还需要第二个名字，只叫拉伊夫是不够的。现在很流行给孩子起个更现代的名字。费鲁赞就挺好听的。或者凯南，或者布兰特也行。"

"这对你自己的父亲太不公平了，孩子，"萨拉丽夫人就会这样插言，"我认为这个男婴应该叫伊布拉海姆·拉伊夫，这样，两家人的面子都照顾到了。"贝海丝口口声声表示反对，然后她们就没完没了地就此讨论下去。那天，雷萨特逃离房间之前，忍不住来了一句："这就像孩子还没生，你们就在测量尿布的尺寸。怎么就知道不会又是个女孩呢。"

"不不，这次肯定是男孩。我梦到了。"

"但愿心想事成吧。"他说着，朝昏暗寂静的男人屋走去。在那里，他或者坐下来给他的好朋友、此时远在法国的内务部长艾哈迈德·雷西特写信，详述最近的时局，或者看看书，一边等待卡迈尔的消息。

农场那边已经很久没有来信儿了。他自我安慰地想，如果卡迈尔出了什么事，肯定会马上有人告诉他们。外甥离家三天后，就有人来到他家，告诉他们他已经安全抵达，如果一段时间没有消息，他们也不用紧张。艾哈迈德·雷萨特尽量使自己保持平静，但想到从农场往返一趟本身就够危险的，还是禁不住担心起来。这天像往常一样不太顺利，他在桌前绞尽脑汁地理着账目，胡斯努拿着个信封进来了。

"这是邮差送来的吗？"艾哈迈德·雷萨特接过信封问。

"是一位女士送来的，老爷。"

"谁？"

"我看不出来，她穿着罩袍呢。"

"你没问一声是谁让送的信？"

"院门口有人按铃，我就去开门，一位女士在那里，递给我这个信封。我问她是谁让送来的，她就指了指信封，我想应该是给您的吧。"

"好吧，胡斯努，"雷萨特说，"你可以走了。"

"老爷，她还在呢，那个女人还在院门口等着。"

"等什么？"

"我估计是等回信？"

艾哈迈德·雷萨特看到信封上是卡迈尔的字迹，他猜到门口那个女人其实应该是个男的。不管他多么努力去掩饰，有些事还是瞒不过胡斯努的。"让她到院子里来吧，"他无可奈何地说，"安排她在亭子里坐一下，给她拿点喝的。我马上看信，尽快写回信。应该几分钟就好。"

"要是萨拉丽夫人或者贝海丝夫人问起来……"

"可别让夫人们知道！要是有人问，就说是你家亲戚，来看你的。"

胡斯努离开房间后，雷萨特打开了信封，把信拿到台灯下，开始读了起来。卡迈尔用他俩之间的暗语告诉舅舅，他自己身体健康，并请他代为问候家人，然后他说到了重点：民族主义者找到了一些武器军备，但是资金上有困难。卡迈尔提出他们需要的"糖"的数量，还用同类暗号写出了付款信息。下面的一个段落让雷萨特出了一身冷汗：他们需要把那些军火用一艘意大利船运送到安纳托利亚。要在伊斯坦布尔秘密装船，必须与港务部长潘迪克杨取得联系，大家都知道他是个可靠的人，对土耳其人很友善，雷萨特无需顾虑，可以马上跟他接触。

艾哈迈德·雷萨特将密信反复读了三遍，以确保自己理解无误。他记了笔记后，把信叠了起来，塞到衣兜里，就朝院子里的厨房走去。有萨拉丽夫人这样的人在家里，只把信撕成碎片是远远不够的。胡斯努正在擦室外厨房的地砖，看到雷萨特先生后，他急忙迎了过去。

"她走了吗？"雷萨特问。

"我请她去我房间坐了，这样别人看不见她。她在那里等着呢。"

"做得好。"雷萨特说着，一边走进厨房。

"还有别的事吗，老爷？"

"炉子生火了吗？"

"我刚生了火，准备做午饭，但火还不旺。老爷需要来杯咖啡吗？家里还有些鹰嘴豆咖啡，我让他们在里屋给您煮一杯。"

"我不需要咖啡，胡斯努。帮我把炉子打开，好吗？"

胡斯努马上跑过来，把炉子盖打开了。雷萨特先生俯身凑过去，立刻感到热浪扑面。他从口袋里掏出那封信，把它撕碎，扔到了炉子里，之后盖上了盖子。他站起身时，发现萨拉丽夫人正在门口盯着他看。

"你在这里干什么呢，亲爱的？"

"我突然想喝杯咖啡。"

"雷萨特先生，我的孩子，你以为咱家为什么房子里面也设了厨房？在这外头你可找不到咖啡壶。难道你不知道这个炉子只是为了做烧烤和味道重的食物用的吗？我看自打卡迈尔走了以后，你一直有些神不守舍。"

"您说得对，姑姑，"雷萨特说，"我近来确实是心不在焉。"他躲开胡斯努的目光，直奔男人屋而去。

雷萨特完全能理解卡迈尔为什么会需要资金购置武器。就在一周前，英国人意识到自己无力防止伊斯坦布尔的军火库被偷袭，就把剩下的武器弹药全部倒进了王子岛附近的马尔马拉海里。由此，从伊斯坦布尔的秘密武器供给断了源头，抵抗组织不得不另寻渠道，也就是得从法国人或意大利人手里花钱去买武器。

与潘迪克杨取得联系要比筹集资金难得多。作为财政部长，他不能就那么随意地走进港务部长的办公室去，也不能招潘迪克杨先生来他办公室见面。那都会惹来不必要的关注。请他来家里更是不好办！他得先给潘迪克杨先生捎信过去，但是怎么操作？现在，他得赶紧把回信写了，先把等在胡斯努房间的那位戴面纱的送信人打发走。

他从抽屉里抽出一张纸，打开墨水盒，拿钢笔蘸了蘸墨水，开始构思怎么写回信。卡迈尔在信里没有称他为"舅舅"，而是"尊敬的先生"。他这封回信也得像是写给一位老朋友的。他先说了家人都好之类的话，之后用暗语给他通报了最新局势。政府得到消息，卡兹姆·卡拉贝克尔帕夏已经准备好从亚美尼亚人手中夺回萨勒卡默什和卡尔斯省，这是好消息。同时也有坏消息：希腊占领军逐步入侵，已打到了布尔萨。雷萨特收了尾，写了落款，把信交给胡斯努，让他转交给信使，然后他上楼回屋去换衣服。他想自己应该尽快与公开支持民族主义者的海务部长取得联系。他也应该去试探一下其他几位可能与他们有共同想法的部长们，他们可以一起想办法为往安纳托利亚运送武器提供资助。

红新月会的大部分基金都通过某种方式到达了安纳托利亚前线。他们还卖掉了自己的一些财产，把收入用来资助民族主义军队。也许他可以把将转给安纳托利亚的款项做成是拨给红新月会的专款？达马特·费里特还在法国，在大维齐尔远在它国期间，他可以有更多的财务运作空间。

最后，他还是得想办法与潘迪克杨先生见面。雷萨特先生深深地叹了口气，在这么急需支援的时候，为什么偏偏与他最亲近的同事和好朋友都在海外，他比任何时候都希望他们都在身边。

他一边穿衣服，一边思考如何能不惹人注意地与潘迪克杨见上一面。他忽然想起来，他跟法国人打牌下棋时，潘迪克杨也在场。那就对了：他将派胡斯努给港务部长送个请帖去，邀请他参加一场桥牌聚会。但这场聚会安排在哪里好呢？他想到老朋友卡普里尼伯爵家，但又觉得不妥。友情归友情，但他们毕竟是在敌对的两方，他怎么能完全信任一个意大利人呢？最后，他想到了一个地方：他们可以在瑟凯奇的沙欣帕夏酒店租一个房间，很多有钱的土豪喜欢去那里，他们在那些人当中不会引人注目。

下午的晡礼刚过，雷萨特和潘迪克杨在沙欣帕夏酒店一层的一个房间里见面了。雷萨特事先订好了房间，差人把房间号告诉了潘迪克杨。他还让人送来了一大壶茶和两个郁金香形状的杯子。

港务部长进来后，看到桥牌聚会的房间里只有一个人在等他，惊讶得不知所措。

"请原谅，潘迪克杨先生，"雷萨特说，"我不得不小心行事。我不是请你来打牌的，而是有别的事要谈。"

"我应该想到的，先生，"潘迪克杨说，"不过因为咱们以前一起打过牌，我还以为……"

两个男人互相认真审视了一番。"我需要你的帮助。"雷萨特单刀直入地说。

"我能尽到什么微薄之力，将不胜荣幸，雷萨特先生。"

雷萨特给两人倒了茶，示意潘迪克杨坐到椅子上，自己则坐在了床边上。

"潘迪克杨先生，我留意到你是一位奥斯曼帝国的忠实子民。你对安纳托利亚的独立斗争贡献了很多。是你告知了相关部门，英国控制的那些秘密仓库装了多少军火，还有它们将被运往哪个港口。"

"真主保佑，不要多说了，先生。我一直不过问政治的。我只是个人民公仆，我做的只是提供手续上的方便。"

雷萨特意识到自己一定是把请来的客人给吓坏了。他必须马上做些什么，以赢回他的信任。

"跟我关系很近的一些人已投身抵抗运动，是他们把你的名字告诉我的。正好我们之前也认识……同桌打过桥牌。"艾哈迈德·雷萨特压低了声音，提了几个卡拉科尔组织里的人名。

潘迪克杨放下心来，问道："您需要我做些什么？"

"我们将安排几个人乘下一班从这个港口出发的意大利船只。他们要带上船的东西非常沉重，我们需要你协助他们把东西装上船。"

"下周之内都没有意大利船只离港。"

"时间紧迫。如果我们多付些费用呢，也许可以？"

"不是钱的问题。现在这个阶段我建议你们不要依靠意大利船只。英国人偷袭了一艘意大利船，意大利人处境不妙，他们的船只都在被严密监视中。"

"哦天啊！可这次运输十分紧急。你知道，希腊人正在挺进……"

"我可以推荐另一艘船，我认识船长。"

"是什么船？会有什么难处吗？"

"阿勒山号。"

"我们可以完全信任他们吗？"

"可以，否则我不会推荐他们。但你们得同意他们要的费用。"

"什么时候能给我提供更多的信息？"

"本周之内……"

"那来不及。明天完全没有可能吗？"

"你们明天能提供货物的数量和重量吗？"

这可麻烦了，雷萨特心想。由于卡迈尔的关系，他在这些事上陷得越来越深。更糟糕的是，他把别人也拉入了险境。这段时间他已经开始让胡斯努给他当信使了，现在这可怜的人又要被派到农场，去带回潘迪克杨需要了解的信息，并就换船运送武器的事情征得他们的同意。所幸的是，农场种菜、养鸡，如果遇上什么麻烦，胡斯努尽可以说他是去买菜苗和家禽的。

"我尽快去了解一下，之后会让给你送打牌邀请的那个人去给你送信儿。至于付款的事情，你尽管放心，请相信我。"

"我不相信您，还能相信谁呢，先生?"潘迪克杨说，"您对我这么信任，我也深感荣幸。"

"谢谢你，我的朋友。"

"先生，我们都在同一条船上。如果它沉了，我们都会跟着它一起下沉。我会尽我所能让它继续浮在水面。看得出来，您也是一样。"

"让我再说一遍，谢谢你，真主保佑你。"艾哈迈德·雷萨特说。他伸出手去跟潘迪克杨握手，心情激动不已。是的，就有像他这样的人。当一些亚美尼亚人穿上法国军服，与他们几百年的近邻作对的时候，另一些人则为解放他们共同的祖国而不惜去冒一切风险，令他们的穆斯林邻里都感到羞愧。

14

职责的召唤

有一天一大早，还没吃早饭，卡迈尔就接到让他去一趟主楼的通知，不禁感到有点意外。他迅速洗漱了一下，穿上了一件干净的无领衬衫，还把头发弄湿，梳向两边。来给他送信的人带着他去了主楼。他以为这次也会像他刚到农场报到时那样要去二楼，就抬腿上了楼梯，可他的同行者说："我们不去楼上，先生。请跟我来。"卡迈尔赶紧迈下台阶，跟着那人，快速走到走廊的尽头。他们在大木门上轻轻敲了一下，听到有人说"进来"，带路的人侧身让路，让卡迈尔独自走进屋里去。

卡迈尔进去后，发现这间屋子十分宽敞，被布置成一个临时军事指挥部。屋子的一侧有一个书桌，中央有一张巨大的桌子，上面都是地图。有几个人正俯身看着地图，在认真地讨论着什么。一个穿便服的年轻人向卡迈尔敬了个礼，卡迈尔马上立正，向他点了点头。

"我是总参谋部的塞伊菲上校，刚刚从安卡拉过来的，约见几个人之后我就要动身返回安卡拉了。"

"我是卡迈尔·哈利姆。"

"请坐。"那人说着，自己在桌后面的椅子上坐下，一边示意卡迈尔在对面就坐。

"我听说了关于你的很多事，"他说，"来源非常可靠。下面我就直接进入主题。你是一位萨勒卡默什老兵对吧？"

"对，可以这么说。不过你知道，我们那批去那里的士兵，大多数还没等开枪就冻死了。"

"你自愿上前线为国而战，这就说明你很勇敢。我们需要你这样的人。希腊人正在向色雷斯进发……"

"会让我再拿起武器吗？"

"必要时会的。不过现在对我们来说，搜集情报更加重要。必须在前线和安卡拉之间建立起通讯线路。"

"可是邮政系统控制在联军手中，这对我们太不利了。"卡迈尔说。

"也不完全由他们控制，"坐在对面、头戴黑毡帽的那人说，"我们还有几条秘密的电报线路。英国人要求我们提供所有的电报系统的细节，但我们说根本没有。我们提供的解释是，有几位工作人员全靠记忆记住了所有电报系统，我们一直就是那么运作的。英国人一向看不起我们，对此居然信以为真，就让我们的电报工作人员留出几条线来供联军使用，把其余通向安纳托利亚的线路全部掐断。他们还真以为所有的线路都已经断了。事实上，我们还有几条秘密线路在使用。但是光靠这些还远远不够，我们还需要通讯员。"

卡迈尔很用心地在听他说。

"卡迈尔·哈利姆先生，我们希望能马上启用你，做电报和通讯工作。绝密的报告和作战计划不能通过电报发送。我知道你现在在这里的文件部门工作，很想知道你是否愿意……"

"我愿意，"卡迈尔脱口而出，"你让我做什么都可以。我也随时准备上前线。"

"恐怕你的健康状况不允许。我还想提醒你，如果你在执行任务当中被捕，很有可能会遭到拷打，甚至会牺牲生命。你好好考虑一下。如果你同意做通讯员，我们就为你准备好去安纳托利亚的一切必要文件，卡迈尔·哈利姆先生。"

"我随时可以。什么时候让我动身？"卡迈尔问。

"一到下周，你就出发。"

"长官，我能否给家里捎个信？他们不必知道我去哪里，但是应该告诉他们我要离开伊斯坦布尔了。"

"当然可以。不过恐怕没有时间去跟他们当面告别了。这是艰难时期，我们必须尽一切所能阻止希腊人侵占更多的领土，而且必须马上行动。"

"是。我时刻准备着。"

该说的话都说完了，卡迈尔向屋内的其他人点头致意，之后离开了房间。这是他渴望到来的时刻。之前几个月禁足室内听女人们闲聊就够糟糕的了，现在又得每晚在宿舍里听一屋子男人谈论那些他无法参与的危险行动。但是很快，他就不用再去靠听别人的故事来获得满足了。很快，他就会有自己的故事，可以讲给自己的子孙听的勇敢事迹、英雄行为、无畏冒险……"

但是他的心里还是很不安。在离开前，他将没有机会跟舅舅、姥姥、表妹们告别……当然还有梅佩尔，他无法与她吻别，无法再去呼吸她头发里的紫罗兰香气……先不想了，等他日后回到家里，他会一分钟都不离开她。卡迈尔快步回到宿舍，去给家人写信话别。

15

团
聚

　　胡斯努在凌晨的黑暗中摸索着出了房门，院门口有一辆马车在等着
他。突然，前门附近一棵苹果树后，一个影子直向他扑来。

　　"嘿！你是谁？"他喊道，一边挥舞起手杖。

　　"等等，胡斯努先生……别打我……是我。"

　　"哦，梅佩尔小姐！这个点儿你在这里干什么呢？"

　　"我还要问你同样的问题呢。"

　　"我有事要去办。"

　　"可是胡斯努先生，太阳还没出来呢。要办的是什么事？"

　　"我建议你马上回房子里去，梅佩尔小姐。要是萨拉丽夫人看到你
跟我在这儿，我都不敢想她会有什么反应！"

　　"你是要去见卡迈尔先生，是不是？"

　　"回屋去，梅佩尔小姐。我去哪里跟你没有关系！"

　　"胡斯努先生，你要去见的人是我丈夫啊。"

　　"谁告诉你的？"

　　"那你说，你是去哪儿？"

　　"我不能告诉你，这是机密。我只是按老爷的吩咐行事。"

　　梅佩尔把她手里的《可兰经》递过来，说："那请你对着《可兰经》

发誓，你不是去见卡迈尔。"

"你想要我怎样啊，梅佩尔小姐？你为什么这么做啊？！"

"带上我。"

"那不可能！"

"我没有权利去看自己的丈夫吗？"

"那得先去征求老爷同意。"

梅佩尔确认了胡斯努要去哪里，越发不放手了。

"你要是还有点儿同情心的话，就带我跟你一起去。"

"我不能带你去，梅佩尔小姐。"胡斯努一边努力将胳膊从梅佩尔手里挣脱出来，一边坚决地说。

"胡斯努先生，我丈夫在我们婚后三天就离开了家。他有可能会为国捐躯，我以后可能再也见不到他了。我求你了。"

"我不能啊！"

"我有很重要的事情要告诉他。"

"我替你转达。"

"是很私人的事情。"

"那就赶紧写封信，我等着。"

"我希望亲口告诉他。"

胡斯努从梅佩尔手里挣脱出来，朝马车大步走去。梅佩尔一路小跑跟在后面。

"胡斯努先生，看在真主的分上……我会吻你的脚跟……"说着，眼泪从她的脸颊上滚落下来，"我感觉好像要晕倒……"

胡斯努赶紧转过身来，拦腰抱住了正在倒下的梅佩尔。《可兰经》从她手上滑落在地。胡斯努快速念了一句祷文，把它拾起，亲吻了一下，又把它往自己额头上贴了一下，之后递还给了她。

"拿好你的《可兰经》，回房里去，梅佩尔小姐。你脸色惨白，看上去像是病了。你这样会着凉的，那可就更糟了。快去。"

"我没病。听着，我告诉你一个秘密。我怀孕了。这就是我想亲口告诉我丈夫的消息。他很快就要去安纳托利亚，有可能再也回不来了。求你了！你就没有同情心吗，胡斯努先生？"

胡斯努变得不知所措起来。

"那就回屋去征得雷萨特先生同意。他不知情的话，我没法带上你。"

"不能让他知道。就让我跟你去吧。回来时，你可以把我在街角放下来，我跟你分头回家。我会跟他们说我去看我姑妈了。"梅佩尔说着，再次抓住了胡斯努的胳膊，"胡斯努先生，这很有可能是卡迈尔唯一一次抚摸自己的孩子，尽管是隔着我的肚子。要是没等我告诉他这个好消息，他就出事了，那你的良心会永无安宁。"

几分钟后，梅佩尔在胡斯努身边坐下，马车咕噜咕噜地行进起来。那可怜的仆人问梅佩尔是如何知道他要去农场的。

"每天每天，从早晨一睁眼到晚上入睡，我都在等我丈夫的消息。今天早晨也是一样，我早早就起了床，坐在窗边读《可兰经》。听见马的嘶鸣声，我就从窗口往外看，看到一辆马车过来停在了下面。很显然，是有什么异常的事情要发生。我看到你出现在院子里，就抓起罩袍跑到前门。因为走得急，手里还拿着《可兰经》。"

"我会因为你惹上麻烦的。"胡斯努嘟囔道。

"你不会的，我会守口如瓶。前几天家里来了个女人，我也注意到了，但是我跟谁说了吗？"

"你是说你看见她了！"

"是的。后来雷萨特先生跟大家说卡迈尔身体无恙，我就知道是她带来了我丈夫的消息。真主会保佑你的，胡斯努先生，是你使我们夫妻团聚。"

胡斯努没有应声，一路上他没再说一个字，心里一直在琢磨，雷萨特先生发现了梅佩尔跟他去农场的事后会如何处理。

那天一早，卡迈尔坐在桌前制作文件。头天夜里又有激动人心的事件发生，大家又是到天亮才睡。这回，佩赫利万带领十二人组成的小分队，洗劫了一个海军工厂，把他们搬得动的所有火药都运到了金角湾的艾纳利卡瓦船厂。近来，英国人为防止被盗，把所有军火工厂都锁起来了。但佩赫利万他们设法从房顶进入，连门上的锁都没动，这样日后也不那么容易引起怀疑。小分队里面有杂技本领的几位用他们的技能偷偷拆掉了房顶的泥瓦片，大家从那里溜了进去，没有被人发现。卡迈尔宿舍里有五名同屋参加了这次行动，没去参加的人整夜心慌，为他们的平安归来祈祷。晨礼即将开始的时候，他们还在听刚刚回来的同屋讲述这次大胆行动的经过。卡迈尔眼睛布满血丝，但精神高涨，手里忙着制作着一份寄售文件。这时，打扫宿舍的人走了进来，带着抑制不住的微笑对他说：

"先生，有人来看你了。"

卡迈尔没有理会。

"先生，让你的客人久等不太好吧……"

"苏洛，你是在跟我说话吗？"

"你是说你不知道有人要来看你？"

"不知道啊。"

"来找你的是个女人，她在侧院等你呢。"

卡迈尔以为那个"女人"又是一个送信的男人。他走到长长的走廊尽头，出门到了侧院。他隐约看出远处悬铃树下站着的是胡斯努，身边还站着一个人，个子高高的，穿着罩袍，他觉得有可能是阿兹拉。因为他知道她很快就会被派到安特普去了，可能是走前过来跟他告别的。他朝他们走近了些，心里开始紧张起来，不是阿兹拉，他不由加快了脚步。当那个女子摘下头巾的时候，卡迈尔觉得自己的心脏都要停止跳动了。

"我的天啊！是梅佩尔！"他奔跑了起来。梅佩尔也朝他飞跑过来，上来一把搂住了他的脖子。

"别这样，梅佩尔……会让他们看见的……别……"卡迈尔说着，掰开梅佩尔绕在他脖颈上的手臂，握住她的手。是的，正是他的妻子，她颤抖着，眼里含着泪。

"他们看见又怎么啦？我不是你明媒正娶的妻子吗？能再见到你太好了！哦，我做了好些噩梦。但是你看起来很好，感谢真主。"

"我是很好。你怎么来了？舅舅知道吗？"卡迈尔问。

"我跟着胡斯努来的，"她拎起卡迈尔的手，放到她的肚子上，"我们想死你了。猜到胡斯努先生是要来你这里，我们母子俩就开始跟踪他。这不，现在我们俩都在这儿了。"

"梅佩尔，你的直觉总是那么不可思议，你总能给人惊喜。你无法想象，昨天夜里我是那么渴望见到你。"

"你是说我也出现在你的梦里了吗？"梅佩尔问。但她跟丈夫的亲密时刻马上被胡斯努打断了。

"先生，老爷有信给您。请尽快写回信，我们没多少时间。"说着，他从包里掏出信来，递给了卡迈尔。

卡迈尔就地蹲在悬铃树下，开始读信。"我进屋去写回信，"他说，"请在这里等我。"

卡迈尔大步走开了，梅佩尔跟在他后面。

"你不能进去，亲爱的。这里不让外人进，更不要说女人。事实上，我还没搞明白你怎么会有胆子来这里。你要是被跟踪了怎么办？要是出事了怎么办？"

"没人跟踪我们。为了见你，我什么险都敢冒。"

"你怀着孩子呢，你现在要对两个生命负责。胡斯努敢带你来，也是疯了。"

"别跟他生气，是我逼他的。你告诉他，要是他再来给你送信，一定要带上我。我要是事先知道的话，还能带些好吃的和干净衣服过来。"

"不会有下次了，梅佩尔。我一周之内就离开。"

"不！"

"转告我舅舅，我就要被派到西部前线去了，当通讯员。"

"啊，那我猜对了！我真该跟你一起来，我就应该在你身边。"

"你在说什么啊！你来这趟就够让我担心的了。"卡迈尔沉默了几分钟，然后握住妻子的双手说："梅佩尔，别在意我刚才说的。你来了我真开心。我正好不想不辞而别。告诉姥姥、舅舅、舅妈、妹妹们……还有家里的所有人，请大家为我祈祷、祝福。我不是去前线打仗，但还是会有一定的危险。如果我出事了，我将把你托付给我舅舅。我这就去给他写信，让你带回去。"

"别把我托付给任何人。你要回到我身边，平平安安的。我等你，跟你的儿子一起。"

"真主保佑！"

卡迈尔松开了梅佩尔的手，朝内院走去。梅佩尔跌跌撞撞地回到胡斯努旁边，背靠着悬铃树站着。"我永远也忘不了你的恩德，"她对他说，"谢谢你，让我又见上了我丈夫一面。"

"你把好消息告诉他了吗？"

梅佩尔差点问他指的是什么。

"真主保佑你。"她说。两人不再说话，默默地等着卡迈尔回来。过了一会儿，卡迈尔手里拿着几个信封回来了。一封是写给他姥姥的，一封是写给他舅舅的，另一封上面是个梅佩尔不熟悉的名字。梅佩尔把三封信都塞到自己衣服的前襟里。

"小姐，咱们往回走吧，"胡斯努说，"路很远呢。"

"再待一小会儿，求你。"

梅佩尔挽住卡迈尔的胳膊，拉他往远处走了几步。一开始，胡斯努看着窃窃私语的小两口，觉得挺感动的。但是时间分分钟地过去，他开始不安起来。他看到梅佩尔把卡迈尔的手放到她肚子的两侧，实在不想打断他们。但是，不管他朝什么方向看，眼前都是些他自觉不该看到的景象：持枪的壮汉在附近走来走去；更远处，透过树上那些虫瘿，他看见一队人在训练；他身后，一个受了伤的人痛苦地卷曲着身子，被人抬起来送到大黄楼里去了。最后，他终于忍不住了，对他们喊道："好了，卡迈尔先生，我们还有很长的路要赶呢。"

梅佩尔和卡迈尔手拉手走了过来，三人一起走到内院。卡迈尔拥抱了妻子，吻了她的额头，然后跟胡斯努道别。"请照顾好梅佩尔小姐，让赶车的人小心些，别颠着她，好吗？"他感激地对胡斯努说。胡斯努头一回对带上她一起过来感到有些高兴。

梅佩尔不情愿地放开了卡迈尔的手。

"给我留个地址，等儿子生下来给你写信报喜。"

"我一有地址就给你写信。"

"那就再见了，亲爱的……真主保佑你一路平安。"

仿佛是预测到了梅佩尔会哭一路，回程的路上胡斯努坐到了赶车人身边。经过数个小时的颠簸之后，终于到了家附近，胡斯努吩咐车夫在路口停下来，让梅佩尔自己从这儿走回家去。

"我决定跟他们说实话。"梅佩尔说。

"老爷会大怒的。"

"我会告诉他你根本不知情，是我偷偷爬到你车上的。让他要怪就怪我一个人吧。"

"真是拦不住你，"胡斯努叹气道，"你还是从这儿下车吧，把信交给我，我送到老爷的部里去。"

"我跟你一起去。我有事情要告诉卡迈尔先生的舅舅。"

"我在桥头就得还车了，这是说好了的。剩下的路太远，你走不了的。"

"我能走。"

"爱干吗干吗吧！"胡斯努无可奈何地喃喃自语道，回到赶车人身边去把车费结了。

胡斯努和梅佩尔到了财政部的时候，很多楼里的公务员都已经下班回家了。胡斯努上去找到雷萨特先生的私人秘书，请他去通报部长有人来访。然后他又带着梅佩尔进到楼里，一起上楼去雷萨特的办公室。梅佩尔走在那些豪华的大理石台阶上，不禁一路赞叹。秘书问她是谁，她答道："我是他的儿媳妇，家里有紧急的事情要向他通报。"秘书带着她进了相邻的屋子，几分钟后，她就站在部长本人面前了。

艾哈迈德·雷萨特看到梅佩尔出现在自己的办公室，吃了一惊。

"贝海丝出什么事了吗？还是我姑妈怎么了？"

"她们都好。原谅我，先生，"梅佩尔说，"我又做了件不该做的事情。胡斯努先生今天去看卡迈尔先生，他出发的时候我爬上了他的马车，他根本就不知道。我去了农场，见到了我的丈夫。"

"你怎么敢做这样的事？你疯了吗？"

"我有重要的消息要告诉他，先生。而且我决意要亲口跟他说。请原谅我。"

"是什么消息呢？难道你也要去安纳托利亚？你知道我不会允许，就去找卡迈尔，是不是？"艾哈迈德·雷萨特从桌后站起来，走到梅佩尔跟前，直视着她问。

"不是的，先生。我……我怀孕了，先生。我想亲口告诉卡迈尔这个消息，先生。"

雷萨特变得温和起来，回到办公桌旁。

"你确定吗，孩子？"

"是的，先生。"

"愿主安拉保佑孩子足月出生。祝贺你。那看来你是见到卡迈尔了？"

"见到了。他让我带回来三封信。"她从胸口把信一一掏出来，放到桌上。雷萨特看信前，还是忍不住又责备了梅佩尔一句。

"梅佩尔，你想去农场，还是应该事先跟我说一声。"

"说了您肯定不会同意的，先生。我又不想违背您。"

"那你就毫不犹豫地去冒险？在你现在这个状况下！你跟你那个丈夫没什么两样！难怪他娶了你，你们简直就是天造地设的一对儿！"

"如果您允许，我现在想回家去，不想耽误您更多时间了。"

"你一天都在路上颠簸，肯定累坏了。我叫辆车，咱们一起回家吧。正好今天的工作也做完了。"

艾哈迈德·雷萨特扫了那封信一眼，先安排梅佩尔在外屋秘书的办公室等候，然后把胡斯努叫了进来。大约十分钟后，胡斯努跑出去叫车。等了很久之后，车来了，雷萨特和梅佩尔坐了上去，一起回家，而胡斯努把一封信塞到袋子里，朝相反的方向走去。

在车上，雷萨特问："卡迈尔看起来怎么样？瘦了吗？"

"没有，他看起来挺好的，脸色也恢复红润了。他在信里告诉您他要去前线了吧，先生？"

"是的。愿真主护佑他。"

之后，两人各自陷入沉思，一路没再说话。到家后，家里的女人看到失踪了的梅佩尔跟雷萨特先生一起从马车上下来，就都围了过去，七嘴八舌地抢着问她话。"别烦她了，"雷萨特先生说，"梅佩尔早晨跟我一起出的门，她去看卡迈尔了。她有事要告诉他。"

"什么事？"萨拉丽夫人质问道。这个家里居然有她不知道的事情发生，她为此勃然大怒。

"我回屋去了。让梅佩尔自己告诉您吧。"

梅佩尔上楼去了二楼的起居室，家里的女人、女孩们都紧跟其后。她在拱窗前的沙发上坐了下来，眼睛看着贝海丝，小声说："我也怀孩子了，贝海丝夫人。"

"这通大惊小怪，就为这点事儿？"萨拉丽夫人哼了一声说道。

"萨拉丽夫人！"贝海丝喊了一声，一边扑过去亲吻了梅佩尔。姑娘们听说家里将一下子有两个小宝宝到来，特别兴奋。大家都开始叽叽喳喳说起话来。这回，贝海丝怀的是男孩，要是梅佩尔怀的是女孩该多好。如果是女孩，她应该叫"丽曼"。大丽曼将马上开始为她同名的小宝宝织一套粉色的婴儿衣，那正好，说实话，她给弟弟织蓝色的连裤衫已经织烦了……

"预产期是什么时候？"贝海丝问。

"算一下他们俩结婚多长时间不就知道了，"萨拉丽夫人插话道，"当然，除非孩子早产……"

"孩子怎么会早产？"贝海丝说，"梅佩尔那么健康，那么年轻。"

"亲爱的，这些事永远说不准。你自己也曾经是个健康年轻的女人，不也还是流产了。你忘了？"

贝海丝沉默不语，心想："你怎么会让我忘了呢，你这老母猪。一有机会你就把这事拎出来摔我脸上，抱怨我让家族失去了男性继承人。"她转向此时一脸幸福和自豪的梅佩尔，说："不管怎么说，两个孩子生日肯定不一样，我生的将是大哥哥，保护你生的小妹妹。"

"你为什么要去看卡迈尔？"萨拉丽夫人一逮到机会，就在梅佩尔耳畔小声问道。

梅佩尔脸红了，说："我想他了，夫人。"

"告诉我实情！不是他又病了吧？"

"没有，我发誓。我总是梦到他，必须去见他。我很高兴去了这一趟，他挺好的。"

萨拉丽夫人神秘兮兮地耳语道："下次你再去，告诉我一声，我陪你去。"

梅佩尔怕惹老夫人伤心，没提她外孙就要上前线的事。她转回去倾听大家欢快的谈话。那时节，艾哈迈德·雷萨特家的女人们还能轻松地聊聊闲天。

16

出
生

贝海丝在十月的第一周开始感到阵痛，也是在那个星期里，艾哈迈德·雷萨特正忙于应付弗兰格尔的军队。

尼古拉二世的退位和布尔什维克领导的苏维埃的日益强大使俄国陷入了内战。反布尔什维克的白军将军之一彼得·尼古拉耶维奇·弗兰格尔，看到他们在克里米亚全面溃败的前景，也为了防止部队在过早到来的寒冬中大规模折损，组织他的军队撤退到奥斯曼帝国的领土上来。白军士兵与大批白俄逃亡者一起，为了保命纷纷逃到黑海对岸来。他们就那样，瑟瑟发抖地裹着黑色大衣，挤在载满瘟疫和害虫的轮船甲板上，成千上万地涌入伊斯坦布尔。很快，伊斯坦布尔的军营、医院、教堂就全部塞满了难民。这座城市为了庇护之前涌入的巴尔干和高加索难民已经耗尽人力物力，现在又不得不应付弗兰格尔的残兵败将。

此间，金角湾上的哈利奇船坞停靠着两艘俄国战舰。艾哈迈德·雷萨特得到消息，弗兰格尔的部队将登上这两艘军舰，与希腊军队一起被运往黑海上的各大奥斯曼港口。他们此行有双重目的，一是防止更多的船只私运武器和志愿者到安纳托利亚的民族主义军队手里去，二是占领黑海海岸。

这一情报传到艾哈迈德·雷萨特那里之后，他立刻去了海务部长的办公室，希望这位同事会跟他一样支持安纳托利亚的独立运动。他没有失望，两位奥斯曼帝国的部长由此开始合谋帮助安纳托利亚军队的方案。

民族主义运动从四面八方遭到围困。不但民族主义者受到伊斯坦布尔政府军的威胁，而且安纳托利亚还有大片土地由联军占领着。使事情更加复杂的是，奥斯曼帝国里面的亚美尼亚人、库尔德人、切尔克斯人和希腊人，纷纷决意要建立自己的独立国家。民族主义者将很难应付弗兰格尔的夹击，这个情况必须马上通报给他们。不光是穆斯塔法·凯末尔和其他民族抵抗运动的领导人必须了解这个信息，安纳托利亚的人民也需要知情。居住在黑海沿岸的慷慨好客的土耳其人必须意识到载着俄国、希腊士兵的军舰将要给他们带来的威胁。如果他们毫无准备，他们的土地将迅速被攫取。

但是两位奥斯曼帝国的部长如何将这个消息转达给黑海沿岸的人民呢？

海务部长提出在报纸上公开发布这个消息。这是个好主意，那样的话，信息就会直接传达给人民。他们马上行动起来，写好通告，发到了所有的报社。但是他们没有考虑到的是，联军将封锁所有有关弗兰格尔的消息。

雷萨特很早来到办公室，打开报纸浏览，但是怎么也找不到他自己参与撰写的那篇报道。这时，他的手下带来一个私人消息："大人的家仆在楼下求见"。雷萨特感到十分意外。他今早出来上班时，是胡斯努亲手帮他开的院门，有什么事的话他那会儿为何不讲？贝海丝预产期还有一个月呢。肯定是卡迈尔出事了。是他被捕了吗？想到这儿，他立刻让人把胡斯努带到他的办公室。看到仆人一脸的焦虑，他就知道肯定情况不妙。

"出什么事了吗?"他问,感觉心口一阵发紧。

"夫人临产了,"胡斯努说,"我已经把助产士请到家里去了,然后就跑到这里来告诉您。"

雷萨特脸都白了。"可还没到时间啊……"他费力地说。

"萨拉丽夫人说是要生了。"

"你直接回家去,胡斯努。守着她们,她们会需要你。我现在有重要的公务在身,一会儿还有个会要参加。真是太糟糕了!我一完事就回去,"他说,"要是需要我做什么,一定告诉我。"

"不到万不得已,我不会打扰您的,老爷。"胡斯努说着,接过主人递给他应急用的支票,匆匆离开了。雷萨特为自己此时不能守在妻子身边感到很是沮丧,可是几分钟后,他必须去参加奥斯曼公共债务局召集的会议,之后他还约了与奥斯曼帝国银行的经理见面,再次申请延期偿付帝国所欠债务。

他自言自语着,女人不都是一大早生孩子吗,为什么贝海丝偏偏选择上午上班的时间?这不是成心让他为难吗?

他打开办公室的门,准备去开会时,差点迎面跟一个人撞个满怀——是马赫尔医生!

"马赫尔先生?怎么会是你?你回伊斯坦布尔了!"

"是的,先生,不过只能短暂停留。伤寒和霍乱病例……"雷萨特马上打断了他:

"我的朋友,看来是真主在我最需要的时候把你给我送来了,否则没法解释。你以后再跟我讲伤寒、霍乱的事吧。马赫尔先生,你来得正是时候:贝海丝正在分娩。我没办法回到她身边去,一直到晚上都有重要的会议要参加。可是我实在不放心家里。你如果没有别的急事,可否请你去照顾一下我妻子？那样我就会安心多了。"

"那我马上去您家，"马赫尔说，"放心去工作吧，等您回家我再走。"

两个男人匆匆下了楼，朝相反的方向疾步而去。

晚上终于回到家的时候，艾哈迈德·雷萨特精疲力竭，满心内疚，虽然有马赫尔医生在，让他感到稍好过些。只有丽曼出生时他在现场。苏阿特出生时他没陪在妻子身边，一直很后悔。更让他难受的是，第三个孩子生下来是死婴，他也没赶过来，但是他又能怎样，当时他们不住在一个城市！可是现在，今天，他明明离家那么近，却同样无法守在妻子身边给她以安慰和支持。他祈祷自己还有时间，希望他到家时贝海丝还没生。如果已经生了，胡斯努肯定会派人送信来的吧？

他从部里下班后，一直找不到马车，只好挤上公交站台，爬上了拥挤的电车。他从迪万约鲁站下了车就往家里飞奔，在街口停下喘了口气，然后一路小跑回到家里。他打开大门上的门闩，走进院子。房子里寂静得有些异常，听不到新生婴儿的哭声。他朝二楼望去，楼上的起居室也一片漆黑。卧室的窗帘紧闭，但男人屋有光透出来，应该是马赫尔在那里等他。

他大踏步从前院往里走，胡斯努给他开了门，在门口等着他进屋。门厅里没有别人。一般情况下，有新生儿的人家都会充满欢声笑语，一片喜庆而忙乱的景象。他有种不祥的感觉。

"孩子生了吗？"他问，·心里惧怕听到答案。

"生了，下午生的。"胡斯努说。

"那怎么没人告诉我呢？"

"夫人不让。"

艾哈迈德·雷萨特本来只是有些担心，听了这话不禁惊恐万分。他一把推开男人屋的门，只见到马赫尔在沉睡，腿上放着一本翻开的书。

"马赫尔先生！"

马赫尔忽地跳了起来，那本书啪的一声落在地上。

"出什么事了吗？有什么可怕的情况发生了，是不是？告诉我，贝海丝还好吗？孩子是活的吗？"

"大家都好。贝海丝和孩子母子平安。"

"那为什么家里这么安静？为什么没人去给我报信？我姑妈呢？姑娘们呢？"

"贝海丝在休息。我给了她一些镇静剂，她睡着了。"

"其他人呢？"

"她们都回自己房间了。"

"马赫尔，这都是什么意思？是难产了吗？孩子有问题吗？有什么先天缺陷吗？看在真主的分上，快告诉我！"

"雷萨特先生，请坐下。没出什么可怕的状况……只不过……"

"不过什么？"

"大家都有点失望。萨拉丽夫人和贝海丝夫人最难过，因为……"

"因为什么？"

"因为是个女孩。您又添了个女儿。"

"孩子正常、健康吧？"

"是的，而且非常漂亮。"

"哦，感谢真主，"雷萨特喊道，"吓死我了。我还以为有什么问题呢。孩子在哪儿？"

"萨拉丽夫人把孩子放到梅佩尔房间里了，免得她打扰她妈妈。我们都尽力安慰贝海丝夫人，但是谁都劝不好，她情绪还是很糟，请您理解吧。产妇本来就容易情绪不稳定。对她态度温柔些，雷萨特先生。"

"你不会觉得我会因为她生了个女孩而生她的气吧？你难道那么不了解我吗，马赫尔先生？"

"我不是那个意思，先生。只是看到女人们那么失望，我还以为您只想要儿子呢。连丽曼小姐都显得很伤心。她们之前为孩子准备的东西都是给男孩用的蓝色。"

"这个家所有人都失去理智了吗？"

艾哈迈德·雷萨特打开门，呼唤管家，她赶紧跑过来，亲吻他的手以示祝贺。

"告诉萨拉丽夫人、梅佩尔小姐和姑娘们，我在起居室等她们，"男主人说道，"古尔菲丹管家，这都是什么意思？这是欢迎家里添了新成员的样子吗？你准备了喝的没有？"

"我当然准备了，先生。"

"送到楼上起居室里给大家喝。告诉扎赫拉帮你一起准备。咱们这么不知感恩，老天都会不高兴的，"雷萨特说，"要我说，家里这个样子倒像是在举行丧事。"

过了一会儿，梅佩尔抱着裹得严严实实的婴儿到了二层起居室。骄傲的父亲雷萨特把毯子往下拉了拉，看了看孩子的脸。

"我的天啊！看看她！"雷萨特说，"她是那么小！"

"有点早产。"马赫尔说。看到雷萨特担忧的神色，他又说："没什么可担心的，她很快就会长好了。这可爱的小东西。"

梅佩尔满面笑容——为了她自己的原因，她对孩子早产的事情有些暗喜。她说："看看她那金色的头发，牛奶一样白皙的皮肤，还有她小纽扣一样的鼻子，花瓣一样的嘴唇，就像是出自艺术家之手。她真是美丽，赞美真主!"

"那就这么定了，我们就叫她萨芭哈——美丽。"雷萨特说。

"真主保佑，她的命运会跟她的容貌一样美好。"萨拉丽夫人一边走进房间一边说。雷萨特亲吻了姑妈的手，问道："不是男孩，您没失望吧，亲爱的姑妈?"

"该失望的是你不是我，是你得考虑血脉延续的问题，"她用高昂的刻薄声音回答道，"贝海丝醒了，她在找你呢。"

雷萨特从梅佩尔怀里把宝宝抱了过来，紧紧地搂在怀里，小心翼翼地往楼上走，正碰到丽曼和苏阿特乒乒乓乓蹦下楼来。

"姑娘们小心，别把妹妹吵醒了。"他小声说。

"哦，爸爸! 又是个女孩，您知道了是吧?"丽曼问。

"我有这么多闺女很开心啊。太好了。"

"咱们给她起个什么名字?"

"萨芭哈，除非你妈反对。"

"那不是'早晨的微风'的意思吗?"

"不是，是'美丽'的意思，因为她长得那么标致。你们的小妹妹长大了会跟你们一样漂亮的。现在就看得出来。"

"我们漂亮吗，爸爸?"苏阿特咯咯笑着问。

"非常漂亮，只是我同时也希望你们聪明、博学、举止得体。"雷萨特说。

※

贝海丝的头靠在绣花枕头上，像一朵凋谢了的玉兰花。她的眼睛又红又肿。看到雷萨特，她虚弱地说："我又让你失望了。"

"这说的什么话，贝海丝夫人！你给我带来了全世界最美丽的小女儿，我高兴坏了。看看她那精致的小脸。她已经长出金色鬈发了，就跟你一样。我给她起名叫萨芭哈，为了她的美丽——除非你有别的想法。"

"我本来是打算让孩子叫拉伊夫·伊布拉海姆来着，就没想过女孩的名字。"

"咱们下一个叫拉伊夫·伊布拉海姆好了。"

"真主不会再给我一个男孩了。"

"那咱就别给真主添乱了，夫人。现在，我们就祈祷安拉将来赐给咱们一个好女婿就是了。愿这可爱的女婴给我们的家和国家都带来好运。"雷萨特说着，把孩子放到妻子怀里。

"我太累了，万一打瞌睡了，她会从我怀里掉出去的。把萨芭哈交给梅佩尔吧，好吗？让她先哄着，需要喂奶的时候再抱过来。"

雷萨特亲了亲妻子的额头，把孩子又抱了起来。"好好歇歇吧，亲爱的，"他说，"明天我们请阿訇过来，给我们的孩子祈福。"

他离开了房间，下楼的时候，用鼻尖轻触新生女儿丝一样的皮肤。"小小的萨芭哈小姐，"他说，"因为不是男孩，你已经惹妈妈不高兴了，我要让你像个男孩一样受教育。真主保佑，等你长大了，你会成为一个充满活力的人。"然后他坐到楼梯上，轻声说着孩子的名字和一串祷文，按照仪式朝她脸上吹了一口气。

二楼的前厅里，丽曼在为马赫尔弹奏她最近学会的一首爱情歌曲。

"弹点合适的曲子，我的孩子，"萨拉丽夫人从旁路过时朝她喊道，"别再弹那叮叮当当的玩意儿了，奏一首像样的。"

"这是法国歌，奶奶。"

"什么法国歌俄国歌的！弹个正经点的，适合马赫尔先生听的。"

"请别介意我奶奶说什么，先生。她什么都看不顺眼。"丽曼说，因自己的奶奶居然对最新流行的法国歌曲一无所知而感到有些难堪。

"啊，现在这些孩子们，"萨拉丽夫人抱怨道，"对长辈毫不尊重。真主救救我们！都是雷萨特先生的错，都是他把她们惯的。但愿将来他不会有后悔的一天！"

※

为了避开萨拉丽夫人和女孩子们的拌嘴吵闹，艾哈迈德·雷萨特下楼躲到男人屋里去了。只剩下马赫尔先生和他单独在一起以后，他说："萨拉丽夫人很难适应时代的变化，总是跟孩子们过不去。如果我们都能与时俱进，眼前的这一切就都不会发生。可是我们抗拒任何改变，无法适应新时代。由于不能独立地谋求发展，我们只能在债权国的强制下亦步亦趋。但是强制的结果只能如此……无法带来更多了。"

"公众和苏丹本人都不看好自由民主思想。我能理解苏丹为什么会反对——谁会愿意让自己的权力受到限制呢？"

"可欧洲人就做到了，先生！他们的国王都有议会和立法机构与他们分享权力，共同治理国家，只有我们没有做到这一点。"

两个男人议论着国事，为帝国所蒙受的耻辱深感悲痛，半晌低头无语。"你知道，"雷萨特最后说，"唯一对我们有利的是英法两国之间永不止歇的互相嫉恨。他们之间的竞争就是我们的机会。如果他们团结一致，我们早就完了。"

"希腊和意大利之间的矛盾也一直对我们非常有利。要不是那样的话，意大利人也绝不会帮助我们往安纳托利亚私运武器的。"

"我一直对意大利人有好感，"雷萨特说，"他们当中有不少我的好朋友。对了，你今天就住在这里吧，我让人在这屋给你铺个床。"

"您家现在已经够忙乱的了，我不想再给你们添麻烦了。"马赫尔说。

"这个时间，电车和渡船都没有了，你也没法走。"

"是啊，光顾着说话了。"马赫尔说，"不过，咱们是有很多要聊的。"

"我马上让古尔菲丹给你铺床。"

艾哈迈德·雷萨特离开房间后，马赫尔回味着他们俩的谈话。他的理解是，最近发生的弗兰格尔事件对雷萨特影响很大，虽然已经有一千零一件其他事情在困扰着他。安纳托利亚的抵抗力量拼死御敌，但新的问题还是从各个角落不断出现。怀揣秘密企图的各方正纷纷涌入这已经支离破碎的帝国。自然会如此！起雾的时候，狼群会悄然跟在后面。而在这个历史时期，整个奥斯曼帝国恰恰笼罩在乌烟瘴气之中。

艾哈迈德·雷萨特带着管家回来了。

"他们给你铺床的时候，咱们可以先上楼去。"他说。

"您也累了，先生，也该休息了吧？"

"还没有，咱们聊了那么多，我还是没搞明白你为什么回到伊斯坦布尔来。你自然不是大老远专程回来给贝海丝接生的吧！"

马赫尔笑了。"当然不是。因为霍乱可能会传播到军营里来，我过来采取一些预防措施。"

"霍乱已经暴发了吗？"

"随时。"

"你恐怕不能下一道命令就把霍乱启动了吧？"

"这正是我要做的，下一道命令启动它，之后它就会传遍军营。"

"我的老天！"

"那样一来，所有的军人都将从兵营疏散，军官们也得撤离，这样我才能去给兵营消毒。我当然还必须去处理那些库房。我来这里的目的就是确认这里已经有霍乱，找一个严重病例，写一份报告，建议采取一些措施。我说得够清楚了吗，先生？"

"我完全明白你的意思，马赫尔先生，"雷萨特说。"我提议，为了庆祝萨芭哈的出生和成功阻止霍乱流行，我们每人来一杯青柠茶！然后我们各自上床，好好睡上一大觉。"

"太好了。"

"古尔菲丹管家，你能不能给我们煮些青柠茶来？可以等会儿再铺床。"雷萨特说。他们往楼上的起居室走去时，马赫尔悄悄朝钢琴那里看了一眼。丽曼刚才围在肩上的淡紫色披肩现在搭在钢琴凳上，就要碰到地面了。马赫尔把它捡了起来，放到钢琴上面。然后他闻了闻摸过那披肩的手，小心地嗅着留在上面的柠檬香水的香气。

17

夜袭行动

卡迈尔对他在农场负责的案头工作感到厌倦，一直盼着被派往前线。那天下午祷告前，卡迈尔正在床上午休，突然接到召唤。他大喜过望，迅速穿上衣服，迈着轻快的脚步，心情愉快地沿着现在已经熟悉的路径朝主楼走去。是终于能去安纳托利亚了吗？

等待他的几位正在策划一场夜袭行动。

其中一人是卡迈尔所知的农场的最高指挥，大家都叫他"少校"，但桌子两侧坐着的两个人卡迈尔不认识。少校指了指旁边的椅子，让卡迈尔坐下来。

"卡迈尔先生，"少校说，"今晚将有两艘摩托艇开往卡拉米塞尔，你将坐上其中的一艘。之后你经陆路赶往安卡拉，接受为期几天的安装电报线路的培训，然后你将立即被派往爱琴海前线。"

"是，长官。"

"我们对你还有一个特别要求。"

"都听您吩咐。"

"等你到了船上，还会对我们派上一个更大的用场。"

"什么用场？"

"我来给你介绍一下，这两位是穆斯塔法船长和艾哈迈德船长，我们今晚将用他们的船只从卡拉加克军火库运送武器到我们安纳托利亚的朋友手中。"

卡迈尔向两位船长点了点头，他们面容粗糙，一看就是黑海一带的人。

"决定选择谁来执行这个任务的时候，我们很明确，这些人必须爱国、能干，更重要的是，能保守秘密。你符合所有这些条件。我们不需要你来搬运武器，但是需要有人做精密的记录，搬运的人忙乱中顾不上这个。我们希望你能上今天晚上的船，这也是一个原因。还有，万一出了什么问题，我们也希望你能跟占领军警方用他们的语言对话，用我们给你提供的托词跟他们周旋一下。"

"是，长官。"

"这是一次危险的行动，有可能会牺牲。"

"我明白。"

"你是否接受？"

"是。"

"这正是我期望一个萨勒卡默什老兵所给予的回答，"少校说，"你的名字将是加福尔·阿卜杜拉，你是个做布匹、内衣生意的商人。你在往亚洲海岸运送一批货物，之后从那边带些蔬菜粮食回来。你拥有一家贸易公司。相关证件都给你备好了，今晚交给你。现在，回宿舍收拾东西，然后回到这里，到那边那个房间，穿上我们为你选好的衣服。你们上路后，两位船长会告诉你下面该怎么做。"

卡迈尔一路跑回宿舍，从自己的随身物品里只挑出药和梅佩尔给他绣的手绢带在身上。他把自己的书都托付给旁边床铺的赫姆辛利·奥斯曼保管，然后跟同屋们道了再见。他回到主楼，按照指示穿好服装以后，回到了之前的房间，向少校和其他几人敬礼作别。

卡迈尔和两位船长坐马车到了马尔马拉海上的一座栈桥，就在萨拉伊角的宫殿下面，由那里启航朝阿尔卡其方向进发。

风力很大，随着小船上下颠簸，卡迈尔开始晕船。他忍住了没有吐出来，暗自庆幸越来越黑的天色掩盖住了他发绿的脸色。他生怕在这两个指望他来完成任务的人面前丢丑，就按照不知在哪里读到的方法，眼睛盯住远方的一个点，身体尽量保持不动。

天黑下来了，海面开始变得平静起来，卡迈尔也就感觉好多了。两位船长轮流给他详细讲解晚上将要执行的夜袭计划。卡迈尔像个好学生一样全神贯注地听着。

随着奥斯曼帝国在大战中的劣势日益显著，帝国面临着更多外族入侵的威胁，统一进步委员会的成员开始在全城储备武器，准备应战。现在，需要启用存储在金角湾卡拉加克库房的五百箱军火，用来抵抗希腊的入侵。若一切顺利，五百箱军火将迅速被运往安纳托利亚。这次行动的风险应该不高，因为卡拉加克库房的管理员纳兹米先生本人就是地下抵抗运动的一员，他事先也了解那天的夜袭计划。

一到达阿尔卡其港，他们会乘马车到金角湾的一个码头，会有两艘摩托艇等在那里。艾哈迈德船长的摩托艇会载着行动人员走在前面，穆斯塔法的摩托艇将带着卡迈尔跟在后面。

卡迈尔庆幸自己的胃里不那么难受了，吸了一口递给他的烟，天啊，这是什么味儿！

艾哈迈德船长接在穆斯塔法船长后面继续讲解。卡迈尔再次认真倾听。

他们要凑齐四十人过来把船上的武器卸下去，可并不是那么容易。他们需要勇敢、强壮、动作迅速又能守口如瓶的人。不是哪里都找得到这样的人的，所以他们请了五位做船长的同行帮他们四处网罗。如果一切顺利，他们到时应该能凑齐人手，共同行动。

两位船长在陈述这些的时候都平静、自信，仿佛是在讨论一个从欧洲海岸往亚洲海岸运点东西的普通运输计划。他们的镇定让卡迈尔也平静了下来。卡迈尔怕显得不礼貌，又抽了一口那令人作呕的烟，之后把剩下的部分悄悄扔进了海里。

"我们会给大家发手枪和匕首，以防万一。卡迈尔先生，我也会给你一把枪。我希望你不会需要用到它，但还是要带在身上，以备不测。"穆斯塔法船长说，"拿着。你会用手枪吧？"

"会用。"卡迈尔说，但心里暗自祈祷那天夜里他不会出丑。心情沉重、胃部绞痛的他意识到，跟现在相比，五年前自己义无反顾地奔赴萨勒卡默什的时候，是多么年轻、强健。从那以后，发生了太多的事情：他已经失去了健康，也不再是二十多岁的小青年。晕船都成了那么可怕的事情！他当场就决定，以后再也不去逞强做自己承受不了的事情了。今天夜里光荣完成任务后，他将直接回到家里，回到梅佩尔的温暖怀抱。他将终生避开任何冒险活动，只专心于笔耕，同时努力做一位像他舅舅那样的明智的丈夫和充满爱心的父亲。

按照计划，他们在阿尔卡其港下了船，行进到了金角湾的一个码头。两艘摩托艇都已就位。一组组脸上蒙着布的人悄悄从周围的建筑里冒了出来，从树丛后面现身。每个人似乎都完全明白自己该干什么。他们肯定都是做这类事情的老手。多数人爬上第一艘船，少数几个跟卡迈尔一起上了第二艘。上船后，他们即刻消失在舱门后或底舱里，蹲伏就位，不发出任何声音——说话、咳嗽、打喷嚏一概都没有。发动机也用毛巾裹上做了消音处理，排气管都被伸进海水里。卡迈尔此时已经完全顾不上晕船的感觉。他紧张地四处张望，唯一能听得到的声音就是自己的心跳。摩托艇轻轻滑过黑色的水面，过了卡拉加克，在库房前的一个浮动码头停靠了下来。"闪开！别靠近这里！"那边的警卫喊道。

"朋友，我们不是外人……他们没告诉你我们要过来吗？"穆斯塔法船长问道。

"没有。别再靠近了！"

"告诉纳兹米先生我们到了。他在等我们呢。"

"我说过了不要再靠近。"警卫举起枪对着船长。

"什么情况！我们是什么，敌人吗？别拿枪对着我，留着对付真的敌人去。你应该感到羞耻！"

艾哈迈德船长的船仍远远停在后面，穆斯塔法船长则把船往前开近了些。

"你叫啥名字，哥们儿？上来看看，我们这里一切都井井有条。是英国人让我们来清除军火库的。你知道，他们怕控制不住武器被盗的局面……所以决定把所有武器都倒进海里，不让土耳其人得到它们。我们来就是干这个的，把武器装船，运到远点的地方倒掉。就是说，全部扔进海里，对他们没用了，对我们也没用。我很不愿意做这件事，但是只能执行命令。"船长一边说话，一边把船朝浮动码头靠过去，然后伸手够到了它。

卡迈尔隐隐约约看到警卫身后的远处出现了一些一动不动的人影，面朝着海。他们是什么人？

"穆斯塔法船长，看那边……"卡迈尔还没说完，船长就抓住他的胳膊，对他说：

"卡迈尔先生，帮我个忙，好吗？把船把持稳了。"说着他一步跳上了浮动码头，继续跟陆地上那个警卫说话。那些人影更近了。卡迈尔探出身子，双手紧紧握住码头上的扶栏。当他拼命抓着栏杆的时候，脚下的船开始漂离。他双脚死死踩住船板，胳膊过度伸展到几乎要断掉，感觉自己正在变成一个人肉步桥。卡迈尔马上就要落入水中时，一个水手一步跳上船头，用强有力的大手抓住木头搭的浮动码头，把船拉了回来。

"我的胳膊差点折了。"卡迈尔说。

"你胳膊没事，就是比之前长了点儿，兄弟。新手是吧?"

"我不是水手……嘿，这怎么回事?"卡迈尔挣扎着不让船再次漂离码头时，另一艘船上的人已经悄悄跳上了岸，像上了发条一样敏捷。他们制伏了警卫，把他反绑了起来，嘴里塞了手绢。穆斯塔法船上的人也开始跳下船，在卡迈尔的两侧像影子一样上了岸，朝军火库鱼贯而去。在黑暗中，卡迈尔能看到英国警卫们被人从下面揪着脚，从墙上翻滚下来。

四个人朝着卡迈尔的船走了过来。

"抓住我的手，上岸来。"他们当中的一个人对他说。

"你们是什么人?"卡迈尔问。

"是我们组织的这场袭击。我们在等你。来吧。"

卡迈尔抓住了那只伸过来的手，跳上了岸，心里庆幸终于逃离了晃动的海水。

"纳兹米先生打开了大门，我们的人已经在里面了。你接到命令参与运走那些武器箱，并且负责计数，对吧? 赶紧开始行动吧。"

两个人等在船上，卡迈尔跟着另外两个人往岸上走去。大家已经在迅速、无声地往船上传递着一箱箱的武器。卡迈尔以疯狂的速度在本子上做着记录，根本看不见自己写的是什么。他在船上刚认识的一位名叫让达姆的大个子青年，正拿枪对准了几个被堵了嘴、双手反绑着的士兵，紧紧盯着他们的一举一动。每有船只经过，放哨的人会随时向搬运武器的小队发出警告，他们就停下手来，待海岸安全了，再全力以赴地恢复搬运工作。

卡迈尔让人打开了一个麻袋，在纳兹米先生的帮助下，把里面的武器按照重要程度分了类，把弹夹放到一个袋子里，把子弹和其他弹药放到别的袋子或箱子里。装满后就马上搬到船上。

所有军火武器都从库里清空后，两位船长命令所有人，包括俘虏，马上上船。小船载着沉重的小军火库和偷袭小队以及他们的俘虏，朝桥那边驶去。

被捆绑和堵上嘴的俘虏们都在偷袭小队的严密监视下被押送到艾哈迈德的船头。行动完成了，大家都话多了起来。两位船长拿不准该怎么处理那些俘虏。

穆斯塔法建议把他们拉到一处偏远隐蔽的礁石岸上。

"我认为应该把他们一直带到卡拉米塞尔去，交给民族主义军队处理。一路上，我们可以做他们的思想工作，跟他们说明，他们是这片土地养育出来的儿子，不是英国的。"卡迈尔建议道。

"可是他们有可能被说动吗？"艾哈迈德船长怀疑地问。

"是的，完全有可能。我曾经给塞内加尔人、阿尔及利亚人和印度穆斯林等做过同类的思想工作。那正是我在原来单位承担的工作之一。我很擅长做说服工作，几乎每次都能成功。况且，这些年轻人毕竟都是土耳其人。"卡迈尔说。

"有几个是英国人。"

"我的老天！干吗把他们也带来？"

"那怎么办？把他们放了，让他们回去报告咱们的袭击行动，指认我们的船只？那岂不是自找麻烦。"

"你说得对。不过现在还得给他们饭吃。这些外国人可不像咱们，他们不经饿。"

"嗯，不过就算是在天气最恶劣的情况下，两个晚上也总能到了。别担心，咱们给不给吃的，他们都饿不死。"艾哈迈德船长说。

他们讨论了很长时间，最后决定把俘虏带到卡拉米塞尔去，移交给那里的民族主义军队。里面的英国人质还很可能成为跟敌方讨价还价的筹码。

他们在金角湾的岸边做了几次短暂停留，往一艘船上搬了一些装着帆布、窗帘布和内衣的箱子，往另一艘上搬了几袋粮食。袭击小队此时已经解散，大多数成员都回家去了。再次启航的时候，剩下的人员小心地把"商人阿卜杜拉"的货物摞到了军火箱的上面作为掩护。

这场历险记的下半段即将开始了。

海面平滑，水色如墨。那个夜晚，天色阴沉，看不到月亮。

卡迈尔感到自己对航海习惯起来了，他甚至开始有点享受小船的颠簸和浪涛轻柔的拍打与低吟……他的思绪回到自己早年跟舅舅在马尔马拉海上划船的那次经历。当时他靠着船帮，把手探到水里让它随船漂浮，看到手被水泡起了皱，他兴高采烈地喊：

"快看，舅舅，我也有跟你一样的老人手了！"

舅舅就大笑起来，然后抚摸着他的头发说："希望你能健健康康活到幸福的晚年。"

回忆起这件事，他意识到舅舅当年也就是二十多岁而已，不禁笑出声来。

"你看起来好多了，卡迈尔先生。不过真正的危险还在后面，"船长对他说，"我们就要到达安卡帕尼桥了。"

卡迈尔的微笑在嘴角凝固了。

在那座桥下他们没有遇到什么麻烦，就继续朝卡拉柯伊桥驶去，一路也通行无阻。卡拉柯伊桥是控制进出金角湾的所有船只的检查点。即使是在黑暗中，卡迈尔都看得出船长脸上的焦虑。

"他们会搜船吗？"他问。

"如果赶上是我们的人值班，就不会。"

"如果不是呢？"

"那我们就会遇上些小麻烦。"

他们到了桥下。有人用灯给他们的船发出了信号。穆斯塔法船长吹了个响亮的口哨，桥上的人回应了一声同样的口哨。船慢下来，船长把它驶入检查点。卡迈尔感到自己的心跳加快了。虽然这样在水上行驶远不像在萨勒卡默什的冰上跋涉那样痛苦，但是他感觉到了这是他此生离死亡最近的一次。稍有不慎，就会遭遇枪林弹雨的扫射。那将是怎样的悲剧啊。倒不是因为他们会死去，不，他们都做好了牺牲的准备。但是他们将死在将武器送达目的地之前，那样所有的努力都将白费。卡迈尔默默祈祷着顺利通过。如果他就要牺牲，他希望自己死得其所，而不是像那些在萨勒卡默什还没来得及打出一枪一炮就白白葬送掉的性命。他正在心里祈祷着，就听到一个深沉的声音问：

"口令？"

"新月。"

"信号？"

"目的地。"

"你们可以过去了。旅途平安。"

"谢谢。"

几分钟后，他们从桥下穿过，慢慢向马尔马拉海行驶。卡迈尔被刚才的紧张搞得疲惫不堪，现在靠着一堆渔网坐在船尾，眼望着浑浊的海水。穆斯塔法船长走到他身边来，拍着他的肩膀，"现在应该没问题了！你要不到甲板下面去睡一下吧！"他提议道。

"我在这儿挺好。"

"我的鼻子告诉我暴风雨要来了，到时候你在甲板下会晕船晕得很厉害。最好趁现在风平浪静的时候睡一下。"

卡迈尔朝右侧扫了一眼，看到靛蓝色的海岸线一片昏暗，只有远处一两盏灯发着微弱的光，也没什么风景可看的，他就听从了船长的建议站起身来。找到一个舒适的小角落后，他蜷缩起来，立马睡着了。

卡迈尔在半睡半醒之间，头顶上传来疯狂的叫喊声，有人嚷着"快点火"，上面还有跑来跑去的脚步声……随着一个沉重的大箱子"啪"的一声落到地上，卡迈尔睁开了眼睛。一开始，他不知道自己身在何处，是在宿舍里的上下铺床上吗？他本能地低下头，一边坐了起来。周围空气不畅，感觉憋闷。他站起来往前走去，随手抓住旁边的什么东西才不至于摔倒。他梦中的奇怪噪音还在继续，尽管此时他的眼睛是大睁着的。他爬了三截梯子，上了甲板，仰头望去，看到星辰隐没的天空已经在晨光中开始泛白。

◇

"早安，先生，"穆斯塔法船长跟他打招呼说，"是他们弄翻了一个装枪的箱子，把你吵醒了。"卡迈尔脑子里乱糟糟的碎片信息合到了一处，他搞明白自己是身在哪里了。

"我们到达目的地了吗？"

"到了，谢天谢地。你睡得好香啊，卡迈尔帕夏。"

"你是说我在睡着的那会儿功夫被升格为帕夏了？"卡迈尔笑道。

"整个海军的帕夏。"

留在船上的人整夜不停，忙着把船上的箱子、袋子都拖到岸上去。还上来了一些新的人员来帮忙。

"另一艘船去哪儿了？"卡迈尔问。

"还没到呢。我们还在等。"

"咱们到了多久了？"

"快一小时了。"

"我真是睡死了，穆斯塔法船长。你应该叫醒我的。他们为什么这么晚？你觉得是不是出了什么事？"

"他们本来就跟在我们后面的，但是到了达里卡一带就不见了……他们也许出了机械故障。"

"愿真主保佑他们。"

"也许是他们开过头了，错过了码头。"一个搬着箱子路过的人说。

"区长也这么认为，所以他建议在岸上点篝火。不过现在天要亮了，点火也没什么用了。"

卡迈尔下船时颤抖了一下。一阵微风刮来，带着清新的空气。码头上堆着小山一样的箱子和袋子。他从衣兜里掏出笔记本，背靠着一根柱子开始看起来。天色还很暗，他只能作罢。海岸上，区长让点的篝火正在熊熊燃烧。卡迈尔在码头上来回踱步。天迅速放亮，他再次掏出本子，开始检查自己在库房做的记录。

随着时间一小时一小时地过去，大家对掉队的船只越发担心起来。他们船上的物品都已经卸下，堆到了码头上的货车里，现在船舱里已经装满了粮食。码头上同时还码放着一箱箱卡迈尔的布匹和内衣。

穆斯塔法船长向卡迈尔走过来，说："赶路的人该上路了。你现在该离开我们了。"

"那艘船要是坏了的话，你也得赶紧去帮他们。"卡迈尔说。

"是，海军帕夏，"穆斯塔法船长咯咯笑道，"不过海水太深了，他们如果发生引擎故障，也没法抛锚，卡迈尔先生。他们可能就会在海上漂着，天知道会漂到什么地方去。"

卡迈尔再次为自己的无知感到不好意思。船长向他伸出一只手，跟他说了再见。

船上系泊用的绳索解开了，穆斯塔法船长的摩托艇向泛着层层红色、黄色微光的辽阔海面慢慢驶去，直到他和他的船成了天际线的一个小点。卡迈尔感到自己跟那个城市最后的联系就此被切断了。那艘开往伊斯坦布尔的船在视线里消失后，卡迈尔真切地意识到自己现在离家有多么遥远。他在装满内衣的箱子上坐了下来，感到一阵奇怪的空虚，同时也有种莫名的兴奋。他开始在笔记本里列出货物清单，一边耐心地等候第二艘船的到来。

接近中午了，周围的人开始感到沮丧起来。太阳已经升到天空。卡拉米塞尔区长和他的部下推测说，那艘船可能在海上被英国军舰拦截住了。大家都面色凝重。

"一有任何危险信号，他们就会把武器都倾倒进海里。"卡迈尔说，心里还抱着一线希望。然后他忽然想起了那些被押上船的俘虏，总不能把他们也都倒进海里吧！

"在这里干等也没什么意义，"区长说，"咱们进城去等吧，也许那里会有来自伊斯坦布尔的消息。"

大家垂头丧气地从码头散去的时候，有人注意到天际线有一个小点点。他们等待着，感觉心都跳到了嗓子眼里。是的，是他们。

大家欢呼雀跃。原来，这艘船在达里卡一带发生了引擎故障，这几个小时一直在抢修。货物已经送到，俘虏也都移交给前来接收武器的民族主义军队的指挥官了。

这就是这次袭击行动的成功结局。

英国人的反应很激烈。他们严刑拷打抓捕到的人，逼他们坦白。他们威胁伊斯坦布尔政府，扬言将采取报复行动。并且，从那天起，他们将严禁所有型号的船只天黑后从任何桥下通过。

18

一九二〇年十二月三十一日

　　迪露芭夫人晚饭后没有去跟女儿们在客厅里闲聊。洗漱、祈祷之后，她就上床读《可兰经》，一直看到深夜。然后她把《可兰经》放到床头小桌上，最后说了句祷文就睡下了，心中盼着真主会在那晚的梦中给她指出一条明路。

　　两个星期以前，住在后街的一个邻居来向穆拉求婚。那是个好人家，诚实、简单。几年前，她在街角杂货店认识了那家的妈妈，之后她们就经常早晨一起喝咖啡，过年过节互相造访问候，交换点心配方，总之是处得很融洽。迪露芭无法随随便便拒绝这样的人家。然而，她首先是一个母亲，而且令她难以释怀的是，她毕竟有一位亲戚——不管是多远的远亲——是一位国家领导，住在倍亚济区的豪宅里。如果雷萨特先生跟他哪位手下提起自己有位婚嫁年龄的亲戚，他们肯定会迫不及待地把她女儿这样贤良又有好出身的姑娘娶回家。就连梅佩尔都能在她寄居的主人家成功地引诱了少爷，她自己的女儿吸引个把卡迈尔先生的尊贵朋友自然是不成问题。穆拉和梅兹叶将由此搬离她们在贝西克塔斯区寒酸街道上这栋掉了漆的老房子，摇身一变成为豪宅的女主人。

　　她们的家当然不是一向如此破败。她父亲四十多年前买下这栋房子的时候，那是个典型的伊斯坦布尔宅子，木结构的三层小楼，白墙红瓦，迷人的拱形窗户。那时迪露芭夫人还是个孩子。跟很多切尔克斯家庭一样，他们是为了躲避"93 战争"[1]后高加索的血腥屠杀，逃到伊斯坦布尔来的。这栋房子，是用缝在她们裙子贴边上、披风的里子里，甚至是藏在她们的头发里的金子买下来的。那时，他们盼望在新的家园开创新的和平生活，可是他们搬来的时候正赶上奥斯曼帝国开始破败、解体。他们的男人在战争中牺牲，女人在分娩中丧生，孩子得流行病夭折。他们的确是比以前穷困，不那么称心如意，但还是庆幸自己无需去面对屠杀和强奸，也庆幸这里有家境好的亲戚随时乐意给他们提供帮助。如果她的某个女儿能嫁得风光，那她儿子雷杰普也有可能在政府部门谋到一份差事。

前些天，迪露芭夫人手里拎着礼物，带着闺女们到那所豪宅里去祝贺贝海丝生了第三个女儿，还尽心尽职地住了几天，帮着招呼前来贺喜的客人。此间，她貌似不经意地向萨拉丽夫人暗示了这个想法。

"雷萨特先生这些天情绪不好，恐怕他没心思去做媒。"萨拉丽夫人说，还加了一句："不过等梅佩尔生下孩子，我希望你还能过来住上一两天，那时我一定想办法向他提。"萨拉丽夫人总是对当媒人的事情乐此不疲。

迪露芭夫人感到进退两难：她是该等着梅佩尔生下孩子后，为女儿找到一个有身份、甚至有可能还很富有的贤婿，还是现在就凑合接受邻居儿子的求婚？生活不断教给她一个道理：机不可失，时不再来。还有，她也担心穆拉由此在街坊眼里有了眼光挑剔、自以为是的坏名声。命运也许来到了你脚下，但是你一旦拒绝，它可能就永远不会再回来了。迪露芭夫人苦苦思考了很久，可是就一直没想到该去问一下她女

---

1. 指的是 1877—1878 年发生的奥斯曼与俄国之间的战争，但是按照奥斯曼帝国通用的鲁米日历，那一年是 1293 年，故这场战争也被称为"93 战争"。

儿本人的意见。她当年被婚配的时候也没人问过她本人。婚姻大事自是由长辈、亲戚、甚至是邻里们包办。在沉重的责任感和重重矛盾的困扰下，她苦苦挣扎，难以决断，盼着能在梦中找到答案。

迪露芭夫人沉沉的睡眠被一阵爆炸声打断。她当时正梦见两个女儿同时出嫁，自己正听着婚礼的鼓声心满意足地笑着。她一骨碌从床上坐起来的时候，那微笑还挂在脸上。可那不是什么鼓声，是炸弹……接着又是一声。她"腾"地从床上跳了下来，动作过猛，导致头晕眼花，差点摔倒。她跌跌撞撞地到了窗户边，拉开窗帘的一角。街上一座座两三层高的房子的上空被一种怪异的红光点亮。一定是附近着了火！马路上到处都是惊慌失措地跑来跑去的人。爆炸在继续，一个接着一个。是有人正在向这里投射炸弹？是敌人入侵到他们这条街上来了？他们会冲进房子里来吗？他们就要开始烧杀抢掠了吧？迪露芭夫人冲出房间，跟两个女儿撞了个满怀，她们俩都已经吓得浑身发抖。

"这是怎么了，妈妈？他们在向我们扔炸弹吗？那吵闹声是怎么回事？"

"你们的弟弟呢？雷杰普呢？"

"他还没回来呢。"

"还没回家？这么晚了？我的老天，他不会是出什么事了吧？他可能中弹了，或者被抓起来了！"

"不会的，妈妈，别这么说！"

"快穿好衣服，姑娘们！披上罩袍。大家都在逃命，咱们也快走。"

"这个点儿咱们能去哪儿啊，妈妈？"

"我们去雷萨特先生家，到那里躲一躲。那毕竟是部长家，应该安全。"

"可是怎么过去呢？"

"找一艘船带咱们到瑟凯奇，或者走路过去。快穿好衣服。给雷杰普留个条儿告诉他咱们离开了，把纸条放在门厅的小条桌上。梅兹叶，动作快点！"

爆炸声震耳欲聋，不绝于耳。迪露芭夫人回到自己房间，在一个木箱子里翻出了一个洋铁皮盒子，里面装着值钱的东西和房产证。她又在衣柜抽屉里一通扒拉，找到钥匙打开了盒子，在里面翻找。然后她迅速把床上的枕头套摘了下来，把盒子里的珠宝和金块倒了进去，打了个死结，用一个长带子把它绑到自己的腰上，之后套上披风和罩袍。

"准备好了没有，孩子们？"她喊道。

"准备好了，妈妈。"

"给雷杰普留的条儿？"

"写好了，放在条桌上了。"梅兹叶说。

迪露芭夫人和她的女儿们跑下楼梯，出了大门，到了外面。街上都是人，惊慌失措的邻居，惊叫着的妇女，号哭的孩子，狂吠的狗，吹口哨的警卫。很多人从窗户探出身来。大家都在同时喊叫，根本听不出来谁在说什么。

"抓住我的手，抓紧了，"迪露芭对女儿们喊道，"万一在人群中走散了，咱们到贝西克塔斯渡船码头集合，好吗？"

人潮向主街涌去。大家推推搡搡，互相踩踏，迈过倒下的人们向前行进。迪露芭夫人这才意识到自己忘了换鞋。趿拉着没有后帮的拖鞋，不仅不好走路，而且脚很冷。她尽力拉住女儿们不松手，同时注意着腰间的包袱还在不在。看到包袱还在，她稍稍松了口气。炸弹还在接二连三地爆炸，每一次都把天映得通红，之后又变成别的颜色，蓝色、黄色、橘色、紫色的闪电穿过上空。

"这是末日!"一个灰白胡子的人喊道,"这不是轰炸,是世界末日!"

惊恐的人潮继续汹涌向前。有人踩到了迪露芭夫人罩袍的边,她差点绊倒,头巾也滑落在地,但是根本不可能弯腰去把它捡起来。反正大家都要没命了,她不再在乎邻居们怎么看她,只是抓紧女儿们,跟着人流向前行进。迎面逆着人流过来一个人,他伸开双臂扒开人群朝这边走来,差点扑到迪露芭夫人身上。她喊起来:"我的老天,是你!"

"妈妈!您这是干什么呢?头巾也不戴!你们这是要去哪儿啊?"

"哦,雷杰普,我的儿子!世界大乱了。你听不见吗?看看天上那些各种颜色的闪电。我们在逃命啊。"

迪露芭夫人一家突然停下脚步,马上被后面的人流推搡。雷杰普费力地把他母亲和姐姐们拉到马路边上,躲到一个门洞里。

"妈妈,你们疯了吗?赶紧回家去!"

"可是儿子,正在扔炸弹呢,你听不见吗?咱们躲到雷萨特先生家去就安全了。"

"什么炸弹?"

"看啊!大家都在逃命!"

"赶紧回家去,"雷杰普说,"希望你们没有忘了关门。否则的话,家里肯定已经被贼洗劫一空了。"

接下来是一阵持续时间很长的爆炸声。

"看!他们又在轰炸了!"梅兹叶说。

"姑娘们,那不是什么炸弹,那是礼花。你们要是走到海岸那边就能看出来了,"雷杰普说,脸上露出哭笑不得的表情,"那些异教徒们在庆祝他们的新年。贝西克塔斯港停靠着一艘巡洋舰,他们在那儿放焰火已经放了一小时。现在赶紧回家去!"

"你什么意思?"迪露芭夫人结结巴巴地说,"没人大冬天的放烟花。"

迪露芭夫人一瘸一拐地往家走的时候，就剩一只拖鞋在脚上。她浑身发抖，脑袋露在外面，头发凌乱，腰间的细软包几乎滑落到膝盖上，但她认定自己之前做的梦给她指出了明路。安拉刚刚让她瞥到了世界末日的景象，让她被迫面对死亡，之后，又把正常生活还给了她。如果她的确记得锁好了门，家里没有被盗，那么她第二天要做的第一件事，就是告诉那家邻居，她同意把女儿嫁给他们家儿子。但愿一切结果如人所愿。

艾哈迈德·雷萨特在自己房间，鼻梁上架着眼镜，借着窗口的阳光在读一封信。看完后，他把它折起来，放到衣袋里，下楼往客厅走去。女人们都已聚在那里。

"梅佩尔，告诉古尔菲丹给大家煮点好咖啡来，好吗?"他说。

"她现在手上都是洋葱味儿，还是我来煮吧，先生，然后给你们送上来。"梅佩尔说，"另外，很抱歉，我这些日子无福享受咖啡的味道了。"

"那就给萨拉丽夫人和贝海丝弄两杯来吧，她们可以喝。"

"不用给我煮，梅佩尔，太多咖啡对我的奶水不好。"贝海丝说。事实上，女人们是为了把咖啡省下来留给雷萨特先生和客人喝。她们在很多地方都在节衣缩食：这段时间里，有荤菜的时候贝海丝会假称她不想吃肉，把她的那份让给还在长身体的女儿们或者怀着孕的梅佩尔吃。一开始，萨拉丽夫人对儿媳那么难伺候很是不满，对她说话都带着刺儿，但后来她知道了贝海丝的真实意图，就对她好了很多。

梅佩尔离开了房间，去为雷萨特先生和萨拉丽夫人煮咖啡。

"怎么了，孩子? 为什么突然要喝咖啡?"

"我就是来跟你们聊聊，咖啡只是个借口。"雷萨特说。

"打什么时候起您对坐下来跟我们聊天感兴趣了？"贝海丝问。

"有事商量的时候，我干吗不跟你们一起坐坐？"

"有事要商量吗？"

"当然有。"

"看在真主的分上，快说什么事，我都等不及了。"

"等梅佩尔回来再说。"雷萨特说。

"雷萨特先生，我的孩子！真的有必要有梅佩尔在场吗？"

"有必要，因为事关她的丈夫。"雷萨特说。

"哦，是我的小狮子有消息了？马上告诉我们怎么回事，我实在等不了了。他精神还好？身体还好？他到了前线吗？"

"等梅佩尔回来了，我就回答所有问题。"

过了一小会儿，梅佩尔端着个珍珠母托盘回来了，上面有一杯咖啡和一杯茶。她把咖啡递给雷萨特，之后走到萨拉丽夫人身边。"我知道您喜欢喝甜一些的咖啡，可是家里没有糖了，所以我就给您弄了杯茶来，里面加了点蜂蜜。"她说。

"伊布拉海姆先生家的蜂蜜真是不错，"萨拉丽夫人说，"你是说咱们还没吃完吗？"

"我们用得比较节省，还剩一点点。"

"那太好了。孩子，现在坐下来听一听，有卡迈尔的消息。"

梅佩尔膝盖发抖，在沙发上挨着贝海丝坐了下来。贝海丝把孩子放在大腿上，轻轻悠晃着。

"这封信是卡迈尔还在安卡拉的时候写来的，"雷萨特说，"他乔装成一名布商，坐了两天马车才到达那里。他们为他准备了所有必要的身份证明，一路通行无阻。他说他情愿忍受风雨，哪怕是大雪也行，只要让他双脚在陆地上。看来他不怎么喜欢海上出行。"

"哦，我那可怜的孩子，"萨拉丽夫人说，"他向来不太善于跟水打交道，从很小的时候起就是那样。你记得吗，雷萨特先生，他三岁时，咱们从岛上回来赶上了大风暴？那之后他连续做了几个月噩梦。"

梅佩尔真希望老夫人先闭上嘴，等把卡迈尔的所有消息都听完了再开口。雷萨特先生接着转述信的内容。

"他们在安卡拉某所学校里待了一段时间，卡迈尔学习如何读写电报，如何建立电报站。之后他们派他带着一些电线、绝缘材料什么的到爱琴海一带去了。"

"然后呢？"

"我的理解是，他们要在希腊人侵占的地区设立电报站，以便跟安卡拉联系。"

"我的老天，那孩子哪里懂什么电报的事？"萨拉丽夫人嚷道，"他们会害了他的，我就知道。他要是在安装电线的时候晕了、摔倒了怎么办？"

"真主保佑，母亲，"贝海丝说，"他不会亲自去绕电线的，那是别人干的活儿。"

"女士们，"雷萨特先生说，"请你们不要光顾着自己聊了，听我说两句。我有个让你们高兴的消息。"

"什么消息？"

"猜猜卡迈尔在安卡拉碰到谁了？"

"谁？谁啊？"

"加齐帕夏[1]？"梅佩尔问。

"错了。"

---

1. 穆斯塔法·凯末尔在被赐予阿塔土克一姓之前，常被人们称为加齐帕夏，"加齐"意即"战争勇士"。

"孩子，快告诉我们吧！"

"他在安卡拉碰见了阿兹拉小姐。"

"啊！"梅佩尔脱口叫了一声，赶紧用手捂住了嘴巴。

"阿兹拉去安卡拉干吗？"萨拉丽夫人问。说着她站起身来，径直走到雷萨特身边，又问了一遍："阿兹拉去安卡拉干吗？"

"她也在学习收发电报。"

"她会去西部前线吗？"梅佩尔问。虽然她很喜欢阿兹拉，但还是不禁有些敏感。

"不会，她会在马拉什工作。她已经学完必要的技能，要回到马拉什去了。"

梅佩尔暗自舒了口气，贝海丝却嘟囔道："阿兹拉疯了吗？"

"她简直不是女人，是个假小子。真主保佑我们家的女孩子不要如此。"萨拉丽夫人道。

"还有什么别的有关我丈夫的消息吗？"梅佩尔问道。

"我把他的信给你，你自己去读吧。不过他在里面用了很多暗语，有不少地方你可能看不懂。"

梅佩尔一步凑到雷萨特身边，几乎是从他手里把信抢过来的。

"有两封给你的信，梅佩尔。"雷萨特先生说。

三个女人都抬起头，睁大了眼睛。

"一封是卡迈尔来的，另一封是谁来的？"萨拉丽夫人问道。

雷萨特先生从口袋里掏出两个信封，递给了梅佩尔。梅佩尔马上打开了有卡迈尔字迹的那封。

"另一封信是谁写来的？快告诉我！"

为了满足萨拉丽夫人，梅佩尔打开了第二封信，看了下落款。"阿兹拉也给我写了信，"她说，"请原谅，我想回自己房间去读这两封信。"

"草率的通信不会有什么好结果，记住我的话吧。"萨拉丽夫人说。

梅佩尔不去理会老夫人的暗示和贝海丝脸上显露无遗的嫉妒，径直跑回了自己的房间。她用指尖轻轻抚摸着卡迈尔的字迹，然后亲吻了她的爱人曾经摸过的这张信纸，才开始读信。

在信的开头，卡迈尔首先挨个问候了家里每个人。梅佩尔匆匆扫对上至萨拉丽夫人下至萨芭哈的近况的询问，但是把他在安卡拉巧遇阿兹拉的部分反复读了好几遍。的确，没有看出任何异常的迹象。卡迈尔只是对碰到老朋友真心高兴，一心跟自己的妻子分享这份快乐，就是这么回事而已。不管怎样，两天后阿兹拉就回马拉什去了，卡迈尔也被派往爱琴海那边，去一个他在信里不便透露的小城。她心爱的丈夫还提到，他在梦里得到一些启示，预示了他们幸福的未来，他还说他确信在年内他们就会团聚。他请求梅佩尔放宽心，只管悉心照顾他们的孩子。梅佩尔看完信，擦了擦眼睛，接着去看卡迈尔写给雷萨特先生的那封。卡迈尔在给舅舅的信里，对自己的工作说得更具体些，但是，正如雷萨特提醒她的，里面充满了暗号，让她很难看明白。她把卡迈尔的信反复读了几遍之后，感觉自己现在可以看阿兹拉的来信了。

"至梅佩尔小姐，我的苦难深重、自我牺牲的姐妹"，信的开头这样写道。接下来，阿兹拉叙述了她和卡迈尔在安卡拉巧遇的过程。她看到他很好，很健康，对将承担的工作很是满意，也对自己在伊斯坦布尔居家养病期间百无一用的状态深感内疚。

下面的段落，是梅佩尔最关心的内容，一个非常重大的消息。

去年秋天，当她俩从萨伊斯特夫人的课上一起走回家的时候，阿兹拉曾向梅佩尔承认，她已经很长时间没有体会到恋爱的滋味，希望自己也能像梅佩尔对卡迈尔那样热烈倾心地爱上一个人。梅佩尔当时说，她能确定地感觉到阿兹拉会很快遇到那个人。梅佩尔说对了，那之后阿兹拉很快就爱上了一位在马拉什遇到的军官。她在安卡拉见到卡迈尔的时候跟他也提起了这个人，现在她要跟梅佩尔分享这个秘密。虽然她内心暗自渴望向全世界宣扬她的爱情，但感觉现在还不是时候，她希望暂时不对其他任何人提起这件事，也请梅佩尔为她保密。未来某一天，如果他能活到那时候，他们就会在伊斯坦布尔相聚，到时候她会公布他的身份。

如果他能活到那一天！这句话像刀子一样刺痛了梅佩尔的心。

她坐在床边，合掌祈祷："求求你们，都活下来吧。"

梅佩尔打算把那三封信重读几遍，可这时外面大门的门铃响了起来。她走到窗边，吃惊地看到她姑妈和她的两个女儿正满脸堆笑地穿过花园向前门走来，后面跟着姑妈的儿子雷杰普，他怀里还抱着大包小包一大堆东西。没人说过迪露芭姑妈要来啊。她赶紧把信塞到枕头下边，跑下楼去。

迪露芭夫人来这里，一是向亲戚们报喜，分享穆拉订婚的喜讯，二是跟他们叙述十来天前发生的那件至今令她惊魂不定的事。在她儿子、女儿的反复打断和即兴模仿中，她讲述了那天深夜，那些异教徒们如何庆祝他们的新年，在可怕的爆炸声中，人们如何奔上街头逃命，她又是如何在混乱之中丢了一只拖鞋和头巾。

丽曼、苏阿特和贝海丝都快笑破肚皮了，只有萨拉丽夫人尽力绷住了没让笑容爬上嘴角。梅佩尔的心思还在枕头下面的那几封信上，所以一直无法集中注意力。她一心只想马上回到自己的房间，回到信中的世界里去，但是显然不能对客人如此无礼。

迪露芭重复了几遍令几位女主人捧腹的叙述之后，转向梅佩尔问道："你确定怀的不是双胞胎，我的孩子？你的肚子实在是太大了。"

梅佩尔已经习惯了被人这样问，只以不置可否的微笑作答。

"我们家这边没有双胞胎的遗传，但梅佩尔她妈妈家那边可能有。您是否了解这方面的情况，夫人？"迪露芭问道。

萨拉丽夫人正在琢磨怎么回答她合适，这时管家进来了，打断了她们。

"楼下有个人，给老爷带了信来。"她说。

雷萨特先生冲下楼梯；梅佩尔脸色发白；萨拉丽夫人双手合十举在胸前。女人们焦急地等着雷萨特回来。这么多年来，所有消息都是坏消息，她们已经不敢有别的奢望。几分钟后，她们听到雷萨特上楼的脚步声。"他上楼走得那么快，肯定不会是坏消息。"梅佩尔对自己说。她猜对了，雷萨特先生满脸微笑，手里拿着份电报出现在门口。

"迪露芭夫人，你带来了好运。卡迈尔发来新的消息，民族主义军队终于成功抵抗了希腊人，尽管我们只有六千支枪，希腊人有两万支。这是在西线一个叫做伊诺努的地方发生的。"

"谁怎么了？"耳朵有点儿背的萨拉丽夫人问道。

"我不知道谁怎么了，但我知道这是雷萨特先生几个月来第一次露出笑容，所以必定是好消息。"贝海丝说。

19

一
九
二
一
年
二
月

一天晚上，女人孩子们都吃完了晚饭，梅佩尔在厨房里为雷萨特先生准备了吃的，放到托盘上。跟平日一样，他又会回来得很晚。

跟平常一样，萨拉丽夫人忍不住又要干涉一番。她朝楼下正在往盘子里摆放酥皮馅饼的梅佩尔喊道：

"梅佩尔，雷萨特先生不喜欢土豆馅的，给他放芹菜馅的好吧？"

"我放的就是芹菜的，夫人。"梅佩尔答道。

梅佩尔的身子越来越重，脚腕也肿了，但尽管如此，她还是尽力帮管家做些家务，特别是在男主人经常拿不到工资、导致他们不得不解雇帮手扎赫拉之后。可怜的古尔菲丹管家年纪也大了，人又胖，上楼梯都困难。可是怀孕后期的梅佩尔上下楼也不那么轻松了。

梅佩尔的肚子那么大，苏阿特和丽曼都认准了她怀的是双胞胎。如果是男孩，她们已经为他们想好了名字：作为大姐，丽曼当仁不让，决定让小一点的那个叫塞利姆，大的那个叫哈利姆，让两个名字般配顺口。

梅佩尔微微侧着头，安静而无奈地听着女孩子们叽叽喳喳的讨论。不难想象，如果她生出来的不是双胞胎，姑娘们会多么失望。但她无法预见雷萨特先生和贝海丝夫人对她那么早生下孩子会是什么反应。他们会不会挠着脑袋、掰着手指头计算日子？他们会不会责备她，甚至当面斥责她？还是一向精明的萨拉丽夫人早已自行编好了某种解释？

梅佩尔往托盘里又放了一盘炖梅子和一杯茴香酒，把托盘放在门厅的大理石桌上。雷萨特先生到家后，可以自己随意端到男人屋或楼上起居室去吃。

那天没人出门买东西，所以家里没有当天的报纸。胡斯努的一个亲戚去世了，他回村参加葬礼去了，这几天回不来。雷萨特先生早晨出门的时候，梅佩尔请他从部里带份报纸回来。她这段时间开始每天研究报上的新闻，琢磨哪件事情可能会跟卡迈尔有关。

在萨拉丽夫人的坚持下，贝海丝下楼到食品储藏室，跟她一起查点库存。糖早就用完了，食油也没多少了。那天她们做的面点，也是费了好大力气从面袋里剩下的底儿里筛出来的。贝海丝当晚就得给她父亲写信，请他再给送些粮食、油、奶酪来。

梅佩尔紧紧抓着栏杆往楼上挪步，听到姑娘们在前厅弹琴唱歌。

"跟我们一起来吧，梅佩尔姐姐，"丽曼喊道，"把你的乌德琴拿来，咱们换成民族风格的。"

梅佩尔说不行，她腰疼得厉害，想回屋躺一下。刚上到二层，就听到院门的门铃响了起来。梅佩尔意识到，自己再下两层楼出去开门实在太费劲了，这回就让古尔菲丹管家去开门吧。

梅佩尔回到自己房间，走到窗前，看到管家正摇摇摆摆地穿过花园朝院门走去，看来这回她是听到门铃声了。古尔菲丹希望家里的女人都认为她耳背到了根本听不见门铃和敲门声的程度，大家都知道她的小伎俩，但也都睁一只眼闭一只眼。管家打开了大门，跟门口两个没见过的男人说着什么话。从她窗口的视角看去，梅佩尔能从那两个人僵硬的动作和严肃的举止上看出，他们带来的是个重大的消息。梅佩尔离开窗户，坐到床边，双手合十放到胸口。她心里感到沉重不安。不光是心里不舒服，胃也难受。虽然她只吃了一碗米饭，可一整天都在打嗝。她感到无精打采，提不起精神。她摘下头巾，解开衣扣，伸手去床头桌上拿过香水瓶，往太阳穴和胸口洒了一些，又脱了鞋，刚要在床上放平躺下来，就感觉到有什么不对头，赶紧又起身回到窗口。

管家不在那里了，现在跟那两个陌生人说话的是萨拉丽夫人和贝海丝。其中一个人指着远处在解释着什么。梅佩尔看到贝海丝开始拍打自己的大腿，又看到萨拉丽夫人摇晃了几下，身体前倾跪倒在草地上。那两个人急忙拉住她的胳膊试图把她扶起来。

梅佩尔头巾没顾上戴，衣扣也没扣好，光着脚跑下楼去。那两个男人一边一个搀扶着萨拉丽夫人迎面而来，连拉带拽地带她往房子里走，贝海丝紧跟其后，嘴里不停地念叨着：

"母亲，求您了，母亲，一定要保持镇定。千万不能告诉梅佩尔，要不孩子可能就保不住了。我求您了，母亲……"

梅佩尔冲到门口，直奔那两个人而去。"卡迈尔怎么了？"她尖叫道。没人说一个字。没人动一下。她对面的四个人像照片一样定格在那里，与梅佩尔无言对视。梅佩尔伸出双臂，抖动着向前摔了下去，倒在门前的大理石地面上。

"我的老天啊，但愿她没磕到肚子。"贝海丝喊着蹲了下来，趴到梅佩尔胸前去听她的心跳。

一股粉色液体出现在梅佩尔大腿边雪白的大理石地面上。

"她要流产了！"贝海丝惊叫起来。

"不是流产，是要生了。"萨拉丽夫人费力地说出这句话来。

"救命！"贝海丝对搀扶着萨拉丽夫人的两个男人叫道，"快帮帮我们！看在真主的分上，叫管家来，叫姑娘们也来。找个接生婆来，找个医生来，快！别在那儿站着了，快去！去啊！"

那两个人放下萨拉丽夫人，冲到房子里面。萨拉丽夫人自己站不起来，就爬向贝海丝和梅佩尔。她揪下自己的头巾，折起来递给贝海丝，说："把这个垫到梅佩尔腰下面，孩子。把她的膝盖支起来，腿分开。"

贝海丝机械地听从着指令。萨拉丽夫人爬到梅佩尔身边，凑近了用手背猛抽梅佩尔的脸颊。梅佩尔睁开了眼睛，眼神空洞。

"梅佩尔，你要生了。除了生孩子什么都别想，只想着孩子。你不是想要儿子吗？想想你的儿子。深呼吸，吸气，呼气，吸气，呼气。就这样，亲爱的。再来一次。再来一次。"

那两个来报信的人带着家里其他几个女人一起冲了出来，把梅佩尔围住，大家七嘴八舌，乱作一团。管家来回踱步，绞着自己的双手。女孩子们哭了起来。

两个男人俯身托起梅佩尔，把她往房子里抬。现在她彻底苏醒了，开始号啕大哭。萨拉丽夫人在孙女们的搀扶下站了起来，跟着他们往里走，一路喊着指令，其他人紧跟在她身后。"一进门你们就把她抬到男人屋放平，就是右边第一间屋子。"贝海丝转向正在她身边团团转的丽曼，对她说："首先，赶紧去把接生婆找来，然后，去找贝尔基斯夫人，就是挨着接生婆家的那家，告诉她咱家出了什么事，请他们派个仆人去通知你爸爸，也许他们能叫个车直接去部里找他。不管怎么着，得有人把信儿传达给你爸爸。我们需要他马上回来，他还必须请马赫尔先生也过来。"

"我去拿罩袍……"

"别让我再说一遍，丽曼！现在就去！这是紧急情况，谁管你穿不穿什么罩袍。快跑!"丽曼张口结舌地看了看平日里那么在乎礼节仪表的妈妈。她往后捋了捋头发,朝外跑去,心里庆幸接生婆就住在隔壁。

丽曼走后,贝海丝转向苏阿特,说:"你哭什么?"

"梅佩尔姐姐要死了。"

"她不会死,她是要生孩子了。"

"要是死了怎么办?"

"别犯傻了,干点有用的去。我把可怜的萨芭哈留在屋里了,你去看着妹妹。"

"我想在这儿陪梅佩尔姐姐。管家可以去看孩子。"

"她得帮忙接生,烧水、准备布条什么的,有很多活儿要做。"

"可是妈妈,我……"

这是贝海丝第一次对自己的孩子扬起了手。"苏阿特,我让你去照顾妹妹。阳台门没关,可能会溜进来一只猫。听着,要是孩子出了什么差错,真主作证,我会亲手把你撕碎!"

苏阿特飞也似的跑回房子里去了,生怕会挨妈妈的巴掌。这还是她这辈子第一次差点挨揍,也是她有生以来第一次听大人的话,完全照办。此时,梅佩尔的尖叫声穿过花园,响彻外面的街道。

艾哈迈德·雷萨特和马赫尔先生到家的时候,已经是几个小时以后了。雷萨特一直在参加一个秘密会议,送信的人等到他开完会后才把消息送到。他只知道梅佩尔开始分娩了,而按照他的计算,她怀孕只有五个月,所以判定孩子可能是死婴。他不明白为什么他们家的孩子命该如此。也许"过度保护的那只眼睛最易被扎伤"这句老话有一定的道理,就是说,孩子早产夭折可能跟女人们孕期过度小心不无关系。

雷萨特先生开始思忖如何把孩子夭折的噩耗告诉卡迈尔,不禁感到耳朵发烫，头疼欲裂。他振作起精神，派一名手下去马赫尔医生家里找他，派另一名去他上班的医院找。所幸那段时间马赫尔正好在欧洲海岸这边工作，雷萨特祈祷找到他应该不会太难。安排完了之后，他冲下楼去打车。一直叫不到车，他就跳上一辆正好经过的电车。他一手紧抓着金属门把，脚吊在上车的踏板上，看上去就像个穷学生。他暗自希望没人看到他这个样子。电车到达迪万约鲁街时，他一步跳了下来，往家里飞奔。到了街口，正碰上马赫尔在付车费。

他对马赫尔说的第一句话是："婴儿很可能没活下来，是不是？"

"让我进去看了才能知道，"马赫尔说，"即使是怀孕七个月生下的，当今的技术也能让早产儿活下来。"

雷萨特不敢告诉他，这孩子还不足六个月。

他们不再说话，快步向家里走去。贝海丝出来开了门，她的眼睛红肿，脸色惨白。雷萨特一边摘帽子一边问：

"孩子是活的吗，贝海丝？"

"孩子是活的。"她说，一边痛哭着扑到他怀里。

"梅佩尔呢？她还好吗？"

贝海丝抽泣着说："还好……她一切正常。"

"我上楼去看看他们。"马赫尔说。他拎着出诊箱，正要上楼，贝海丝泪淋淋地说："马赫尔先生，梅佩尔在楼下男人屋里呢。"

马赫尔打开了男人屋的门，看到沙发上铺着床单，梅佩尔在窄小的沙发上双臂夹着身子躺着，像具尸体一样一动不动。沙发旁的摇篮里躺着一个小小的婴儿，明显是早产，浑身严严实实地裹着棉布。他的哭声小到几乎听不见。接生婆坐在梅佩尔脚下的一个垫子上，正在读《可兰经》。看到医生进来了，她定了定神，低声说："是早产。她很难过，不想看她的儿子。"

马赫尔走到梅佩尔身边，问："你还好吗，梅佩尔小姐?"她没有睁眼。

"梅佩尔小姐……梅佩尔……是我，马赫尔医生。你没事吧?"

还是没有应答。他以为梅佩尔睡着了，就走到摇篮旁，俯身抱起婴儿，把他放到沙发上，给他做了检查，然后对站在旁边的接生婆说："成活率很高。"

他打算上楼去跟大家建议，把孩子送到医院去，观察十天左右。如果他们同意，他还可以把母子俩都送到贝伊奥卢区的意大利医院去，他有几个关系很近的朋友在那里工作。他打开了起居室的门，探头进去，看到雷萨特瘫坐在椅子上，他的表情让马赫尔一时忘了梅佩尔和婴儿的事。"雷萨特先生!"他低声叫道。

萨拉丽夫人盘腿坐在窗前的沙发上，双手交叉放在腿上，身子前后摇晃，嘴里喃喃地念叨着，马赫尔听不清楚她说的是什么。他认真听了几分钟，还是无法辨别她说的话。他把自己的包放到地上，朝房间四周张望了一下，发现贝海丝和苏阿特没在里面。只有丽曼站在她爸爸身旁，用香水按摩着他的太阳穴和胳膊，她的脸跟她父亲的一样惨白阴沉。丽曼走向马赫尔，像是要告诉他什么秘密一样向他探着身子，对他低声说道："马赫尔先生，我们今天收到了悲痛的消息，我们失去了卡迈尔哥哥。"

马赫尔凝视着丽曼的脸。这一刻，她仿佛长大了十岁。这时他也听明白了萨拉丽夫人的哀鸣："连个去祭拜的坟墓都没有啊!"

20

折断的翅膀

　　阿兹拉放下笔，仰头靠在椅背上。昏暗的烛光下，她发现自己的眼泪已经落到信纸上，模糊了上面黑色的笔迹。她闭上眼，停了一会儿，然后开始大哭起来。

　　阿兹拉住在马拉什城郊一个贫穷地区的一条窄巷里，住处条件极为艰苦，冬天没法取暖，夏天极度缺水。此时她坐在桌旁，看起来像是一个演员正在笨拙地演一段地方小剧团排演的夸张场景。身后的百叶窗关着，遮蔽着早晨的阳光。她还穿着睡袍，披肩从左肩上滑落，蓬头垢面，大黑眼圈暴露出又一个不眠之夜，她似乎活脱脱就是悲惨和沮丧的化身。然而即便如此，她还是与这个破败的房间破败显得不搭调。

　　她曾经相信，是爱国情怀把她带到这边远的地方。不过，在数月的艰苦生活之后，她终于有了勇气去反省自己的真实动机，最后迫使自己承认，她那样做不是为了国家，而是为了给自己空虚的生活注入些激情。

　　她是多么羡慕梅佩尔！直到现在，当她写这封吊唁信的时候，她才意外地发现自己对梅佩尔的嫉妒程度。虽然阿兹拉真心喜欢这个地位比自己低很多、以穷亲戚身份借住在雷萨特先生家里的无知女孩，但她对她的友情还是染上了嫉妒色彩。她羡慕梅佩尔对自己的发小卡迈尔那种炽烈的爱，那是一种她自己从未体验过的感情。后来她又嫉妒梅佩尔如此受真主眷顾怀上了孩子，而她自己却一直完全无缘受孕。

卡迈尔却一直在暗示阿兹拉，梅佩尔是多么嫉妒她。这也很自然。毕竟，她阿兹拉受过良好的教育，家境富有，受人尊敬，独立自主；她拥有的一切恰恰是梅佩尔可望而不可及的。卡迈尔曾经对阿兹拉历数她的种种优良品质，并对她说，正是因为她如此优秀，才不应该介意梅佩尔对她的无礼。

但事实上梅佩尔从来没有对阿兹拉表现出无礼，反而总是对她毕恭毕敬——除了他们第一次在雷萨特家相遇那天以外。而如今是阿兹拉不惜一切代价想跟梅佩尔调换位置。可是，人不是自己命运的主宰，是真主勾画出我们生命的轨迹。

是命运把梅佩尔送到了雷萨特先生家里，又把她送入卡迈尔的怀抱。是命运让他们结合，也是命运让她在还没有真正学会为妻之道的时候，便成了寡妇。

难道阿兹拉白白地羡慕梅佩尔了？

不，梅佩尔现在怀里有自己的孩子，而且永远会拥有她那至死不渝的爱情。

而她，阿兹拉，一无所有。

她当年与内杰代特结婚，完全是因为两家觉得他们合适。那只是一场对双方家庭都有好处的明智婚姻。回想起来，当她试图记起他们在一起时最幸福的时光时，她会看到她的丈夫用温顺的淡褐色眼睛凝视着她，带着极度的温柔——如果不是深深的爱。并肩而坐听听音乐，或斜倚在栗子树下的躺椅上探讨正在读的书，都是非常令人满足的时刻。

但是激情呢？

如果说有过肉体欲望的满足，那仅仅属于内杰代特一方。她会躺在丈夫年轻、强壮的身体下面，分开腿，将丝质睡袍提到腰上面，不停地擦去从丈夫额头上滴落到她脸上的汗珠。如果灯光够亮，她会带着些厌恶研究他的脸。看到他的眼球在半闭着的眼帘下开始转动的时候，她知道自己的苦难就要到尽头了。她有时会想，也许她一直不能怀孕就是因为她一直无法享受与丈夫做爱。

卡尔和梅佩尔躲在她家那次，阿兹拉吃惊地看到，梅佩尔只要一看到卡迈尔，两眼便充满赤裸裸的欲望。就是跟卡迈尔同时在一间屋子里坐着，梅佩尔身上所产生的强烈情感都会远远超出阿兹拉和她丈夫在一起最亲热的时刻所感受到的。阿兹拉观察着、考量着他们的一举一动。她看到卡迈尔总是"不经意地"蹭一下梅佩尔的手、胳膊、头发，甚至胸和大腿。而梅佩尔的两眼永远不离开卡迈尔，目光在他的眼睛、嘴唇上流连。阿兹拉能看出来，那是一个女人在回味私密时刻的模样。当梅佩尔没有跟卡迈尔在一起的时候，她的所有思绪也无疑都是关于卡迈尔的，永远只是卡迈尔。

阿兹拉的确很嫉妒。但那不是对他们个人的嫉妒，而是针对一种她从未体验过的情感和生理上的激情。

此刻，当她把钢笔蘸到墨水里，试图给梅佩尔写这封吊唁信的时候，她完全不知从何说起。

"亲爱的妹妹，我非常难过。愿真主赐给你力量熬过这个难关。你的丈夫为国捐躯，你应该为他骄傲。请努力在儿子身上找到安慰吧。"

阿兹拉把信纸揉成一团，重新开始。

"最亲爱的梅佩尔，我心爱的、苦难深重的妹妹：

给你讲讲我跟卡迈尔一起度过的最后两天，对你会是个安慰吗？到了安卡拉，我们俩都特别兴奋，不仅是因为学到了新的技术，更是因为这项技术对把敌人从国土上赶出去会起到不小的作用。卡迈尔真的是太高兴了。他娶到了心爱的女人，自己的孩子即将降生，同时又接到了重要的任务，用他自己的话说，他'终于有点用了'。一旦抗击希腊人入侵的斗争取得胜利，他便会高昂着头颅回到自己的家。我们不知道怎样做才能成功地赶走希腊人，但我们都将为此目标而奋斗，并全身心地相信，一定会有奇迹发生……

梅佩尔，在安卡拉那一夜，我和卡迈尔一直聊到天亮。我们仿佛回到了童年。我们都流了泪，为我们所失去的，为我们所经历的，也为我们做错的一切……"

不行，她绝不能把这个给梅佩尔看。她再次把信纸揉成一团，扔进了废纸篓……

她再次提笔。

"你一心想了解那个可怕的事件，我不明白知道了这个对你有什么用，但我还是遵嘱讲给你听吧。卡迈尔身上背着一包电报导体去执行任务，行进到埃斯基谢希尔一带时，被当地军警扣押了。他拒绝打开背包，试图甩掉他们，跟他们解释说自己只是个旅途中的商人，并拿出了相应的证件来给他们看。但是他们坚持让他打开背包。他别无选择，只好表示同意。不过他并没有把包打开，而是把它扔到旁边的沟壑里面去了。希腊警察看着那个包落到了谷底，便对手无寸铁的他掏出了枪，朝他单薄的身体一顿扫射，直到打空了弹膛里的子弹……"

我为什么要跟你说这些，梅佩尔？我疯了吗？

又一团纸进了废纸篓。

不，这不仅仅是一封吊唁信。阿兹拉其实也想跟她坦白自己的爱情。她需要卸下这个压在心头的沉重负担。也许跟他人分享了她的爱情秘密，她就能从那场噩梦里解脱出来。这是她真实、热切的愿望。

"……之前跟你提过，我终于找到了真爱，就像我所羡慕和赞赏的你和卡迈尔之间的那种。可是梅佩尔，我恐怕是再次搞砸了。你跟卡迈尔恋爱初期的时候曾经很绝望，而我也同样面临着那样的绝望。我无望而热烈地爱着那个人……那个人……那个人……

在你给我的来信中，你说你为我找到爱情而高兴。但不要为我高兴，妹妹。我的这场爱情其实没有任何令人高兴之处……"

阿兹拉站起身，椅子就倒了。她开始疯狂地在屋子里来回踱步。对这个人，这场爱情，她该怎么办？她能接受他日日不停的请求吗？她能跟他一起逃走吗？完全割断她的过去，让她的母亲、亲戚、朋友都对她失望，为她感到丢脸……她能抛弃自己的祖国吗？

头天夜里，她曾装扮成当地村民的样子去到让·丹尼尔的家。她扑到他的怀里，狂热之中都忘了拉上窗帘。她感受着他的身体压到她身上的重量，迷醉于他的狂吻。之后，她满足地躺在他的怀抱里，答应跟他一起走。可是第二天早晨，她的头脑又清醒了。此刻，在给梅佩尔写信的时候，她意识到将自己连根拔起将是件多么痛苦的事情。她都无法判定眼前打湿了信纸的眼泪是为卡迈尔流的还是为她自己。

或许唯一的了断是让·丹尼尔像卡迈尔那样战死。那样，她就能摆脱这致命的禁忌之恋。可她这是在想什么？她真的为了自己心安而盼着爱人死去吗？！梅佩尔时刻准备着为卡迈尔献出自己的生命，她阿兹拉永远连梅佩尔的一根小指头都赶不上！阿兹拉在房间里来回踱步，瞪大了眼睛，挥动着双手，仿佛是在跟谁争吵。

"梅佩尔，你知不知道你是个多么幸运的女人！你余生都会继续爱着卡迈尔的灵魂，这意味着他永远是你的。而且他也永远不会看到你青春凋谢、人老珠黄的过程。但是如果我为了跟这个法国军官的爱情而抛弃了祖国和家人，如果他背叛了我……如果他有一天离开了我……我还怎么跨过那已烧成灰烬的桥梁再回来？我又能回到谁的身边来呢？"

阿兹拉拎起桌上的水罐，往手上倒了些水，泼到脸上。她推开窗户，打开木百叶窗，拉开棉布窗帘，对着早晨的阳光眨着眼，用力把新鲜空气吸进肺里，可还是感到胸口发紧。她必须尽快穿好衣服出门，去省政府报到，编辑土耳其将军与法国人的通信。希腊人继续向安纳托利亚进军，因此得罪了联军。此后，法国人和意大利人对土耳其人的态度产生了能够察觉得到的细微的转变，而这种变化在三月份安卡拉政府与苏俄签署了友好协定[1]之后，更加明显了。

1.《莫斯科条约》确立了伊朗以北的东部国境线。这也证实了布尔什维克对安纳托利亚的反帝斗争和安卡拉政府的继续支持。

啊，如果卡迈尔还在，能亲眼看到这些进展该有多好啊！如果！阿兹拉知道，充满了"如果"和"要是"的生活是不值得过的，她同时也深知，她以后的日子必将在悔恨中度过。如果她离开了，将来有一天她会后悔没有留下；如果她留下了，将来有一天她会遗憾自己没有离开。

她为自己卷了一支烟，点着了。抽上烟后，她感觉好了一些，现在可以再次坐下来，往桌上铺一张白纸，开始给梅佩尔写吊唁信了。

21

一九二二年九月

我最亲爱的梅佩尔妹妹：

　　我是在伊兹密尔给你写的这封信，以后给我写信请寄到这个地址。我仔细读了你最近的来信。请相信我，我跟你一样深知，哀痛和思念将伴你终生。请你节哀顺变，努力接受那个痛苦的事实。虽然不是死亡将我的爱人从我身边夺走，但是分离之痛跟失去爱人之痛一样彻骨钻心啊，梅佩尔。而且，我还没有像你一样，怀里有一个自己一辈子要为之负责的孩子。

　　最亲爱的妹妹，生活会继续下去。你在伊斯坦布尔养育哈利姆和萨芭哈的时候，我将去伊兹密尔的一所学校就职，打算在那里长期住下来。我们都别无选择，这就是我们的命运。我们国家的妇女一向就是这样生活的。让我们祈祷，我们的孩子会比我们过得更好吧。

　　相信我，妹妹，你的来信对身处乱境中的我来说是莫大的安慰，给我带来故乡的生动色彩和味道。而我给你的信，却总是关于战争的。

　　你知道，我们与法国的战事去年十月就结束了。在阿达纳一带驻扎的法国军队都被遣散了。让·丹尼尔作为团长，率先回了法国。我拒绝了他的求婚，也拒绝跟他一起走，所以他是在无比失望和愤怒中离去的。他不想与我保持任何联系，并说他打算忘掉我，开始新的生活。他曾经希望我们一起回法国，在那里结婚生子。要不是因为这场战争，这或许是可能的。他永远也不能理解，为什么我不能嫁给一个在占领了我的国家的军队里任职的军官。那就由它去吧，我了无遗憾。而且，跟你一样，现在我也有了一位终生难忘的爱人，让我至死怀念。想到他，我的心永远会颤抖。只要我还有一口气，我就会继续爱让·丹尼尔。

他还在马拉什的时候，我申请被派到安卡拉之外的地方。我被调往西线前线的时候，刚好赶上康斯坦丁国王命令他的希腊军队向安卡拉进发。到处是满载士兵的车辆，路上都是伤兵和逃兵。那一路走得十分艰难，但是很值得。我赶到了萨卡里亚与大家一起庆祝我们的胜利。

我在埃斯基谢希尔住了一段时间。我们的民族主义部队发动总攻的时候，我在后方的战地医院成了一名护士。

梅佩尔，咱们当时去上伊斯坦布尔的红新月会的护理课程实在是明智。如果我没去学习包扎、换绷带、打针那些技能，我能做些什么呢？这边还有几位从伊斯坦布尔过来的妇女，加上我一共七名，我们一起在炮火中救治伤员，有时会连续多日不得片刻休息。在持续二十天的反攻战中，我们全力以赴去做需要我们做的一切，从战地医院到厨房，哪里需要，我们就在哪里。有时会去地里采果摘菜，有时会帮助手术医生缠卷纱布。如有神助一般，我们每一场反攻战都取得了胜利，让我们有了今天。

雷萨特先生肯定早已得到有关局势最新进展的通报，不过我还是在这里跟你分享一下我所了解的情况：希腊军总指挥尼古劳斯·特里库皮斯和他的部下均在上周被俘。我们在大街上欢呼庆祝，互相拥抱，流下热泪。然后我们跟着部队行进到了伊兹密尔，我就这样来到了这座美丽的城市。快到伊兹密尔的时候，我们看到整座城市都在燃烧。他们不让妇女靠近港口，听说那里极度混乱。我们在离马尼萨不远的一个村子里等候，两天后才得以进入伊兹密尔城。你可能不会相信，当我从山顶第一次远远看到伊兹密尔的时候，我感到好像我哥哥阿里·勒扎和卡迈尔都跟我在一起，我们一起流下幸福的泪。他们没有白白牺牲。我们失去的每一个生命都让我们离最终的解放更近了一步。

梅佩尔，这也许对你构不成多大安慰，但我还是想告诉你，卡迈尔成功建立的电报系统现在在我们祖国的四面八方发布着胜利的消息。

到这个月底，安纳托利亚西部将彻底清除希腊部队。我计划在卡兰蒂纳区租个小房子，离我去当英文老师的学校不远。我会安排接我妈妈过来跟我一起住。据说这里的夏天非常热，但是一年的其他时间气候都很温和。夏天学校放假的时候，我无论如何都会回到伊斯坦布尔去。我们可能会把家里的大房子租出去一部分。那时就会见到你们大家了。

最近人们都在谈论将所有侵略者最终从伊斯坦布尔赶出去的前景，那一天到来时，希望我也在那里，跟你在一起。

请快些给我回信。跟我说说哈利姆、萨芭哈、贝海丝夫人、雷萨特先生还有你们家两个女孩的情况。丽曼弹琴有进步吗？苏阿特长高了没有？更漂亮了吧？我很惦念他们每一个人。听我妈妈说，萨拉丽夫人自打听到卡迈尔的死讯后情况一直不太好。我非常难过。愿安拉治愈她。

愿主保佑我们大家。请允许我在此亲吻所有长辈的手，亲吻所有孩子的眼睛。

永远想念你的，你忠实的朋友，

阿兹拉

梅佩尔看完了这封信，把它折起来放到围裙口袋里。此时萨拉丽夫人的声音在楼梯上回荡起来。

"梅佩尔，你给卡迈尔煮青柠茶了没有？"她喊道。

梅佩尔走到楼梯口，答道："煮了，这就送进去。"

有很长时间，萨拉丽夫人脑子不太清楚，她以为卡迈尔还活着。全家人为了安慰她，也表现得仿佛卡迈尔还跟他们在一起似的。梅佩尔甚至开始有些享受这种假象：想象着丈夫还活着，令她十分宽慰。

贝海丝观察到梅佩尔表现得跟萨拉丽夫人一样的时候，把这情况汇报给了她丈夫，雷萨特先生就去咨询了马赫尔医生。

马赫尔对梅佩尔的表现也深感忧虑。萨拉丽夫人出现幻觉可以归因于她年事已高，但是他强烈建议立即对梅佩尔进行心理观察。他联系了神经科专家，想出无数借口，劝梅佩尔去见见这位名医。

在失去丈夫的同时生下孩子，对任何女人来说都是难以承受的。是否可能让梅佩尔换个环境，远离这个能勾起她回忆的地方？

全家想出几个不同的方案。可是梅佩尔同时在给两个婴儿哺乳，她能去哪儿？谁又能带她去？贝海丝想到送梅佩尔和孩子们去拜帕匝里，她本人也跟着过去看望一下她父亲，然后再回到伊斯坦布尔来。梅佩尔可以在那里再住一段日子，呼吸那里的新鲜空气，吃那里的新鲜食物，对她肯定有好处。

可是，当他们向梅佩尔如此建议的时候，她激烈反对。她告诉他们，她哪儿也不去。谁也别想让她生生离开这里，这里还遗留着她丈夫的气味，他住过的房间还有着他鲜活的记忆。

"亲爱的梅佩尔，我们只想为你好，"雷萨特先生恳求道，"硬是把你跟我年迈的姑妈关在一起总是不对的，她的脑子也不似从前了。逝者已去，我亲爱的，活着的人还是得好好活下去。就是不为你自己，也该想想你的儿子。为了他你也得保重身体。"

"我身体很好啊，先生。"

"精神上也得健康。"

"我精神上也很健康。我表现得像是卡迈尔还活着，只是为了哄萨拉丽夫人高兴。那对我也有好处。"

"这正是危险的地方。他死了，你不能假装他还活着。"

"那好！我不再那样了行不行！"

马赫尔告诫他们不能逼迫她，所以他们就没有再坚持让她去农场。打那以后，梅佩尔再也没有表现得像是卡迈尔还活着，她也再没有顺着萨拉丽夫人演下去。然而此刻，她正从一个长把的铜锅里倒出一杯青柠茶，自顾自地微笑着。他们都以为她疯了，就让他们以为吧。她听到萨拉丽夫人上楼的声音。

"您下来干吗，亲爱的。我这就把茶端上来了。"

"你记得加蜂蜜了吧，给他润润喉？"

"加了，"梅佩尔低声对她说，"快回楼上去，别让他们看到您下来。"

她目送老夫人拖着双脚回楼上去了。这个在哈利姆出生时把控好局面，并在随后的几个星期中一手管理着整个大家里里外外事务的权威女人，仿佛是突然间决定自己的责任已尽，一下子变成了一个从皇宫出来的疯女人。

虽然贝海丝和女儿们对萨拉丽夫人越来越难以容忍，梅佩尔对她却日益疼爱、温柔起来。她知道卡迈尔的死灼伤了老夫人的心，那伤痛跟她的同样剧烈。她们深深理解对方。梅佩尔决定，只要萨拉丽夫人还没有被造物主召回——愿安拉保佑她长寿——她就不会离开这个家。而当她有一天离开时，她也不会去拜帕匝里，而是会奔赴伊兹密尔，去跟阿兹拉住在一起。

然后，她们俩会一起飞翔，用她们折断的翅膀。

逃亡

22

瓦希代丁苏丹失去他作为奥斯曼帝国第三十六代"最高君主"的称号已经有十七天了。他在1922年11月1日接到罢免苏丹王位的通告后，只以残留的哈里发身份继续留在皇宫里。

哈里发坐在伊尔迪兹皇家公园的一个亭子里，目光流连于伊斯坦布尔的七座山上的几百座穹顶庙宇之间，那里长眠着他那些声名显赫的历代先人。完全无法看出，他是在为几位阿拉伯领导人未如他所料协助"信仰领袖"反而背信弃义而痛心，还是在为过去这些年来他选错的道路、判断上的失误而感到悔恨。无法看出他在想什么，是因为本来就沉默寡言的瓦希代丁现在连一句话都不说。不过从深深刻在他脸上的皱纹和他耷拉的肩膀，能够看出他内心的沮丧和绝望。

他接到取缔奥斯曼王朝的通知时，倒是没有感到特别意外。

苏丹的首席随从武官在卡巴塔斯迎接民族主义政府代表瑞法特帕夏的时候，是这样致辞的："欢迎，先生。我代表陛下向您和您所代表的民族主义政府致以皇家的崇高敬意。"

瑞法特帕夏则是这样回应的："请转达我对哈里发国家的尊贵守护者的敬意和感谢。"

瓦希代丁苏丹从这句话的措辞里敏感地意识到苏丹统治结束了。他在考虑自己的前景的时候，不由得联想到其他欧洲君主的悲惨下场。

法国君主路易十六上了断头台；英国国王查理一世被砍头；俄国沙皇尼古拉斯二世及其全家被集体枪决。这些必是他首先想到的几例。各大帝国的统治者在政权被颠覆时都有一个共同的命运：被处死。而且，就在自己的家族里，他的祖先和亲戚当中不是也有很多遭遇杀身之祸的先例？

他们当中多数都是被自己的兄弟下令处死的，有些死在自己的儿子或母亲手里，也有一位是被亲生父亲处决的。如果那是他的命运，他将带着尊严和优雅去坦然面对。当然这是在现代，取他性命的方式肯定要比他的先人"少年奥斯曼"[1]在1622年的死法要人道得多。瓦希代丁苏丹应该只是被枪决，或被绞死。

可是，似乎没有任何准备处决他的迹象。除了耐心等待，他什么都做不了。于是他就等待，还没有开始考虑自杀或逃亡。

这时，他得知了一个令人震惊的可怕事件，这件事改变了他的想法。

阿里·克迈尔先生是《佩杨萨巴》公报的资深记者。这家报社支持苏丹，在敌军占领和解放战争期间一直反对安卡拉政府。这位记者在贝伊奥卢区一家理发店刮脸的时候，几个特别部队的特务挟持了他，先把他带到库姆卡比，又用摩托艇带到了伊兹米特。

在那里，这位身材魁梧、不肯屈服的记者被一群受到怂恿的民众用

---

1. 指奥斯曼二世，由于继位时只有十四岁，被称为"少年奥斯曼"。据称他是被绳索勒死，也有一说是死于"睾丸挤压"。

木棍和石头殴打。被派去保护他的小分队的指挥官努莱钦帕夏试图下令保护他不受暴民袭击，但没有成功，他还是被众人活活打死了。

周五的祈祷仪式临近了，瓦希代丁非常害怕自己也会被扔到人群中去：难道对他的处决方式也会是被众人当街打死吗？无论如何，他不应该跟他的子民直接接触。毕竟，过去漫长的四年里，人民受到外族的铁蹄践踏蹂躏，他们有权利向他们的君主讨要一个说法。瓦希代丁苏丹多么希望能向人民诉说自己所经历的苦难，解释他是如何选择了唯一可能的道路，描述他把自己交给命运之后所经受的折磨。

他也多么希望能告诉他们，他也将民族主义军队的胜利视作安拉带来的奇迹，他也跟大家一样，对这胜利之师深怀感激。但是瓦希代丁苏丹知道，他永远不会有当众做出这些解释的机会。人群中必会跳出一个疯子，其他人必会跟随，之后天知道会怎样……简直不堪设想。他不能容忍在他身上重演类似伊兹米特暴徒袭击的那一幕，让他的皇家地位蒙羞受辱。

于是，他决定在星期五祈祷日之前逃亡。

据他了解，民族主义政府不会反对君主自行退位、自我流放。谁都不想看到流血，不想看到哈里发受到伤害。安卡拉已对那位记者被民众打死的事件表示了遗憾。此时对他来说最好的解决方式，就是在哈里发身份的保护下流亡海外。

11月17日，艾哈迈德·雷萨特身着礼服，与其他要人一起，在伊尔迪兹清真寺前为奥斯曼部长们预留的位置上站好，准备参加祈祷仪式。穿着色彩鲜艳的制服、戴着白手套的皇家卫队，还有身上挂满金饰、头戴毡帽、脚踏亮闪闪皮靴的军官们，都在立正等候载着苏丹的马车的到来。马车看来是晚了。

宣礼塔上钟声回荡。一分钟接着一分钟，一声连着一声。

一个卫兵骑着的马开始不耐烦地踢踏地面。别的马也跟着骚动不安起来。

艾哈迈德·雷萨特和其他几位部长继续耐心等待着苏丹的到来，虽然他们心里知道他永远也不会再来参加周五的祈祷仪式了。等待的时候，艾哈迈德·雷萨特观察着众人的脸庞：这就是隐忍坚韧、苦难深重、蒙受着欺骗的伊斯坦布尔人民啊。

他有一种要上去拥抱他们每一个人的冲动。他真想告诉这些挤在清真寺广场上的人们，不要再在风雨中白白苦等了，回家去吧。

因为雷萨特知道，当人们在雨中等待周五的祈祷仪式时，穆罕默德六世瓦希代丁苏丹正在按照哈灵顿将军所做的逃亡计划，踏上抛弃自己祖国的道路。

那天一大早，五名前政府部长和三名前大维齐尔一起来到伊尔迪兹宫。苏丹先在后宫跟家人、亲戚们说了再见，之后来到男人屋与聚在那里送他的要人们一一告别。他身着挂满奥斯曼和外国饰件的制服，戴着能遮盖住眼泪的深色眼镜，与每一个人郑重地握手道别，说话的声音都在颤抖。

随后，大维齐尔和部长们乘坐各自的马车转而到了清真寺广场。五分钟后，苏丹和他的随从也将钻入窗帘紧闭的轿车，由马耳他宫殿的贝希克塔斯大门驶出，经由一路有英国士兵把守的大道驶向多尔马巴赫切宫。

在多尔马巴赫切宫的后宫稍事休息，他将继续行进，去往皇家专用码头，踏上一只飘扬着英国国旗的摩托艇。然后，作为残忍命运的最后一个转折点，他将踏上等候在海上的英国战舰，马拉亚号。

跟随着他的将是他的两个妻子、一个宠妃、他的儿子厄图古尔、他的私人医生雷赛特帕夏，还有以首席随从武官切尔凯兹帕夏为首的几位帮他料理私人事务的亲信，加起来共计十二个人。很有可能就在此刻，在军队乐团演奏的《苏丹进行曲》的乐曲声中，在马拉亚号上两排英国水兵的迎护队列之间，最后的奥斯曼苏丹正在徐徐登上军舰。

雷萨特急忙从胸前的口袋里掏出怀表，看了下时间。没错，载着苏丹的船此刻应该正在起锚。他把表放回到口袋里，双臂交叉在胸前，微微低下头，默默向曾经繁荣昌盛、显赫尊贵的传奇王朝的帝王们致敬，特别是这位最后的君主。抬起头来时，他的双眼已充满泪水。自打卡迈尔牺牲后，他还没有感到如此剧烈的心痛。

艾哈迈德·雷萨特跟随着抱怨的人群朝清真寺广场的外门走去。雨下得更大了。这也好，正好他已经止不住热泪滚滚。此刻，那眼泪像是他生来的一部分，他竟觉察不到它的存在。他感觉自己像格拉纳达的埃米尔·阿卜杜拉，从安全的山顶上眼看着自己的西班牙士兵在即将被付之一炬的城市里乱作一团。阿卜杜拉的母亲回头看着他，对他说了下面这句日后载入史册的话语：

"哭吧，哭正合适你。像个妓女一样哭吧，为你无法像个男人一样保卫的城市！"

雷萨特的眼泪来得太迟了。他没有像卡迈尔和他的朋友们一样全身心地投入保卫自己的城市的事业。但是，因着那些勇敢的年轻人，伊斯坦布尔又将成为他的城市了。那些傲慢无礼的侵略军将不再穿着彩格制服在这里的大街小巷招摇，奥斯曼军官们……真是愚蠢……哪还有什么奥斯曼？还有真的奥斯曼留下来吗？在这曾经横跨三个大陆的帝国所剩无几的土地上，土耳其军官们将不再被迫向耀武扬威的入侵者敬礼。

"为此，感谢真主。"他对自己说。

艾哈迈德·雷萨特一路步行回到倍亚济区。到了他家院门口时，他已感到心力交瘁。疲惫的他没有去翻找钥匙，而是按了门铃。他对前来开门的胡斯努点了点头，两人默不作声，一起向家里走去。前门开了，是贝海丝，她看起来也没精打采。她帮他脱下大衣，接过他的非斯帽，朝男人屋的方向有所指地扫了一眼。"卡普里尼先生等了你一小时，"她说，"就是卡普里尼伯爵。"

"我的老天！他来干什么？"

"我拿不准我是不是理解对了。好像有个什么名单……他坚持要见你一面。唉，雷萨特先生，为什么你偏偏是今天回来得这么晚？"

23
告别

　　清晨，艾哈迈德·雷萨特凝神望着从博斯普鲁斯海峡上的水雾中隐约露出的伊斯坦布尔城，高高的宣礼塔已插入云霄。他在岸边直直地站着，眼睛一眨不眨，想要把这或许永世不能再见到的景观深深刻在脑海里。他深深地吸着海边清凉的空气，闭上眼睛，倾听着这座城市的声音。他要把伊斯坦布尔深深嵌入自己的所有感官。日后，很久以后，他都会以自己的心之眼看到那些穿顶、塔尖，和博斯普鲁斯海水特有的碧蓝；他的鼻子将时常回忆起海藻的味道、海洋的咸腥气息、烧煤的烟味；他的耳朵里将回荡着电车的叮当、路过的渡船的低吟、街上小贩的粗哑叫卖，以及海鸥的嘎嘎哀鸣。他要记住这一切。他将永远不会忘记。

　　马赫尔站在离他稍远的地方。雷萨特感觉到他朝这边走来了，便轻轻咳了咳，清理了一下哽噎的喉咙，对他说："马赫尔先生，我走后，不敢奢望你来照顾我的全家，但至少请你多关注一下两位新生儿的健康，我将不胜感激。"

　　"放心吧，先生。我不仅会照顾两个婴儿，还会照顾您的全家。在您归来之前，如果我在城里的工作做完了，我会申请到伊斯坦布尔的一家医院来工作。如果他们还是坚持派我到乡下去，我就马上辞职。"

　　"我没有权利让你承担这么重的责任。我只希望你能偶尔来看他们一下。贝海丝没有任何数字概念，也许你可以帮帮她。啊，要是卡迈尔还活着……"

雷萨特的嗓子又哽噎起来，他不作声了。

"雷萨特先生……有件事我有些难以启齿……我感到非常尴尬，但是觉得还是必须跟您说，剩下的时间不多了……"

"但说无妨，马赫尔先生。"

"我知道我们年龄相差甚远，但我觉得在您不在的时候，为了避免女人们嚼舌和他人恶意猜测，我应该向丽曼小姐求婚……我们可以先正式订婚，等您回来再结婚……"

"马赫尔，这可跟请你照顾我家人是完全两码事。你怎么能如此慷慨大方？再说，丽曼还是个孩子。"

"丽曼小姐已经十六岁了，您回来时她就十七了。我们可以等。"

"你不能这样为我们牺牲。"

"雷萨特先生，这完全不是自我牺牲。您知道吗，我深深爱慕丽曼小姐。"

"哦！"

"请您不要误解。她已经长大了，我非常喜欢她。但如果不是因为事情发展成现在这个样子，我永远也不会跟您说这件事，我会将对她的爱慕一直藏在心底。可现在情况不同了，您的家人不能没有男人来保护。"

"我还真没注意到自己的女儿已经长大。我一直忙于工作，忧心国事，甚至都没时间好好看看自己的孩子。生活中我错过的太多了，马赫尔。现在，命运又将把我带到未知的远方……"艾哈迈德·雷萨特透过模糊的泪眼看向远处。

"您的回答是肯定的吗，先生？您同意接受我做您的女婿了吗？"

"还能有比你更合适的新郎吗，马赫尔？你是我最亲密的朋友，我们两家又是世交。不过，我还是得先问一下我妻子和女儿的态度。毕竟，要跟你结婚的是丽曼。"

"如果她们也同意，我们可以今晚就订婚，赶在您走前。"

"我先回家跟家人商量下。如果她们不同意，希望不会影响我们的友谊。"

"绝不会。我仍然会守在伊斯坦布尔照顾您家人，直至您归来。"

"我可不能这么要求你。让我先跟我女儿谈谈……然后咱们再说。"

"雷萨特先生，您会将贝海丝夫人和丽曼小姐的决定尽快告诉我的，对吧？"

"当然。我会派胡斯努到医院给你送信去。"

"我在家里等，离得更近些。"马赫尔说。

"那好。我想在海边走走。晌礼过后，你就会收到我的信，马赫尔先生。"

马赫尔跟雷萨特先生说了再见，就大踏步朝锡尔凯吉火车站走去。披风在他身后飘飘荡荡，他分不清自己是在走还是在飞。

马赫尔走后，雷萨特坐到一块大石头上，朝远方凝望。太阳还没有升起来，眼前广阔的海面还没有被照射成一片蔚蓝。太阳的红色光芒穿透对岸低垂的云朵倾斜下来，海水变幻着不同的色彩。他身后的古老半岛似乎在拥抱着他，以它的一切荣光、过往的耻辱和所有的美德将他紧紧包裹。他就是在这座城市出生并长大成人的。这里有着无数条通往海边的窄巷，有着深红色的藤蔓和墨绿色的松柏，有着粉红色紫荆花装扮着的简朴木屋，有着宽阔而孤独的广场，有着连接穆斯林和基督教社区的繁忙桥梁。这是一座古老、骄傲、无与伦比的城市。明天此时，他将站在开往流放地的意大利船只的甲板上，看到现在踩在他脚下的海岸线从眼前缓缓移过，上方是古老宫殿的穹顶和笔一样直指天空的宣礼塔。他将离开家、离开亲人、离开朋友。他将没有机会赞叹丽曼穿着婚纱的美丽身影，不能在膝上摇晃自己的孙儿。他不会见到苏阿特如鲜花绽放般从女孩长成女人，不会看到贝海丝美丽的双眼和嘴唇边生成的皱纹，不会看到萨芭哈和哈利姆迈出的第一步，也不会为他的姑妈养老送终。总而言之，他不会在那里目睹任何赋予生活以意义的平凡过程。

他所受到的严格教育，他多年为帝国努力工作、奔波于三个大陆的勤奋，他总是毫不在意的各种功绩勋章，他的耿耿忠心……都献给了几天前他还在心里怨恨的、像个叛徒一样坐着英国船逃走的那位苏丹。

然而现在，他无法再去责怪苏丹陛下，而是更多地要责怪他自己。可怜的苏丹被迫承担了堆积了几个世纪的各种问题。到最后，谎言、诡计、掠夺、愚昧、贪婪、任用亲信、偏执、千万种以宗教之名犯下的错误、腐败、牟取暴利等诸多问题的累积，加上欧洲各国永不满足的胃口，一切的一切，都在他手中引爆，付之一炬。

苏丹已经远去，他本人也将马上离开。他反复问自己同一个问题：他能去哪里？为什么要去？

他逃走，就是为了跟陌生人在一起，没有身份、没有自我地为生存而挣扎吗？……就是为了呼吸……为了吃喝、睡眠？

吃喝？

用什么钱来吃喝？能用多久？用他希望从家庭收入中拿到的一小笔钱来维生……可如果他活得太长该怎么办？而且如果他寄以全部希望的

那些财产也被没收了——那是随时可能发生的事情——他和他的一大家子将依靠什么生活？家里有五个女人，两个婴儿，其中一个还在襁褓中，再加上一位老妇人，一个孩子……也许，只能靠马赫尔一个人来照顾！马赫尔！是安拉派马赫尔来照顾他的家人的吗？事实上，他也可以把全家交给他岳父来照顾，但是伊布拉海姆先生现在年纪也大了，很难离开自己所在的小镇，来到这个大城市生活。他更无法想象贝海丝和女儿们能在农场过得下去。

他凝视着海面，红色的波光中正渐渐变幻出黄色条纹，仿佛有一只无形的手正把染料洒在水里，勾勒出鲜明的线条后又让它们突然融合在一起。如果他现在就这么走到海里……把他坐在身下的大石头抱在怀里，走进去，慢慢被淹没，沉入不远处闪着大理石般粼粼波光的水里，如同他即将弃之而去的帝国一样沉没。他的灵魂就那么宝贵吗？真主早晚有一天会将它召回的，不是吗？

艾哈迈德·雷萨特站起身，沿着海岸略微跟跄地走了起来，一边注视着此时已经变成深蓝色的海面。他塌着肩膀，脖子缩进大衣领子里。他已经失去希望，失去期待，也失去了未来。从现在起，他能给家人带来的唯有忧伤，以及痛苦、焦虑，也许还有耻辱。有人会把他的女儿称作叛徒的后代。那就是他们对他所爱的人将使用的称呼：叛徒的妻子、叛徒的姑妈、叛徒的亲戚。他想起他跟卡迈尔的一次可怕争吵。"你这是想让我被人称为叛徒的舅舅！别让我再看到你！"他对他那无助的外甥这样喊道。

"安拉，"他自言自语地说，"安拉，我这是做了什么，导致有这样的遭遇？"

他再度考虑家人的安全问题时，开始全心地希望他的女儿会接受马赫尔的求婚。

马赫尔一把撕开胡斯努送来的信，目光直接跳到信的结尾。

"胡斯努先生。"他对正在下台阶的仆人喊道。胡斯努停下脚步，回头问："怎么，先生？"

"过来。"马赫尔在衣兜里一通乱翻，把里面所有的硬币都掏出来，一把放到了胡斯努的手心里。胡斯努不知所措的眼神从自己的手上移到马赫尔的脸上。

"您是需要我帮您买什么东西吗，先生？"

"没有，那是小费。"

"先生，这可是很多钱。"

"你给我带来了大好消息。告诉大家下午祈祷一结束我就过去。"

胡斯努恭顺地走开了。马赫尔医生大步冲回到房里，坐到第一把出现在眼前的椅子上，开始细细品味那封信里的每一个字。丽曼接受了他的求婚。贝海丝夫人和萨拉丽夫人没有表示反对，相反，她们非常满意。他们请他去家里吃晚饭。

马赫尔到达后，管家这回不是把他带到男人屋，而是直接带到了楼上起居室。法式晚餐已经在饭厅桌上摆好，那里还没有别人。马赫尔把一盒巨大的糖果放到条桌上，在窗边的沙发上坐了下来，看着外面。街道很黑，山顶上那盏路灯没有点亮。黑暗时期的黑暗街道。不过马赫尔此时心里阳光灿烂，同时也为自己在这样的悲惨时期还有这种感觉而稍感愧疚。

雷萨特进来的时候，马赫尔从座位上跳了起来。

"亲爱的伙计，我很欣慰地告诉你，我女儿显然对你也有好感。看来，我的丽曼的确到了能对男人有感觉的年龄，这对我来说还是很不可思议。"他说。

马赫尔脸红了。雷萨特先生说丽曼对他也有好感。他还在说些别的话，可是马赫尔一时间什么都听不到，只能听见自己的心在怦怦乱跳。

"……那，你觉得我的想法怎么样，马赫尔先生？既然家里没有男人在，也就没必要再专门设一间男人屋了。我刚才也说了，婚后如果你还想留在伊斯坦布尔开诊所，你就可以用那间男人屋。"

"我们得等您回来再结婚，先生。"

"我有可能永远回不来呢。我们两家可以先办个订婚仪式，之后你们可以等一段再结婚，至少等到丽曼满十七岁吧。"

"结婚时大家都在才好。"

雷萨特叹了口气，但没有说什么。几分钟后，萨拉丽夫人、贝海丝和苏阿特进来了。丽曼还没有出现，马赫尔有些失望，但还是站起身来问候了各位女士，亲吻了苏阿特的脸颊。

"啊，真不该让你破费。"贝海丝接过马赫尔带来的糖果，交给了管家，指示她如何摆到盛甜品的银碗里。"梅佩尔正在帮丽曼卷头发，她俩很快就下来。"她一边坐下来，一边安慰马赫尔说。

"马赫尔先生，"她又说道，"萨拉丽夫人早就注意到了你对丽曼的关注，可是我无论如何也想不到会有这个可能性。但愿这对大家都是最好的吧。现在我们家又有了主事的男人，在我丈夫归来之前，我们这些女人又有人保护了。"

"我随时听候你们的调遣，夫人。"马赫尔说。

"你真是太好了，马赫尔先生。"

"如果您允许，我想今晚就订婚，趁着雷萨特先生还在。"

"是不是有点太匆忙了？"萨拉丽夫人反对道，"难道我们不该等卡迈尔回来再办吗？"

"我们如此匆忙行事，主要是因为雷萨特先生马上就要走了。"马赫尔说。

"这很可能是我最后一次机会，赶上在场分享我女儿的幸福。"雷萨特说。

"您怎么能这么说，雷萨特先生！"贝海丝叫道，"千万不要让这样负面的想法占上风。您几个月就能回来了。您会证明自己的清白的……"说到此她已热泪盈眶。

"难道我是犯了什么罪吗？还要去证明什么清白？"雷萨特说，"不去背叛自己所供职的机构，算是犯罪吗？"

"雷萨特先生，您在失败的一方，这就是您的罪过，就那么简单。如果卡迈尔还活着，他将在胜利的一方。"贝海丝说。

"卡迈尔还活着。他几个星期之内就回来了，你们等着瞧。"

没人理会萨拉丽夫人。

"不是那么简单的，夫人，"马赫尔对贝海丝解释道，"虽然雷萨特先生没有公开反对苏丹，但是他为胜利的一方帮了大忙，为我们国家的解放做出了贡献……当然是在幕后操作的。我们谁也没想到苏丹会逃走。"

"有人说过他可能会走。"雷萨特说。

"可能是吧，但是他本来不是必须逃亡的。"

"任何人在他那个位置都会做出同样的选择。我本人不是也要逃了吗？"

"您又不是苏丹。"

贝海丝赶紧转移话题："马赫尔先生，听说军队一直对苏丹统治怀有反感，为何如此？"

"不是一直如此的，夫人。那只是在阿卜杜勒－哈米德二世[1]登基之后才开始的。不过，说真的，这也不能怪他们。"

雷萨特刚要对此发表意见，丽曼和梅佩尔进来了。丽曼身着领口带花边的淡紫色连衣裙，一头长长的鬈发披过肩头，眼睛上还画了黑色的眼影。马赫尔注视着这个正从门框里冲他微笑的女孩，一时间什么都忘了。

艾哈迈德·雷萨特也同样被女儿的美丽和女人味惊到了——显然他比马赫尔更感意外。想起女儿还是他怀里那个襁褓中的婴儿时的样子，他心口一阵发紧。他已经错过了大女儿成长过程中的很多很多，而今后更是无法看到两个小女儿长大的过程了。

"欢迎您，先生。"

丽曼的声音把两个男人从迷糊状态中拉了回来。马赫尔把她伸过来的手拉到自己的唇边亲吻。丽曼既惊讶又愉快地接受着这初吻。她很开心自己成了大家注目的中心，也清楚地知道，马赫尔已经完全被她的美丽所迷倒。她也意识到，现在屋子里所有人都已经把她当作成年人看待了。

"大家都到齐了，咱们开饭吧。"贝海丝说。

马赫尔站了起来。"今天早晨，我得到了诸位的同意，准许我向丽曼小姐求婚，"他说，"所以，此时此地，在大家面前，我想正式请求丽曼小姐同意嫁给我。"他转过身，看着丽曼的眼睛，问道："你愿意接受我做你的丈夫吗？"

萨拉丽夫人气恼地在沙发上动来动去。长辈们都在场的情况下，他

---

1. 在保守派支持的军队推翻内阁两周之后，阿卜杜勒－哈米德二世于 1909 年 4 月 27 日被罢黜。

竟然直接向女孩本人求婚，这真是太过分了。看来家里又添了一位冒失的现代派成员！一时间，大家都安静了下来。丽曼羞怯地垂着眼帘。马赫尔的心跳到了嗓子眼。

最后，丽曼终于开口，低声说道："如果我父亲认为合适……"

"可是你本人呢，丽曼小姐？"

丽曼先是很娇羞地做出不情愿的样子，然后说："好吧，先生。"

马赫尔转向雷萨特说："那样的话，您可否允许我们这就订婚？"

"这不是已经订婚了吗，"萨拉丽夫人说，"不过，卡迈尔倒是一直很喜欢你。"

马赫尔微笑着从口袋里掏出一个钻石戒指来。

"愿我们订婚给大家都带来好运。"

马赫尔把戒指戴到丽曼的手指上。他又从口袋里掏出另一个戒指，递到她手里。她颤抖着把这个银戒指戴到了马赫尔的手指上。这是萨拉丽夫人平生第一次看到女孩给自己的未婚夫戴戒指。这本应该是由家里的长辈来做的！这个人疯了吗？

"丽曼小姐，两天后我会再来看你，我会跟我姐姐萨博尔一起来，带着家传的珠宝和订婚礼物。原谅我今天没来得及做这些准备。"马赫尔说。

"你一切都准备得很完美了，先生。好了，大家入座吃饭吧。"贝海丝说着，率先朝饭桌走去。大家刚要落座，就听到上面传来婴儿的哭声。梅佩尔马上冲上楼去。

"是哈利姆在哭？"马赫尔问。

"不是，应该是萨芭哈，该喂她了。"丽曼说。

看到贝海丝还在座位上没动，马赫尔轻声说："贝海丝夫人，我们等您回来……我想我已经算是家里人，不要见外……"

"您一向都像是我们的家人，马赫尔先生，"贝海丝说，"本来也不需要我上楼的，真主保佑，萨芭哈也是由梅佩尔来喂的。我的奶水不够。"

"可怜的梅佩尔，一天到晚胸上都得吊着个孩子，"丽曼说，"而且他们两个还都那么胖。"

"梅佩尔姐姐变成奶牛了。"苏阿特咯咯笑道。

"苏阿特！要不是你爸爸明天就走了，我现在就让你回你自己屋里去！不许再说一个字了，听到没有！"贝海丝责骂着，难堪得涨红了脸。

"马赫尔先生，你可能被我家女儿的外表误导，以为她们长大了，其实恐怕还只是孩子。"雷萨特说。

"还是那么没礼貌的孩子。"萨拉丽夫人添油加醋地说。丽曼眼里噙着泪水。

"那我的确是个幸运的人，有个像孩子一样真实自然的未婚妻。"马赫尔说。

"来，"雷萨特说，"咱们今天晚饭时说点高兴的事。我希望将来会带着微笑回忆起这次与全家一起的最后的晚餐。"

"您说'最后的晚餐'是什么意思？咱们肯定还会一起吃很多次晚餐的。"贝海丝说。丈夫要流亡海外的决定已经开始把这位娇生惯养、弱不禁风的大小姐变成了一个能够应付一切逆境的、有钢铁意志的女人。艾哈迈德·雷萨特感激地看了妻子一眼。

不管大家如何努力强颜欢笑，那天的晚餐还是被悲伤笼罩。他们都知道，这完全可能是大家在一起的最后的晚餐。梅佩尔一言不发。自从卡迈尔去世后，她只有非说不可的时候才开口。贝海丝竭尽全力做出欢乐的模样，但精神还是越来越萎靡。冷清的订婚晚宴上，只有雷萨特和马赫尔在交谈，内容完全是围绕着国家的现状，以及帝国没了统治者以后的未来。问题是，还有帝国吗？

"我们不应该再用'奥斯曼'这个提法，因为已经没有这么个帝国了，"雷萨特说，"我们已经失去了我们的帝国，只剩下有限的一点土地。真主保佑，穆斯塔法·凯末尔帕夏一定比我们更有能力保护它不再受到外族侵略。"

晚饭一结束，马赫尔就跟大家告辞回家去了。他第二天当然是要起大早的。

"马赫尔先生，明天就不麻烦你了。我会一早就悄悄离开，到码头上跟同事们集合。"雷萨特说。

"我肯定会去码头送您的，先生。"

艾哈迈德·雷萨特把他未来的女婿送到院门口。丽曼等着他回头向她挥手，可是他没有回头。马赫尔向黑暗的街道大踏步走去的时候，心里想的都是雷萨特先生第二天凌晨行将踏上的旅途，那完全有可能是永远的流放。

雷萨特回到起居室，看到丽曼还站在窗前。

"怎么还不回房间，亲爱的？"他抚摸着女儿的头发问道。

"父亲，您为什么非走不可？没人给我做过任何合理的解释。我已经是一个订了婚的女人，不是小孩子了。您会告诉我的，是不是？"

"坐下，丽曼。"雷萨特疲倦地说。父女俩在沙发上面对面坐了下来。

"有一个名单，丽曼。名单上的人都被认定是国家的叛徒。我没有亲眼看到那个名单，但是我能肯定，上一任内阁的所有成员，以及《色佛尔条约》的所有签字人，都会在那个名单上。安卡拉政府给名单上的所有人都发了死刑通缉令。"

"父亲！"丽曼捂住自己的嘴，才没有惊叫出来。

"你永远不要失去勇气，孩子。你得照顾你母亲、祖母和妹妹。尽一切力量保持镇定。我把整个家托付给你和马赫尔，走得就安心多了。总有一天，他们会知道我们不是叛徒，到时候我们就能回来了。你的父亲是个为祖国贡献了一生的正直的人，你要永远记住这一点。"

丽曼把头靠在父亲胸前，哭得浑身颤抖。艾哈迈德·雷萨特任由她哭了一会儿，之后，他柔声说："好了好了，咱回屋去吧。别让你妈妈看到你哭成这样。"

丽曼镇定了一下，用手背擦干了眼泪，也抹掉了她平生第一次涂的眼影。她那哭花了的脸，加上夸张地卷烫过的头发，使她看起来既不像个孩子也不像个妇人。还在为表哥的死而悲痛的她，一夜之间既订了婚，同时又听说了对父亲的死刑通缉令。她的大眼睛里此时充满了困惑，仿佛还没有搞清楚自己将怎么去面对这突发的一切。艾哈迈德·雷萨特忧伤、怜爱地注视着他十六岁的闺女，他刚才的那么一句话，就将一生的重大责任都压到了她那柔弱的肩上。

梅佩尔给哈利姆喂了奶，换好了尿布，把他放进了她床脚下的摇篮里。然后她俯身去看在她右边的那个带有很多装饰的摇篮，萨芭哈在里面紧紧闭着眼睛，乍一看似乎在沉睡，但她的小嘴唇已经微微在动，说明马上就要醒来开哭了。梅佩尔拿湿棉花擦了一下乳头，弯下身把小小的女娃抱了起来。孩子还没睁开眼睛，就开始呼哧呼哧吸鼻子，伸着脖子往梅佩尔身上贴，很快找到了奶头，开始大声吸吮起来。梅佩尔用指尖轻轻抚弄着她毛茸茸的头发。她一直很爱家里另外两个女孩，特别是淘气多话的苏阿特。但是这个小小的姑娘，将像她的哈利姆一样，享受不到父亲的爱和温柔，也没有机会去体会父亲生硬粗暴中的良苦用心。梅佩尔自己太知道那是什么滋味了，人们对没有父亲的女孩都有种微妙的、混合着同情和鄙视的态度。

她刚来到这个家的时候，曾经那么羡慕那两个女孩被雷萨特深深地宠爱。一听说这位一家之主快到家了，全家上下都会急忙开始忙活起来，把家收拾干净。可那两个姑娘从来不操这个心，她们一丁点儿也不怕他。她们只会冲下楼梯，直接跳到他向她们张开的怀里。

"Où est mon petit cadeau?（我的小礼物在哪里?）"苏阿特会问。每次她都会因为多会了几个法语词而得到夸奖。萨拉丽夫人一直反对他这么宠她们，常常警告他说："你把姑娘们都惯坏了，雷萨特我的孩子。这样将来她们跟丈夫生活在一起的时候永远都适应不了。"

"我才不把我的女儿们嫁出去呢，"雷萨特总这样说，"她们结婚以后，让她们的丈夫来咱们家住。"最终，他会看到从门缝或楼梯口向他们偷偷窥望的那双眼睛，然后把注意力转移到那个不是他的亲生女儿的忧郁女孩身上，补充一句说："我也不会让梅佩尔轻易被哪个求婚者领走。"梅佩尔听了就会感到鼻子发痒，眼睛发酸。她太想当雷萨特的亲生女儿了。那当然不可能。但是看她现在，不仅成了他的儿媳妇，而且还成了他女儿的奶妈。虽然真主把卡迈尔从她身边夺走了，但他给了她两个小小的婴儿，让她可以抱在怀里，贴在心口。那是天亮之前的时段，太阳还没有升到地平线上的迹象。据说这个时候祈祷最灵。如果她向真主起誓再也不去给萨芭哈喂奶，再也不抱她，连她嫩嫩的小脸都不去碰一下，他会允许雷萨特先生，这个她现在视为父亲的人，留下来不走吗?

她喂了萨芭哈大约二十分钟，把她放到膝盖上给她拍嗝。然后她把她轻轻放到摇篮里，怕弄醒她，就没给她换尿布。之后她去把窗帘拉好。院门口等着一辆车。不久，艾哈迈德·雷萨特先生将拎着个小箱子走出前门，登上那辆车，消失在凌晨的黑暗中。而且，就如同卡迈尔一样，留下来的人将永远不知道他去了哪里，经历了什么，最后埋在何方。梅佩尔强忍住眼泪，听到楼梯发出嘎吱一声响。有人在下楼，怕吵醒别人，正踮着脚轻轻地走。那只可能是雷萨特先生。

他是想趁着大家熟睡时悄悄离去，不去惊动他们。之后，他们都将在正常的时间醒来，仿佛什么都没有发生，继续他们的生活。这正是他想要的……也是他要求他们每个人做到的……他请大家满足他在这座房子里的最后的愿望——当然，是在他归来之前。

梅佩尔确定他已经下到一楼后，迅速披上外袍，冲下楼，奔向厨房，但她在门口停住了。黑暗中，她能隐约看到一个穿着白色睡袍的鬼魂般的身影：那是贝海丝，她也在做梅佩尔跑下来要做的事情。梅佩尔溜进去，摸到一个水盆，接满了水。她跟贝海丝一起离开厨房的时候，她们碰到了萨拉丽夫人。几分钟后，三个女人都默不作声地端着水盆，出了前门，悄悄跟在雷萨特先生后面。他没有回头，也许是他根本没听见她们在身后，也许是他有意选择了不去回头。他向把住车门的车夫点了点头，径直迈入车里。头天夜里，妻子在他怀里一直哭到天亮。他没有力量再次看到她充满痛苦的脸庞、红肿的眼睛，也无法再去跟她道一次别。马车夫爬上座位，开始挥鞭抽打马那瘦骨嶙峋的后臀。马车一开始动起来，三个女人就一起往街上泼水，她们的嘴唇都无声地翕动着，默念着心中的祈祷。

"像水一样去，也像水一样回吧，我的丈夫！"贝海丝痛苦地叫道，她的喊声与越来越远的马蹄声交融在一起，渐渐消失了。

马车一拐到大街上，一直靠梅佩尔和萨拉丽夫人搀扶着站起的贝海丝，咕咚一下瘫倒在地，泪如雨下。

马赫尔在码头焦虑地来回踱着步。看到街对面过来一辆马车，他连忙跑过去，从车夫手中接过行李。

"马赫尔……你这是干什么！你不该来的。"雷萨特说。

"我怎么能不来呢，雷萨特先生！我怎么能不跟您告别就让您走掉呢？"

"我有同事到了吗？"

"我看见几位。看，街角那里不是杰马尔和哈兹姆先生吗？"

"我过去跟他们打个招呼，马上回来。"

艾哈迈德·雷萨特刚走了两步，突然止住了，转身回到了马赫尔身边。"跟我一起来，马赫尔。我得把我女婿介绍给我的朋友们啊。"他说。

马赫尔的脸色转忧为喜。两个男人并肩走向聚集在那边的几个人。

他们几个一起在码头等候开往意大利布林迪西的船。洛依德·特里斯蒂纳船运公司的一名工作人员走过来，告知他们他给大家带来了旅行证件。奥斯曼帝国的最后几位官员神色沮丧地跟着他进了海关楼。承受亡国之辱的部长们此次逃亡用的旅行证件，是由与皇家关系密切的卡普里尼伯爵给安排的，他与他们当中的很多人都是好朋友。

卡普里尼伯爵听说安卡拉政府列出的死亡名单包括前政府的所有部长之后，就亲自大老远跑到倍亚济区，到老朋友雷萨特家来跟他商议对策。

多数内阁和议会成员已经乘英国轮船"埃及"号去了英国。留下还没走的当中有好几个是伯爵的朋友。两天后，将有一艘开往布林迪西的船。如果雷萨特一干人错过了这艘船，他们就只能坐火车逃亡了，但那将意味着每过一次边境都会有人检查，会比较危险。

他们匆忙决定，在这么短的时间内办不下来护照的几位，只能在开船前到码头来办。

艾哈迈德·雷萨特等人跟着意大利官员走向海关的时候，马赫尔朝停泊下来的轮船的船尾方向走去。这船可真长，半天走不到头，就像是浮在水面的一个街区。到了船尾处，才看得到对岸。耶尼清真寺还亮着灯。在黎明前的星光中，城市缓慢地抖动着醒来，嘟囔着，低语着，呻吟着。宣礼的钟声深情呼唤着，压过第一辆电车的叮当声、入港的摩托艇的突突声、渔民卸载时发出的疲倦喊叫声，冲向清晨的天空。马赫尔闭上眼睛，恭敬地聆听着宣礼员有节奏的吟唱，心中默默祈求着安拉保佑雷萨特先生。

有人拍了一下他的肩膀，他吓了一跳。

是雷萨特先生。他站在马赫尔身旁，说："是说再见的时候了。"

马赫尔看着他好朋友的脸，那善良、英俊的脸庞，此刻在清晨的银白光线里显得疲惫、憔悴。但雷萨特一开口说话，声音还是跟以前一样坚定、有底气。

"马赫尔，我把家人都托付给你了。我也相信你一定会珍惜丽曼的。不要为我而拖延婚期。我上次提的事还作数，你作为我的女婿，可以免服兵役。我还是劝你尽快把家里的男人屋改成你的诊室。"

"谢谢您。请您尽量放宽心，先生，这边的一切都会安好，您的家人现在就是我的家人。"

"我可能说多了，不过梅佩尔和哈利姆也是这家的人，马赫尔。我必须请求你，要跟对贝海丝、萨芭哈和苏阿特一样对待他们母子。"

"那当然，先生。"

"我们就此别过吧。"

艾哈迈德·雷萨特把一只手放到他未来女婿的肩上，另一只手抓住他的胳膊，定定地看着他的脸良久，仿佛是要从那双诚实的棕色眼睛里汲取力量。然后，他没再说一个字，快速转身，踏上了登船的步桥。

突然间，马赫尔在庞大的轮船下面显得孤苦伶仃，整个家族的安危的重担落在他的肩上。他都没有注意到其他上船的旅客，只顾凝神向上看去，试图再看雷萨特先生最后一眼，但是始终没有找到他的踪迹。

艾哈迈德·雷萨特在船尾，双手扶着栏杆，望着那些圆顶寺庙和宣礼塔。海面上，觅食的海鸥从海面掠过，白色的翅膀蘸着海水。很快，太阳就会升起来，把那些穹顶染成金色。城市就要充满活力地醒来了。马上，大街小巷将奔走着码头搬运工、小贩、政府职员、学生、渔民，甚至还有占领军的士兵——唉，他们现在也是常景的一部分了。一旦轮船离港，驶向宽阔的海面，以奇怪的动物般的叫声对伊斯坦布尔道了别，这座城市就要被远远地甩在后面了。

苏丹乘英国军舰逃亡，他曾对此不以为然，现在想来真不是滋味。从二十岁起，艾哈迈德·雷萨特就开始为国家服务，一直是帝国的一位正直、公允、勤奋的子民。可是现在，他被迫抛弃自己的祖国，像个叛徒、像个罪犯一样，拿着一本外国护照逃亡海外。这感觉就像一把尖刀插进了他的心头，还在胸腔里反复绞动。他无法从心中的痛苦、耻辱和愤怒中解脱出来。头天早晨他还想过抱着石头走进大海的选择。现在，他开始考虑从船上跳下去会怎样。如果跳下去时没有撞到头，他会本能地碰到水就开始游泳逃生吗？他都能想象出第二天报纸的头条："蒙羞财政部长艾哈迈德·雷萨特自杀未遂！"贝海丝要是听到这个消息会怎么样？还有他姑妈呢？

他把手伸到衣袋里去拿烟，但手指碰到的东西吓了他一跳。奇怪，通常他在这个口袋里只放烟盒啊！他掏出一个包着手帕的硬东西。由于激动，他手指颤抖着，打开了丝质手帕系着的四角。那上面用银线绣着"BR"，是他妻子名字的首字母。现在在他手心里闪闪发光的，是他们的传家宝，是贝海丝在他们婚礼的晚上戴过的那个镶着钻石的鸟形胸针。鸟喙里衔着一张仔细折叠过的极小的纸片。

"我知道你身边资金有限，如果需要，请随时把这只小鸟胸针卖掉，不要犹豫。我的心永远跟你在一起。"

他感动得流下热泪。几分钟前在他脑子里打转的消极想法骤然消失了。只要他爱的人还在，他就没有勇气结束自己的生命。他也有足够的虔诚之心，知道自己不能背叛安拉交与他保管的灵魂。所以，在交回灵魂的时间到达之前，他将努力在海外活下来。他也许能找份工作，做做翻译什么的。他的法语和波斯语都很不错，他还会说些意大利语。他也可以去当会计师，一个管理过庞大帝国的财政的人当然懂得足够的财会知识，足以让某个商人注意到他。他将工作，自力更生，跟家人通信，从遥远的地方关注孩子们的成长，深深地思念他们，思念伊斯坦布尔，带着重逢的渴望继续生活下去。或许有一天，他又能亲手把那个胸针戴回到妻子的胸前。

突然间，轮船发出一声仿佛发自胸腔深处的、洪亮而持久的鸣叫，起锚离港了。艾哈迈德·雷萨特抓紧了木栏杆。他知道自己的声音一定会被船的鸣叫淹没，也完全不在乎有谁在看着，用尽全力大吼了一声：

"别了，伊斯坦布尔！别了，我的城市！"

24

来信

1924 年 6 月，布加勒斯特

贝海丝，我亲爱的妻子：

～～～～～～～～～～～～～

读你最近的来信，得知希苔尔出生的消息，我流下了幸福的眼泪。在这个时候不能跟你们在一起，我深深感到难过。她的名字在波斯语中是"星星"的意思，愿这个名字带给她永远明亮的生活和命运。我为孩子一生的健康成长祈祷。

现在已经快到我流亡的第二年了，我心里很悲伤，很痛苦。我为国家尽心服务三十五年，成就突出，却落得个背井离乡的下场。就连唯一的孙女希苔尔出生这样的大事，我也只能从报喜的信件中得知。

关于你在信中提到的其他消息，我对马赫尔从军队辞职一事丝毫也不沮丧。如果他们还会给他抚恤金，那么他回到伊斯坦布尔将是非常有利的。为政府供职已经不是什么令人愉快的行当了。

生活中最根本的事情才是最重要的。愿真主为他、也为我在伊斯坦布尔的全家，继续提供足够的一切。

贝海丝，我也很想见到你，可是，我住的地方只有一些最基本的设施，你来了不会住得惯的，加上冬天极度寒冷，我实在不能同意让你过来看我。这里的卫生间都在房子外面，有的就是搭在室外的棚子。就是因为这类原因，我不希望你来这里受罪。也许到了十一月，我们可以去罗马，一起在那里过冬。或者我去布达佩斯，在那里等你。如果在当地能找到合适的房子，生活费也不高，我们还可以考虑搬到那里去住。我再次请求你，一切都不要太操心。请相信，任何事情都有好的一面，甚至咱们现在的境遇也是。真主给了我们全家健康、平安，这就足够了。到目前为止，我们都还算丰衣足食。我有信心，真主未来也不会让我们过得更艰难。让我们好好活下去，我们还拥有这么多。一旦确认了我能回到伊斯坦布尔的可能性，我们就在信里做个决定，我就马上乘火车或者坐船回来。

眼下，我们所能做的就是保持耐心。

愿我尊敬的姑妈，愿梅佩尔，还有你，我亲爱的，继续受到真主的护佑，继续坚持下去。问候我的小绵羊苏阿特，问候令我骄傲的大女儿丽曼，还有我的女婿马赫尔。亲亲萨芭哈和哈利姆。愿真主赐给我小孙女希苔尔幸福吉祥的一生。

爱你，渴望见到你。你的丈夫，

雷萨特